De p

Van dezelfde auteur

Verborgen nalatenschap
Het dertiende jaar
Ongewenst weerzien
Zielsverduistering
Streling voor het oog
Dubbelleven
Vermoorde schuld
Simisola
Gesloten ruimte
De man zonder verleden
Terugzien in duisternis
Het bruidsmeisje
De krokodilvogel
Geestverschijning
(*eerder verschenen als* Adam en Eva)
Motieven
(*eerder verschenen als* Het tapijt van koning Salomo)
Dodelijke erfenis
Asta's boek
Moorddadige oplossing
Het huis met de trappen
Huiswerk voor een speurder

Ruth Rendell

De prinses

A.W. Bruna Uitgevers B.V., Utrecht

Oorspronkelijke titel
Gallowglass

Vertaling
Henja Schneider
Omslagontwerp
Myosotis Reclame Studio

ISBN 90 229 8759 0
NUR 332

Voor Pat Kavanagh

Woeste Macdonwald... –
Een echt rebel, want woek'rend leeft in hem
Wat ooit natuur misdadigs schiep – werd weer
Versterkt van de eilanden van 't West door Kernen
En Galloglassen; 't scheen, als was Fortuin,
Bij 't duivelsch doen hem lonkend, zijn boelin.

Macbeth, 1e bedrijf, 1e toneel

Veel van de informatie over ontvoeringen in Italië die deel uitmaken van de achtergrond van deze roman is ontleend aan *The Kidnap Business* van Mark Bles en Robert Low, Pelham Books, 1987.

1

Als je in Rome bent (zei Sandor) moet je langs de Via Condotti lopen en naar de winkels kijken. Daar zit het geld en staan de etalages vol prachtige dingen.

'Wat betekent dat?' vroeg ik. 'De Via Condotti, wat is dat?'

'Kidnapstraat.'

'Echt waar?' zei ik. 'Betekent het dat?'

Hij lachte alleen maar, zoals hij dat kan doen. Toen ging hij door met het verhaal, het eerste verhaal dat hij me ooit vertelde. Als je een winkel hebt in de Via Condotti, zei hij, heb je het gemaakt, dan ben je rijk, een etalage in de meest modieuze winkelstraat in Rome is wat je noemt een teken van rijkdom.

De juweliers Bulgari zitten er. Er werd in 1975 een lid van de familie Bulgari ontvoerd en vrijgelaten tegen een losgeld van 650.000 pond. Sandor noemde een bedrag in Italiaans geld, maar zoveel was het in ponden. Acht jaar later werden nog twee leden van de familie ontvoerd en weer vrijgelaten na betaling van een losgeld van 1.750.000 pond. Een eindje verder kom je bij Piatelli. Daar verkopen ze herenkleding. Barbara Piatelli werd ontvoerd en bijna een jaar vastgehouden voor ze haar tegen een losgeld van 500.000 pond lieten gaan.

Aan de overkant zit de parfumerie van prins Piraneso. Sandor vroeg me of ik ooit gehoord had van parfums met die naam. Ik moest zeggen van niet, ik heb nooit over dat soort dingen gehoord, laat staan dat ik ze gebruikt heb, natuurlijk.

'Is hij ontvoerd?' vroeg ik.

'Hij niet, zijn vrouw.'

'Wat is er met haar gebeurd?'

Zijn stem klonk dromerig, alsof hij heel ver weg was met zijn gedachten. 'Dat was aan het einde van de Kidnap Era. Het is nog pas vijf jaar geleden. De Gouden Eeuw van het kidnappen was voorbij – zelfs in Italië.'

Ik keek hem aan, wachtend op meer. Het was niet echt een verhaaltje, hè? Meer een soort verslag, een geschiedenis. Het was geen verhaaltje zoals dat over señora Santa Anna, of Lichnikoff, die hadden een begin en een einde. Maar op de een of andere manier wist ik al dat het geen zin zou hebben om Sandor te vragen om verder te vertellen als hij niet wilde. Ik wist dat ik het aan hem over moest laten om het op zijn eigen tijd te vertellen. Of hij wilde het vertellen of hij was niet van plan om er ooit nog over te beginnen. Hij stak een sigaret op en ging achterover liggen, zijn ogen half gesloten. Ik keek naar hem, drie of vier dagen verliefd. Zelfs op dat moment kon ik mijn liefde in me voelen sidderen en terwijl ik naar hem keek, werd het sidderen heviger en steeg door mijn keel omhoog, alsof het in een kreet uit mijn mond naar buiten wilde. Ik sloeg mijn hand voor mijn mond en bleef zitten kijken.

De volgende dag gingen we samen uit. Het moet de eerste keer geweest zijn dat Sandor me meenam om me de stad te laten zien waarin ik geboren was, maar die ik tevoren nooit had gezien. We gingen met de metro, om me daar weer aan te laten wennen, en ik zag hem naar me kijken om te controleren of het allemaal goed ging. Oxford Street en vlagen sneeuw, smeltend op het warme plaveisel.

'Niet erg Via Condotti-achtig,' zei hij.

Ik weet niet wat hij bedoelde. Het was er vol winkels en mensen. Misschien doelde hij op geld, je kon de honger naar dingen voelen, maar niet het geld om ze te kopen. We gingen een grote zaak binnen. Je kon de afdeling waar ze parfums, poeders en crèmes en zo verkochten al ruiken, lang voor je er was. Zo moest het ook zijn in het buitenland, waar je soms bij een tropische tuin komt maar hem nog niet kunt zien. Sandor bracht me naar een toonbank waar alles wat ze verkochten *Prince Piraneso* heette. Er waren dingen voor vrouwen aan de ene kant en voor mannen aan de andere kant. Een meisje met een flesje van geslepen glas in haar hand sproeide parfum op mij en Sandor en Sandor scheen het, zeer tot mijn verrassing, niet erg te vinden. Hij werd niet kwaad. Hij tilde zelfs zijn pols op om het te ruiken en lachte een beetje.

Het vrouwenspul was heel lichtblauw verpakt en dat voor de mannen rood. Het was zo duur dat het zonde was om het op je gezicht te smeren, je moest het eigenlijk opeten. Er hingen geen foto's van deze prins, alleen maar foto's van vrouwelijke modellen en één van een mannelijk model dat erg op Sandor leek, vond ik, maar hij fronste zijn wenkbrauwen en schudde zijn hoofd toen ik hem dat vertelde. Hij wilde dat ik keek naar een kleine foto in een verguld, ovaal lijstje. Hij stond op het deksel van een grote poederdoos, een klein fotootje van een blond meisje met veel gouden haren die boven op haar hoofd bij elkaar waren gestoken, met parelsnoeren eromheen. Sandor duwde mijn gezicht er bijna op, zodat ik het goed kon zien.

We stonden daar zo lang dat het meisje met de parfumfles ons weer besproeide, maar deze keer vond Sandor het niet leuk meer. Hij keek haar chagrijnig aan.

'Kom op, kleine Joe,' zei hij tegen me. 'Zo is het wel genoeg.'

Ik had bijna een week in Sandors kamer in Shepherd's Bush gewoond toen dat gebeurde. Het gaf me iets om die avond over na te denken, terwijl hij lag te lezen. Toen ben ik begonnen met de gewoonte om na te denken over de dag die voorbij was en misschien over de dag daarvoor, en alles wat er gebeurd was en om de dingen die Sandor me geleerd had nog eens de revue te laten passeren. De meeste dagen had ik ook een paar nieuwe woorden geleerd en die repeteerde ik. Het was een tamelijk grote kamer op de zolder van het huis met een tweepersoonsbed erin en een stoel en iets wat een chaise longue heette. Nu ik het over eerste keren heb, bedenk ik dat dat het eerste nieuwe woord was dat Sandor me leerde, dat een grappig bankje, heel hard en ongemakkelijk, met een rugleuning die met stof bekleed was, met putjes erin, zoals bij het hoofdeinde van een bed, een chaise longue was. Ik moest er de eerste paar nachten op slapen, maar toen ik een week of zo bij hem was, zei Sandor vanuit zijn bed: 'Je kunt wel hier bij mij komen liggen.'

Ik ging op het uiterste randje liggen om hem niet aan te raken 's nachts. Ik had hem heel graag 's nachts aan willen raken, alleen maar om hem vast te houden, niks schunnigs, niks seksueels. Ik

zou dat heerlijk gevonden hebben, maar het kon niet. Een keer rolde ik ondanks mezelf tegen hem aan. Hij werd wakker en zei vreselijke dingen, uitte beschuldigingen die me tot in m'n merg raakten en sloeg me toen in m'n gezicht, eerst een klap op m'n ene wang en toen op m'n andere, met een hand die zo hard was als de kolf van een geweer. Ik denk dat iets in mijn onderbewustzijn zich die woorden en die klappen levendig herinnert, zodat er een waarschuwend belletje in mijn hoofd gaat rinkelen als mijn lichaam 's nachts slap wordt van slaap en verlangen. Iets grijpt dan mijn spieren en houdt ze vast.
Toen begreep ik wat ik voor Sandor voelde. Het was, natuurlijk, dankbaarheid en bewondering voor de manier waarop hij eruitzag en de manier waarop hij sprak, maar het was ook liefde. Ik had het gevoel dat ik mijn leven lang gezocht had naar iemand om van te houden en dat diegene gewacht had en dat het Sandor was. Natuurlijk hield ik van Tilly en dat doe ik nog steeds, ook al heb ik haar maanden niet gezien, maar de manier waarop ik van Sandor houd – het klinkt idioot omdat hij maar twee jaar ouder is dan ik – nou, ik denk dat dit misschien de manier is waarop een kind van zijn vader houdt. Thuis bij pa en ma spraken we niet over liefde, dat woord werd niet gebruikt. Je vond mensen aardig of je was 'dol op ze' of je was, zoals ma zei, in bijzondere gevallen 'iemand toegewijd', maar liefde, nee. Ik denk dat ze bij 'liefde' aan iets seksueels dachten en voor hen was seks iets voor in het donker of voor grappen.
Het is veel moeilijker om te begrijpen wat Sandor in mij ziet. Ik wil dit moment eigenlijk niet denken aan de dingen die mij gemaakt hebben tot wat ik ben, vooral niet aan het laatste waarvan Sandor me redde, maar het is voor mij niet moeilijk om toe te geven dat ik geen noemenswaardige ontwikkeling heb, ik heb geen achtergrond en eerlijk gezegd heb ik niets te geven. Niets aan te bieden, bedoel ik. Ik kan mijn liefde geven, maar ik geloof niet dat dat precies is wat Sandor wil. Misschien vindt hij mijn toewijding – daar heb je dat woord van ma weer – prettig en ook mijn bereidheid om hem te gehoorzamen. Of misschien wil hij een dienaar. Ik heb mijn leven aan hem te danken, na-

tuurlijk, want hij redde die keer mijn leven en hij legde uit wat dat betekende: van hem zijn en doen wat hij zegt.
Het laatste wat ik van hem moest doen was mijn baard laten staan. Ik weet niet zeker of hij het zei voordat hij me het volgende verhaal vertelde of nadat hij me het eerste deel van het volgende verhaal had verteld. Ik denk trouwens niet dat het ertoe doet. Op dat moment vatte ik het op als bewijs dat Sandor mijn gedachten kon lezen. Ik had me een beetje verlegen gevoeld als ik me schoor met zo'n Bic-scheermesje, zo'n oranje plastic ding waarvan er tien in een pak zitten, terwijl Sandor zich zo elegant en vakkundig schoor met het scheermes van zijn overgrootvader. Het was alsof hij me de oplossing bood.
'Ik heb nooit een baard gehad,' zei ik.
'Des te meer reden om er eens aan te beginnen, kleine Joe,' zei hij.
Het geeft me een soort warme tinteling als hij me zo noemt. Niemand anders deed dat ooit. Ik ben niet klein, ik ben net zo groot als hij, bijna 1 meter 83, maar het klinkt zo vaderlijk, zoals een vader een zoon noemt. Ik ging mezelf bekijken in de spiegel. Ik ben heel mager en heb lange benen. Een gevorkte radijs, zegt Sandor en dat vind ik een grappige manier van zeggen. Mijn haar is net zo donker als het zijne, maar het is dun, met kroezige krulletjes, niet dik en zacht, zoals het zijne, en mijn huid is te bleek voor mijn haar. Ik heb lichtblauwe ogen met roze randjes en Sandor zegt dat ik varkensoogjes heb. Niet bepaald vleiend, maar ik weet dat ik niet knap ben. Een heel grote wezel met een lange nek, daar lijk ik op.
Ik had me geschoren sinds mijn dertiende, veertien jaar geleden. Pa nam me op een dag mee naar de badkamer en deed de deur achter ons dicht, alsof hij me iets vies ging laten zien. Hij gaf me zo'n plastic scheerapparaatje en zei dat ik me de volgende ochtend moest scheren. Ik heb nooit geprotesteerd, ik schoor me sindsdien gewoon elke dag, hoewel mijn blote gezicht er, als mijn kleine kin enigszins bedekt was, vast beter uitgezien zou hebben. Het moet nu ongeveer een week geleden zijn dat ik mijn scheermesje heb weggegooid en nu heb ik een dichte, don-

kere vacht op mijn kin, wangen en bovenlip. Behaard zeg je van dieren, maar ik denk dat ik er met baard menselijker uitzie.
We hadden drie verhalen gehad sinds prins Piraneso, dat over het verstoppen van de Hannoveriaanse kroonjuwelen toen de Pruisen kwamen, het verhaal over het oude echtpaar dat een apenpootje had waarmee ze wensen konden doen. Ze hadden hun dode zoon weer levend gewenst, maar waren toen te bang geweest om hem binnen te laten. Daarna vertelde Sandor me over señora Santa Anna. Ze was de vrouw van de dictator van Mexico en toen ze met haar hofdame en een paar lakeien een ritje maakte in haar koets werden ze door een paar bandieten gevangengenomen.
'Wat is een lakei?' vroeg ik.
'Een soort bediende in een mooi uniform,' zei Sandor, 'en met een gepoederde pruik ook, denk ik.'
De bandieten wilden wraak nemen op generaal Santa Anna, dus trokken ze zijn vrouw en de mensen die bij haar waren al hun kleren uit en stuurden ze hen naakt terug naar Mexico City. Ze deden hen geen kwaad, lieten hen alleen alles uittrekken. De generaal was zo kwaad dat hij een beloning stelde op het hoofd van de opperbandiet, zodat hij dat aan de voeten van zijn vrouw kon leggen. Maar hij kreeg hem nooit te pakken, alleen maar honderden onschuldige mensen, die evengoed geëxecuteerd werden.
Een wreed verhaal, hè? Al Sandors verhalen zijn wreed, vol duistere dingen en pijn, maar ook opwindend. Er gingen vier dagen voorbij en ik vroeg me af of er ooit nog een verhaal zou komen. Ik vroeg me af of ik nog ooit zou horen over Rome en Kidnap Straat en de prins. We haalden wat bij het Indiase afhaalrestaurant en een fles rode *vino* en Sandor lag op het bed een boek te lezen, *The Golden Bough* van sir James Ditofdat. Hij had de oude, rozig grijze sprei over zich heen getrokken. Heb je gemerkt dat gordijnen en spreien en dat soort dingen in gemeubileerde kamers zoals in Shepherd's Bush als ze oud worden altijd die kleur krijgen? Dat komt vast door het stof en doordat ze niet goed gewassen worden en door zonlicht en door nog meer stof.

Tilly's vriend Brian, degene die naar India was geweest, vertelde me dat de vodden van de bedelaars ook altijd rozig grijs van kleur waren.
Sandor heeft een gezicht dat je nooit vergeet. Als je Sandor eenmaal gezien hebt, valt verder iedereen af. Zo voel ik het tenminste. Niet knap – en dan vraag je je af, als hij niet knap is, wat bedoel ik dan met knap? Ik bedoel toch dit? Een grote mond met volle lippen, een grote neus, een lang gezicht met wangen die wat hol zijn voor een man van nog geen dertig, diepliggende ogen, zo donkerbruin als je nooit eerder gezien hebt, en een harde, strakke kaak, net een scherp mes of zo. Het is fantastisch als hij lacht, vooral als die lach voor jou is en die was de laatste tijd vaak voor mij. Zijn haar is tamelijk kort, heel donker en dik en er valt een lok over zijn voorhoofd. Hij heeft prachtige handen, lang en slank, maar niet als die van een vrouw, want de knokkels zijn groot en de vingertoppen stomp.
Hij legde het boek neer, de rug naar boven, omdat hij nooit een boekenlegger gebruikt. Ma had altijd boekenleggers voor 'geïllustreerde bladen' – kun je je dat voorstellen? Sandor legde gewoon zijn boek met de rug naar boven op de grond en keek me lachend aan en zei dat het tijd was om me wat meer te vertellen van het verhaal waaraan hij begonnen was, maar dat hij nooit had afgemaakt.
'We kunnen er ons feuilleton van maken,' zei hij. 'Onze soap opera, als je wilt, om je eraan te herinneren wat je mist.'
Hij weet dat ik een tv-toestel mis, hoewel ik dat nooit gezegd heb, alleen dat ik vroeger altijd televisie keek. Dat heb ik hem verteld toen hij me vroeg wat ik deed. Wat kon ik anders zeggen? Maar ik houd net zoveel van verhalen, nog meer eigenlijk, en zijn nabijheid versterkt het idee van een verhaaltje voor het slapen gaan. Sandor kon niet vertellen zonder te roken. Dat vind ik ook prettig, hoewel ik niet van de geur houd, omdat het waarschijnlijk net zo rook als toen ik, laten we zeggen drie of vier was en mijn vader een sigaret opstak voor hij me bij zich riep en me op zijn knie zette. Sandor inhaleerde heel diep, zodat het heel lang duurde voor de rook uit zijn mond naar buiten

kwam. Het leek wel alsof de rook nooit naar buiten zou komen, maar diep in hem zou blijven zitten, alsof hij kon leven op vuur en zwavel.
Hij liet zijn hoofd achterover tegen de muur rusten, er was geen hoofdeinde aan het bed, en sloot zijn ogen. De rook krinkelde tussen zijn lippen vandaan. 'De prins,' zei hij, 'was een oude man aan het begin van het verhaal.'
Ik heb geleerd om te weten wanneer hij wil dat ik een vraag stel. 'Wat is oud?'
'Wij zijn jong,' zei hij, en ik kon wel zien dat hij het heel plezierig vond om dat te zeggen. Hij liet de woorden als het ware in zijn mond rollen. 'Wij zijn jong, kleine Joe. Ik wil altijd jong blijven, jij niet?' Ik antwoordde niet. Ik had er nog nooit over gedacht. In leven en goed bij m'n verstand blijven had ik altijd mooi genoeg gevonden. 'Hij was niet alleen maar oud volgens onze maatstaven, maar volgens iedereen. Hij had al twee vrouwen gehad. Van de ene was hij gescheiden en de ander was dood. Hij had ook kinderen en die waren op dat moment ook al tamelijk oud. Ze waren oud genoeg om de ouders te zijn van de prinses.'
'Welke prinses?' vroeg ik.
'Ze was de mooiste vrouw van de wereld.' Hij keek me aan alsof ik hem tegen zou spreken. Ik knikte alleen maar. 'En ze was ook maar een gewoon meisje,' zei hij, 'of dat was ze geweest. Ze was geboren in een klein dorpje aan de zee. Je gaat me vragen of dat ook in Italië was, maar nee, dat was niet zo. Dat dorpje lag hier, in Engeland. Ze was Engels. Toen prins Barnaba di Piraneso haar voor het eerst ontmoette, was ze een beroemd model en kon je haar gezicht op de voorpagina's van alle bladen zien, terwijl ze pas tweeëntwintig was. Hij was achtenzestig, maar hij was heel erg rijk. Heb je ooit gehoord van een gilamonster, kleine Joe?'
'Ik geloof het wel,' zei ik. 'In een natuurfilm op de televisie.'
Daar moest hij om lachen. 'Dan herinner je je nog wel die schilferige kop en die kraaloogjes, dat dikke lijf met die roze en zwarte bobbels. Hij heeft een prachtige Latijnse naam, dat gilamon-

ster. Hij heet *Heloderma horridum.* Onze prins zag er net zo uit als H. Horridum, maar de prinses trouwde toch met hem. Het was zoiets als de *Beauty and the Beast*, maar dit beest is nooit in een knappe, jonge prins veranderd. Hij was al een prins, snap je, en er is meer dan een huwelijk voor nodig om de rest voor elkaar te krijgen. Daar is liefde voor nodig, zeggen ze, en ik denk niet dat daar veel sprake van was.'

'Was zij degene die gekidnapt werd?' vroeg ik.

'Ja, zeker, maar nog niet. Pas na een paar jaar.' Sandor stak nog een sigaret op en zweeg een paar minuten. Ik dacht dat dit het einde was van de eerste aflevering. Ik schrok bijna toen hij weer begon, deze keer met een scherpere klank in zijn stem. 'Ze hadden drie huizen. Eén in Parijs. Verder hadden ze een appartement in Rome en een huis in de heuvels van Toscane, niet ver van Florence. De prins was bijna zeventig en zijn hart was niet best, maar hij stond nog altijd aan het hoofd van de zaak. Hij was nog steeds voorzitter of hoe ze dat ook noemen van het Piraneso parfumrijk, met kantoren in Rome en Florence en winkels in Londen en New York en Parijs en Amsterdam en natuurlijk ook eentje in de Via Condotti, in de Kidnapstraat. Hij was daar, in Rome, toen het gebeurde, toen ze haar meenamen.

Ik vroeg wanneer wie haar meenam. Een stel Calabriërs, zei hij. Wist ik dat de Calabriërs de beste kidnappers zijn? In Italië was dat een bekend feit. Ik weet niet eens wat een Calabriër is – voor mij zoiets als een gilamonster. Maar ik zei niet nee. Ik zei: 'Ga door.' En Sandor zei: 'Nu niet meer. Wordt vervolgd.'

'Je zou je verhalen op moeten schrijven,' zei ik. 'Je zou best schrijver kunnen worden, Sandor.'

Hij keek treurig en schudde zijn hoofd. 'Ik heb geen talent voor originaliteit.' En toen zei hij iets vleiends, iets waarom ik hem wilde knuffelen, maar dat kon natuurlijk niet. 'Ik wou dat ik jouw fantasie had, kleine Joe.'

Maar soms schrijft hij wel. Hij schrijft brieven. Zijn handschrift is prachtig, dun in opwaartse lijnen en dik in de lijnen naar beneden, en een beetje puntig en heel gelijkmatig. Hij liet me papier en enveloppen kopen, maar hij was niet erg tevreden over waar ik mee thuiskwam. De brief die hij schreef deed hij zelf op de bus en toen ging hij naar de bibliotheek. Hij bleef heel erg lang in de bibliotheek, dat vertelde hij me wel, maar niet waarom hij erheen was gegaan.

We kregen nooit brieven. Dat is niet helemaal waar omdat Sandor soms, niet heel vaak, een brief kreeg van zijn moeder. Ze woont in Norwich. Als er een brief van haar komt, neemt hij alle tijd om die open te maken en zijn gezicht wordt uitdrukkingsloos als hij leest wat ze geschreven heeft.

'Ik ben een soort banneling, kleine Joe,' zei hij een keer na het lezen van een van haar brieven. 'Iemand die geld krijgt van zijn familie om uit de buurt te blijven. Zou je denken dat jouw ouwelui je zouden betalen om niet meer thuis te komen? Het is de moeite waard om het te proberen.'

'Ze hebben geen geld,' zei ik, waarmee ik niet ontkende dat ze het zouden doen als ze wel geld hadden. Als je subsidie zou kunnen krijgen om van je zoon zo'n banneling te maken, zouden ze als eersten de aanvraagformulieren invullen.

De brieven van Sandors moeder waren de enige die we ooit kregen. We hoorden de post komen, maar we namen niet de moeite om er speciaal voor naar beneden te gaan. Maar Sandor begon op de post te letten toen hij zijn eerste brief geschreven had. Ik geloof niet dat hij ooit antwoord heeft gekregen, maar dat weet ik niet zeker. Hij schreef meer brieven in de maanden daarna, maar pas in maart zei hij dat hij ging verhuizen. Niet 'wij', maar 'hij'.

'Naar East Anglia, om dichterbij te zijn.'

Ik vroeg hem dichter bij wat. Sandor houdt er niet van als hem dingen gevraagd worden, behalve als het gaat om wat hij academische dingen noemt. En als hij een verhaal vertelt en even zwijgt en zijn wenkbrauw een beetje optrekt. Hij houdt er niet van als hem gevraagd wordt om uit te leggen wat hij zei, maar aan de andere kant lijkt hij juist uit te lokken dat hem vragen gesteld worden. Hij gaf me geen antwoord.

'Ik zou een auto moeten hebben. Hoe kom ik aan een auto?'

'Die moet je kopen of stelen,' zei ik.
'Of lenen.' Hij keek naar me met een grijns in zijn ogen. 'Wat is er met je? Waarom kijk je zo sip?'
'En ik?' vroeg ik. 'Wat gebeurt er met mij?'
'Jij gaat met me mee, natuurlijk.'
Dat was voor het eerst dat ik de merkwaardige dingen zag die Sandor met zich meesleepte, zijn eigendommen, zijn verplaatsbare bagage. Hij had een reistas vol nummerborden van auto's en een koffer vol krantenknipsels. Of eigenlijk niet alleen krantenknipsels, maar ook foto's en hele tijdschriften. De koffer ging open, daardoor weet ik het.
'Dat is persoonlijk.'
Sandor zei het op een harde, scherpe manier. Ik haatte het als hij die toon gebruikte. Maar hij kalmeerde toen ik hem weer dichtmaakte en op slot deed en hij vertelde me een verhaal over iemand die prins Lichnikoff heette en die aan een lantaarnpaal was opgehangen tijdens een revolutie. Het is geen wonder dat ik soms niet het verschil weet tussen verzinsels en waarheid. In een oude aktetas vond ik zijn paspoort. Hij was weer aan het lezen en zag niet dat ik erin keek. Het schokte me een beetje toen ik zag dat hij in werkelijkheid niet Sandor heette, maar Alexander. Er zaten een heleboel stempels in het paspoort, de meeste van Italiaanse steden, maar de meest recente was meer dan vier jaar oud.
De volgende dag vertrokken we met al onze bezittingen uit Londen. Het waren vooral Sandors bezittingen, want ik heb nauwelijks bezittingen. Ik was ermee beladen als een ezel – of een lakei.
'Het klinkt als een Mayfair-pub,' zei Sandor. 'De Vrolijke Lakei, Bruton Street, West One.'
'Nou, ik ben vrolijk,' zei ik.
Hij glimlachte. 'Ik wou dat ik zoveel geluk had.'
De trein uit Liverpool Street bracht ons naar Essex. Ik heb eigenlijk nooit gereisd en ben eigenlijk nergens geweest. Natuurlijk heb ik geen eigen paspoort en zelfs geen rijbewijs, hoewel ik net zo goed kan rijden als wie dan ook. De kwestie is dat ik niet

het soort mens ben dat proeven of examens of dat soort dingen aflegt, laat staan dat ik ervoor slaag.
De schemering daalde over het land, hoewel het nog pas laat in de middag was. Alles zag er grijs en winderig en onvriendelijk uit. We moesten in Colchester overstappen en moesten een half uur wachten. 'Het is het koudste station in East Anglia,' zei Sandor. 'Echt, dat weet iedereen.'
Hij vertelde me een verhaal dat volgens hem uit *Duizend-en-een-nacht* kwam. Het ging over een oude Oosterse man die zijn dochter wilde beschermen tegen mannen en haar daarom opsloot in een kist. Hij sloot de kist in een mand en de mand in een koffer en toen gooide hij de sleutel van de koffer in zee. Maar ze ontsnapte toch naar haar minnaar. Ze gingen er samen vandoor en leefden nog lang en gelukkig. Sandor zei dat het er in dit verhaal om ging dat je iemand nog zo goed kunt opsluiten, maar dat iemand dan toch ontsnapt, als hij of zij het maar echt wil. Ik zei niets, maar ik dacht dat het in de praktijk onmogelijk op kon gaan. Als dat zo was, zou er toch nauwelijks meer iemand in de gevangenis zitten.
Terwijl we daar stonden kwam de Norwich-Express voorbij. Die gaat in één ruk door van Londen naar Norwich, met een snelheid van 160 kilometer per uur. Het eerste wat we ervan merkten was de stem die vertelt dat er treinen aankomen. De stem zei: 'Willen de reizigers op perron twee achteruitgaan. Wilt u achteruitgaan, alstublieft.'
En toen kwam hij voorbijdenderen. Dat beschrijft niet wat het was, ik denk niet dat ik dat kan beschrijven. Hij brulde voorbij en het hele station schudde op zijn grondvesten. Iedereen deinsde achteruit, als een golf, en het gekke was dat iedereen lachte en naar elkaar grijnsde. Sandor lachte en ik ook. Ik weet niet waarom, tenzij het was omdat er zoiets triomfantelijks was aan die trein, iets fantastisch en opwindends, alsof hij met grote sprongen afging op nieuwe werelden in plaats van naar de gewone, oude stad waar Sandors moeder woont.
'Het is een geweldige trein!' zei Sandor, of beter, schreeuwde hij boven het lawaai uit.

Onze trein kwam aantuffen langs het andere perron. Het contrast was een grap en daar moesten de mensen ook om lachen. Sandor keek me oplettend aan.
'Doet dat je denken aan iets wat je liever vergeet?' vroeg hij.
'Nee,' zei ik, 'o nee,' hoewel het wel zo was.

2

Sandor redde mijn leven. Zo hebben we elkaar ontmoet.
Ik was een hele tijd niet goed. Niet níét goed, zei Sandor, zíék. Praat toch een beetje fatsoenlijk. Ik was dus ziek, hoewel 'niet goed' veel beter uitdrukt wat ik was. Een paar jaar lang ging ik ziekenhuis in, ziekenhuis uit.
Mensen hebben het over depressief als ze eigenlijk bedoelen dat ze zich neerslachtig voelen, van alles genoeg hebben, niet lekker in hun vel zitten. Ze weten niet wat depressie is. Echte depressie is iets anders. Dat is als je niets hebt, als alles weg is – wensen, behoeften, wil, zorg, hoop, verlangen. Laat me niet lachen – verlangen! Dat is als je geen beslissingen meer kunt nemen, geen enkele beslissing, zoals bijvoorbeeld zal ik opstaan uit dit bed en naar de badkamer gaan of niet? Of, zal ik dit kopje thee pakken en opdrinken of zal ik er gewoon naar blijven zitten kijken? Het is als je niets wilt en niets kunt doen en zelfs niet het tegenovergestelde wilt van niets willen, wat het ook is, en als je geen woede of angst meer voelt en zelfs geen paniek.
En dat is niet het ergste. Je zinkt dieper weg. Je komt op een punt waarop je geen kleuren kunt zien en niet kunt horen dat mensen tegen je praten. En binnen in je hoofd is iets wat klotst als je je beweegt. Er is water daar, een beerput vol, vuil water waarop olie drijft in van die regenboogringen. Dat is nog de enige kleur die je kunt zien, regenboogcirkels van olie op het vuile water dat binnen in je hoofd klotst.
Maar het heeft geen zin om daarover door te gaan. Ik heb zoiets niet meer gehad sinds ik Sandor ken, maar wel andere dingen. Hoe dan ook, het ging beter met me in het ziekenhuis. Het ging langzaam, maar het ging beter. Depressie is het enige verkeerd gaan met je geest waar ze een heleboel aan kunnen doen, met medicijnen. Praten met zogenaamde experts, therapeuten, psychiaters en dat soort lui is erger dan nutteloos. Maar de medicij-

nen helpen echt. Het probleem met mij was dat ze me uit het ziekenhuis ontsloegen voor de kuur af was. Dat kwam natuurlijk door de bezuinigingen. Er was geen geld meer en ze sloten vier afdelingen.
Niet dat ze dat zeiden. Sandor heeft me dat uitgelegd, over de bezuinigingen. Zij zeiden dat ik een punt had bereikt waarop ik het heft zelf in handen moest nemen. Ze hadden gedaan wat ze konden, nu was het aan mij om het over te nemen en mezelf te helpen. Ik had alle steun van de plaatselijke Sociale Dienst. Ik zei, wat bedoelden ze met plaatselijk? En zij zeiden dat ik toch een huis had en ouders? Daar moest ik heen.
Het is grappig dat je vrienden je aardiger vinden als je een mislukkeling bent in het leven, als je niet echt goed bent in veel dingen. Dat betekent dat er niets voor ze is om jaloers op te zijn en niets waarin ze met je moeten wedijveren. Voor ouders is het tegenovergestelde waar. Ouders willen succesvolle kinderen met een heleboel kwaliteiten en liefst hoge salarissen. Sandor zegt dat dat is omdat ze via hun kinderen hun eigen leven herbeleven en zichzelf willen zien slagen. Vicaris-en-nog-iets is het woord dat hij gebruikte. Je kunt niet jaloers zijn op jezelf of je eigen concurrent zijn. Hoe dan ook, pa en ma wilden me niet. Dat zeiden ze natuurlijk niet. Ze spanden zich tot het uiterste in om behulpzaam en begrijpend te zijn – in elk geval zolang de maatschappelijk werker erbij was.
Het was lang geleden dat ik thuis had gewoond. Pa had een donkere kamer gemaakt van mijn slaapkamer en ze hadden de kamer van Tilly verhuurd. Ik sliep op de bank – sorry, Sandor, sofa – in de woonkamer. Niet dat me dat kon schelen, ik zou op de grond geslapen hebben of in de garage. Vanaf het moment dat we nog maar met z'n drieën in de kamer zaten maakten ze duidelijk hoe de zaken lagen. Neem bijvoorbeeld de manier waarop ze me de sofa wezen.
'Dat kan best, Joe, tot je een eigen huis gevonden hebt.'
Wat bedoelden ze? Tot ik een hypotheek kreeg? Tot ik een topfunctie kreeg ergens en het huis dat daarbij hoorde? Ik zou naar Tilly gegaan zijn als dat mogelijk was geweest. Als ze alleen maar

één kamer had gehad zou ze die met me gedeeld hebben, dat weet ik. Maar Tilly en haar vriend waren in de camper naar België gegaan, ik weet niet waarom. Ik weet niet wat zij of hij daar te zoeken had. Er werd nooit over haar gesproken in dat huis. Ze was thuis weggegaan om te gaan wonen bij een man met wie ze niet getrouwd was en dat was voldoende. Ze wisten niet dat ze sindsdien bij verschillende andere mannen gewoond had en dat ze nu met de laatste zelfs op een kampeerterrein zat. Ma had haar gevoelens heel duidelijk gemaakt.

'Als Matty besluit om een fatsoenlijk leven te gaan leiden en zichzelf weer kan respecteren, kan ze terugkomen en dan is ze natuurlijk van harte welkom.'

Ik slikte nog steeds medicijnen en misschien kwam het daardoor dat ik nooit weer helemaal terugzonk in het olieachtige water. Ik was wat de meeste mensen depressief noemen, somber en lusteloos, met een gevoel dat niets ertoe deed. Ik kende alleen pa en ma en de kamerbewoner. Mijn vrienden waren allemaal naar elders verhuisd. De kamerbewoner, die een zoveelste-jaarsstudent was in iets wat hij natuurgeneeskunde noemde, zei dat ik schizofreen was ten gevolge van een slechte voedingswijze zonder voldoende rauwkost. Ik denk dat hij bang voor me was. Hij maakte altijd een schrikachtige beweging als ik de kamer binnenkwam.

Op een dag zei pa: 'Ik denk dat we allemaal beseffen dat het tijd voor je wordt om te verhuizen, Joe. Dat zouden we ook zeggen als je van onszelf was.' *Als je van onszelf was...* 'In ieders leven komt een moment dat een mens op eigen benen moet staan.' Ze zouden me er niet uitgezet hebben. Dat hadden ze niet kunnen doen als ik niet weg had willen gaan. Behalve dan de politie bellen. Nu ik erover denk, geloof ik dat ze daar eigenlijk wel toe in staat waren.

Als ik helemaal eerlijk ben, moet ik zeggen dat ik eigenlijk niet over zelfmoord dacht. Dat wil zeggen, dat ik niet tegen mezelf zei: ik zal het op die manier doen, op donderdag, om zo en zo laat, ik schrijf een briefje en dan doe ik het. Zo was het niet. Maar ik had wel het gevoel dat het allemaal hopeloos was. Ik had wel het gevoel dat het me allemaal niks meer kon schelen, dat ik net zo goed zonder uitkijken de straat over kon steken, alle pillen die ik over had kon slikken en afwachten wat er zou gebeuren. Maar dat deed ik niet. Ik ging weg. Ik liep 's middags dat huis uit zonder iets te zeggen, niet wetend waar ik heen ging, met het geweldige bedrag van acht pond in mijn zak, alles wat ik bezat. Sandor zegt dat ik op dat moment het stereotype werd van de mensen die door de Nationale Gezondheidszorg tot bedelaars worden gemaakt door ze de psychiatrische klinieken uit te zetten.

Het was november en erg koud. Toen ik een eindje gelopen had, wilde ik wel dat ik pa's overjas meegenomen had die aan de kapstok had gehangen. Hij was in zijn gevoerde regenjas naar zijn werk gegaan. In ons gezin trek je nooit voor december echte winterkleren aan en die blijf je dan doordragen tot mei. Dat is een van de regels. Ik wou dat ik hem gepakt had, maar ik kon niet terug. Ik wist niet waar ik heen ging, ik kon niemand bedenken naar wie ik toe zou kunnen gaan. Het leek me dat ik andere mensen moest vinden die net zo waren als ik en dat ik me bij hen moest voegen.

Ik vond er een paar bij de Embankment. Niemand zei iets tegen me. Ze maakten voorbereidselen voor de nacht, hulden zichzelf in kranten en oude jassen en in sommige gevallen dekens. Er was een oude vrouw die in een kartonnen doos ging zitten waarin ooit een afwasmachine verpakt was geweest. Ik had geen spullen bij me om buiten te overnachten en dacht erover om ergens anders heen te gaan, maar er was geen ergens anders. De kou was het ergste. Ik trok alles aan wat ik in mijn rugzak had zitten maar dat was niet genoeg. Op een gegeven moment, vroeg in de ochtend, kocht ik een kop thee en een broodje in cellofaan dat ik niet open kon krijgen omdat mijn vingers te koud waren. Ik moest het ten slotte met mijn tanden openscheuren.

Toen het metrostation Embankment openging, om vijf of zes uur in de ochtend, ik wist het niet omdat ik geen horloge had, liep ik daar binnen omdat ik dacht dat het er warmer zou zijn. Het is gek, hè, als ik besloten had om naar het Northern Lineperron te gaan zou ik hier nu waarschijnlijk niet zijn, ik zou dood geweest zijn. Ik koos de Circle omdat de treinen daar alsmaar rondrijden, je kunt de hele dag in de trein blijven zitten en hij rijdt maar rond – en dat alles voor één kaartje van 60 pence. Dat kwam uit de automaat. Op dat moment dacht ik er niet aan om mezelf te doden, maar ik had wel andere ideeën. Ik dacht dat ik het warmer zou hebben als ik eenmaal een paar keer langs Kensington High Street en Paddington en Farringdon en Liverpool Street en Temple en Kensington High Street gekomen was en dat ik iets zou kunnen doen. Ik zou bijvoorbeeld iets van iemand kunnen stelen en daarvoor gearresteerd worden en dan zou ik een bed hebben in een politiecel, de komende nacht.

Maar zou dat gebeuren? Misschien voor één nacht. Dan zouden ze me een boete geven of een voorwaardelijke straf en me terugsturen naar pa en ma. Iemand vermoorden, dat was de enige manier waarop je in de gevangenis kwam tegenwoordig, en zelfs dat was niet zeker. Ik stond toen al op het perron en er waren niet veel mensen. Het was nog te vroeg.

Er kwam een trein, maar ik stapte niet in. Een stuk of zeven, acht mensen stapten wel in en ik stond alleen op het perron. Iemand onder de volgende trein duwen – was dat een goed idee? Ik had op een bankje gezeten onder zo'n dienstregeling waarop staat wanneer de eerste en de laatste trein gaan, maar ik stond op en liep naar de rand van het perron. Ik stond misschien vijf centimeter van de rand, een meter bij het begin van de tunnel vandaan.

Er was iemand het perron op gekomen. Ik draaide me om om te kijken wie het was. Een man, een paar jaar ouder dan ik, donker, mager, met een hol gezicht, het gezicht van een roofvogel, en zwarte, hongerige ogen. Kon ik dat op dat moment echt allemaal gezien hebben? Ik weet het niet. Hij had een spijkerbroek aan en een vuil spijkerjack, gevoerd met schapevacht. Ik zou het leuk vinden om te kunnen zeggen dat ik onmiddellijk wist wat hij voor me zou gaan betekenen, dat ik al bij voorbaat mijn beste vriend had herkend, maar dat zou niet waar zijn. Ik voelde

niets, behalve dat dit een man was die getuige zou zijn.
De waarheid was dat mijn houding veranderd was. De rand van het perron lokte me, de zwarte mond van de tunnel trok me, het licht dat op groen gesprongen was deed me beven. Ik kon nog geen geluid horen en voelde ook de luchtstroom nog niet, maar ik wist dat de trein er zou zijn – in wat? Dertig seconden? Ik schoof mijn voeten naar voren, verder naar de rand. Ik bedacht hoe pa en ma op de hoogte gebracht zouden worden en dat bezorgde me een raar soort plezier. Hoe het nieuws Tilly zou bereiken, daar wilde ik niet aan denken. Mijn voeten waren nu over de rand, de bal van mijn voeten en mijn tenen waren over de rand.
Ik boog mijn lichaam iets naar voren. Mijn hoofd hing. Ik had de rugzak op het perron gezet. Ik dacht: Ik kan niemand doden, maar ik zou mezelf kunnen doden. Dat was alles, weet je, ik had niet verder gedacht dan dat. Ik was niet op het punt gekomen dat ik zei: Ik doe het, ik ga mezelf doden, dat was het, aju. Ik dacht er alleen maar aan dat ma zou huilen en zou zeggen dat ik altijd al labiel was geweest en dat pa zou zeggen dat ik geen pit had.
Sandor zegt dat ik op het punt stond om zelfmoord te plegen. Ik spreek hem niet tegen. Hij weet het toch het beste, hij weet het altijd beter dan ik, natuurlijk, hij is ontwikkeld. Met mij is het al stukken beter dan het was omdat hij me van alles geleerd heeft in de tijd dat we samen zijn, maar toen was ik zo dom als het achtereind van een varken, de helft van de tijd wist ik niet wat ik deed. Dus Sandor zal wel gelijk hebben als hij zegt dat ik op het punt stond om mezelf voor de trein te gooien. Ik zou het niet weten. Er valt op dat moment trouwens een soort waas over mijn herinnering. Voorzover mijn gedachten gaan dan. Ik weet niet wat ik dacht of wat ik van plan was, ik weet alleen maar dat ik daar stond met de helft van mijn voeten over de rand van het perron en mijn lichaam gebogen.
Het duurde eeuwig voor de trein kwam. Ik voelde de luchtstroom door mijn haren suizen. Ik hoorde het geruis in de tunnel. Ik zag de lichten niet, ik keek niet. Het geluid van de nade-

rende trein vulde mijn hoofd, dus misschien waren daar wel geen gedachten meer, waren ze allemaal uitgedreven door de naderende trein. Zijn adem voelde heet in mijn nek en zijn handen voelden warm om mijn middel, het waren de warmste dingen die ik gevoeld heb sinds ik kind was. Ze waren zo hard als verhit ijzer en ze hielden me vast om m'n middel en trokken me achteruit en ik viel om en rolde over de grond en we rolden achteruit tegen de muur toen de trein zich uit de tunnel brak.

Er stapten een paar mensen uit. Ze moeten gedacht hebben dat we dronken waren. We stonden op en ik haalde mijn rugzak en we gingen op het bankje zitten. We keken naar elkaar, lachten niet, staarden alleen maar en onze ogen waren heel groot geworden. Het olieachtige water klotste in mijn hoofd, hikte en gorgelde weg door een afvoergat in mijn hersens. Dat was het laatste en de ruimte waar het had gezeten was schoon.

'Wie ben je?' vroeg hij. 'Wat doe je hier, afgezien van jezelf vermoorden?'

Ik vertelde hem wie ik was. Ik vertelde hem een heleboel over mezelf, fluisterend, mompelend, neerkijkend op mijn handen. Toen ik kwam bij het slapen op de bank (hij verbeterde me toen niet en zei niet dat ik het een sofa moest noemen) en dat ze zeiden dat het maar een tijdelijke regeling was, begon ik te huilen.

Hij zei: 'Je kunt maar beter met mij mee teruggaan,' en toen, toen de volgende trein kwam en we instapten, 'ik heb je leven gered, dus je leven is nu van mij.'

'Oké,' zei ik.

3

Tilly is niet mijn echte zusje. Maar nu ik er zo over denk is eigenlijk niemand iets 'echts' van mij. Ma is niet echt mijn moeder en pa is niet echt mijn vader en Sandor is niet echt mijn vriend. Ik moet ergens ouders hebben die echt van mij zijn, dat wil zeggen, hun bloed en hun genen en zo zijn van mij, ik ben er omdat zij seks hadden en ik ken hun namen, daar is niks geheims aan, maar als ze me tegen zouden komen op straat zouden ze me niet herkennen en ik zou hen niet herkennen. Ik kwam in een kindertehuis toen ik vier was en werd bij pa en ma geplaatst toen ik zeven was. Zij hadden toen Tilly al, die hadden ze een jaar daarvoor in huis genomen, toen ze elf was.

Het klinkt sentimenteel, het klinkt als een Hollywoodfilm uit de jaren dertig toen ze met kindersterretjes werkten, maar het gebeurt echt dat twee van zulke kinderen van elkaar gaan houden als je ze bij elkaar brengt, omdat ze niemand anders hebben om van te houden. Ma raakte ons nooit aan, gaf ons nooit een zoen, dat spreekt vanzelf. Maar ze zei ook nooit iets liefs, noemde ons zelfs nooit 'liefje', gaf ons nooit een pluim en zei ook nooit die gewone dingen die pleegouders geacht worden te zeggen, zoals dat ze ervoor gekozen hadden om ons in huis te nemen en dat ze ons bij hen lieten wonen omdat ze ons graag wilden hebben. Ik zeg niet dat ze ons nooit bij onze voornaam noemde, want dat deed ze een heel enkel keertje, misschien als ze een van ons moest roepen en er absoluut geen andere manier was om dat te doen. Ze was kortaf, koel en zeer plichtsgetrouw. We waren daar omdat het haar plicht was.

Pa ging naar zijn werk en kwam thuis en keek televisie, ging naar het bookmakerskantoor en ging vissen, ging naar bed en stond op en ging naar zijn werk. Soms haalde hij grappen met ons uit, zoals een dode kikker in bed of het ei uit mijn eierdopje halen en er een rauw ei voor in de plaats zetten. Eén april was een nachtmerrie. Maar hij raakte ons nooit aan, niet op een slechte manier en niet op een goede manier. Hij liet Tilly nooit op zijn knie zitten. Behalve één keer, bijna. Hij zat iets te lezen en zij keek mee over zijn schouder, een beetje tegen hem aanleunend. Hij strekte zijn arm uit om haar op zijn schoot te trekken. Ze was toen zowat twaalf. Ma greep Tilly bij haar arm en trok haar weg en fluisterde heel vinnig iets tegen pa dat ik niet kon verstaan. Dit was voordat we hoorden over al dat gedoe rond seksueel misbruik van kinderen, maar ik denk dat ze dat in haar hoofd had.

Ik kan me mijn eigen moeder herinneren. Ze was niet getrouwd met mijn vader, nog iets dat vanzelf spreekt. Ik kan me verschillende mannen herinneren en een van hen zal het wel geweest zijn – degene die zoveel rookte en soms tegen me praatte? Ik geloof niet dat mijn moeder me ooit sloeg of zoiets, maar ze sloot mij altijd de hele dag op in onze kamer als zij naar haar werk ging en uiteindelijk haalden ze me bij haar weg. Ik werd Joseph genoemd omdat zij Iers was en katholiek. Tilly's naam is Matilda. Het was echt iets voor pa en ma om haar geen Tilly te willen noemen toen ze bij hen kwam wonen, omdat dat de ongebrúíkelijke afkorting was van Matilda, de ongewone, en je deed nooit ongewone dingen, je deed nooit dingen waarmee je de aandacht op jezelf vestigde. Dus noemden ze haar Matty. Natuurlijk noemden ze haar eigenlijk nooit iets, maar als ze haar iets moesten noemen, was het Matty.

Toen ik ouder werd en merkte dat ze bij haar thuis vroeger Tilly genoemd werd, begon ik haar ook zo te noemen. Dat heeft ma me nooit vergeven. Ze deed alsof ik een winkeldiefstal had gepleegd of gevloekt had of een oude vrouw op haar hoofd had geslagen. Als ik Tilly Tilly noemde, snauwde ze dat ik stil moest zijn, dat ik m'n mond moest houden, dat ik het nooit meer mocht zeggen en dan sprak ze uren niet tegen me.

Als mensen me vragen waar ik geboren en opgegroeid ben, zeg ik Londen. Als je dat tegen een buitenlander zegt, denkt hij dat je Hyde Park bedoelt of de Post Office Tower. De meeste mensen die in een voorstad zijn opgegroeid kennen Londen helemaal niet, ze gaan daar soms in een jaar niet heen. Eén keer per jaar misschien, om een mimevoorstelling te zien of *The Mousetrap* en om hun kerstinkopen te doen in Oxford Street.

Sandor liet me Londen zien. Hij leerde me van alles over de stad. We gingen kijken naar dingen en niet alleen naar winkels met parfumerieafdelingen, we gingen naar plekken waar ik misschien wel over gehoord had, maar waar ik nooit geweest was en soms vroeg ik me af of we ma niet tegen het lijf zouden lopen, want het liep al tegen Kerstmis, maar dat gebeurde nooit. Tilly kwamen we ook niet tegen, hoewel ik steeds hoopte dat dat wel zou gebeuren. Het boerenland, waar we nu zijn, was een gesloten boek. Het was iets wat je op televisie zag, in natuurfilms. Sandor zegt dat die programma's me alleen maar in verwarring hebben gebracht, dat ik daardoor verwacht om een rinoceros tegen te komen als we langs een weg in Suffolk lopen en dat een koe die me over een hek aankijkt in mijn idee deel uitmaakt van een kudde stampende buffels.

We wonen nu in Railway Arms, midden in een klein stadje. Je zou denken dat het bij het station is, maar het station is bijna een kilometer verderop. Misschien was er hier ooit ook een station. We wandelden erheen, met onze bagage. Sandor zegt dat hij deze plek gekozen heeft omdat het er niet fatsoenlijk uitzag en dat vind ik de gekste reden om iets uit te kiezen die ik ooit gehoord heb. We liepen langs een paar huizen met bordjes BED AND BREAKFAST op de deur, langs bungalows met mooie tuinen en gepoetste, koperen deurknoppen. Sandor zei dat ze dan wel op het boerenland stonden, maar dat ze evengoed gewoon een buitenwijk vormden. De enige aanwijzing waaruit bleek dat er op Railway Arms kamers te huur waren, was een bordje in het raam van het café waarop stond LEGE KAMER. Geen LEGE KAMERS maar LEGE KAMER en toen we naar binnen gingen, kwamen we erachter dat ze ook maar één kamer hadden.

Het was al laat toen en ik had trek. Sandor had zijn sigaretten, die zijn voor hem hetzelfde als eten, dus ik ging naar beneden, naar de bar en kocht wat er te krijgen was, twee vleespasteitjes uit Cornwall, hoewel je nauwelijks verder van Cornwall af kon zitten, twee pakjes crackers en een tosti die zo vaak in en uit de magnetron gegaan was dat hij eruitzag alsof hij gecremeerd was. Toen ik weer boven kwam, lag Sandor op het bed. De sprei was weer zo'n geweven lap met dezelfde roziggrijze kleur als die in Shepherd's Bush.

'Misschien is er een winkel waar je ze kunt kopen,' zei ik. 'Een zaak voor invalide meubelen. Met als specialiteit tafels met geamputeerde poten.'

Hij lachte en zei iets over mijn fantasie. Maar het was aardig, niet hatelijk. 'Ik zal je iets vertellen over een andere winkel,' zei hij, 'of over een ander soort winkelier.'

Toen wist ik dat we een aflevering zouden krijgen van de prins en de prinses. Hij klopte met zijn hand naast zich op het bed en ik ging daar zitten, even later mijn voeten optrekkend, maar wel oppassend dat ik niet te dicht naast hem ging zitten en nog voorzichtiger mijn handen in mijn schoot houdend. De gordijnen waren open, maar het was pikdonker buiten, een zwarte hemel met een nog zwartere strook land eronder met her en der speldenprikjes licht. Ik spreidde de krant tussen ons uit, legde het eten daarop en maakte de pakjes crackers open. Sandor stak een sigaret op.

'Hun landhuis lag in een dorp dat Rufina heette,' zei hij. 'Overal groene bergen met bomen erop. Niet zoals hier, helemaal niet. De bomen zijn olijfbomen en cipressen en de bergen zijn hoge, ronde heuvels. Er ligt een stadje in de vallei met een station waar de trein naar Florence langskomt. De naam van de villa was 'I Falci'. Dat betekent De Valken. Als het mistte in Florence en de stad helemaal grijs en grauw was, was het zonnig op I Falci, boven de wolken.

De prinses woonde daar terwijl de oude man in Rome en Milaan was. Ze had twee dienstmeisjes als gezelschap en de truffelhond. De truffelhond was een bruine spaniël die ze hadden om in de bossen truffels op te graven.

'Ik dacht dat truffel dat spul was dat in bonbons zit,' zei ik.

Dat was een van de keren dat het niet goed was om hem te onderbreken. 'Jezus Christus,' zei hij, 'dat houd je toch niet voor mogelijk.'

Ik zei niets. Ik zal het wel leren, ooit zal ik het leren.
'Nou, waar was ik? O ja. Natuurlijk ging ze soms uit. Niet vaak naar Florence. Dat is gek met Florence, de mensen die buiten Florence wonen haten de stad en gaan er nooit heen, terwijl toeristen van over de hele wereld er niet genoeg van kunnen krijgen. Ze ging soms naar de buren, ze had kennissen in Rufina. Op een dag reed ze vanaf de villa de heuvel af, een weg die zich om de berg slingert, toen ze een auto dwars over de weg voor zich zag staan.
Ik weet niet of ze iets vermoedde. Ze was geen Italiaanse, misschien besefte ze het niet. Maar ze zag dat ze er niet langs kon en ze was bezig om de auto te keren en terug te gaan toen haar een andere auto achteropkwam en haar de terugweg blokkeerde. Er zat één man in de auto voor haar en twee in de auto achter haar. Ze bonden haar vast en wilden haar in de kofferbak stoppen. Ze moesten een heel eind rijden, ze gingen naar Rome, en ze wilden niet dat zij hun gezichten zou zien. Tot op dat moment hadden ze de kragen van de truien die ze droegen tot aan hun ogen opgetrokken.
Twee waren Italiaans en de derde was... een buitenlander. De Italianen waren vader en zoon en de jongste van hen studeerde medicijnen. Hij loste het probleem op door de prinses een injectie in haar arm te geven waardoor ze de eerste vier uur buiten bewustzijn was. Het waren geen van drieën wat je noemt professionele kidnappers. Het waren amateurs en amateurs zijn veel gevaarlijker, omdat ze geen ervaring hebben, omdat ze niet weten wat de gebruikelijke losprijs is en omdat ze gauwer in paniek raken als er iets mis gaat. Als kidnappers in paniek raken, doden ze hun slachtoffers.
Maar ook al waren deze drie dan geen professionals, ze wisten wel het een en ander van ontvoeringen, ze hadden de kranten gelezen en een van hen had onderzoek gedaan naar kidnappen, zogenaamd voor een kranteartikel. Ze wisten bijvoorbeeld dat achthonderd tot negenhonderd miljoen lire een redelijk bedrag was om als losprijs te vragen.'
'Hoeveel is dat in ponden?' vroeg ik.

'Vier- tot vijfhonderdduizend pond. Maar ze waren voorlopig nog niet aan de onderhandelingen toe. Ze namen de prinses mee naar een huis, 30 kilometer van Rome, dat ze gehuurd hadden van een bedrijf dat bemiddelde in vakantieverblijven. In de woonkamer hadden ze een tent opgezet. Ze kreeg het huis en zelfs de kamer waarin ze werd vastgehouden nooit te zien. Alles wat ze zag was de binnenkant van de tent.'
Ik vroeg hem wat haar ervan weerhield om ervandoor te gaan. Er verscheen een merkwaardige uitdrukking op zijn gezicht. Het was alsof hij iets moest gaan zeggen wat hij niet wilde zeggen, maar waar hij niet omheen kon. Hij beet op zijn onderlip. Hij trok nauwelijks merkbaar zijn schouders op.
'Ze zat vastgeketend aan de muur,' zei hij. Er viel een korte stilte terwijl ik dit verwerkte. 'Het was een lange ketting met aan het ene einde een ring die om haar enkel zat. De andere kant zat vast aan een balk bij de open haard en de ketting liep onder de tent door. Hij zat niet strak.' Sandor keek me oplettend aan. Om de een of andere reden wilde hij graag dat ik dat over de ketting zou geloven. 'Hij was meer dan drie meter lang en hij was niet zwaar, hij deed haar geen pijn. Na de tocht in de auto, toen ze bijna de hele tijd bewusteloos was, heeft ze haar Italiaanse kidnappers nooit meer gezien, hoewel ze hen later wel dikwijls hoorde spreken. Ze zag de buitenlander en die zag ze een tijdje ook alleen maar met masker en een kap op zijn hoofd. Voordat ze weer bij bewustzijn kwam, had de oudste van de Italianen haar nagels geknipt. Haar nagels waren heel lang en lichtgoud gelakt. Hij knipte ze zo kort af als de nagels van een kind of een heel machoachtige man en stuurde de afgeknipte stukjes naar prins Piraneso.'
'Was dat het eerste wat hij erover te weten kwam?' vroeg ik.
'Nee. Natuurlijk niet. Het had geen zin om hem in onwetendheid te laten verkeren. De jongste Italiaan had met hem gesproken door de telefoon en hem verteld dat ze zijn vrouw hadden en dat hij een bewijs zou sturen dat ze inderdaad bij hen was. Dat was het bewijs. Het was geen bewijs dat ze nog leefde, natuurlijk.' Hij zweeg en ik wilde niets zeggen. Ik zag hoe zijn vin-

gers zich bijna mechanisch over de sprei bewogen, op weg naar een sigaret. 'Nu even niet meer, kleine Joe,' zei hij. 'Ik ben moe en we hebben van alles te doen morgen.'
Hij vertelde me niet wat we te doen hadden, maar de volgende dag ging hij in zijn eentje weg. Ik had een taak gekregen. Ik moest naar de openbare bibliotheek gaan en kijken of ze daar een boek hadden, Suffolk Houses, van iemand wiens naam ik vergeten ben, maar in elk geval een beroemde architect. Als ze het hadden, moest ik lid worden van de bibliotheek en het boek lenen, het meenemen naar de Railway Arms en kijken of ik er een huis in kon vinden dat Jareds heette.
Ik vond het boek, maar ze wilden me geen lid maken van de bibliotheek omdat ik geen inwoner was van de stad, geen belastingbetaler was en er ook geen werk had. Ik ging aan een tafeltje zitten en zocht in het boek naar Jareds. Het was er niet. Ik keek het boek nog eens door en toen kwam de vrouw die de vergunninghoudster was van de Railway Arms naar het tafeltje. Ze zei me gedag. Het kwam er uiteindelijk op neer dat zij me haar kaart leende en me het boek mee liet nemen.
Sandor was tegen vijf uur terug. Hij was bij zijn moeder op bezoek geweest en teruggereden in haar auto. Dat wil zeggen, een van haar auto's, een kleine, grijze Fiat.
'Heeft ze je die gegeven?' vroeg ik. Ik vind het altijd moeilijk om mensen (zelfs Sandor) te geloven als ze me vertellen dat hun ouders iets aardigs gedaan hebben.
Hij keek me van opzij aan. 'Ik heb hem gewoon genomen, kleine Joe,' zei hij.
'Bedoel je dat ze niet weet dat jij hem hebt?'
'Ik neem aan dat ze het nu wel weet. Maar ze zal niets doen. Ik bedoel, ze maakt er misschien een toestand over, maar ze weet niet waar ik ben. Voorzover zij weet woon ik nog steeds in Shepherd's Bush. Kijk niet zo nerveus, ze stuurt me heus de politie niet op m'n dak. Ik ben haar enige zoon, ja toch?'
Hij vergeet dat ik niet bepaald de gelukkigste herinneringen van de wereld heb aan wat ouders doen met enige zoons. Maar ik liet hem het boek zien en zei dat Jareds er niet in stond. Hij stak

een sigaret op. Hij begon het boek heel zorgvuldig door te kijken. Er stonden grote kleurenfoto's in van enorme, oude huizen en kleine zwart-witfoto's van enorme, oude huizen en nog andere foto's van ramen en deuren en mooie stukjes decoratie. Sandor bekeek de foto's.
Hij zei: 'Aha!' en schoof het boek naar me toe.
De foto die hij met zijn duim aanwees was er niet zozeer eentje van een huis, als wel van de weg naar een huis, een lange, rechte oprijlaan met hoge muren aan beide zijden en dikke bomen aan de andere kant van de muren. Het bijschrift – het nieuwe woord dat ik die dag leerde – luidde: *De opmerkelijke muren en de oprijlaan naar Atherton Hall, bekend onder de naam Flint Avenue.* Je kon nog net een huis zien aan het einde van de gang zonder dak, zullen we maar zeggen. Het zag er nogal deftig uit, zoals de gebouwen in Londen langs de Mall en in Regent's Park, met hoge ramen en pilaren met krullen en bladeren aan de bovenkant.
'Lees eens hardop,' zei Sandor. 'Niet het onderschrift, maar de tekst.'
Het ging allemaal over architectuur en ik struikelde over sommige woorden. Sandor verbeterde me en toen zei hij dat ik snel leerde, iets wat ik heel leuk vond. De man die het boek geschreven had zei dat het huis heel erg oud was, maar dat het 'vergeorgiaanst' was en Sandor zei dat dat betekende dat ze er in de achttiende eeuw zo'n Regent's Park-gevel voor hadden gezet. Het hele huis en de gebouwen en stallen aan de achterkant waren bedekt met dingen die mathematische tegels heetten. Ze zagen eruit als stenen, maar waren niet echt van steen. Er waren mooie dingen in het huis, een wenteltrap met trapbalusters waarin rozen en andere bloemen waren uitgesneden en een muurschildering boven die vierhonderd jaar geleden gemaakt was en die *Het Oordeel van Paris* heette. Ik zei dat ik nooit gedacht had dat de mensen hier in de rimboe in die tijd weet hadden van de stad Parijs, maar Sandor zei dat het niet over de stad ging maar over een persoon en dat hij me een dezer dagen een verhaal over hem zou vertellen.
De hele tijd dat ik las begreep ik niet wat Sandor zo interessant

vond aan het huis. De schrijver was heel enthousiast, heel opgewonden eigenlijk, over deze zogeheten Flint Avenue, die uniek was en over het hek met de 'ongewone' stenen leeuwen, maar praktisch alles in het boek had wel iets unieks. En toen ik bij de laatste zin kwam las ik: 'Atherton Hall is nu bekend onder de naam Jareds.'

'We zullen er morgen eens gaan kijken,' zei Sandor. 'Dan gaan we met de auto.'

Het was niet het juiste moment om hem om nadere uitleg te vragen, wat hij met een en ander bedoelde. Ik moet heel wat laten voor wat het is. Ik laat hem doorpraten en vorm me langzamerhand een idee, ik pik op wat ik kan van wat ik begrijp. Je kunt mijn verwarring niet zien nu ik een baard heb. Mijn mond is verborgen. Het is gek hoe mensen praten over de uitdrukking in iemands ogen, dat zijn ogen hem verraden en zo, maar het is de mond die de gevoelens toont. Als mijn lippen trillen of als mijn onderlip zakt kan Sandor dat nu niet meer zien. Ik verberg mijn verbijstering onder mijn dikke, krullerige baard en voel me heel comfortabel en veilig.

Gisterenavond gingen we naar buiten, haalden eten bij het Indiase restaurant en nieuwe sigaretten voor Sandor en we spraken af dat ik mijn uitkering naar het postkantoor hier zou laten overschrijven, dan hoefde ik niet zo ver te reizen om haar op te halen. Toen liet hij me de grijze Fiat zien op de parkeerplaats achter het huis.

'We gaan er niet ver weg mee zolang we de kentekenplaten niet veranderd hebben,' zei hij. 'Morgen gaan we ergens naar een rustig straatje om dat te doen.'

Het gaf me een heel opwindend gevoel om een auto te hebben. Pa en ma hadden een auto, maar die werd alleen op zon- en feestdagen gebruikt. De garage zag er vanbinnen veel mooier uit dan Sandors kamer in Shepherd's Bush of onze kamer in de Railway Arms, witte muren en vaste planken en een plastic kap om de lichtpeer. Er lag een vilten dek over de auto, net zoals ze hier bij paarden dekens op de rug leggen als ze buiten zijn. Pa zette hem buiten en – ik zei bijna 'verzorgde' hem – wáste hem

op zondag en dan ging hij er ma's vader mee halen om te komen eten. Dat was zijn wekelijkse training. Tilly en ik mochten er een enkele keer ook in, maar ik kon de keren op mijn vingers natellen.
Ik lag gisterenavond naast Sandor te denken aan de auto van pa en ma en dacht daardoor aan hen en aan Tilly en aan hoe akelig het was toen ze wegliep. Iets in die herinneringen moet me iets gedaan hebben, me een eenzaam of zenuwachtig gevoel gegeven hebben, want in mijn slaap strekte ik mijn hand uit naar Sandor. Halfslapend kroop ik tegen hem aan en sloeg ik mijn arm om zijn lichaam – o, wat sterk en warm! – en het proces dat geacht werd me tegen te houden om dat te doen werkte niet. Hij sloeg me niet deze keer, hij duwde me alleen woest van zich af en schopte tegen mijn schenen. Hij heeft lange teennagels en ik zag bloed op mijn scheenbeen toen ik vanmorgen opstond, maar hij zei niets over 's nachts dus ik dacht dat ik maar het beste m'n mond kon houden.
Hij gaf me de autosleuteltjes en ik moest rijden. Het was maar goed dat Tilly's vriend nummer twee het me geleerd had. Sandor had een kaart op zijn knieën. Het was een heel eind naar Atherton, veel verder dan Sandor gedacht had toen we naar Railway Arms verhuisden, bijna 45 kilometer. De lucht was grijs en er stond een koude wind. Er zaten geen bladeren aan de bomen, ze staken als skeletten af, maar de velden hadden een heldere, hardgroene kleur. We reden door het ene dorpje na het andere en ze leken allemaal op elkaar vond ik en er stonden overal dezelfde dingen: huizen zoals ma die op kalenders had staan, met rieten daken en houtwerk aan de buitenkant, een kerk met een ronde of een vierkante toren, grote loodsen, zoals je die bij stations ziet staan en dingen die op enorme ijzeren flessen leken. Silo's zei Sandor. Het landschap bestond uit grote velden en kleine, donkere bosjes en hier en daar een heel groot huis, zoiets als Hampton Court.
Sandor had op zijn kaart een kruisje gezet bij Atherton Hall, of Jareds. Hij waarschuwde me toen we er nog zo'n twee tot drie kilometer vandaan waren. Ik merkte wel dat hij opgewonden

was over iets. Zijn stem was langzamer en dieper geworden en er hing een vreemde sfeer in de auto. Ik kan het misschien het beste beschrijven als de atmosfeer die in de lucht hangt voor een storm, zwaar en alsof iets machtigs dat aan het worstelen is in bedwang wordt gehouden.
'Daar,' zei hij. 'Zet hem maar op de parkeerstrook.'
Eerst zag ik niets, alleen een hoge heg van iets prikkerigs aan de andere kant en een hek. Maar een eindje verderop boog de heg naar binnen en hingen grote bomen over de berm. Sandor en ik stapten uit en liepen erheen. Het was kilometers terug sinds we de laatste auto hadden gezien of iemand gepasseerd waren en ik had al geleerd dat je op het platteland nooit iemand te voet ziet. Het was er stil en leeg. Aan de andere kant van de weg strekten zich wijde velden uit naar de horizon. Midden in zo'n veld stond een paard, op een ander veld stond iets in rijen geplant, dat zag eruit als een enorme, groene, geribbelde trui.
Op de plek waar de heg naar binnen boog stonden twee bakstenen pilaren met daartussen een ijzeren hek dat dicht was. Ik zag wat de architect die het boek geschreven had bedoelde met 'ongewoon'. Boven op de linkerpilaar stond een stenen leeuw. Hij stond er gewoon maar te staren naar de andere pilaar met zijn vriend of vriendin – een andere leeuw in elk geval – en die andere leeuw stond ook, maar hield onder zijn voorpoot een man neergedrukt. De stenen man was gekleed in kledij uit oude tijden, met een kanten kraag om zijn nek, zoals Hendrik de Achtste. Het was prachtig gedaan. Degene die de beelden gemaakt had was heel knap, want er stond doodsangst op het gezicht van de stenen man te lezen. Hij strekte zijn arme handen naar boven en hield de leeuw vast bij zijn andere klauw en duwde uit alle macht, maar je kon zien dat het geen zin had en dat de leeuw hem toch zou verscheuren.
'Hij zal het alleen nooit doen,' zei Sandor. 'Het is het Griekse Urnsyndroom' – wat dat ook mag betekenen. 'De leeuw blijft hem neergedrukt houden en hij blijft tot in alle eeuwigheid worstelen.' En toen gluurde hij door het hek, dat te hoog was om eroverheen te kijken.

De lange oprijlaan met de hoge muren aan weerskanten strekte zich precies zo uit als in het boek. Flint Avenue had de architect de oprijlaan genoemd en je kon zien waarom. De muren, die zo'n tweeënhalve meter hoog waren, waren gemaakt van stenen, van het soort dat je hier overal ziet liggen. Op onze terugweg zag ik een geploegd veld dat vol lag met stenen zoals die van de muren van Jareds. Sandor zei dat hij het huis net kon zien in de verte en ik keek ook, maar ik wist niet zeker of het grauwe dat ik zag een huis was of een stuk lucht.
Ik weet niet waarom ik probeerde het hek open te doen. Ik denk dat je dat altijd doet in zo'n situatie. Ze zagen eruit alsof je er alleen maar tegen hoefde te duwen, want er leek geen slot op te zitten, maar ik kon er geen beweging in krijgen. Sandor zei: 'Je hebt de sleutel niet.'
'Welke sleutel?' vroeg ik. 'Er is geen sleutelgat.'
Het hek werkte elektronisch, zei hij. Je moest een speciale sleutel hebben, een soort persoonlijk zendertje, om een circuit te verbreken of juist te sluiten of zoiets. Je moest met zo'n ding zwaaien door het raam van je auto en, Sesam Open U en hocuspocus!, dan ging het hek voor je open.
'Hij heeft waarschijnlijk een tv-scherm in de hal, zodat hij de mensen die komen kan zien en met hen kan praten. En als je nadat het donker is geworden de oprijlaan oprijdt, is er een infrarode warmtesensor die alles ontdekt wat het pad opkomt, een voetganger of iemand in een auto, zelfs een hond of een kat, en dan flitsen alle lampen aan.'
'Hoe weet je dat?' vroeg ik.
'Dat weet ik gewoon.'
We gingen terug naar de auto en reden een eindje door tot aan het dorp. Dat lag misschien twee kilometer verderop. Honderd meter voorbij Jareds en toen nog driekwart kilometer verder liet Sandor me stoppen. We keken achterom om te zien of we het huis konden onderscheiden, maar we zagen alleen maar velden en kleine bosjes en groepjes hoge bomen en de lijn van muren en steen, zo recht als een liniaal, dat was Flint Avenue. Hij had wat geld, misschien had hij het gestolen van zijn moeder, en we

gingen het café in. Sandor luisterde naar de gesprekken die om ons heen gevoerd werden en hij zei dat hij hier morgen terug zou komen, ik zou hem 'onderweg' afzetten.
'Onderweg waarheen?' vroeg ik.
'Morgen begin je met je *reconnaissance*, kleine Joe,' en hij legde me uit wat dat woord betekende. Ik moest parkeren waar we daarnet geparkeerd hadden gestaan en het hek in de gaten houden, kijken wie er naar buiten kwam en wie naar binnen ging, de autonummers opschrijven en ik moest háár, als zíj naar buiten kwam, zelf achter het stuur of gereden door iemand anders, volgen.
'Wie is zij, Sandor? Wie woont er in dat huis?'
'Het boek heeft je dat verteld,' zei hij. 'Een man die Apsoland heet. Een heel rijke man, ongeveer vijftig jaar oud en een veiligheidsexpert. Wie denk je dat er verder nog woont?'
Ik keek hem alleen maar aan. Hij kon niet verwachten dat ik het wist.
'Welke vrouw ken jij die trouwt met rijke mannen en die na alles wat ze heeft meegemaakt een veiligheidsexpert uitzoekt?'
Ineens was het makkelijk. 'De prinses,' zei ik.

4

De volgende dag zette ik Sandor af in het dorp, lang voor het café openging, en hij zei dat hij een bus terug zou nemen. Er gaat er eentje, twee keer per dag of zo iets idioots. Ik vond dat hij veel beter de wacht kon gaan houden en schaduwen dan ik, maar toen ik dat voorstelde, weigerde hij absoluut. Hij zei dat ik lui was. Ik stond om tien uur voor Jareds, op dezelfde plek waar we de dag tevoren geparkeerd hadden. Het eerste wat ik deed was uitstappen en nog eens naar die leeuwen kijken.

Ze fascineerden Sandor, dat merkte ik wel, maar ik raakte een beetje door ze van streek, ik vond ze helemaal niet leuk. Degene die ze gemaakt had mocht dan wel heel knap geweest zijn, maar hij was ook ziek. Ik heb heel wat zieke mensen gezien en ik kan het weten. Er was een man in het ziekenhuis die altijd mensen beet, hij beet de verpleegsters in hun hand en ik heb een keer gezien dat hij zich op de grond liet zakken en iemand in z'n enkel beet, net als een hond. En er was een vrouw die nooit haar rechterarm gebruikte, ze zei dat haar rechterarm geamputeerd was, maar iedereen kon zien dat die arm er gewoon was. Als een van die mensen knap genoeg geweest was om dingen uit steen te hakken, denk ik dat ze die leeuwen hadden kunnen maken, een normaal gezond mens zoals Sandor of ik kan dat niet.

Deze keer zag ik dat er tegen de zijkant van de linkerpilaar – de pilaar waarop de kijkende leeuw staat, niet de menseneter – een stenen bak met een houten deksel zat vastgemetseld. Die was bedoeld om de post in te doen en er stond met ijzeren letters JAREDS op geschreven. Je kon hem alleen maar zien als je uit de richting van het dorp kwam. Ik keek weer door het hek. Hekken hebben iets wat je de neiging geeft om erdoor te willen kijken. Ik heb nog nooit een oprijlaan gezien als deze, nooit en nergens. Natuurlijk is het waar dat ik niet veel gezien heb, ik heb niet bepaald veel in de wereld rondgekeken, maar ik denk niet dat er veel van dat soort oprijlanen zijn, een gang van stenen en bomen zonder plafond. Tenzij je de overhangende takken een plafond wilt noemen. Als er bladeren aan zitten vormen die takken twee daken die elkaar raken.

Het was een beetje griezelig wat er gebeurde. Ik dacht dat de twee muren ononderbroken naar het onzichtbare huis liepen, maar dat kan niet, want ineens kwam er een hond uit een muur lopen. Hij verdween door de andere muur. Even dacht ik dat hij er steeds geweest was, dicht tegen de muur aan, maar als hij er al geweest was, waar was hij dan nu?

De hond had dezelfde kleur als de stenen. Ik tuurde, zei tegen mezelf dat mijn ogen me bedrogen hadden, toen er een man verscheen met nog een hond. Het waren van die honden die eruitzien als wolven. De man was heel lang, langer dan ik of Sandor, en breed, niet dik, maar met brede schouders en een brede borst. Apsoland, dacht ik. Toen herinnerde ik me dat Sandor gezegd had dat Apsoland vijftig was. Natuurlijk kon ik de man niet goed zien, hij was minstens honderd meter ver, maar je weet hoe dat gaat, er is iets aan iemand, de manier waarop hij loopt, hoe hij zich beweegt, de manier waarop hij zijn hoofd houdt, dat zijn leeftijd verraadt. Deze man was jonger dan vijftig, misschien wel meer dan tien jaar jonger.

Sandor had niet gezegd dat ik moest proberen om naar binnen te komen en op onderzoek uit te gaan en hij had ook niet gezegd dat ik het niet moest proberen. Ik wilde erg graag weten of er deuren in de muren zaten, of die ook elektronisch werkten en hoe het er aan beide kanten van de muren uitzag. De pilaren waren van baksteen en kolossaal – ik hoop dat ik dat woord goed gebruik, het is het laatste dat Sandor me geleerd heeft – maar het ijzeren hek ertussen bestond uit dunne spijlen. Ik wist waarom toen ik er eentje vastpakte. Er stond stroom op.

Mijn hand sprong eraf en viel naar beneden alsof iemand me een geweldige klap op mijn bovenarm had gegeven. Het is toch bij de wet verboden om zo'n val op te zetten voor mensen? Dat kan niet anders. Mensen zijn geen varkens of koeien. Toen ik het Sandor vertelde, zei hij dat het er niet veel toe deed of het

wettig was of niet als niemand het wist, of als degenen die in die val liepen het nooit vertelden.
'Ik bedoel, je gaat toch niet naar de politie om het te vertellen, hè?'
Ik liep terug naar de auto in de veronderstelling dat me een lange, koude zit te wachten stond, toen ik een auto achter me hoorde. Ik was al terug bij de Fiat toen de auto voor de oprijlaan van Jareds afsloeg naar links. Het was een Volvo, een kleintje, de 343, in die grappige rozig koperen kleur die je nooit bij een ander merk auto ziet. Ik kon de chauffeur maar een paar seconden zien. Hij zwaaide met iets in zijn hand door het raam. De speciale sleutel, zoals Sandor had gezegd. De chauffeur zag er jong uit, voorzover ik kon zien, met donker haar en een knap profiel. De Volvo reed de oprijlaan op. Aan de ene kant wou ik dat ik nog bij het hek gestaan had, zodat ik had kunnen zien hoe het openging en hoe de auto de stenen oprijlaan afreed, maar dat zou natuurlijk fout geweest zijn. Ik moest juist zorgen dat niemand me zag. De tijd ging traag toen ik eenmaal terug was in de auto. Ik wou dat ik iets te eten meegenomen had, maar daar had ik niet aan gedacht en ik kreeg erge trek. Om een uur of drie reed ik ten slotte maar naar het dorp, in de hoop dat ik Sandor niet zou zien. Ik bedoel niet echt dat ik hoopte dat ik hem niet zou zien, ik kan me niet voorstellen dat er ooit een tijd zal komen dat ik hem niet zou willen zien. Ik bedoelde dat ik niet wou dat hij me erop zou betrappen dat ik niet op mijn post was.
Het café was dicht. Toen vorig jaar werd ingesteld dat de cafés de hele dag open mochten zijn, dachten we dat de cafés ook de hele dag open zouden zijn, maar dat is niet zo. Ze gaan dicht als ze er zin in hebben. Ik vond de dorpswinkel waarin ook een cafégedeelte was en daar hadden ze oudbakken sandwiches en blikjes Coca-Cola en Sprite te koop. Eigenlijk was het goed dat ik niet op mijn post was, want toen ik het café uitging zag ik de man met de twee honden die op die vreemde manier Flint Avenue waren overgestoken. De honden waren deze keer niet bij hem. Ik wist dat hij het was, hoewel moeilijk te zeggen is hoe ik dat wist. In detectiveseries op de televisie vraagt de politie aan

getuigen hoe ze zo zeker kunnen weten dat een verdachte degene is die zij denken dat hij is en waarom ze dat denken. Nou, misschien zou ik moeten zeggen dat je geen twee mannen van die afmetingen hebt in zo'n klein dorp, dat je in zo'n dorp nooit twee mensen hebt met hetzelfde grote, ronde hoofd, bedekt met blond stekeltjeshaar.

Hij was met een hele groep andere mensen, allemaal vrouwen. Het duurde een paar minuten voor ik besefte dat ze allemaal voor een school stonden te wachten. De kinderen begonnen naar buiten te komen. Het was net half vier geweest. Het kind dat naar de grote man toe kwam was een meisje met loshangend lang, gouden haar, een klein meisje, ik kan de leeftijd van kinderen niet schatten, maar ze was misschien zes of zeven.

Veronderstel dat zij de dochter is van de prinses, dacht ik en dat idee maakte me heel opgewonden. Sandor had gezegd dat de prinses heel mooi was en dat was dit kind ook. Zij en hij liepen samen weg, gingen een zijstraat in en stapten in de koperkleurige Volvo waarin ik de andere man had zien rijden.

Ik ging natuurlijk achter ze aan. Ik durfde niet te stoppen bij het hek van Jareds. De richtingaanwijzers van de Volvo knipperden en ik moest ze voorbijrijden en rechtdoor gaan. Ik had Sandor heel wat te vertellen. Toen ik terugkwam lag hij op het bed te roken en te lezen in een boek in een vreemde taal. De kamer was vol rook die in dunne, blauwe slierten in de lucht hing, zoals dat soms gebeurt.

'Weet je wat een werkwoord is, kleine Joe?' vroeg hij.

Het is maar het beste om het eerlijk toe te geven als je iets niet weet. Ik schudde mijn hoofd. Hij legde uit dat het een woord is waarmee je een actie of een toestand aangeeft en ik geloof dat ik het ongeveer snap.

'In het Zwitserduits,' zei hij, 'bestaat er geen werkwoord voor "beminnen".' Ik weet niet of hij daar zojuist achter was gekomen. Hij moest erom lachen. 'Is dat niet gek? Geen werkwoord voor "beminnen"?' Ik vertelde hem over het kleine meisje van de prinses.

'Ze heeft geen kinderen,' zei hij. Hij klonk geïrriteerd. 'Dat moet een kind van een van de bedienden zijn. Ze hebben bedienden, weet je, ze zijn rijk. Ze hebben een chauffeur, Garnet – Ben Garnet – en een inwonend echtpaar. Dacht jij dat de prinses zelf het werk deed in huis en zichzelf in de rondte reed?'

Daar had ik niet aan gedacht. Op de een of andere manier leek het me allemaal nog steeds een sprookje. 'Vertel me nog eens wat van dat verhaal,' vroeg ik.

Even dacht ik dat mijn verzoek genegeerd zou worden. Hij had zijn boek weer gepakt, maar ik merkte wel dat hij er niet in las en meer naar de letters staarde, zonder ze te zien. Toen legde hij het omgekeerd neer, pakte een sigaret en hield die even tussen zijn vingers voor hij hem aanstak.

'Het is nu niet erg spannend meer voor je,' zei hij. 'Je weet dat ze vrijkwam, je weet dat ze haar niet hebben vermoord.'

'Toch wil ik graag weten wat er gebeurd is.'

'Oké.' Hij graaide op het bed naar zijn lucifers. Ik pakte het doosje van de schoorsteenmantel, stak een lucifer aan en hield het vlammetje bij zijn sigaret. Hij pakte mijn pols om die stil te houden. Weet hij dat hij de oorzaak is van de onvastheid van mijn pols, vroeg ik me af. 'De tweede keer dat de kidnappers de prins belden, vroeg hij hun om een bewijs dat ze nog leefde.'

'Een bewijs dat ze nog lééfde?'

'Hij was misschien zelf nooit gekidnapt en ook nooit iemand van zijn familie, maar hij was goed op de hoogte. Hij was toch een rijke man in Rome met een winkel in Kidnap Straat? Hij had praktisch een graad in de kidnapwetenschap. Daarom was het misschien wel heel erg voor hem, zorgwekkend, afschuwelijk, maar het was absoluut geen grote schok. Het was de buren toch ook al overkomen? Hij wist dat het vragen om een bewijs dat ze nog leefde de volgende stap was. Of ga je soms onderhandelen, geld opnemen, betalen voor een slachtoffer dat al dood is?'

'Het klinkt nogal koeltjes,' zei ik.

'Ja, in een ander sociaal klimaat misschien wel. 's Lands wijs, 's lands eer. Hij was niet koeltjes. Hij ging niet naar de politie.'

'Zeiden de ontvoerders dat hij dat niet mocht doen?'

'Ik denk niet dat het ze iets kon schelen,' zei Sandor. 'In Italië was iedereen al gewend aan ontvoeringen. Ze gingen ervan uit dat hij dat zou doen, maar hij deed het niet.'
'Waarom deed hij het niet?'
'Hij wist dat als het algemeen bekend werd, als de politie het wist en het in de krant zou komen, de man die het onderzoek zou leiden zijn rekeningen zou blokkeren. Dat werd vaak gedaan om betaling van losgeld te voorkomen en hij wist dat. Wat hij misschien niet wist, was dat de maatregel niet werkte en alleen maar leidde tot opwinding in de betrokken familie en vervreemding van zo'n familie van de autoriteiten, maar nooit het betalen van losgeld voorkwam. Laten we zeggen dat hij nog pas zijn kandidaats had in de kidnapwetenschap.
'Ze stuurden hem een bewijs dat ze nog leefde. Ze stuurden hem een bandje dat de prinses had ingesproken. De gewone gang van zaken, haar was gezegd wat ze moest zeggen, de buitenlander gaf haar de instructies en zij vertelde haar echtgenoot hoe oncomfortabel ze het had, hoe ze dreigden dat ze de volgende keer niet alleen maar afknipsels van haar nagels zouden opsturen, maar haar hele nagels. Ze zeiden tegen de prins dat hij naar de Montemario Observatorio moest gaan, boven op een van de Zeven Heuvels van Rome en dat hij daar verdere instructies zou vinden in een sigarettendoosje in een hoekje van het standbeeld daar. Dat doet me denken aan...'
Ik gaf Sandor nog een sigaret. Hij stak hem op en staarde voor zich uit. Op de een of andere manier wist ik dat ik die dag niets meer te horen zou krijgen.
'Waar is het schrijfpapier?' vroeg hij. 'Geef me even een blad papier en een envelop, wil je? Er is een buslichting om half zes en als je je haast, kun je die nog net halen.'

Ik kon Sandors brief nog net op tijd posten en de volgende ochtend ging ik terug naar Jareds. We hadden een ander nummerbord op de auto gezet en ik droeg een zonnebril die Sandor in de stad voor me had gekocht. Zelfs mijn beste vriend zou me niet herkennen. Nou ja, ik denk dat Sandor mijn beste vriend is en

natuurlijk herkende hij me, maar Tilly, bijvoorbeeld, zou me niet herkend hebben. Nu is het allemaal anders, maar die ochtend werden mijn smalle kin en mijn lippen die makkelijk trilden bedekt door een baard en een snor en mijn behoedzame ogen gingen schuil achter de bril. Ik zag er ouder uit. Ik zag eruit als een vermomde man in een tv-programma.
Ik zag het hek niet opengaan, ik zag alleen de auto tevoorschijn komen. Niet de Volvo deze keer, maar een lange, elegante, lichtgrijze auto waarvan ik later ontdekte dat het een Bentley was. De grote man, Garnet, zat achter het stuur. Er zat iets achterin, in de verste hoek van de achterbank. Ik kon haar niet erg goed zien, maar ik kon genoeg zien om te weten dat het een 'zij' was, een vrouw.
Ik volgde hen. Dat was makkelijk, want er was niet veel verkeer. Ik dacht dat hij haar ergens heen zou brengen om boodschappen te doen, maar de Bentley reed maar door, om de buitenwijken van Bury St Edmunds heen, de grote weg op naar Newmarket en Cambridge. De naam Newmarket ken ik van de paardenrennen. Pa ging altijd naar een wedkantoor een eind verderop in de straat waar we woonden en Cambridge was de stad waar Sandor gestudeerd had.
Ik zou de Bentley niet hebben kunnen bijhouden als Garnet snel had gereden, maar dat deed hij niet. Een paar keer kwam er een andere auto tussen de Bentley en mij in rijden, maar dat was alleen maar goed, omdat het zo net leek alsof ik de Bentley niet volgde, maar er alleen toevallig reed. Garnet was drie auto's voor me, toen ik de richtingaanwijzers zag knipperen. Het was de afslag naar Cambridge.
De auto moest even wachten op het kruispunt en ik kon zien dat de vrouw achterin blond haar had, niet lang en ook niet kort. Ik hoopte dat ze haar hoofd om zou draaien maar dat deed ze niet. Ze waren niet op weg naar het centrum van de stad, daar was ik al gauw achter, maar naar een soort voorstad, een buurt met grote, vrij nieuwe huizen. Garnet stopte voor het hek van een bungalow, zo'n ranch-achtig ding, met een tuin vol narcissen en kerstboompjes en een grote boom in bloei. Ik reed voor-

bij, draaide rechts en weer rechts en parkeerde de auto achter de plek waar de Bentley stond, zo'n beetje diagonaal ertegenover en net binnen de bocht.
Garnet hield het achterportier open. De vrouw stapte uit. Ik wist dat het de prinses was, maar om de een of andere reden had ik verwacht dat ze groot en kleurrijk zou zijn met een dramatisch uiterlijk, laten we zeggen iemand als Dolly Parton, en ik verwachtte dat ze gekleed zou zijn in het soort dure, opvallende kleren dat Tilly graag zou willen hebben. De vrouw die ik zag, zag eruit als een jong meisje. Ze was heel slank en tenger en ze droeg een spijkerbroek en een trui en een wollige omslagdoek. Naast Garnet leek ze heel klein, of hij leek heel groot naast haar. Hij is een grote man, een reus, maar daarbij slank. Hij ziet er goed uit. Ze liep het pad op tussen de narcissen en Garnet keek haar na. Hij keek haar na tot een onzichtbaar persoon de deur opende en haar binnenliet. Toen ging hij terug naar de auto. Ik zat daar maar, niet wetend wat ik nu moest doen. Er leek niet veel anders op te zitten dan te wachten tot de prinses weer naar buiten zou komen. Het was zo rustig en vredig, niemand te zien, alleen de enkele auto die voorbijreed. De vogels zongen. Ik zat me net af te vragen hoe het zou zijn om hier te wonen, zo rustig en rijk en kalm, toen ik Garnet weer uit de auto zag stappen. Hij ging op de weg staan en keek in mijn richting. Toen stak hij over, met rustige, grote stappen. Hij kwam naar de auto.
Hij kon niet naar me toe komen om tegen me te praten, ik zag geen reden waarom hij dat zou doen, dus ik dacht dat hij zou gaan aanbellen bij een van de huizen aan deze kant, of misschien was hij op zoek naar een gelegenheid om te eten, het liep al tegen half een. Toen hij op het raampje tikte, schrok ik. Ik draaide het naar beneden en dat had ik niet moeten doen, dat weet ik nu. Ik had mijn gezicht af moeten wenden en weg moeten rijden en niet naar hem moeten kijken zoals ik nu deed.
'Je bent me gevolgd,' zei hij.
Ik schudde alleen maar mijn hoofd. 'Nee.'
'Ga hier weg,' zei hij. 'Ga hier weg en ga terug naar waar je thuishoort.'

Alsof ik een schepsel was dat onder een steen vandaan gekropen was of zo. Hij stond voor de Fiat en schreef het nummer op een stukje papier dat hij uit zijn jaszak had gehaald. Dat zou hem niet veel helpen. Mijn eerste gedachte was aan wat Sandor zou zeggen en ik vroeg me af of ik het hem moest vertellen.

Ik begon met de gewoonte om veel te eten toen ik bij mijn pleegouders kwam. Dat was wat aardig-zijn tegen kinderen inhield: onbeperkt televisie en onbeperkt eten. Behalve de tv beneden hadden Tilly en ik er allebei eentje op onze kamer en 's avonds lag er een chocoladebiscuitje op ons kussen, net als in dure hotels. (Dat heb ik op de televisie gezien.) Het maakte een geweldige indruk op de Social Services, die het liefde noemden. Ma – ik kan haar niet mijn moeder noemen, ik heb het geprobeerd – zei altijd: 'Een kind van mij zal nooit honger hebben,' een gekke opmerking omdat ze nooit een kind had gehad en ook nooit kon krijgen, de reden waarom Tilly en ik daar waren. Sandor eet niet veel. Rokers eten niet veel. Ik weet niet waarom, want het is niet zo dat rook dezelfde weg gaat als eten. Hij was weer een brief aan het schrijven, maar hij legde er zijn buitenlandse boek op toen ik binnenkwam. Hij vroeg me: 'Heb je sigaretten meegebracht?'
'Ik kan ze wel even voor je gaan halen.'
Ik wist onmiddellijk dat hij dat niet prettig zou vinden. Hij houdt er niet van als je iets zegt dat geen antwoord is op zijn vraag. 'Ik weet wel dat je dat kunt,' zei hij, en toen: 'Als je wist hoe moe ik ervan werd om elk stom woord dat je zegt te moeten vertalen. Je bedoelt dat je geen sigaretten meegenomen hebt, is het niet?'
Ik deed het weer. Dat komt omdat hij me zenuwachtig maakte.
'Ik geloof dat er hier nog ergens eentje in een pakje zit.'
'Goeie god,' zei hij.
Ik vond de sigaret en stak hem zonder na te denken aan voor ik hem aan hem gaf. Soms vindt hij het prettig als ik dat doe en soms haat hij het. Deze keer was het goed. Ik zette de asbak die de Railway Arms ons ter beschikking had gesteld op het nacht-

kastje. Het nachtkastje, waarvan er maar eentje is en dat aan Sandors kant staat, is van riet, alleen een van de poten is afgebroken en daar is een houten pootje voor in de plaats gezet. Op de asbak staat *Lygon Arms, Broadway* geschreven. Sandor vroeg: 'En, hoe ging het?'

'Goed. Prima.' Hij weet het vaak als ik lieg, maar op dat moment wist hij het niet. Ik verraadde mezelf toen hij vroeg om een beschrijving van Garnet, hoe hij eruitzag en toen ik hem vertelde dat hij lang en groot was, zei ik ook dat hij een stem had met een klank die zo ongeveer tussen Sandor en mijn stem in lag, als je je zoiets voor kunt stellen.

'Hoe komt het dat je zijn stem gehoord hebt?'

Daar had je het al.

'Je gaat me toch niet vertellen dat je hem je gezicht hebt laten zien?'

Iemand met een accent als dat van Sandor kan veel intimiderender zijn dan iemand die gewoon praat zoals ik. Het is gek, omdat op de televisie mensen die dreigend praten meestal plat praten. Ze zouden daar eens iets aan moeten doen. Het zou ze eens verteld moeten worden dat de stem van een autoriteit klinkt als die van Sandor, met de uitspraak die je krijgt op de middelbare school en oude universiteiten of die je aanleert op de toneelschool. De manier waarop Sandor me vroeg of Garnet mijn gezicht had gezien was staalhard en koud en afkeurend.

'Het spijt me, Sandor,' zei ik, 'maar ik had mijn bril op en ik heb alleen het raampje een eindje opengedraaid. Hij zal me niet herkennen.'

'Je hebt verdomd gelijk, hij zal je zeker niet herkennen als ik klaar ben met je.'

Er hing een blauwige waas tussen ons. Ik rookte nooit, ik heb het wel geprobeerd, echt waar, omdat ik dacht dat het Sandor en mij op de een of andere manier nader tot elkaar zou brengen als we zoiets gemeenschappelijks hadden. Hij ging rechtop zitten en duwde de rozig grijze beddensprei van zich af. Hij droeg zijn blauwe denim overhemd en zijn zwarte spijkerbroek en mijn donkerblauwe trui van Marks and Spencer die ik twee jaar geleden van Tilly had gekregen voor de kerst. Zijn schoenen stonden naast het bed, zwartleren schoenen. Sandor draagt geen gympen, zoals ik, hij haat ze. Hij zat daar en schoof zijn lange, smalle voeten in zijn schoenen.

'Garnet zal me niet herkennen,' zei ik. 'Ik weet zeker van niet. Hij heeft maar één of twee minuten een glimp van me opgevangen. Je weet... je zei zelf... de ene donkere man met een baard lijkt precies op de andere.'

'Een blonde man zonder baard lijkt helemaal niet op een donkere man met een baard, dus zo gaan we het doen.'

'Maar wat doet het ertoe?' moest ik vragen, hoewel ik wist dat ik geen antwoord zou krijgen. 'Waar dient dat voor?'

Hij schudde zijn hoofd, niet de manier waarop mensen hun hoofd schudden als ze 'nee' bedoelen, maar als ze ongeduldig zijn.

'Ik wil mijn baard eigenlijk niet afscheren, Sandor,' zei ik, heel dapper. Ik moet leren om hem het hoofd te bieden, zo nu en dan. Dat moet.

Hij keek naar me. Hij lachte naar me op de manier waardoor ik helemaal koud word. 'Jij hoeft het niet te doen. Ik ga het doen.'

Sandor scheert zich met een recht mes, een 'moordenaar'. Ik had er nog nooit eerder eentje gezien. Het dubbele lemmet klapt in een handvat van paarlemoer. Hij vertelde me dat het van zijn overgrootvader was geweest en dat het uit een heel dure zaak in Londen, in Jermyn Street, kwam. Sandor snijdt zichzelf nooit. Hij vindt scheren leuk vanwege de handigheid en de precisie die je moet hebben om dat verschrikkelijke, glimmende, flinterdunne lemmet te laten glijden langs zijn kaak, die trouwens ook net een lemmet is.

Ik wist dat hij me niet zou snijden, maar ik vond het idee toch niet prettig. Ik heb een gek idee over Sandor, over wat hij van me wil en met me wil doen. Ik ben niet zo onwetend dat ik niet snap dat hij macht wil. Nou, hij heeft macht. Maar soms denk ik dat hij – het klinkt krankzinnig – nou, dat hij een masochist van me wil maken. Hij wil dat ik pijn prettig vind. Hij wil dat ik het prettig vind als hij me pijn doet en me vernedert. Misschien

ben ik een beetje gek of heb ik, zoals Sandor zegt, veel fantasie.
'Ik doe het liever zelf,' zei ik, me realiserend terwijl ik het zei dat ik had toegegeven. Ik had toegestemd in het verlies van mijn baard. Sandor had het weer voor elkaar gekregen, hij had me in de val gelokt en me in zijn netten gevangen en me vastgezet.
'Ga op die stoel zitten,' zei hij.
Er is er maar eentje. Zwart, bewerkt hout, heel wankel, met vuile, donkerrood fluwelen bekleding, de zitting met een ronde kuil in het midden. Sandor stak een sigaret op. Hij begon zijn overgrootvaders scheermes te slijpen op een leren riem die hij een scheerriem noemt. Ik legde een van de kussens op de stoel en ging voor de spiegel zitten. Op de spiegel is de afbeelding geschilderd of op de een of andere manier gedrukt, van een lelijke vrouw die Jane Avril heet en die haar benen in de lucht schopt, maar de spiegel is niet echt oud, het is een goedkope kopie uit Homebase. Sandor begon niet met scheren. Hij knipte mijn baard af met een nagelschaar en toen mijn haar.
De manier waarop ik onder de baard vandaan kwam toen hij me begon te scheren deed me denken aan iets waarvan ik dacht dat ik het vergeten was: de manier waarop ma me 's ochtends altijd wakker maakte. Ze kwam de kamer in, heel opgewekt, en zei: 'Goedemiddag', hoewel het nooit na half acht was en dan trok ze de dekens van me af. Met één enkele beweging van haar arm trok ze de dekens weg. De koude lucht stortte zich op me. Pa en ma hadden vier televisietoestellen in huis en meer pakjes cake en biscuits dan Ipswich Sainsbury's, maar ze hadden geen centrale verwarming. De kou stortte zich op me en deed mijn adem stokken. Het leek een beetje op dat gevoel toen Sandor mijn wangen ontdeed van al dat aardige, vermommende, wárme, koesterende, troostende haar.
Maar afgezien daarvan was het allemaal in orde. Het scheermes deed geen pijn. Het kietelde alleen maar een beetje, heel zachtjes. Ik voelde hoe ik me begon te ontspannen, hoewel ik mezelf moest beheersen om niet mijn gezicht, mijn naakte, blote gezicht te bedekken. Ik liet me iets dieper in de stoel zinken, blies mijn adem uit en liet mijn schouders zakken. Mijn kin zag er

groter uit dan ik me hem herinnerde. Dat was goed. Mijn wangen waren roze, maar dat kan wel door het scheren gekomen zijn. Sandor bewoog het scheermes heel zacht over mijn bovenlip. Er bestaat geen woord, geloof ik, voor dat kleine stukje tussen je mond en je neus behalve bovenlip, maar dat kleine reepje daaronder is eigenlijk alleen je lip. Sandor deed heel voorzichtig om niet mijn eigenlijke lip te raken.

Ik begon te denken dat die ideeën van mij over hem, dat hij een masochist van me wilde maken, onzin waren, ik ontspande me echt. Ik dacht dat hij klaar was. Ik keek, met een heel langzaam groeiend zelfvertrouwen, naar mijn nieuwe gezicht toen hij het scheermes optilde en het een millimeter afhield van de huid waar dat kleine groefje is, onder je neus. Bewoog ik mijn hoofd een heel klein eindje om mijn kaaklijn beter te kunnen zien? Ik denk het niet. Ik denk – weet – dat Sandor het scheermes een centimeter of twee over het groefje trok en het gaf een gevoel alsof ik door een insekt gestoken werd. Het bloedde, eerst een paar pareltjes, toen een snoer van parels en vervolgens een stroom die in mijn mond droop.

5

’s Avonds gingen we naar buiten om te kijken wat het afhaalrestaurant te bieden had. Die plattelandsstadjes zijn vreemde plaatsen. Ze zijn niet zoals je zou denken als je de beschrijvingen in gidsen leest. Je verwacht dat ze mooi zijn en gezellig, met lekkere frisse lucht en blije mensen die daar een ontspannen leven leiden. Je verwacht er winkels waar ze goed en vers landelijk voedsel verkopen, vlees van ter plekke geslachte dieren en scharreleieren en appels en peren uit de boomgaarden. De werkelijkheid is heel anders.
Ze hebben er bijvoorbeeld grote industrieterreinen, op z’n minst één in elke stad en soms twee. En zelfs als ze heel klein zijn hebben ze buitenwijken met kleine nieuwbouwhuisjes. Je ziet nooit mensen lopen tussen de fabrieken op de industrieterreinen, maar ze moeten er wel zijn, want om half vijf of vijf uur beginnen de auto’s van de terreinen te komen, duizenden auto’s. Ze stromen naar buiten, verstoppen de wegen en staan in files bij de verkeerslichten. Sandor zegt dat ze die fabrieken bouwen om de plaatselijke bevolking ervan te weerhouden om weg te gaan en als dat waar is, dan heeft het zeker gewerkt. Je kunt overdag niet echt uitgaan in die stadjes, je kunt je niet bewegen door alle mensen die boodschappen doen, hoewel God mag weten wat ze er te koop vinden. Om de andere winkel is een bank of een bouwmaatschappij en de echte winkels zijn filialen van weinig populaire ketens van levensmiddelenbedrijven en winkeltjes met souvenirs en met sportartikelen.
Elke stad heeft ongeveer vijftien cafés en één, of ten hoogste twee, goede restaurants waar de heer en mevrouw Apsoland zouden kunnen gaan eten, maar die Sandor en ik ons in onze wildste dromen niet zouden kunnen veroorloven. Ik bedoel Sandors wildste dromen, de lawaaierige dromen die hij vaak heeft. Ik droom nooit. Dan is er een Chinees restaurant en het

Tandoori afhaalrestaurant en een *fish-and-chips*-tent. Alleen is die laatste meestal gesloten tegen de tijd dat je 's avonds wilt gaan eten. Alles is dicht en de stad is een spookachtige plek geworden.

Ik neem aan dat het centrum van zulke steden nog steeds mooi is, als je van dat soort dingen houdt. Als je houdt van huizen die eruitzien als kalenderplaatjes, waarvan de bovenste verdieping over de straat naar voren helt en van georgiaanse huizen, gebouwd van lichtgrijze bakstenen, de kleur van cement, en van kronkelende straatjes met muren van grijze en zwarte zwerfkeien. 's Avonds lopen er nooit mensen. En ik bedoel ook werkelijk niemand. Overdag zijn ze vol auto's en winkelende mensen en fietsers en parkeerwachters, maar 's avonds is het er leeg en stil. De smalle straten zijn zo grauw als een strand en lijken op de een of andere manier winderig. Er is misschien wel geen wind, maar ze zijn winderig. Als er wél iemand aan zou komen, zou je de voetstappen op een kilometer afstand kunnen horen echoën op de keien. En soms is er iemand, alleen maar om je te laten schrikken, alleen maar om je bang te maken en je op te schrikken. Je hoort de voetstappen echoën en dan komt er een groep jongens uit een van die straatjes het marktplein op. Ze zien er nog steeds uit als punks, zelfs nu nog, met vettige, met metaal bewerkte, zwarte kleren waarin gaten geknipt zijn en met rare kleuren in hun haar. Zelfs nu nog. Je zult het niet geloven, maar vorige week zag ik nog een jongen met een veiligheidsspeld door z'n neusvleugel.

Maar dat gebeurt niet vaak, die jongens bedoel ik. Meestal is het er leeg en stil, met oranje licht dat door de ramen van het café schijnt, de deuren dicht, silhouetten van rustige mensen. Je hoort nooit lawaai uit de cafés. Er waait wat afval in de rondte, achtergelaten door de horden van overdag. Het Chinese restaurant is aan de buitenkant zo donker dat je niet kunt zeggen of het open is of niet. Sandor en ik lopen het marktplein over en de stenen muren weerkaatsen onze voetstappen. Onze voetstappen weerklinken op de oude tegels. Het Indiase restaurant is open en we bestellen garnalen vindaloo en basmatirijst en poppa-

doms. De mango chutney hebben we al in een pot op het laagste plankje van het rieten nachtkastje staan.
Terwijl we zaten te wachten op de kerrieschotel zei Sandor: 'Morgen verhuizen we, kleine Joe.'
'Verhuizen, waarheen?' vroeg ik.
'Verderop. Dichter naar waar de prinses woont.' Hij noemde de naam van het stadje dat maar een paar kilometer bij haar dorp vandaan lag. 'Daar gaan we heen, eens kijken wat we kunnen regelen. We zullen eens kijken in de Gouden Gids van de Railway Arms wat er voor mogelijkheden zijn.'
De Tandoori-man keek naar me. Toen hij zag dat ik hem zag kijken, sloeg hij zijn ogen neer op die deemoedige manier waarop Indiërs dat vaak doen. Wij zien er in de ogen van zwarte mensen, dat wil zeggen Afro-Caribiërs, misschien allemaal hetzelfde uit, maar dat geldt niet voor Indiërs. Dat zijn Kaukasiërs, net als wij, zegt Sandor. Ik kon zien dat de Tandoori-man zich afvroeg of ik dezelfde persoon was met wie Sandor hier eerder was geweest. Hij keek naar mijn haar dat nu een saaie, mosterdgele kleur had.
'Ik wou dat je die pleister van je lip gehaald had,' zei Sandor. 'Het zou veel sneller genezen als je er niets op deed.'
Hij had er nooit zijn excuses voor aangeboden dat hij me gesneden had. Hij had er nooit meer iets over gezegd tot nu, twee dagen later. Maar ik wist wat hij had gedacht, wat hij gezegd zou hebben als hij gesproken had: daar, dat is omdat je Garnet je gezicht hebt laten zien, dat zal je leren om dat nooit meer te doen. Ik houd de pleister erop omdat ik niet wil zien wat eronder zit. Nog niet. Ik wil niet zien of het een litteken zal blijven. Het doet geen pijn, ik voel het helemaal niet. Jim, die de eigenaar of de vergunninghouder of alleen maar de barman is, ik weet niet wat, van de Railway Arms, heeft geen woord gezegd, maar ik geloof dat hij denkt dat ik iemand anders ben. Zijn vrouw die me haar bibliotheekkaart leende herkent me niet. Ze denken dat Sandor een nicht is en dat ik het tweede vriendje ben dat hij mee naar zijn kamer neemt.
De kerrieschotel kwam en we liepen langzaam terug over het

marktplein, de winderige, open ruimte met het oorlogsstandbeeld in het midden. Overdag zijn er zoveel mensen en stalletjes, goedkope truien aan stangen, goedkope, rieten meubelen, tafeltjes vol taarten en citroenmarmelade van het Vrouwencomité, dat je het oorlogsmonument niet kunt zien. Er staan tientallen namen op gegraveerd, misschien wel honderden. Iemand had plastic bloemen op de rand gelegd, hoewel de dodenherdenking al vele maanden geleden is.
Het is donker geworden. Je kunt de groene heuvels en de zwarte bossen niet meer zien. Vanuit onze kamer heb je geen uitzicht meer. De bar is maar halfvol en er zijn maar vier oude mannen als publiek. De Railway Arms is niet populair omdat je er niet kunt biljarten en er alleen maar versleten fruitmachines staan. Sandor betaalt zeven pond voor onze kamer en hij zegt dat hij misschien wel iets meer zou kunnen betalen.
Ik ging op het bed zitten en hij op de stoel en we aten onze maaltijd. Hij liet de helft van zijn rijst staan, dus dat at ik ook op en alle poppadoms. Hij stak een sigaret op voor ik klaar was met eten. Dat doet hij altijd. Ik dacht eraan hoe heerlijk ik een kamer met televisie zou vinden.
'Vertel me eens over Garnet,' zei Sandor.
Hij had zijn naam niet meer genoemd sinds donderdagavond en ik natuurlijk ook niet. Voorzichtig zei ik: 'Wat wil je weten?'
'Ik weet niets over hem, alleen maar dat hij de chauffeur is van de prinses en ik ken zijn naam.'
'Hij is een grote, lange man,' zei ik. 'Misschien veertig of iets jonger. Hij heeft een soort stierenek en een rond hoofd, heel kort, blond haar. Ik denk dat zijn ogen blauw zijn. Hij zou een goede lijfwacht zijn.' Ineens bedacht ik: 'Is hij dat?'
'Misschien.'
'Als je niet weet waar hij vandaan komt, Sandor, en als je niet weet hoe hij eruitziet, hoe weet je dan zijn naam?'
Even dacht ik dat hij het me niet zou vertellen. 'Hoe denk je?'
Ik zei bijna: 'Uit het telefoonboek.' Ik zei het bijna, alsof je iemand zou kunnen opzoeken in een telefoonboek terwijl je zijn naam niet weet. 'Ik weet het niet.'

'Ze hebben een brievenbus aan het begin van de oprijlaan. Heb je dat gezien?'

Onder de leeuw die kijkt, niet onder de leeuw die de man neergedrukt houdt.

'Ik ging erheen en heb erin gekeken. Een paar keer. De derde keer had ik geluk en lagen hun kranten erin. *The Times* en de *Daily Telegraph*, zoals je kunt verwachten, met in potlood erop geschreven Apsoland – verkeerd gespeld, zoals je zou kunnen verwachten – en de *Independent* met de naam Garnet. Wat zo'n kerel zich verbeeldt dat hij zo'n kwaliteitskrant leest, kan ik me niet voorstellen.'

'Alleen maar Garnet?' vroeg ik. 'Hoe weet je dan dat hij Ben heet?'

Sandor houdt nooit op me te verbazen. Ik denk – veronderstel – dat het juister is om te zeggen dat hij me shockeert. 'Ik weet het niet,' zei hij. 'Misschien is het wel niet zo. Ik noem hem zo. Ik heb eens een artikel gelezen waarin stond dat Ben de populairste naam was voor mannetjeshonden in Engeland.'

Hij stak nog een sigaret op en zei dat ik het papier waarin onze afhaalmaaltijd gewikkeld had gezeten moest pakken en dat we dat in Jims vuilnisemmer zouden stoppen. En we zouden de telefoon gebruiken die in de gang hangt tussen de twee bars. Sandor houdt er niet van als er 's nachts in onze kamer een geur hangt van etensverpakkingen, hoewel het hem niet kan schelen hoeveel rook er hangt. We gingen naar beneden en ik hoorde de boerse stemmen van achter de deur naar de bar die op een kier stond en er lachte iemand op een dikke, gorgelende manier alsof zijn mond vol speeksel zat. Sandor liet me de Gouden Gids vasthouden terwijl hij belde. Hij had een paar adressen aangestreept, een pub die de Three Tuns heette en het Lindsey Guest House. De pub had geen plaats, ze zeiden dat ze geen gasten meer namen, maar bij het Lindsey Guest House kon het wel.

'Het moet een kamer zijn met twee bedden,' zei Sandor.

Hij weet hoe hij me moet kwetsen. En ik zal het nooit prettig vinden. Ik zal hem nooit smeken om me te kwetsen, ook al wil hij dat misschien juist. Dit deed me meer pijn dan toen hij met

zijn overgrootvaders scheermes in m'n lip sneed. Hij hing op en zei dat we er morgen heen zouden gaan.
Kranten zijn onze enige luxe, de *Sun* of de *Star* voor mij en de *Independent* voor Sandor. Op zondag ga ik de *Observer* voor hem kopen en het *News of the World* voor mijzelf. Sandor zegt dat ik het *News of the World* alleen lees vanwege de gore sensatie, maar dat is niet helemaal waar. Ik lees het vanwege Tilly. Zij heeft me ooit eens gezegd dat dat de beste krant is om in te adverteren omdat hij door meer mensen gelezen wordt dan elke andere zondagskrant en het is ook de krant waarin notarissen advertenties zetten voor mensen die recht hebben op erfenissen. Als een rijk persoon geen familie heeft en sterft zonder dat hij een testament gemaakt heeft, zetten ze advertenties om nabestaanden op te sporen. Natuurlijk denk ik geen moment dat een of andere rijke oom van me van wie ik nooit gehoord heb dood zal gaan en dat de een of andere notaris mij zal zoeken. Natuurlijk denk ik dat niet. Maar ik heb toch andere onbekende mensen in mijn verleden. Mensen van wie ik denk dat ik ze me kan herinneren? Soms denk ik dat die me op een dag zullen gaan zoeken.
De avonden in onze kamer duren erg lang. Een paar keer heeft Sandor me naar beneden, naar de bar, laten gaan om daar wat te zitten en iets te drinken. Ik gebruikte daarvoor het geld van mijn eigen uitkering, dus ik deed hem niet te kort. Maar nu zegt hij dat hij niet wil dat ik opval, hij wil vooral niet dat mensen zien dat mijn uiterlijk veranderd is. Het is goed als ze niet weten dat ik dezelfde persoon ben, als ze niet doorhebben dat deze persoon met zijn kale gezicht en het gele haar Joe Herbert is. Maar de Tandoori-man wist iets. Als hij het merkte zou een intelligent mens van mijn eigen ras het toch zeker zien? Sandor beschouwt Jim natuurlijk niet als intelligent.
Dus ik kan niet naar beneden. Ik heb het nummerbord op de auto al veranderd. Ik heb ingepakt. Ik heb de *Sun* gelezen en alles uit de *Independent* wat ik aankan en ik heb niets anders meer te doen dan in de stoel te zitten en te kijken naar Sandor die op het bed ligt te lezen. Hij ligt tegen onze twee kussens en de op-

gerolde, armoedige sprei geleund te lezen in een boek dat *Nightmare Abbey* heet. Er zijn allerlei geluiden, het is niet stil hier 's avonds. Van beneden klinkt het gerinkel van glas dat andere glazen raakt of op iets hards en kouds wordt neergezet, het geroezemoes van stemmen, onverstaanbare woorden, een lach zo nu en dan, handgeklap. Ze spelen darts, het is vast dartavond. Het heeft allemaal niet het minste effect op Sandor die leest, de pagina's omslaat.

Ik heb een keer de tijd zitten opnemen met het digitale horloge dat ook de seconden aangeeft. Zijn moeder had het hem gegeven en hij had er een hekel aan, dus heb ik het gekregen. Als hij een roman leest, kost het hem maximaal 55 seconden en minimaal 33 seconden om een pagina te lezen, maar als het iets is wat je zwaarder zou kunnen noemen, dan kost het hem maximaal 1 minuut en 15 seconden en minimaal 57 seconden. Het opnemen van die tijden en het gemiddelde berekenen was een heel interessante manier om een avond door te komen. Als hij het gemerkt heeft, heeft hij dat niet gezegd. Ik denk niet dat hij het gemerkt heeft.

Het was even voor elven toen hij iets tegen me zei. Hij had in geen twee uur een woord gezegd. De bel die beneden in de bar rinkelde, drong door zijn glazen muur heen of anders was het toeval dat hij net op dat moment de *Nightmare Abbey* neerlegde. Hij zei tegen me: 'Denk eens aan hen allemaal daar. Wat denk je dat ze aan het doen zijn?'

'Hun drankjes opdrinken en naar huis gaan,' zei ik. Mijn stem kraakte, zo lang was hij niet gebruikt. Natuurlijk had ik weer eens het verkeerde antwoord gegeven, was ik er weer ingetrapt.

'Niet aan de mensen in de bar, idioot. Wie kan het nou schelen wat die boerenheikneuters daar doen? Ik dacht aan die lui op Jareds.'

Ik keek hem aan en besefte ineens: dit was waar hij over dacht – altijd. Het beheerste hem. Dat was zo geweest vanaf het moment dat we elkaar ontmoet hadden. Zijn boeken leidden hem even af. Die waren net aspirientjes die je neemt als je hoofdpijn hebt. Ze verdoven de pijn twee uur en dan komt de pijn weer te-

rug. Maar was aan Jareds denken pijn voor hem of was het plezier?
Hij is bijzonder, hij is zo wisselend. De uitdrukking op zijn gezicht was echt treurig, tragisch bijna, en plotseling barstte hij in lachen uit. Het maakt me een beetje verlegen als hij dat doet, ik weet niet wat ik moet zeggen of wat ik moet doen. Hij lachte en toen begon hij te zingen.

'I come from Castlepatrick and me heart is on me sleeve,
But a lady stole it from me on St Gallowglass's Eve.'

'Wat is dat?' vroeg ik. Ik mag altijd om informatie vragen, dat mag altijd. 'Wat je zei, gallow-en nog wat?'
'Vertelde je me niet dat je van Ierse afkomst bent, kleine Joe?'
'Voorzover ik weet, wel,' zei ik. 'In elk geval half.'
'In het oude Ierland en in de Westerse Hooglanden was een gallowglass de dienaar van een leider.'
'Je bedoelt mij, wat ik ben?' vroeg ik.
Hij lachte weer en zei dat dat zo was als dat was wat ik wilde. Daarna leek hij weg te dromen, achteroverliggend en door het raam kijkend. Ik zeg niet 'uit het raam kijkend' omdat er niets te zien was, alleen maar een zwarte horizon en iets minder zwarte lucht met veel sterren en geen maan. Ik liep de gang op naar het toilet en toen naar beneden naar de badkamer. Toen ik terugkwam, lag Sandor in bed, dat wil zeggen onder de dekens, weer een sigaret te roken en ik zag dat hij de gordijnen dicht had gedaan.
Ik draaide het grote licht uit. Er is geen bedlampje aan mijn kant, maar omdat ik nooit lees doet dat er niet veel toe. Ik legde het digitale horloge dat Sandors moeder hem had gegeven op de grond, naast een glas water, en bedacht dat ik, als het donker was in de kamer, de pleister van mijn bovenlip zou halen. Ik had hem in de badkamer al losgemaakt.
Soms laat Sandor het licht uren branden, maar gisterenavond niet. Hij lag met zijn rug naar mij toe en ik met de mijne naar hem. Dat wil hij liever. Ik probeerde de pleister eraf te peuteren

met de nagel van mijn duim, maar de haartjes eronder waren flink gegroeid en ze bleven vastzitten.
'Houd op met dat gefrummel, wil je?' zei Sandor.
Dus lag ik stil, zonder te slapen, denkend aan Tilly en me afvragend hoe het met haar zou zijn. Ik vroeg me af of ze nog dik was of dat ze zich ten slotte aan een van die diëten gehouden had, of ze nog steeds was met het vriendje dat ze kreeg na het vriendje dat haar de camper had gegeven en of ze eigenlijk nog steeds in de camper woonde. Sandor zou tegen me zeggen: 'Caravan, geen camper. Je bent geen Amerikaan.' Ik moest lachen toen ik dat bedacht, de manier waarop ik soms, een enkele keer maar, kan voorspellen wat hij zou zeggen. Ik wist nu wat ik was, wat ik voor hem was, een *gallowglass*, de dienaar van de leider.

Vier dagen geleden zijn we naar het Lindsey Guest House verhuisd. Sandor zegt dat de meeste mensen die hier logeren geen toeristen zijn, maar arbeiders die hier in de buurt komen werken, in de bouw bijvoorbeeld, of om luxe keukens of badkamers te installeren. Ze kunnen niet elke dag naar Londen heen en weer rijden, dus moeten ze ergens logeren waar ze televisie op hun kamer hebben en 's avonds een driegangenmaaltijd krijgen. Dat kost 25 pond per dag, dus we hebben geen tv en geen warme maaltijd en zelfs geen douche, maar betalen 15 pond voor een kamer met twee bedden die heel klein is, maar schoon en die een wastafel heeft met warm water. Er is iets heel geweldigs gebeurd voor Sandor, of liever gezegd, hij heeft gezorgd dat er iets geweldigs gebeurde. Toen hij bij zijn moeder op bezoek ging om de auto te halen was de afrekening of het afschrift of hoe ze het ook noemen, van haar American Express Card gekomen en zij had hem opengemaakt. Er zat een extra flapje aan de binnenkant van de envelop waarop de cardhouder gevraagd werd of hij of zij een card wilde hebben voor een ander lid van het gezin. De cardhouder moest er dan natuurlijk mee akkoord gaan om de rekening te betalen als die kwam. Ze liet de envelop op de keukentafel liggen, dus Sandor scheurde het flapje af. Je kon het niet zien, zei hij, je kon niet zien dat het er ooit gezeten had.

Hij kan de handtekening van zijn moeder heel precies nadoen. Het invullen verder was geen probleem. Hij vroeg een card voor haar zoon en gaf als adres het postbusnummer op dat hij in Ipswich gebruikt. We wisten niet zeker of het zou lukken, maar het lukte. De card kwam gisteren. Hij zegt dat we hem een maand lang voor zoveel mogelijk dingen moeten gebruiken. Ze zal niet weigeren om te betalen, maar zal waarschijnlijk wel de card intrekken zodra ze merkt wat er gebeurd is. Dus heeft Sandor de auto naar een garage in Ipswich gebracht om hem in een andere kleur te laten spuiten. We krijgen nu een auto in lijsterbesrood, de kleur die het meest verschilt van grijs.
In het Lindsey Guest House kunnen we niet met American Express betalen, maar dat kan Sandor niet schelen. Hij heeft zijn inkomen en kan het redden. We zijn wel allerlei dingen aan het kopen. Sandor heeft een voorraad sloffen sigaretten gekocht. We kunnen de card niet gebruiken in pubs, maar wel bij slijters, dus hebben we een aantal flessen sterkedrank gekocht en een doos wijn. Sandor dacht dat we misschien zelfs benzine in voorraad zouden kunnen nemen, maar dat bleek onpraktisch te zijn. Je kunt je nu al nauwelijks bewegen in onze kamer, met die tas met nummerplaten, de flessen, onze twee nieuwe jacks en leren laarzen, alle boeken en – stel je voor – mijn verjaardagscadeau van Sandor, een kleine kleurentelevisie met een schermpje van zes bij vier centimeter.
We aten nooit in het pension, maar buiten de deur, zoals altijd. Er is hier een Indonesisch afhaalrestaurant en het lijkt behoorlijk voedzaam. Het probleem is dat we niets kunnen doen zonder auto. Ik stelde voor dat we die anderhalve kilometer naar Jareds zouden lopen, gewoon om nog wat meer verkenningswerk te doen, om de vinger aan de pols te houden, maar Sandor zei dat je als je in die omgeving loopt meer aandacht trekt dan in welke soort auto ook. Ze zouden minder aandacht aan je besteden als je in een strandbuggy of een pantserwagen reed dan aan iemand te voet.
Gisteravond liet hij mij zijn verzameling knipsels over de prinses zien. Ze zaten in de tas die openging en waarover hij toen tegen

me snauwde dat de inhoud persoonlijk was. Er zat een tijdschriftomslag in zijn verzameling – hij noemt die verzameling zijn portfolio. Het blad was dertien jaar oud, wat betekent dat ik pas veertien was toen en ik kreeg niet veel geïllustreerde tijdschriften onder ogen.

Vrouwen zijn tegenwoordig niet mooi meer, vind je niet? Ik bedoel vrouwen in films en op tv en zangeressen en dat soort mensen. Echte vrouwen vond ik eigenlijk nooit mooi. Maar Tilly had een keer een oud boek te pakken gekregen dat *Picturegoer Annual of 1938* heette of zoiets en daar stonden allemaal zwartwitfoto's in van filmsterren, van Claudette Colbert en Loretta Young en Hedy Lamarr en van nog een heleboel anderen van wie ik de namen vergeten ben, maar de kwestie is dat ze allemaal mooi waren, absoluut mooi. Een jaarboek als dat zou tegenwoordig een aanfluiting zijn. De helft van de tv-actrices heeft een gezicht dat eruitziet als een afgetrapte laars.

De enige mooie vrouwen die nog bestaan zijn fotomodellen en zelfs die worden al minder, zelfs die beginnen in plaats van mooi 'interessant' te worden. Maar dertien jaar geleden nog niet, toen Nina Abbott de meest gefotografeerde vrouw in Engeland was. Zo heet de prinses, Nina. Nou, ze was inderdaad mooi. Haar gezicht deed me denken aan een paar van de gezichten uit dat jaarboek van Tilly. Heel blond en met schitterende ogen en een soort weemoedige blik. Volmaakte trekken en een vlekkeloze huid. Natuurlijk was ze niet ouder dan achttien. Op de voorpagina stond een foto van haar, behangen met juwelen. Aan haar oren hingen grote, zware oorbellen, het leken wel kandelaars, met diamanten en blauwe stenen, waarvan Sandor zei dat het saffieren waren. Om haar nek hingen nog meer diamanten en saffieren.

Hij moet wel twintig foto's van haar hebben uit die tijd, foto's van haar in bontjassen en in avondjurken, als mannequin voor een grote, Parijse modeontwerper, en nog veel meer voorpagina's van bladen. Ze zeiden me niet veel. De interessantste foto was die bij een krantenartikel over haar huwelijk met die oude vent, prins Piraneso, in Monte Carlo. Het was een belachelijke

foto omdat zij zo jong en fris en fantastisch was terwijl hij, zoals Sandor had gezegd, een gezicht had dat leek op een gilamonster, iets afschuwelijks, een maxihagedis in een rokkostuum. De kop boven de foto was 'Parfumprins huwt zijn sleutelbloem'. Er waren ook een paar foto's van haar en hem op feesten, ergens in Europa, maar de onderschriften waren in het Italiaans, dus die kon ik niet lezen.
Ik bleef me afvragen waar ik haar of haar foto eerder gezien had, kort geleden nog. Het was niet in Cambridge, toen had ik haar gezicht niet gezien. 'Ziet ze er nog steeds zo uit?' vroeg ik.
Daar moest hij om lachen. 'Ze is pas net over de dertig en ze heeft geld genoeg om alles te kunnen kopen wat haar jong houdt. Je hebt haar gezien. Kon je dat niet zien?'
'Ze was te ver weg,' zei ik.
Ze hadden een foto van haar gebruikt voor een van zijn parfumreclames. Het tekstgedeelte was weer in het Italiaans, dus ik weet niet wat er stond. Het leek alsof ze niets dan bont en parels aanhad, maar wel genoeg van allebei, want ze was van top tot teen bedekt. Op de achtergrond glansde een bewerkte, glazen parfumfles. Haar haar, dat lichtgoud was als het goud van een trouwring, was opgestoken, boven op haar hoofd, en er waren snoeren van parels doorheengevlochten. Dat was het, toen wist ik het. Dat was het kleine fotootje dat ik had gezien op de poederdoos in Oxford Street.
Sandor had nog een foto van haar, helemaal in het zwart, bij de begrafenis van de ouwe vent. Weer een Italiaanse krant. Hij zei dat de Engelse kranten er geen aandacht aan hadden geschonken, ze waren Nina Abbott tegen die tijd alweer vergeten. Ze stond op een kerkhof vol graftomben, zerken en cipressen, aan de arm van een andere oude man. Misschien was dat degene met wie ze daarna trouwde. Sandor had geen foto van haar huwelijk met Powell Paton, alleen een foto van het tweetal op het moment dat ze aan boord gingen van een jacht in de haven van Genua. Hij was een grote, sterk uitziende man, misschien net vijftig, en hij droeg boxershorts en een strohoed.
'Wat is er met hem gebeurd?' vroeg ik.

'Hij stierf aan een hartaanval in een huis dat hij had in Martha's Vineyard. Ze waren pas vijf maanden getrouwd. Hij heeft haar een heleboel geld nagelaten.'
'En een heleboel juwelen?' vroeg ik.
'Genoeg om een heleboel juwelen mee te kopen. Ze is nooit teruggegaan naar Italië. Ik moet toegeven dat ik niet weet waar ze heen ging. Ze dook onder. Toen ze weer opdook, was ze getrouwd met Apsoland.'
'Wat voor naam is dat?' vroeg ik. Dat had me steeds al beziggehouden.
'Joods, denk ik. Een verbastering van Absalom. Weet je dat dat het eerste was wat je tegen me zei, kleine Joe, toen we elkaar zagen: "Wat voor naam is dat? Wat voor naam is Sandor?" vroeg je.'
Hij is op het ogenblik heel aardig tegen me. Ik heb het gevoel dat het de hele tijd Kerstmis is. Ik wou dat ik hem kon aanraken. Niet om iets smerigs te doen, dat bedoel ik niet. Ik wou dat ik hem – nou, ik wou het liefste dat hij me zijn hand vast liet houden. In plaats daarvan zet ik mijn nieuwe tv aan en kijk ik naar *East Enders* terwijl hij een medisch boek leest dat *Cancer Ward* heet. De pleister is van mijn lip en ik denk niet dat de snee van het scheermes een litteken zal blijven.

Ik zie er jonger uit zonder baard, dat weet ik. De twee mannen die hier logeren en die bouwvakarbeiders zijn, denken dat ik een jongen van achttien ben, zegt Sandor. Kevin, de jongste, had hem dat verteld en Sandor had hem niet tegengesproken. Les, die vijftig is, lijkt verlegen in ons gezelschap en misschien denken die twee wel dat we een stel nichten zijn. Kevin zegt steeds dingen als 'Leven en laten leven, zeg ik altijd maar, het zou ook niet leuk zijn als we allemaal hetzelfde waren' en 'Je kunt tegenwoordig niet alles meer verbieden'.
Eergisteren gingen we met de bus naar Ipswich om de Fiat te halen. Hij heeft de kleur van tomatenketchup en Sandor knipperde even met z'n ogen toen hij hem zag. Hij zei dat hij een iets gedekter kleur had verwacht. Maar goed, niemand die de jongeman met het donkere haar en de baard in de grijze Fiat had zien

rijden zou hem in verband brengen met de blonde, gladgeschoren jongen in dat lijsterbesding.

De afgelopen twee weken hebben we besteed om zoveel mogelijk over Jareds en de mensen die er wonen te weten te komen. Sandor heeft in een van de dorpscafés een man ontmoet wiens vrouw er twee keer per week gaat schoonmaken. Voordat hij met hem in gesprek kwam had hij hem tegen een vriend horen zeggen dat de Apsolands een buitenlands echtpaar in dienst hadden, maar dat de vrouw dat grote huis in haar eentje niet aankon. Zijn vrouw, die Doreen heet, is bang voor de Duitse herdershonden. Ik ook. Ik houd niet van honden.

Sandor deed net alsof hij een huis wilde huren. Hij zei dat hij gehoord had dat er een tuinhuis leeg stond op Jareds. Doreens man, Stan, bracht hem snel op de hoogte. De chauffeur (dat was het woord dat hij gebruikte) van de Apsolands woonde in het huisje met zijn dochtertje, dat op dezelfde school in het dorp zat als Stan en Doreens dochter. Hij heeft geen vrouw, ze is gestorven of weggelopen of zoiets. Stan zat te klagen dat Doreen anderhalve kilometer van Jareds vandaan woont en er op haar bromfiets heen moet en dat dat geen doen is in het slechte weer. Sandor moest drankjes kopen voor hem en zijn vriend en natuurlijk kon hij die niet betalen met de American Express Card van zijn moeder.

Ik ben Garnet en de prinses weer gevolgd. Deze keer was ik veel voorzichtiger. Eerst dacht ik dat ze naar Cambridge gingen, al was het geen donderdag, maar ze gingen niet verder dan Bury. Ik zorgde ervoor dat er de hele tijd drie auto's tussen ons in reden en een paar keer dacht ik dat ik de Bentley kwijt was, maar het is een opvallende auto en je kunt een heel eind vooruitkijken op die A134. Tot mijn verbazing stapte hij ook uit toen zij op de parkeerplaats uit de auto stapte. Ik bedoel, natuurlijk stapte hij uit om het portier voor haar open te doen, maar in plaats van weer in de auto te gaan zitten wachten ging hij met haar mee. Als ze een boodschappentas bij zich had gehad zou hij die denk ik gedragen hebben, maar ze had er geen.

Ik zag haar van tamelijk dichtbij. Sandor had gelijk, ze is nog steeds mooi, ze is niet erg veranderd. Ze is heel slank en ze lijkt alleen maar klein als ze naast Garnet staat, die zo ongeveer twee meter moet zijn. Het was een heerlijke dag, vrij warm voor april en ze droeg een lichtgrijs mantelpakje met een witte blouse, heel helder en fris. Haar haar is niet lang of kort, maar hangt als een soort klok tot halverwege haar nek. Ze heeft geen pony. Wat voor haar ze ook had toen ze achttien was, nu heeft het alle blonde kleurschakeringen tegelijk, blond en zachtbruin en goud- en strokleurig. Tilly liet haar haar ook wel eens zo doen, ze veranderde de kleur van haar haar steeds, maar ik denk dat dat van de prinses van nature zo is.

Er is een voetgangersgebied met winkels in Bury. Ik volgde hen daar een tijdje en toen ze een reformwinkel binnengingen, keerde ik terug naar de parkeerplaats en reed naar huis. De Bentley haalde me in op de enige plek waar het op die weg mogelijk is om in te halen. Ze waren niet lang weg geweest. De prinses zat achterin. Garnet zat heel rechtop en correct achter het stuur. Je krijgt niet de indruk dat ze veel praten.

Gisteren was het weer omgeslagen, zoals wel vaker in april, en het stortregende. We gingen naar buiten om de kranten te kopen en liepen naar een winkel een eindje verder in de straat om waterdichte capes te kopen, een gele en een zwarte, met capuchons. De man mopperde dat we met de American Express Card wilden betalen, maar hij accepteerde hem toch toen hij in de gaten kreeg dat de koop anders niet door zou gaan. Sandor reed me naar de buitenkant van het dorp. Ik zou het voetpad nemen dat over de grond van Jareds loopt, maar ik zou me niet op het terrein wagen, uit angst voor de honden. Stan had van alles verteld over het voetpad en de honden. Iedereen heeft daar trouwens verhalen over als je over de Apsolands begint.

Ik had mijn capuchon op en ik weet dat ik onherkenbaar was en dat was maar goed ook, want de eerste die ik zag was Garnet die de honden aan het trainen was. Hij kwam door het hek in de heg die om Jareds loopt, de honden sprongen voor hem uit. De regen was opgehouden, maar alles was doornat en de bomen dropen van het water. De honden stormden regelrecht op me af

en Garnet begon te fluiten en te roepen. Ze gehoorzaamden hem net op het moment dat ik dacht dat ik in een boom zou moeten klimmen. Hij riep: 'Sorry, het spijt me.' Ik hief mijn arm op en hoopte dat hij dat als een vriendelijk gebaar zou opvatten.
Vervolgens ging ik precies de andere kant uit als hij. Ik merkte dat het pad zich splitste, het ene deel over het land van Jareds, het pad waarlangs hij gekomen was, het andere naar de grote weg, vlak achter de gebouwen aan de achterzijde van het huis langs. Het voetpad bracht me langs een muur van zwerfkeien die om alle gebouwen heen loopt, zoals je wel eens een ommuurde stad ziet op een plaatje. Er is een heuveltje vanwaar je het huis net kon zien, maar alleen maar de achterkant en dat was niet erg interessant. Ik kon iets zien wat ooit een soort grote oranjerie geweest moest zijn, stallen met een klok erop en Garnets huisje en te midden van al die gebouwen een binnenplaats. Er kwam een vrouw uit een deur aan de achterkant van het huis. Ze stak de binnenplaats over. Ze was klein en had donker, sprieterig haar dat heel strak in een knotje boven op haar hoofd zat en ze droeg een mand. Ik moest weg daar. Vanuit de verte kun je niet zien of er misschien iemand achter de ramen staat. Het glas zag er alleen maar zwart uit. Op dat moment hoorde ik een schot.
O, het had niets met mij te maken. Ik besefte dat bijna onmiddellijk. Ik was maar een fractie van een seconde in paniek. Er volgden meer schoten. Ik bevond me op een openbaar voetpad, ik had het recht om daar te zijn. Ik ging door de volgende opening in de heg, een bosje door, de weg vermijdend die daar vlak langs de gebouwen van Jareds loopt. Ondanks het feit dat ik om me heen keek en dacht dat ik wist wat er voor en achter me gebeurde, botste ik bijna tegen de man met het geweer op.
Het was een lange, magere man, maar niet zo lang als Garnet, met een soort uitgehold gezicht en zijn mond leek een spleet. Ik weet nu dat het Apsoland was omdat Sandor me een foto heeft laten zien, maar toen wist ik dat niet. Hij moest een dagje vrij genomen hebben van zijn kantoor in Londen. Hij had een jachtgeweer bij zich, een 12 mm denk ik, en hij hield het vast op

de manier waarop mensen zoals hij dat doen, in twee delen geknakt, als een haak over zijn arm hangend. Nonchalant is het woord, zegt Sandor. Hij droeg een Barbour-jack en groene rubberlaarzen en een pet. De perfecte landedelman. De enige die ik verder ooit een pet heb zien dragen was pa's vader en die was al heel oud en zei dat hij nog was uit de tijd dat mensen de straat niet opgingen zonder iets op hun hoofd.
Hij sprak me aan. Hij zei: 'Goedemiddag. Beetje beter, niet?'
Hij bedoelde het weer. Ik zei: 'Een beetje,' en we gingen ieder ons weegs. Ik dacht dat je beesten alleen maar in de winter schoot, maar toen ik Sandor over Apsoland vertelde zei hij, nee, konijnen en duiven kon je altijd schieten. Hij leek het wel leuk te vinden om te horen dat Apsoland zo'n uilebal was, maar verder was hij nogal somber.
'We moet daar binnen zien te komen, kleine Joe,' zei hij. 'Hoe gaan we dat aanpakken?'

6

Ze dolden voor hem uit over het open heideland, de langharige, zwaargebouwde, peper-en-zoutkleurige herdershonden. Ze gedroegen zich tegenover hem heel netjes en gehoorzaam. Ze kwamen als je ze riep bij hun idiote namen die, wat Apsoland ook mocht geloven, uit de Scandinavische en niet uit de Duitse mythologie komen. Ze gingen zo'n beetje zitten als hun dat gevraagd werd. Ze gromden en blaften bij elk onverwacht geluid, maar dat werd ook van ze verwacht. Ze waren niet kwaadaardig tegenover mensen die ze kenden. Toch wilde hij zo weinig mogelijk contact tussen hen en Jessica. Natuurlijk zou ze zelf graag een hond willen hebben, maar hij wist hoe Apsoland daarover dacht: 'Ik denk dat we maar het beste kunnen zeggen, geen huisdieren, hè, Paul? Braaf zo.'

Paul Garnet vond het niet prettig om braaf genoemd te worden, maar hij was niet van plan om er een punt van te maken. Als een man een baantje aanneemt als bediende kan hij verwachten dat hij een paar treden lager op de sociale ladder komt te staan. Het alternatief, vijfendertig tieners op een school in de binnenstad van Londen niet gewoon iets bijbrengen, maar proberen iets bij te brengen, was niet langer doenlijk geweest. Bovendien zat er een huis bij deze baan. Een man die door het vertrek van zijn vrouw een alleenstaande ouder met een dochtertje is geworden, heeft een huis nodig.

Paul hief zijn gezicht naar de zon. De lucht van Suffolk, het licht van Suffolk, hij was bijna vergeten hoe die waren na al die jaren elders. De enorme hemel was vol cumuluswolken die inkrompen en weer groter werden tussen de blauwe plekken, wolken die de zon bedekten en het heideland beschaduwden, de stromen licht verdeelden en doorlieten. Het braakliggend land was schitterend, van regen doorweekt groen met donkere vlekken van doornstruiken met gouden toefjes. Hij was niet uit dit deel van Suffolk afkomstig, maar van verder oostwaarts, waar de winden waaien vanuit Sole Bay en over de velden met struiken en hei heen scherend de kruiperige bomen in hun groei belemmeren. Paul hield van dit gematigder land, van de enorme eiken, de bosjes hulststruiken, de heilige bomen die de bijgelovige boer niet durfde omhakken. Voor hem golfde het bos over de heuvelrand, een typisch Suffolks landschap. Als hij de honden daarin los zou laten zou hij ze er misschien nooit meer uit krijgen. Hij riep: 'Odin! Tyr!'

Ze kwamen niet onmiddellijk. Zo gehoorzaam waren ze niet. Hij riep ze nog eens en Tyr aarzelde. Hij riep ze voor de derde keer. Tyr kwam naar hem toe springen, zo lui als een hond in een vertraagde video-opname. Paul floot het fluitje dat een soort alarmknop voor de honden moest betekenen, de knop waarop je moest drukken als niets anders hielp. Odin, die met zijn neus de rand van het bos aan een onderzoek had onderworpen, sprong op, draaide zich om en begon te rennen.

'Braaf!' Hij legde zijn handen op de zilverglanzende koppen en aaide de zijige vacht. 'Tijd om terug te gaan,' zei hij.

Van hoeveel nut zouden ze zijn in geval van nood? Hij had Odin horen grommen. Het diepe geblaf van Tyr klonk niet alleen door het grote huis, maar kon ook in het kleine huisje gehoord worden, een hol wolvegeluid, zoals de Hond van de Baskervilles gemaakt zou kunnen hebben. Maar Paul had geen van de twee honden ooit zijn tanden zien ontbloten. Ze waren met te veel vriendelijkheid behandeld om vals te kunnen zijn. Die indruk had hij tenminste. Hoe kon hij het weten? Hij kon het meestal goed vinden met honden. Zijn vader had altijd honden gehad.

Maar hij vroeg zich af wat voor effect zijn eigen uiterlijk in combinatie met die twee zou hebben op een bezoeker met kwade bedoelingen. Hij was dan wel de zoon van een boer uit Oost-Engeland, maar hij zag eruit, zijn spiegel en zijn ex-vrouw hadden hem dat verteld, als een acteur die een *Unterfeldwebel* moest spelen in een anti-Duitse oorlogsfilm. De twee honden zorgden voor het noodzakelijke dierlijke element op het plaatje van een lange, zwaargebouwde man met een rond hoofd en een eivormig gezicht, blauwe, dicht bij elkaar staande ogen, grote, rechte neus en gladde, dikke lippen. Hij had alleen zijn blonde haar in stekeltjes omdat hij niet genoeg haar had om het op een andere manier te dragen, maar het Teutonen-beestmens-effect was er toch.

Ons gezicht verraadt niet wat we zijn, wat spreekwoorden en zegswijzen ook mogen vertellen. Paul had dat vaak gedacht als hij zag hoe tussen zijn recalcitrante leerlingen een gevoelige jongen met fijnbesnaarde trekken een opstootje in de klas leidde of de arm van een medestudent brak. Zelf was hij bijzonder ongewelddadig in zijn manier van doen en in zijn opvattingen.

Apsoland had hem alleen maar in dienst genomen vanwege zijn uiterlijk. Hij was daar zeker van, hoewel er natuurlijk niets over was gezegd. Zijn uiterlijk, zijn lengte en zijn kracht waren belangrijker dan de duidelijke nadelen dat hij geen vrouw had, wel een zevenjarig kind en een hogere ontwikkeling dan de baas. Niet dat het feit dat hij gestudeerd had in het gesprek naar voren was gekomen. Er was helemaal nooit over gepraat, bedacht Paul terwijl hij de honden weer naar het voetpad leidde dat om het dorp slingerde en dan weer terugliep naar Jareds.

Apsoland had niets over zijn leven tot dan toe willen weten. Hij had niet naar referenties gevraagd. Het salaris dat hij betaalde, een salaris dat veel hoger was dan Paul had kunnen denken toen hij ging solliciteren, moest loyaliteit en veilig rijden verzekeren en, vermoedde hij, een bereidheid om te vechten als dat nodig mocht zijn. Waar waren ze bang voor, hij en zijn vrouw? Het huis werd bewaakt alsof er nucleaire instrumenten of het groene oog van de Kleine Gele God werden bewaard. Was het een overmaat aan paranoia of iets wat je een gerechtvaardigde paranoia zou mogen noemen – met andere woorden, een reële angst waarvoor een reële oorzaak was?

De honden, bedacht hij, de lichten die werkten op de gevoelige cel, de hekken, de persoonlijke zendertjes voor elke inwoner, de afstandsbediening, het hek dat onder stroom stond, het buitengewoon geavanceerde beveiligingssysteem, de stalen deuren die je eerder in een kluis zou verwachten. Hij dacht er vaak over en kon niet tot een conclusie komen. Die eerste keer dat hij naar Jareds was gekomen voor het sollicitatiegesprek dacht hij dat hij chauffeur zou worden, klusjesman en tuinman als het zo uitkwam.

'Tuinieren?' had Apsoland gezegd. 'Een paar keer per jaar komen er mensen van een bedrijf langs en Colombo doet het gewone onderhoud.'

Blijkbaar repareerde Colombo ook wat er gerepareerd moest worden in het grote huis, speelde hij de rol van butler en deed Maria, zijn vrouw, de rest, met hulp van iemand uit het dorp. Hoewel het hem nooit met zoveel woorden was gezegd begreep Paul al gauw dat hij lijfwacht moest zijn.

'De opzet is dat jij mijn vrouw rijdt als ze ergens heen wil.' En hij had eraan toegevoegd: 'Niet alleen rijden, maar ook voor haar zorgen. Op haar letten. Over haar waken.' De vrouw moet invalide zijn, had Paul toen gedacht. Hij vroeg het niet, natuurlijk vroeg hij het niet en Apsoland zei doodleuk: 'Een tikje agorafobie.' De lijfwacht zou het toch wel niet begrijpen, dus lichtte hij toe: 'Ze houdt er niet van om alleen weg te gaan.'

Toen was Jessica ter sprake gekomen. Haar naam had een frons veroorzaakt op dat knappe, blonde, enigszins holle gezicht dat al aan het wegteren was tot de vorm van een notenkraker. Een kind! Een meisje! Maar aan de andere kant was deze brave man zo groot en gezond, vertoonde hij alle tekenen van de loyale boef, was hij het prototype van de huurmoordenaar, de uitsmijter.

Paul zei: 'En als uw vrouw nou wil dat ik haar 's avonds ergens heen breng?'

'Ach, dat zal niet voorkomen. 's Avonds rijd ik mijn vrouw zelf.' Hij zei het, bijna blazend van trots. 'Je moet niet denken dat ze een soort kluizenaar is.' Hij zweeg even, misschien zich afvragend of Paul dat moeilijke woord wel zou begrijpen, maar ging toen zonder nadere uitleg door op het thema: 'We gaan veel uit. We hebben natuurlijk veel vrienden in de buurt. En we hebben een huis in Londen. In dat soort situaties ben ik altijd bij mijn vrouw.' Hij zei terloops, alsof het de meest vanzelfsprekende zaak ter wereld was, tot verbazing van Paul: 'Ik verzamel wapens, trouwens. Ik heb een vrij aardige collectie, al zeg ik het zelf. Ik zal het leuk vinden om je die te laten zien.'

Op dat moment begon hij de achtervolgingswaan te voelen als gas in de lucht of als iets wat tastende voelhorens uitsteekt.

'Als in een zeer zeldzaam geval mijn vrouw je zou vragen om haar 's avonds ergens heen te rijden, waarom zou dat dan een probleem zijn?'

'Mijn dochtertje,' zei Paul geduldig. 'Ik wil mijn kleine meisje niet alleen laten.'

'O, Maria zal het heerlijk vinden om op te passen. Ze is een verschrikkelijk moederlijk schepsel, je weet hoe die Latijnen zijn.'

Dat wist Paul niet. De huishoudster die hij gezien had zag er jong uit, afstandelijk, onverschillig.

'Dat is eigenlijk alles. O ja, als je de honden elke dag braaf wilt uitlaten...'

Paul en de honden kwamen nu op het grondgebied van Jareds. Het was een klein park waarin de twee huizen en de bijgebouwen stonden. Dit voetpad was altijd openbaar geweest en liep vlak langs de heg van de tuin naar het midden van het park. Apsoland had zich, zo was Paul in het dorp verteld, ervoor ingezet dit voetpad voor openbaar gebruik af te sluiten. Er waren enorme scènes gemaakt door mensen uit het dorp, door hondenbezitters en door de commissie voetpaden van de gemeenteraad. Op een zomeravond hadden leden van die commissie het pad bewandeld tot ze Apsoland tegenkwamen die, tot algemene woede en afschuw, Odin en Tyr had losgelaten.

Er dreigde nu een actie, op touw gezet door de commissie van de gemeenteraad. 'Dat pad stellen ze niet open! Over m'n lijk!' had Apsoland volgens zeggen geroepen. Stan, die getrouwd was met Doreen die twee keer per week op Jareds schoonmaakte, zei dat Apsoland van plan was om voetklemmen te plaatsen, maar Paul kon dat niet geloven. Maar hij geloofde wel in Apsolands bijna ziekelijke bezwaren tegen onschuldige wandelaars op dit vriendelijk golvende, groene stuk land met de her en der verspreide ceders en bosjes narcissen. De politie, die van tijd tot tijd langs moest komen om de wapencollectie te controleren,

wist blijkbaar niet dat Apsoland ook een hek had dat onder stroom stond.
De twee huizen lagen op een helling. De manier waarop er lang geleden bomen waren geplant om alles voor blikken vanaf de weg te verbergen, was heel knap. Al dadelijk, toen hij voor het eerst hier kwam, had hij de subtiele opstelling van de gebouwen opgemerkt. Toen hij met de taxi was komen aanrijden, had hij even gedacht dat de belofte van een huis om te wonen alleen maar een smoes was geweest om hem hierheen te lokken.
Hij werd verwacht en de hekken werden vanuit het huis geopend. De elektrische kabel kon je onder langs de muur zien lopen. De taxichauffeur had met enige verbazing gereageerd op wat hij zag: de leeuw en de angstige man op de pilaar om te beginnen, de gang van uit zwerfkeien gemetselde muren en de lampen die plotseling het park verlichtten, even nadat ze het smeedijzeren hek waren gepasseerd dat toegang gaf tot Flint Avenue. Het was winter geweest en het werd om vier uur al donker. Het huis aan het einde van de tunnel had een imponerende gevel die tegen een veel ouder gebouw was geplakt.
Het was een elegant landhuis van lichte Woolpit-steen met hoge, donkere, glanzende ramen. Het dak van het voorportaal rustte op acht Corinthische zuilen. En de bomen, de ceders en de Corsicaanse dennen, de mammoetbomen en de moerascipressen waren ouder dan de gevel, waren geplant om een zeventiende-eeuws huis te sieren. In de ovale bocht waarmee de weg zich voor de voordeur naar zichzelf terugboog kon je net een paar grijze gebouwen aan de achterkant zien. Later, toen hij mevrouw Apsoland had ontmoet, haar zelf gezien en gesproken had en enig begrip begon te krijgen voor de situatie, maar alleen nog maar een begin van begrip, had haar echtgenoot hem meegenomen naar het huisje dat een keurig verbouwde stal was. Dit huis was beslissend geweest voor Paul. Hij dacht aan Jessica. Wat deed de krankzinnigheid van de Apsolands ertoe?
Toen hij Odin en Tyr naar de bijkeuken had gebracht en aan de zorgen van Maria had toevertrouwd, stak Paul de binnenplaats over. Hij ging het huisje door de voordeur binnen. Het was

kwart over drie. Mevrouw Apsoland had gezegd dat hij altijd een van de auto's kon gebruiken om Jessica te halen als hij wilde, maar die dag werd ze thuisgebracht door de moeder van een klasgenootje. Dat gebeurde twee keer per week. Paul vroeg zich niet voor de eerste keer af wat Apsoland in 's hemelsnaam van plan was, dat hij hem zo'n riant salaris betaalde en hem gratis in het huisje liet wonen terwijl hij maar zo weinig hoefde te doen. Hij had bijvoorbeeld vandaag mevrouw Apsoland naar Bury St Edmunds gereden, waar zij (en hij, noodzakelijkerwijs) bij de boekhandel waren langsgegaan om twee nieuwe romans die ze besteld had op te halen, en bij de reformwinkel, de enige zaak die een bepaald vitaminesupplement dat ze gebruikte verkocht. De hele expeditie had anderhalf uur geduurd. Hij had een uur met de honden gewandeld en dat was alles. Vrij tot morgenochtend, donderdagochtend, als hij haar naar Ipswich zou rijden om haar haar te laten doen. En dan zou het lange weekend beginnen – tenzij ze hem nodig had om haar op vrijdag een paar kilometer te rijden.

Paul ging naar zijn kleine, maar zeer fraaie keuken die door Smallbone of Devizes was ingericht, tegelijk met de keuken in het grote huis. Oudengelse, eiken kabinetten met Spaanse tegels tegen de muren en rode, met de hand in Mexico gemaakte, aardewerken tegels op de vloer. De grote koelkast had ook een Oudengelse eiken voorkant. Paul keek of hij melk had voor Jessica en, in de vriesafdeling, ijs voor toe. De centrale verwarming was aangesloten op dezelfde verwarmingsketel als die van het grote huis. De pijpen liepen onder de tegels van de binnenplaats door – het was allemaal heel efficiënt en duur. Er was een grote woonkamer vanwaaruit een trap liep naar de twee slaapkamers en een prachtige Smallbone-badkamer, alles behangen en gestoffeerd met materialen van Laura Ashley. Hij vond het leuk om te denken dat mevrouw Apsoland hier de hand in had gehad, hoewel de kans natuurlijk groot was dat ze een binnenhuisarchitect in de arm hadden genomen.

Denkend aan de volgende dag, dat was donderdag, en aan andere donderdagen dat hij haar naar Cambridge had gereden om haar moeder te gaan bezoeken, moest Paul ineens denken aan de grijze Fiat en de man achter het stuur. Hij had het nummer van de auto wel opgeschreven maar er verder niets aan gedaan en nu was het al twee weken geleden. Hij stond bij het raam van de woonkamer dat vanaf de weg en de oprijlaan niet te zien was, het hele huisje trouwens niet, maar uitkeek over het pad dat naar het dorp liep, verrassend dichtbij op dit punt, niet meer dan 50 meter. Hij vond het prettig om hier te staan op de dagen dat hij Jessica niet zelf ging ophalen, om uit te kijken naar de rode Ford van de moeder van haar vriendinnetje Emma of de zwarte Volkswagen van de moeder van haar vriendinnetje Harriet.

De grijze Fiat... Hij zou niet hebben kunnen zeggen hoe ver die hen had gevolgd. Kon hij eigenlijk wel zeggen dat die hen gevolgd had? Als hij er nu eens op moest zweren? Hij had hem het eerst achter zich opgemerkt toen hij al tien of elf kilometer op de weg naar Cambridge was, vanaf de Newmarket-oprit gerekend. Maar het was mogelijk dat hij er al langer geweest was. Hij kon niet harder gaan rijden en hem zo afschudden, omdat hij moest voorsorteren voor de afslag naar Cambridge. Maar volgde hij hen?

Hij had niets tegen mevrouw Apsoland gezegd. Haar echtgenoot had nooit met zoveel woorden gezegd, maar wel te kennen gegeven, dat er nooit iets verontrustends tegen mevrouw Apsoland gezegd mocht worden. Meestal spraken ze niet, maar als er iets belangwekkends te zien was, dan wees de een de ander daar soms wel op.

Het was een schok geweest om die grijze Fiat in de straat achter hem geparkeerd te zien staan. Hij had hem voorbij zien rijden en zien verdwijnen. Op dat moment dacht hij dat hij zich vergist moest hebben. De eigenaar van de grijze Fiat zou wel hier in de buurt wonen. Die ochtend was hij voor zaken naar Ipswich gegaan en nu was hij thuisgekomen, dat was alles. Ze ging naar haar moeder en hij zag de Fiat weer en de eigenaar, een jongeman met een zwarte baard en pluizig, zwart haar achter het stuur. Het was kwaadheid wat hij voelde, eenvoudig kwaadheid.

Hij dacht: Het is omdat ze beroemd is, of omdat ze het was, al een hele tijd geleden, maar je had van die gekken die geobsedeerd werden door iemand die in de publieke belangstelling had gestaan, hoe lang geleden ook. Dus hij was de Bentley uitgestapt en had de chauffeur aangesproken, die niet had toegegeven dat hij de Bentley had gevolgd – áls dat al het geval geweest was – en het nummer van de grijze Fiat opgeschreven.
Op dat moment, terwijl hij op mevrouw Apsoland had zitten wachten, was hij vast van plan geweest om het zijn werkgever te vertellen. Dat was vast waar ze bang voor waren, last met aanbidders uit vroeger dagen. Paul was zelf niet erg overtuigd van de redenering die hij bedacht, maar hij kon geen betere verklaring vinden. Hij was gaan rijden, niet naar het centrum van de stad waar het verkeer wel weer vast zou zitten, maar naar een café in het winkelcentrum van deze buitenwijk en had daar een sandwich gegeten en een kop koffie gedronken. Ja, hij zou het Apsoland vertellen, hem het nummer geven en hem misschien aanraden om de politie te waarschuwen.
Ze zouden die avond uitgaan met z'n tweeën. Op weg naar huis had ze hem verteld over de presentatie in het Oude Huis in Ipswich van een boek dat een vriend had geschreven, over het feest daarna en ten slotte het diner met de auteur en zijn vrouw en nog een ander echtpaar. Apsoland zou proberen om vroeg naar huis te komen. In feite was hij laat, een half uur later dan gewoonlijk. Paul was van plan geweest om direct als hij kwam met hem te praten, maar er gebeurde iets waardoor hij van idee veranderde. Het was het infrarode beveiligingssysteem.
Toen Apsoland de oprijlaan op draaide was het al donker en toen de auto langs de gevoelige cel reed, was er ineens een zee van licht – halogeenlampen op de gevelspitsen, op de bijgebouwen, op het voorportaal, vanuit het ronde bloembed tegenover de voordeur. De lampen leken evenzovele manen in de lucht die, opgelicht door de weerschijn van zwart in koperachtig, fonkelend blauw veranderden.
Paul en Jessica zaten aan tafel te eten. Vanaf de plek waar ze zaten konden ze de oprijlaan niet eens zien, maar het licht drong

overal door, een helder, blauwwit licht. Het irriteerde Paul. Belachelijk, wat een verspilling van energie – en waarvoor? Hij koesterde op dat moment nog steeds zijn begerige-fanstheorie. Als Apsoland niet voorzichtig was zou het beveiligingssysteem misschien ook geactiveerd worden en zouden misschien zelfs de stalen deuren dichtschuiven, waardoor de salon een vesting werd. Als hij de man nu zou vertellen over de grijze Fiat zou hij alles alleen maar erger maken. Bovendien was Jessica er...

Jessica was stomverbaasd. Ze leek absoluut niet bang te zijn. Waarom was ze niet nerveus met haar achtergrond, haar leven in een straat in het centrum van Londen in een armoedige buurt, een onverschillige moeder, gescheiden ouders? Ze was zelfs niet bang in het donker en was dat ook nooit geweest. Als hij een nachtlampje voor haar liet branden, stond ze op en draaide het uit. Hij wilde niet dat ze ooit bang zou zijn. Natuurlijk wilde hij haar bewust maken van de wereld en zijn gevaren en haar leren zichzelf te verdedigen. En hij was al begonnen met haar te vertellen waarvoor ze bang moest zijn, waarvoor ze moest opletten. Maar hij haatte het idee dat ze zo'n vrouw zou kunnen worden die in elke loslopende man een verkrachter en in elke jongen zonder das en aktetas een overvaller zag en die ervan uitging dat overal massa's boeven stonden te wachten op het moment dat de zon onder zou gaan.

Ze hadden Chinees gegeten, dat vond ze het lekkerst. Niet uit een afhaalrestaurant – hij had zelf de taugé en de champignons gebakken. Ze legde haar vork neer, keek naar hem en zei: 'Hebben meneer en mevrouw Apsoland een schat? Hebben ze juwelen?'

'Voorzover ik weet niet,' zei hij. 'Misschien wel wat.'

'Maar er zijn natuurlijk slechte mensen die dingen van hen willen stelen. Daarom gaan al die lichten aan, om de slechte mensen bang te maken.'

Hij had niet geweten wat te zeggen. Stel je voor dat ze dacht dat dit soort dingen normaal was? De gedachte kwam bij hem op dat hij er misschien verkeerd aan gedaan had door haar hierheen te brengen. Maar het huis, het huis. Hoe hadden ze anders een huis kunnen hebben in het prachtige land dat zijn geboortegrond was en waarvan hij had gewild dat het ook haar geboortegrond was geweest? Als kinderen een volwassen reactie hebben, spelen ze die totaal uit. Ze knipperde onwillekeurig met haar ogen tegen het felle licht, knipoogde toen expres, terwijl ze zich met een vermoeid air terugtrok van het raam en weer op haar stoel neerplofte. Toen zei ze iets dat nogal slim was voor iemand van haar leeftijd, dat vond Paul althans: 'Als dit gebeurt, hoe kunnen ze dan weten wanneer het meneer Apsoland is en wanneer een rover?'

'Ik weet het niet, Jessica,' zei hij, glimlachend bij het woord 'rover', dat niemand gebruikt, alleen kinderen, die het uit sprookjes leren.

Hij zei bij zichzelf dat hij wel met Apsoland zou praten als hij de grijze Fiat of de chauffeur nog eens zag. Als dat niet gebeurde, dan niet. Hij moest die mensen niet aanmoedigen in hun paranoia. Haar ook niet. Zij zou zich moeten laten behandelen voor wat er mis was met haar, dacht hij, hoewel de woorden hol klonken in zijn hoofd, alsof hij zich afvroeg wat voor behandeling er was en wat voor nut die ooit zou kunnen hebben.

Die middag werd Jessica thuisgebracht door Emma's moeder in de rode Ford. Hij had het hek opengedaan met de afstandsbediening in zijn gang. Er was nog zo'n ding in het grote huis. Een kleine, rode auto reed tussen de bomen door. Het was waarschijnlijk de auto van Emma's moeder, maar hij wist het niet zeker. Dat was het enige nadeel van dit huisje, vond hij, dat hij de oprijlaan niet kon zien door zijn ramen. Hij wist pas of dit de auto was met Jessica als hij de binnenplaats was opgereden, onder de poort door, een nogal merkwaardige, Italiaans aandoende constructie die de verbinding vormde tussen het huis en de vroegere oranjerie. Hij voelde hoe zijn hart een sprongetje maakte. Hij was zich ervan bewust dat het vooruitzicht om haar te zien hem enerveerde. Zijn dochter! Het was absurd, alsof het om een minnares ging.

De rode auto draaide de binnenplaats op. Emma's moeder was een zwierige chauffeur. De twee meisjes zaten achterin, het kleine donkere meisje met de bolle wangen en het in een pony geknipte zwarte haar, net een klein Chineesje, en het blonde meisje met de gouden haren en het heel blanke huidje. Emma's moeder en Emma kwamen vandaag niet binnen. Hij wist dat door de manier waarop ze naar hem zwaaiden. Jessica stapte uit, sloeg het portier dicht, maar niet hard genoeg, precies zoals ze dat bijna altijd deed. Hij zag haar lippen bewegen in haar favoriete kreet van dit moment: 'O, knorretje!'

Waar zou dat toch vandaan komen? Uit *Winnie-the-Pooh*? Ze sloeg het portier nu goed dicht, rende naar de deur, nog een keer achteromkijkend om te zwaaien. De rode Ford draaide. Op haar gezicht lag de uitdrukking die hij wel meer had gezien, alsof ze hemelse heirscharen zag, de extatische blik vol aanbidding van een enfant van Millais. Waarschijnlijk dacht ze alleen maar aan haar thee. Met haar glas melk in de ene en een chocoladebiscuittje in haar andere hand zei ze tegen hem: 'Papa, wil je mijn sponsor zijn voor twee uur niet-praten?'

'Wil ik wat?'

'Nou, weet je, onze klas heeft niet genoeg boeken en de regering geeft ons niet genoeg geld om ze te kopen, zegt mevrouw Hunt, en zo gaan we het bij elkaar halen. We gaan stilte maken.'

'Zwijgen,' zei hij. 'Je kunt geen stilte maken.'

'O, knorretje,' zei ze, 'je weet toch wat ik bedoel.'

'Kun je echt twee uur je mond houden, Jess?'

'Ik ga het proberen. Wil je me sponsoren voor tien pence per minuut?'

'Dat lijkt me een heleboel. Als je het echt doet, kost me dat 12 pond.'

'Dat weet ik, maar we kennen helemaal geen mensen hier, als jij het niet wilt is er niemand en krijg ik helemaal geen geld en alle andere krijgen duizenden en duizenden.'

'Natuurlijk doe ik het,' zei hij.

'Ha, fijn. En denk je dat we mevrouw Apsoland kunnen vragen of ze het ook wil doen? Meneer Apsoland en zij zijn heel rijk, dus ze zou het best kunnen doen. Kunnen we het haar vragen, papa?'

'Ik weet het niet, Jessica,' zei Paul.
Waarom zou hij het haar niet vragen? Ze had nooit iets tegen hem gezegd dat niet vriendelijk en aardig en genereus was. Ze was zelfs timide, alsof hij de werkgever was en zij de nederige werknemer. Hij ging naar de woonkamer om het vuur aan te steken dat hij in de open haard had klaargelegd. De zon was weer tevoorschijn gekomen en de bomen legden vertakte patronen op de tegels van de binnenplaats. Hij keek naar de achterkant van het grijze huis. Ze stond bij een raam, niet dat van haar slaapkamer, die lag aan de voorkant, maar bij een raam in de hal van de eerste verdieping. Dat veronderstelde hij tenminste, hij was nooit boven geweest.
Ze keek over het dak heen, tussen de bomen door naar de weg, de heuvels en de wijde wereld daarachter. Hij had zichzelf vaak afgevraagd wat ze de hele dag deed, als ze daar zo opgesloten zat. 'Schaduwen van de wereld verschijnen. Daar ziet ze de grote weg van nabij...' Maar de Lady of Shalott zag dingen alleen maar in een spiegel, herinnerde hij zich. Hij had ooit geprobeerd om dat gedicht te leren aan de dertienjarigen van Holloway. Mevrouw Apsoland stond heel stil achter haar raam te staren, te staren, haar ogen op een verre horizon gericht alsof ze naar iets onbekends, ver weg, verlangde. Tot zijn eigen verbazing bedacht hij dat zij en Jessica veel op elkaar leken. Jessica zal er ooit net zo uitzien als zij, net zoals zij er ooit heeft uitgezien als mijn Jessica. Misschien kwam dat alleen doordat ze allebei blond en allebei mooi waren.
Mevrouw Apsoland wendde haar ogen af van de boomtoppen en de lucht en keek naar hem. Hun ogen ontmoetten elkaar een moment voor hij zijn hoofd wegdraaide. Hij realiseerde zich dat hij niet wist wat haar voornaam was.
Jessica kwam binnen en zei: 'Je hebt het vuur nog niet aangestoken, papa.' En toen: 'Mag ik een klein hondje hebben? De hond van Harriet haar moeder heeft kleintjes. Mag het, papa?'

7

Ze zouden maar veertien dagen vrij hebben van school, inclusief twee weekends, en hij had nooit veel te doen in de weekends, te beginnen vanaf donderdagavond. Maandag was Jessica bij Emma thuis en dinsdag bij Harriet. Toen het woensdag werd moest hij mevrouw Apsoland naar een kwekerij met zeldzame planten in Essex brengen. Ze kocht er planten voor een alpinetuin die ze aan het aanleggen waren en omdat zij de enigen waren die weg zouden zijn, ten hoogste twee uur, had hij Jessica alleen thuis gelaten. Hij had Maria gevraagd om een oogje in het zeil te houden. Maar de volgende dag was een Cambridge-dag en moest hij Emma's moeder weer vragen, iets wat hij niet graag deed.

Naast de aanleg van de alpinetuin, waarvoor het werk nog niet begonnen was, liet Apsoland de oude oranjerie herstellen. Hij noemde het de wintertuin. Ze zouden er sinaasappel- en citroenbomen in zetten. De toestanden die gemaakt werden over het natrekken en controleren van de achtergronden van de werklieden zou Paul niet hebben kunnen geloven als iemand het hem verteld had. Het was kennelijk zijn taak om zich met de mannen bezig te houden. Voordat ze mochten beginnen moest de baas van het bedrijf een lijst maken met de namen van de mannen die zouden komen werken, met hun adres, het soort vervoermiddel dat ze zouden gebruiken, het kenteken daarvan en de exacte tijdstippen waarop ze zouden komen en gaan.

Apsoland had zich met dat alles beziggehouden. Hij had een deel van de maandagochtend vrijgenomen en toen de werklieden aankwamen (twee in auto's en eentje op een motorfiets) door het hek dat tien minuten van tevoren door Apsoland geopend was, had hij foto's van ze genomen. Paul die met Jessica door het raam stond te kijken kon zijn ogen nauwelijks geloven. Het was een Polaroidcamera, dus Apsoland kon hem de foto's

brengen voor hij wegreed naar het station, de foto's en het dossiertje dat hij van elke man had aangelegd. Als er een man kwam die niet op de lijst stond en die niet gefotografeerd was, moest Paul het nummer bellen dat bovenaan op het papier stond.
'In dat geval,' zei Apsoland duister, 'zal er hulp komen om je te helpen bij het verwijderen van de indringer.'
'Kunnen we iemand verwijderen die waarschijnlijk gewoon een extra kracht is die ze erbij halen voor een speciale taak? Ze zouden een aanklacht tegen ons in kunnen dienen.'
'Doe nou maar braaf wat ik vraag, wil je?' zei Apsoland.
Met een ceremonieel gebaar overhandigde Apsoland de baas een zendertje waarop het hek werkte. Door dit alles ging Paul zich iets afvragen. Deze buitensporige voorzichtigheid met bezoekers op Jareds, de gevoelige cel en het beveiligingssysteem waren geavanceerd en ingewikkeld, er waren waarschijnlijk andere veiligheidsmaatregelen waarvan hij nog niets wist, maar hemzelf was nooit gevraagd naar zijn papieren en nog veel minder om referenties. Het was een mysterie. En waarom zou er, zoals Apsoland zei, 'hulp' komen? Als hij werkelijk aan de mogelijkheid van diefstal of iets dergelijks dacht, waarom dan niet de politie? 'Hulp' klonk als een bende huurmoordenaars.
Maar al gauw bekommerde hij zich er niet meer om. De drie mannen kwamen elke dag op de motorfiets en in hun auto en de baas kwam, ze kwamen als ze zeiden dat ze zouden komen en gingen weg wanneer ze zeiden dat ze weg zouden gaan en ze leken allemaal precies op hun Polaroidfoto's. Hij had meer problemen met Jessica. Hij vond het vervelend om haar alleen te laten. Hij begon zich af te vragen wat hij de volgende maandag zou doen.
Donderdagochtend, de ochtend van Witte Donderdag, controleerde hij zoals altijd de mannen en bracht toen in de Volvo Jessica naar Emma. Kinderen sluiten heel snel vriendschap. Jessica en Emma kenden elkaar nog pas sinds de krokusvakantie, toen Jessica daar op school was gekomen, maar ze waren al intieme vriendinnen, deelden elkaars geheimen, giechelden samen over dingen waar volwassenen buiten stonden. Over Emma's moe-

der, Sheila, was hij minder zeker. Hij vond dat ze nogal koeltjes en stug was tegen hem, alsof ze moed aan het vatten was om de volgende keer dat hij haar vroeg nee te zeggen.

Hij reed terug langs de lege straten, een beetje getroost door de lenteboden. De meidoorn begon al blad te krijgen. De ontbottende blaadjes die twee dagen geleden een gevlekte, groene sluier hadden gevormd, waren nu dichter geworden, een dik, welig kleed dat de takken verborg. Op het boerenland plukte je de nieuwe scheuten om op te kauwen. Je moest ze precies op het juiste moment plukken, herinnerde hij zich, als het net geen heel kleine, groene spruitjes meer waren, maar voordat ze bitter werden. In een impuls stopte hij de auto, stapte uit en plukte er eentje uit de heg. De sterke, groene smaak voerde hem terug naar zijn kinderjaren, naar de winderige velden, de schapen die op een reeds lang niet meer gebruikt kerkhof graasden, de gulzige zee die elk jaar ettelijke decimeters van het land van zijn vader opat.

Ik zou het ver schoppen, bedacht hij. Het eerste lid van de familie dat naar de universiteit ging, praktisch de eerste die niet op de boerderij ging werken toen hij van school kwam. Mooie examenresultaten, een goede eerste baan, lesgeven in het noorden, toen Katherine, de ontmoeting met Katherine die daar ook les gaf en de verhuizing naar Londen. Wanneer en waarom was het uit elkaar gevallen? Misschien was het zijn fout of omdat iemand met zijn opleiding en zijn, nou ja, idealen – pretentieus woord, maar hoe kon je het anders noemen? – niet het onderwijs kon verlaten om bewaker in een opvoedingsgesticht te worden, alles opofferend om ze maar rustig te houden en te zorgen dat ze de tent niet afbraken. De week dat Katherine bij hem was weggegaan was de week dat een van de vijftienjarige meisjes zonder enige waarschuwing en, voorzover hij wist zonder enige aanleiding, naar hem toe was gewandeld en hem in zijn gezicht had geslagen. Dat was begin vorig jaar geweest. In de tijd die daarop volgde had hij zichzelf voorgehouden: ik heb tenminste Jessica, ik heb haar.

Het ging om wat andere leden van zijn familie deden, degenen

die niet naar de universiteit gingen: ze werkten op het land of in de bouw of gingen, zoals het in de tijd van zijn ouders genoemd werd, in het leger. Tegenwoordig waren daar allerlei eufemismen voor. Hij begon de advertenties in de kranten door te kijken. Hij ging naar een bureau. Het huis zou verkocht worden zodat Katherine haar deel kon krijgen en hij het zijne en het leeuwendeel terug kon naar de bouwmaatschappij. Ik heb een puinhoop gemaakt van mijn leven, dacht hij vaak, maar dan keek hij naar Jessica en herzag hij zijn mening. Het hof had hem aangewezen als voogd en verzorger. Katherine wilde haar niet, ze had van haar dochter gehouden voordat ze geboren was, maar was daarna onverschillig geworden, hij kon het niet begrijpen, maar het was zo. Ze ging terug naar de universiteit om te promoveren.
Suffolk, het feit dat de Apsolands in Suffolk woonden, was wat hem had aangetrokken. En toen hij hen ontmoette wekten ze zijn belangstelling. Hij was geïntrigeerd. Zoals mensen dat nu eenmaal doen had hij zich een voorstelling gemaakt van mevrouw Apsoland, opvallend, chic, met dat grappige haar dat elke vrouw leek te hebben die rijk was of modieus of die in de verte iets met de showbusiness te maken had: een wilde, krullerige, warrige massa, meestal goudkleurig. Apsoland had hem meegenomen naar de zitkamer waar ze zat te lezen. Het leek een beetje geposeerd, maar dat kon hij zich ook verbeeld hebben. Ze zag er heel jong, heel gewoon uit. Ze was zo slank als een tienermeisje. Haar huid was blank, haar ogen waren heel blauw. Ze glimlachte en hij vergat dat hij haar een moment daarvoor gewoontjes had gevonden. Hij zag dat ze erg mooi was, verfijnd, perfect tot in de kleine details en even mooi toen de glimlach weg was. Ze had een speciale manier om haar hoofd te houden, heel licht naar één kant, als ze sprak, alsof ze zorgvuldig nadacht voordat ze iets zei.
'Heeft mijn man het u verteld?' had ze tegen hem gezegd. 'We willen iemand die me kan rijden, maar ook iemand die voor me kan zorgen.' De stem was onverwacht, rijk en sterk, maar vriendelijk. Hij dacht dat hij een schaduw van een lach zag om die zacht gewelfde mond. Ze leek te begrijpen dat een nadere ver-

klaring noodzakelijk was. Apsoland stond daar alleen maar, zijn gezicht was een gesloten masker. 'Ik ben nogal nerveus. We zijn allebei nerveuze mensen. Er gebeuren soms verschrikkelijke dingen, vindt u niet?' Zij zei tenminste niet dat ze aan agorafobie leed.

Ze waren maar vijf minuten bij haar gebleven en daarna had Apsoland hem de honden laten zien, een ervaring die minder aangenaam was dan de vorige. Paul had nagedacht over wat ze gezegd had, over iemand om voor haar te zorgen en hij had er sindsdien eigenlijk voortdurend mee rondgelopen. Hij dacht erover toen hij de achterdeur van het grote huis binnenging en, toen hij daar niemand aantrof, de gang door liep naar de zitkamer. Stilletjes bij haar naar binnen sluipen leek hem het ergste wat hij kon doen, dus liep hij met zware stap en schraapte hij een paar keer zijn keel. Maar ze sprong evengoed geschrokken op toen hij de kamer binnenkwam en terwijl ze zich omdraaide vloog haar hand naar haar keel.

'Het spijt me dat ik u heb laten schrikken,' zei hij.

Ze lachte en haalde even haar schouders op. 'Je hebt me niet echt laten schrikken. Ik ben altijd nogal gauw gealarmeerd.' Ze was klaar om weg te gaan, zelfs de bruine, kalfsleren tas hing al aan haar schouder. Ze had haar spijkerbroek weer aan, nu met een wit, gewatteerd jack. Het was koud die ochtend. 'Ik ben een lafaard, vind je niet? Dat moet je wel vinden.' Ze wachtte niet op zijn reactie, die uiteraard ontkennend had moeten zijn. Ze hield haar hoofd een beetje schuin. 'Dat ben ik niet altijd geweest. Ik was ooit heel dapper. Zullen we gaan?'

Hij hield de deur voor haar open en zij ging achter in de Bentley zitten. Toen hij de oprijlaan afreed had hij het gevoel dat hem grote onthullingen gedaan zouden worden, dat hij zou worden ingelicht. Het was alsof hij het kon voelen, trillend in de ruimte tussen hen, haar nog niet uitgesproken maar sterke behoefte om te spreken en te bekennen. Maar alles wat ze zei was: 'Ik stond boven uit het raam te kijken...' De Lady of Shalott, dacht hij, '... en ik zag je je dochtertje naar school brengen. Ik dacht dat ze al paasvakantie hadden.'

Hij moest het uitleggen. Ze viel hem in de rede toen hij op het punt van Emma's moeder kwam. 'O, maar je kunt haar bij ons brengen. Ik wil haar graag ontmoeten. Ik ken helemaal geen kinderen. Is dat niet belachelijk?'

'Meent u dat serieus?' zei hij.

'Serieus dat ze bij ons kan komen of serieus dat ik haar wil ontmoeten? Allebei, vermoed ik. Breng haar maandag maar mee, waarom niet? O, maar het is tweede paasdag en misschien zou ik je niet moeten vragen om te werken.'

'Ik vind het niet erg om op tweede paasdag te moeten werken, mevrouw Apsoland.'

'Ralph gaat naar de show. Ik bedoel de plaatselijke landbouw- en veeteeltshow. Hij neemt zijn taak als landedelman heel serieus op, weet je.' Ze lachte. 'Ik heb afgesproken dat ik ga lunchen bij een paar vrienden in Aldeburgh.' Hij zag haar gezicht niet, maar hij besefte dat ze heel enthousiast was over haar eigen plan. 'Je zou Jessica kunnen meenemen, dan kan ze een dagje naar het strand. Het zal wel een tijdje duren bij mijn vrienden, ik denk dat ik wel tot na de thee blijf en dan kunnen Jessica en jij toch leuke dingen gaan doen? Zullen we het zo afspreken?'

Hij kon even alleen maar denken aan de dankbaarheid die hij voelde toen ze zich Jessica's naam bleek te herinneren. Hij kon zich niet herinneren dat hij haar naam vaker dan één keer genoemd had en dat was de tweede of derde keer dat hij haar had gereden. Toen stelde hij zich voor hoe hij met Jessica in Aldeburgh zou rondkijken en met haar, terwijl mevrouw Apsoland bij haar vrienden op bezoek was, naar het noorden zou rijden om naar zijn broer te gaan die nu de boerderij had. 'Dat zou me enorm helpen,' zei hij. 'Dit is heel aardig van u. Dank u wel.'

De rol van dankbare dienaar viel hem nog steeds zwaar. Tegen haar 'mevrouw' zeggen terwijl zij hem Paul noemde kwam hard aan. Er werd tenminste niet van hem verwacht dat hij hen met 'sir' en 'madam' aansprak. Ze zweeg een tijdje. Hij nam achterafweggetjes naar Lavenham en toen verder de hoofdweg naar Bury. Toen hij eenmaal op de grote weg reed begon hij te denken over de grijze Fiat, hoewel hij hem in geen weken had gezien.

Er zou vandaag geen grijze Fiat zijn. Er was geen grijze Fiat meer geweest sinds donderdag twee weken geleden. En die ene keer – was het niet waarschijnlijk dat hij was aangestoken door hun paranoia? Het was een zeer besmettelijk iets. Apsoland had het in hevige mate. Zij had het ook, op een minder heftige manier, maar misschien persoonlijker. Hij wist niet zeker wat hij daarmee bedoelde, alleen dat het was alsof ze bang was omdat de ervaring haar had geleerd om bang te zijn, en hij ongerust was doordat hij de waarschuwingen in de kranten en op de televisie te ernstig opvatte. Het was allemaal nonsens, natuurlijk, het was allemaal fantasie. Net zoals zijn eigen zenuwachtigheid, die hij als een griep van Apsoland had overgenomen.

Ze begon te praten over haar moeder, naar wier huis in de buitenwijken van Cambridge ze op weg waren. Ze wilde dat haar moeder zou verhuizen naar een huis dichter bij Jareds, dat ze een huis in het dorp zou kopen. Kennelijk was ze enig kind. Haar moeder was al over de veertig geweest toen ze geboren werd en was nu oud. Had Paul ouders? Hij vertelde haar dat ze dood waren, dat ze betrekkelijk jong gestorven waren. Hij kwam niet uit een familie die bekend stond om de lange levensduur van zijn leden. Jessica was de enige vertegenwoordiger van de volgende generatie want zijn broer had geen kinderen en dat zou waarschijnlijk zo blijven.

'Net als ik,' zei ze.

Er was geen grijze Fiat met woest gebaarde jongeling aan het stuur die hen inhaalde of achter hen in een zijstraat parkeerde. Lege straten, de bloesembomen in knop, de tuinen vol huiverende narcissen. Hij opende het portier voor haar en keek haar na toen ze het pad op liep. De deur ging open. Zoals gewoonlijk ving hij alleen maar een glimpje op van een mager, kaarsrecht, witharig persoon. Hij ging weer in de auto zitten en reed naar de pub waar hij een betere lunch kon krijgen dan alleen sandwiches en waar ze alcoholvrij bier hadden. Morgen Pasen. Er stond een in folie gewikkeld, met bloemen versierd chocolade-ei op de bar, als prijs in de een of andere liefdadigheidsloterij. Voor de winkels dichtgingen moest hij nog zien dat hij een paasei kocht voor Jessica. Zou Katherine haar iets sturen, een kaartje misschien? Het was natuurlijk geen Kerstmis of een verjaardag. Ze zou het waarschijnlijk niet doen. Had ze niet zelf gezegd, toen ze afstand deed van Jessica, dat het voor het kind beter zou zijn om haar te vergeten en aan haar te denken zoals ze aan een dode moeder zou denken? Soms voelde hij een pure haat tegenover zijn ex-vrouw.

Paul moest mevrouw Apsoland om drie uur ophalen. Hij vond een winkelcentrum met een chocolaterie, kocht een groot, duur ei, met vergulde blaadjes en marsepeinen druiven en stond om vijf voor drie weer bij de bungalow. Ze was altijd punctueel. Ze kwam alleen naar buiten en sloot de deur achter zich. Hij liep om de auto heen om het achterportier voor haar open te doen.

'Is het goed,' vroeg ze, 'als ik bij jou voorin kom zitten?'

Haar stem klonk zo timide dat het hem een steek van irritatie bezorgde. Wat voor spelletje speelde ze door zo tegen hem te praten, alsof hij de macht had om naar believen ja of nee te zeggen? Hij vroeg zich af wat haar reactie zou zijn als hij zou zeggen: 'Nee, dat is niet goed.'

'Natuurlijk. Neemt u plaats.'

Pas toen ze zat verklaarde ze haar verzoek. Weinig op z'n gemak dacht hij: Ze kan mijn gedachten lezen. 'Ik ben helemaal gek. Ik zou me moeten realiseren dat ik jou niet hoef te vragen waar ik mag zitten. Het moet tamelijk vervelend zijn voor iemand als jij om met mij te maken te hebben.'

'Iemand als ik?'

'Iemand die sterk en intelligent en goed opgeleid is – veel beter opgeleid dan zijn illustere werkgevers – iemand die dit werk doet omdat hem dat om verschillende redenen goed uitkomt. Ik bedoel, ik denk dat Jessica de reden is? Je hoeft geen antwoord te geven, hoor.'

Dat deed hij ook niet. Hij zei: 'Mag ik u iets vragen?'

'Dat hangt ervan af. Je moet het me niet kwalijk nemen, maar het mag niet als het over mij gaat en mijn vroegere leven.'

Ze had gebloosd. Hij kon haar gezicht niet zien maar hij wist dat ze gebloosd had. 'Het is niet iets over u,' zei hij. 'Niet direct.

Het gaat hierom. Meneer Apsoland controleert zo zorgvuldig de mensen die op Jareds komen werken, terwijl hij – u en hij – mij zonder referentie hebben aangenomen, zonder ook maar iets te vragen over wat ik vroeger gedaan heb. Ik had wel een strafblad kunnen hebben. U hebt me aangenomen zonder dat u iets van me wist. Waarom?'
Rustig zei ze: 'O, maar we wisten wel het een en ander over je. We hebben geïnformeerd.'
Zijn handen klemden zich vaster om het stuur. Ze waren nu op de grote weg en reden snel. 'U heeft geïnformeerd?'
'Ralph. Je moet iets weten over Ralph, Paul. Hij zou het je zelf niet vragen. Hij zou je niet geloven, snap je. Mensen bedenken referenties of halen hun vrienden over om te schrijven, zo is het toch? Maar dat is het niet alleen. Ralphs – hoe zal ik het zeggen – grote voorzichtigheid, waakzaamheid, voorzorgsmaatregelen – nou ja, je zou het paranoia kunnen noemen. Hij leeft daarmee, zo is hij nou eenmaal. Daarom...'
Ze zweeg met een verontschuldigend lachje. Hij moest zich vergissen, maar hij had het merkwaardige en nogal vreselijke idee dat ze op het punt gestaan had om te zeggen: 'Daarom ben ik met hem getrouwd.'
'Hij ziet dieven onder elk bed, tasjesrovers in elk groepje mensen. Hij heeft wat je noemt een achterdochtige geest. Als zijn eigen moeder langskwam zou hij nog naar haar papieren vragen.' Haar stem werd heel zacht. Ze mompelde bijna. 'Hij heeft het erger gemaakt voor me.' Paul wist niet zeker of hij het goed had gehoord. Op een wat duidelijker, zakelijker manier zei ze: 'Colombo en Maria zijn bijvoorbeeld zes maanden bij ons. Ralph heeft hun verleden nagetrokken vanaf het moment dat ze van school kwamen. Jij was gewoon een van de ongeveer vijfentwintig mensen met wie Ralph gesproken heeft. Hij heeft privé-detectives achter iedereen aan gestuurd. Dat doet hij gewoon. Het bureau dat hij in de arm neemt draait praktisch op zijn opdrachten. Zonder hem zouden ze op de fles gaan. O, lieve hemel, ik zou je dit allemaal niet moeten vertellen. Maar ik ben er nu eenmaal over begonnen, dus ik kan net zo goed doorgaan. Ze zijn

jouw, nou ja, je antecedenten nagegaan, de manier waarop kandidaten voor een functie bij een veiligheidsdienst worden gecontroleerd voor ze worden aangenomen. Ik wist bijvoorbeeld niet of je ouders nog leefden of niet, maar je kunt er zeker van zijn dat Ralph het wel weet. En de rest ook. Ralph weet alles.'

Het maakte hem niet kwaad, maar verbaasd. Hij dacht erover, verwerkte het. Waren die privé-detectives soms de 'hulp' die hij moest bellen als er een onbekende werkman arriveerde? Of beschikte Apsoland ook over een ploeg huurmoordenaars?

'Je bent kwaad,' zei ze. 'Ik had het je niet moeten vertellen.'

'Nee, het is goed.'

'Je zou je gevleid kunnen voelen als je het zo zou willen opvatten. Denk eens aan de concurrentie. Hij pikte jou uit vijfentwintig anderen. Hij heeft absoluut vertrouwen in je.'

Dat maakte het niet beter. Hij voelde zich beledigd. 'Ik ben de chauffeur maar,' zei hij.

Het moest nukkig hebben geklonken, want ze barstte in lachen uit. Het verbaasde hem, haar vrolijke, kennelijk onbedwingbare lachbui en hij lachte ook. Toen wachtte hij op een opmerking van haar, een soort geruststelling, maar die kwam niet en ze reden zwijgend door. De weg beschreef de grote bocht bij de suikerfabriek en hij nam de afslag die naar beneden liep, onder de brug door. Het was een beetje gaan regenen. Toen hij de A134 op draaide, voorbij de hekken van de oude gevangenis, zag hij dat er een rode Fiat achter hem aan reed. De auto viel hem alleen op omdat het een Fiat was. Neem hun paranoia niet over, hield hij zichzelf voor. Ze nestelde zich in haar stoel en trok aan de veiligheidsriem om het zich gemakkelijker te maken. Toen ze zich bewoog, kon hij haar parfum ruiken. Hij was er zich van bewust geworden toen ze naast hem was gaan zitten en zijn neus was eraan gewend geraakt. Het was een heel licht parfum, maar droog en kruidig, niet zoet.

'Wat zou je doen,' zei ze, 'als je geld werd geboden om me te verraden?'

'Wat?' zei hij.

'Ik zei het echt. Ik heb gezegd wat je hoorde.'

Hij begreep hoe graag hij wilde dat hij niet de diagnose zou moeten stellen dat ze geestelijk gestoord was. Hij wilde dat haar angst gerechtvaardigd was. 'Ik begrijp niet precies wat u bedoelt met "verraden",' zei hij.

'Dat zul je weten als het gebeurt.'

'Mevrouw Apsoland,' zei hij, 'ik hoop dat u dit niet verkeerd zult opvatten. Het is een ouderwetse manier om het te zeggen, maar ik besef dat ik niet de positie heb waarin ik u dit soort dingen kan zeggen. Begrijpt u...'

'Ga door,' zei ze.

'U hebt zelf gezegd dat uw man overbezorgd is en dat dat invloed op u heeft. Denkt u niet dat het te veel invloed op u heeft? Het is waar, we leven in een gewelddadige maatschappij en de criminaliteit neemt toe – maar hier, op het boerenland? Ik bedoel, wanneer is er voor het laatst ingebroken in het dorp?'

Ze zei niets. Hij dacht dat ze beledigd was, maar ging door. Het zou voor hem niet goed zijn om het hierbij te laten. 'Ik heb wel eens gedacht over de theorie dat angst voor een aanval een aanval uitlokt en ik geloof dat er wel iets in zit. Als een vrouw zelfverzekerd in het donker op straat loopt en niet op de vlucht slaat als er een paar jongens naar haar toe komen, is het niet zo waarschijnlijk dat haar iets overkomt. In de praktijk is het zo dat erover gesproken wordt als een huis overmatig beveiligd is en daardoor komen de mensen die tot diefstal geneigd zijn te weten dat de eigenaars waardevolle dingen hebben die de moeite van het stelen waard zijn.' Terwijl hij sprak bedacht hij zich hoe moraliserend en gladjes hij moest klinken.

Ze waren op een plek gekomen waar de weg voor een gedeelte was opgebroken en afgezet met kegeltjes. Het tijdelijke verkeerslicht dat er geplaatst was stond op rood. Toen Paul de handrem aantrok wees ze op een knopje op het dashboard en zei, alsof hij niets gezegd had: 'Ik weet niet of ze het je verteld hebben, maar als je op dat knopje drukt gaan alle deuren en het zonnedak automatisch op slot.' Hij draaide zijn hoofd om haar aan te kunnen kijken. Hij kon onmogelijk uitmaken of ze het ernstig meende, maar hij verdacht haar ervan dat ze inwendig lachte.

'Als je bij verkeerslichten staat of ergens even moet parkeren, gewoon voor de veiligheid.'

Hoge heggen, een rij populieren, kale weiden en een groepje bomen tegen de heuvel. De man die de verkeerslichten bediende, had een oranje, reflecterend jack aan. Paul kon haar naar de man zien kijken, naar zijn brede, rode gezicht en zijn ruige, blonde haar, naar de man achter hem die de wals bestuurde en naar de man die op een schuiver zat. De lichten sprongen op groen. Hij hoorde haar een zucht slaken.

Er gingen een paar minuten voorbij voordat ze zei: 'Ik wist dat ik je dit op een gegeven moment zou moeten vertellen. Ik vind het alleen niet zo prettig om erover te praten.'

'Vertel me niets als u dat liever niet doet, mevrouw Apsoland.'

'Zou je me alsjeblieft Nina willen noemen?'

Hij was heel verbaasd, enigszins in verlegenheid gebracht. 'Weet u zeker dat u dat wilt?'

'Ik vind het vreselijk om "mevrouw" genoemd te worden. Het zou anders zijn als ik een stuk ouder was dan jij of jij een stuk jonger dan ik, zoiets. Je begrijpt vast wel wat ik bedoel.'

Hij knikte. Hij kon haar gezicht niet zien maar hij wist dat ze naar hem keek.

'Ik ben ooit gekidnapt.' Uit de klank van haar stem kon hij opmaken hoe groot de innerlijke strijd was die ze voerde. Hij kon niet zeggen waarover. Misschien was het de poging om te liegen en net te doen alsof de leugen waar was, of misschien was het geremdheid om over een verschrikkelijke gebeurtenis te praten. Ze zei het weer: 'Ik ben ontvoerd.' Hij merkte dat hij niet in staat was om antwoord te geven. 'Het gebeurde in Italië, toen ik met mijn eerste echtgenoot getrouwd was. Ik heette toen Nina Piraneso. Het was in mei, vijf jaar geleden – nou ja, bijna vijf jaar geleden.'

Wat viel er te zeggen. Hij was blij dat ze bijna thuis waren. Hij had de hekken van Jareds al geopend en reed de oprijlaan op. Een zwerm parkieten, zwart met wit, vloog op uit het park toen de auto naderde. Voor zich uit kon hij de twee auto's en de motorfiets van de werklieden in het grind voor de voordeur geparkeerd zien staan. Er stond ook een kleine truck.

'Daarom ben ik nerveus,' zei ze. 'Daar komt het ook door.'
'Ik snap het,' zei hij, maar dat betekende niets.
'Je hebt geen antwoord gegeven op mijn vraag.'
'Sorry, maar ik ben vergeten wat het was.'
'Over mij verraden. Nu weet je waarom ik het gevraagd heb.'
Even had hij zich dicht bij haar gevoeld. Heel kort, terwijl ze hadden zitten praten, had hij het gevoel gehad dat zich zoiets als vriendschap ontwikkelde. Dat was natuurlijk belachelijk, zij konden niet vertrouwelijk worden en vrienden zijn en bovendien had ze het in één klap verknoeid met die kidnap-onzin, haar paranoia. Hij herhaalde wat hij eerder had gezegd. 'Ik ben alleen uw chauffeur maar,' en hij voegde eraan toe, 'er zal nooit sprake zijn van zoiets.'
Ze stapte sneller dan anders de auto uit. Hij stond haar na te kijken toen ze naar de voordeur liep, de sleutel in haar hand. Alles is verknoeid, dacht hij. Ik had het spelletje moeten meespelen. Ik had moeten zeggen 'Echt waar?' en 'Wat vreselijk!' Ik had niet moeten laten blijken dat ik er geen woord van geloofde. Op de stoep draaide ze zich om en zei: 'En maandag niet vergeten om Jessica mee te nemen, hè?' Ze lachte naar hem alsof er niets was in de wereld wat haar zorgen baarde. Misschien was er ook niets.
Hij reed terug naar het dorp en haalde Jessica op. Emma en zij hadden kaarten gemaakt om hun stiltesponsors op te zetten en de bedragen die ze per minuut wilden betalen. Het viel hem op dat de naam van Emma's moeder opvallend afwezig was op Jessica's lijst, maar dat ze wel de namen had van twee vrouwen van wie hij nooit gehoord had, waarschijnlijk mensen die overdag op bezoek waren geweest. Jessica's haar zat in vlechtjes.
'Dat heeft Emma's moeder gedaan,' zei ze, terwijl ze in de auto de elastiekjes eraf trok en haar haren losschudde. 'Het hing in de soep en ze zei dat dat niet higi of zoiets was.'
'Hygiënisch, denk ik,' zei Paul.
'Ik houd niet van soep.'
'In elk geval niet van soep met haar erin.'
Daar moest ze om lachen. Ze begon de grap uit te werken, zoals

kinderen van haar leeftijd dat doen als geestigheid en timing nog mysteries zijn, over haar in de soep, haar in de soep in plaats van vermicelli, in plaats van uien, blond haar, zwart haar, plaatjes van haar op het blikje.

Toen hij er genoeg van had zei hij: 'We gaan maandag naar de kust. Mevrouw Apsoland moet erheen, ik rijd haar en jij gaat ook mee.'

Ze reageren zelden zoals je verwacht. Een Shirley Temple-typetje zou in haar handjes geklapt en 'O, papa!' gelispeld hebben. Jessica zei: 'Wil zij me sponsoren, denk je?'

'Je kunt het haar vragen.'

Terwijl hij thee voor haar inschonk dacht hij over wat Nina Apsoland had gezegd, over kidnappen. Als ze gekidnapt was geweest, zou het in de krant gestaan hebben en dat was niet het geval geweest. Dat zou hij zich herinnerd hebben. Een exfotomodel, Engels, getrouwd met een rijke Italiaan die Piraneso heette. Er zou weken over geschreven zijn, dat ging altijd zo, en het zou op de televisie geweest zijn en hij zou het zich herinnerd hebben.

Dus was zij labiel of haar echtgenoot. Of allebei. Dat maakte de vraag die ze hem gesteld had niet minder pathetisch, eerder erger. Nou, zou hij haar verraden, wat dat dan ook precies mocht inhouden? Zou hij iemand verraden voor geld?

Hij dacht dat het een vraag was die mensen zichzelf vaak stellen. Wat is je prijs? Wat zou je doen voor een miljoen? Is er werkelijk iets wat je niet zou doen als de prijs maar hoog genoeg was en jou veiligheid en immuniteit voor de strafwet werd gegarandeerd? Keukenmeidenfilosofie, zinloze speculaties.

Jessica zat aan tafel haar melk te drinken. Ze kon het papiertje niet van haar chocoladewafel af krijgen, dus dat deed hij voor haar. Het gezicht dat ze naar hem ophief was dat van een engel, opblikkend naar transcendente, spirituele luister. Haar ogen straalden. De krulletjes op haar voorhoofd waren vochtige, gouden rondjes. Er trilde een druppel melk op haar bovenlip die rood was als een klaproos. 'Je weet toch van dat kleine hondje, hè papa?' zei ze.

‘Het kan niet Jessica. Je kunt nu geen hondje hebben. Het spijt me, maar zo is het nou eenmaal. We moeten een tijdje wachten tot we ze wat beter kennen en zij ons kennen, goed?’ Als we blijven, voegde hij er in stilte aan toe, als dit een blijvende zaak is. ‘Ik zeg geen nee, ik zeg alleen maar deze keer nee.’
‘O, Knorretje,’ zei ze, en toen: ‘Oké.’ Een diepe, theatrale zucht, de last van de wereld op haar schouders.
‘Het is nog te vroeg, Jess.’
Ze wist niet wat hij bedoelde. Hoe kon ze dat ook weten? Hij dacht: Zij valt buiten die speculaties. Haar zou ik nooit verraden. Het is een belachelijk idee, een stompzinnige grap. Ik neem aan dat de meeste ouders dit voelen, een soort vanzelfsprekend gevoel dat nooit onder woorden wordt gebracht. Het zou een plezier zijn om te sterven als ik daardoor haar leven zou kunnen redden. Je zou naar je eigen dood rennen als naar het bed van een minnares. Iemand had zoiets gezegd, maar hij kon zich niet herinneren wie. Shakespeare waarschijnlijk. Meestal was het Shakespeare.

8

Sandor citeerde een gedicht voor me. Het ging over twee mensen die verliefd werden en het gevoel hadden dat ze daarvoor niet geleefd hadden. Ze waren als het ware nieuwgeboren. Wat het gedicht zei, was iets over net gespeend zijn of dat het was alsof ze hun leven snurkend in de schuilplaats van de Zeven Slapers hadden doorgebracht. Ik vind dat stukje leuk, dat is omdat ik zo van sprookjes houd, denk ik. Of anders is het omdat het de manier uitdrukt waarop ik voor Sandor voel. Niet dat ik bepaald sliep voordat ik hem ontmoette, of als dat wel het geval was, dan was het een slaap vol nachtmerries, maar ik had niet geleefd en niets geweten en mijn hoofd was olieachtig water geweest.
Hij zegt dat mensen niet kunnen leren om lief te hebben als er niet van ze gehouden is toen ze baby's waren. Dat is wat psychiaters zeggen. Nou, ik kan niet meer weten dan psychiaters, het spreekt vanzelf dat dat niet kan, maar ik heb nooit liefde gekregen tot Tilly op het toneel verscheen en ik weet dat ik meer liefde in me heb dan de meeste mensen, soms heb ik het gevoel dat ik zal barsten van liefde voor Sandor.
Iets anders wat niet waar is, is dat verliefd zijn hetzelfde is als seks, hetero of homo. Ik vertel dat aan niemand omdat iedereen dat wél schijnt te geloven, maar ik werd op het eerste gezicht verliefd op Sandor. Ik werd verliefd op hem terwijl we naar elkaar zaten te staren, stom van de schrik, op dat bankje op het perron van het Embankmentstation. Er is een soort verliefd worden dat anders is, dat niet inhoudt dat je vieze dingen wilt doen met mensen, maar dat je gevoelens voor hen hebt zoals, nou, zoals God – als er een God is – die voor ons moet hebben, of zoals de gevoelens die nonnen geacht worden te koesteren voor Jezus. Of zoals de gevoelens die bedienden en volgelingen vroeger hadden voor hun stamhoofden, dienaren trouw tot in de dood.
Ik geloof niet dat je dit soort liefde tegenkomt in de boeken die

Sandor leest of in de bladen die ma las, dus misschien heb ik het maar verzonnen en is het niet echt. Je komt deze liefde zeker niet tegen in *News of the World*. Herinner je je wat ik zei over de reden waarom ik *News of the World* lees? Het was om wat Tilly gezegd had. De advertenties in deze krant bereiken meer lezers dan die in welke andere krant ook, omdat deze krant meer gelezen wordt dan andere kranten. (En dat zegt verdomd veel over onze cultuur, zegt Sandor.) Natuurlijk is er een speciale advertentie waar ik altijd naar zoek, terwijl ik weet dat ik hem nooit zal vinden. Het was degene waarvan ik nooit gedacht had dat ik hem zou vinden. Maar zo is het leven. Wat je verwacht gebeurt nooit. Of wat je niet verwacht gebeurt toch of iets wat een beetje lijkt op wat je verwachtte gebeurt. Dit was iets wat er een beetje op leek, denk ik.
Ik zat zondag in onze kamer de krant te lezen. Sandor had *Cancer Ward* uit en was in een boek over Picasso begonnen. Hij had de kruiswoordpuzzel uit de *Observer* gemaakt en zijn vijfentwintigste sigaret van die dag aangestoken. Ik had ze geteld. Ik kon hem nauwelijks meer zien door de rook. Ik begon de advertenties door te kijken en onderbrak dat om een raam open te zetten. Hij keek op maar zei niets. Ik ging weer terug naar mijn advertenties en halverwege de kolom vond ik deze:

Joe – waar ben je? Ik wacht op je bij Farthing, Grice Road 25, Londen N8. Tilly.

Het adres zei me niets. Ik dacht dat er nog wel meer Joe's zouden zijn die Tilly's kenden. En toen herinnerde ik me dat de tweede vriend bij wie ze gewoond had, degene die naar Nieuw- Zeeland gegaan was en haar de camper had gegeven, Farthing heette. Martin Farthing. Deze Farthing was misschien zijn moeder of zijn zuster. Misschien fantaseer ik maar wat, maar ik heb zo'n idee dat de familie in Wood Green of Hornsey woonde, in elk geval in de buurt die N8 heet.
Toen we die avond uit waren – we hadden een duur restaurant gevonden dat op de avond van eerste paasdag een diner serveer-

de en American Express accepteerde – vertelde ik Sandor erover. Ik zei dat ik naar het adres wilde schrijven en ons postbusnummer wilde geven. Het was gek, maar ik voelde langzamerhand de behoefte om Tilly weer te zien groter worden. En waarschijnlijk omdat ik het zo graag wilde was ik ervan overtuigd dat hij nee zou zeggen. Maar hij zei niet veel, haalde alleen zijn schouders op, zoals hij dat kan doen.

'Van relaties heb je meer last dan van eigendommen, vind je niet?' was alles wat hij zei. Ik vond het nogal ironisch dat hij nog geen vijf seconden later de kelner de American Express Card van zijn moeder overhandigde. Maar door de manier waarop hij naar me grijnsde en me van opzij aankeek wist ik dat hij daar ook aan dacht.

'Wat gaan we nu doen?' vroeg ik.

'Dat vertel ik je morgen. Het lijkt iets kleins, maar ik vraag me af hoe we Garnets telefoonnummer te pakken kunnen krijgen. Het staat natuurlijk ergens onder Apsolands naam vermeld.'

De volgende dag schreef ik naar Tilly, naar het N8-adres. Ik moest er goed over nadenken, ik kon niet zeggen: Kom bij ons langs, of, Ik kom bij jou langs, want ik wist zeker dat Sandor dat niet goed zou vinden. Ik wilde haar vertellen over Sandor, om tenminste iemand te hebben aan wie ik kon vertellen hoe het was om van Sandor te zijn, dat hij met mijn leven kon doen wat hij wilde, maar hoewel ik dat heel goed kan bedenken, kon ik het niet op papier krijgen. Ik schreef alleen maar:

> Lieve Tilly,
> Ik woon buiten op het ogenblik. Een vriend en ik denken erover om samen in zaken te gaan. Ik geef je dit postbusnummer omdat we nog geen vast adres hebben en de telefoon hier gezamenlijk is. Het zou leuk zijn als je me een briefje wilt schrijven om me te vertellen hoe het met je gaat etc.
> Je liefhebbende broer,
> Joe

Ik verscheurde het, want toen ik het zwart op wit voor me zag wist ik dat ik niet mijn zuster kon schrijven en haar een postbusnummer geven. Dus probeerde ik het nog eens, liet de zin weg over dat we geen vast adres hadden en gaf de Lindsey Guest House op. Ik schreef er ook iets bij over dat ik gelukkig was maar dat ik haar miste. Er was iets mis met de grammatica, maar ik wist niet zeker wat, dus ik liet het maar zo. Tilly wist trouwens ook niet beter. Ik had mezelf nog nooit eerder haar liefhebbende broer genoemd, maar waarom zou ik daar niet mee beginnen? Ik ben niet haar broer, maar ik ben wel liefhebbend. Zoals ik al eerder zei, zijn Tilly en Sandor mijn familie, alleen zijn ze net zo min mijn zus en mijn broer als mijn moeder en vader mijn moeder en mijn vader zijn. Is dat niet gek? Ik weet niet helemaal zeker wat ik ermee bedoel.

Ze zou het niet leuk vinden. Ik krijg een ongemakkelijk gevoel van familie, maar haar maakt dat van streek, het maakt haar woedend. Ze zegt dat de meeste mensen maar één stel slechte ouders hadden, maar dat zij er drie had gehad. En dat is waar, die had ze gehad – haar eigen ouders, dan een oom en tante die voor haar zorgden, hoewel je het nauwelijks zo kunt noemen, en toen pa en ma. We spraken er niet veel over toen we allebei nog bij pa en ma woonden en toen ik twaalf was, ging zij weg om bij Brian te gaan wonen. Pas in het ziekenhuis kregen we echte gesprekken.

Ze kwam regelmatig bij me op bezoek daar. Het was de beste therapie die ik had kunnen hebben, beter dan drugs, zelfs de dokters zeiden dat. Ze kwam altijd 's middags en dan zaten we uren te praten, in een hoek van het dagverblijf of buiten, als de zon scheen en we in de tuin konden wandelen. Het raakte in die tijd uit met Brian en toen ze me dat vertelde, maakte me dat erg van streek. Het maakte me buiten alle proporties van streek, als je bedenkt waar het om ging, tenslotte alleen maar een vrouw, niet eens familie van me, die brak met een man die ik maar een paar keer had ontmoet. Maar ik heb daar heel vaak over gedacht, ik had tijd genoeg om te denken. Ik ben tot de conclusie gekomen dat het ons zoveel kan schelen als onze vrienden uit elkaar gaan omdat we ze op de een of andere manier gelijkstellen aan onze eigen ouders. Sandor zei een keertje tegen me dat het onbewuste niets weet van leeftijd of tijd of fatsoen en ik denk wel dat dat waar is, net zoals het meeste wat hij zegt. Ik raakte van streek doordat Tilly en Brian uit elkaar gingen, net zoals ik later van streek raakte toen zij en Martin uit elkaar gingen, omdat ik ze onbewust als ouders zag.

Mijn eigen jeugd is verleden tijd, maar het heeft iets te maken met de gevoelens die ik heb voor Tilly en haar vriendjes en wat ik voelde toen ik Garnet en dat kind zag. Tilly en ik hadden het vaak over kinderen krijgen en opvoeden. Zij houdt niet van kinderen en dat is heel zachtjes uitgedrukt. Het is mij een raadsel waarom mensen ze op de wereld zetten, zegt ze. Zij wil nooit kinderen. Deze wereld is vol ellende, armoe en ziekte en hongersnood en wie zie je op de televisie het ergste lijden? Kinderen. Kinderen met botten die door hun huid heen steken, kinderen met bedelnapjes, kinderen bij wie de ledematen zijn afgeschoten, kinderen die misbruikt en geslagen worden. Toch gaan mensen maar door met kinderen krijgen, steeds meer, en zodra ze er niet meer zo veel lijken te krijgen beginnen de regeringen te schreeuwen dat de geboortencijfers dalen en dat er iets aan gedaan moet worden. Nou, wij weten allemaal wat eraan gedaan wordt.

Wij hadden het daar vaak over en ook over hoe de wereld zou zijn als er maar de helft of nog minder mensen zouden wonen, en een ander onderwerp was trouwen en het zoeken van een partner. Tilly wil ook nooit trouwen. Ze heeft van nabij drie huwelijken meegemaakt en het waren stuk voor stuk nachtmerries. Samen gaan wonen met een man van wie ze houdt is een heel andere zaak. Je moest er een paar uitproberen voor je een beslissing nam, zei ze en we hadden het erover hoe stom het was om te zeggen dat de mens monogaam was, terwijl de enige echt monogame dieren de dieren zijn die de partner ingeprent krijgen als ze nog heel jong zijn. Ganzen en cavia's. Als je een jonge gans een hond of zelfs een teddybeer laat zien is het mogelijk dat hij daardoor zo wordt gestempeld, zo wordt ingeprent, dat hij nooit meer iemand anders wil. Soms denk ik wel eens dat dat met mij is gebeurd. Mij is Sandor ingeprent. Natuurlijk gebeurt dat niet met normale mensen, maar ik ben niet normaal, tenminste, ik lijk niet erg op andere mensen.

Het zal prettig zijn om Tilly weer te zien – ik vraag me af of dat zal gebeuren? Ik postte de brief en eentje voor Sandor toen ik de deur uit ging om de kranten te halen. Toen ik ooit de eerste brief voor hem ging posten vroeg hij me om niet het adres te lezen dat erop stond. Hij zei dat dat een van de grofste dingen was die je kon doen, het adres lezen van brieven als mensen je gevraagd hadden om ze op de bus te doen, dus sindsdien let ik erop dat ik het nooit doe. Hij was met de auto weggegaan in de richting van Jareds. Hij zei dat het de dag was waarop Doreen er op haar scooter heen ging om schoon te maken. Toen hij terugkwam, leek hij in een beter humeur, hij had geluncht in de pub in het dorp. Stan was er ook en had, zoals meestal, over Jareds en de Apsolands gepraat, maar Sandor was niets nieuws te weten gekomen, tenzij je meetelt dat je nu weet dat Garnets kind Jessica heet en dat de dochter van Stan en Doreen bij haar was gaan spelen. Garnet was naar het dorp gereden om haar op te halen en had haar ook weer teruggebracht omdat Stan geen auto had. Of misschien omdat dat veiliger was?

Later herinnerde ik hem eraan dat hij beloofd had om me te vertellen wat we nu gingen doen. Hij zei dat hij zich een dergelijke belofte niet kon herinneren, dat hij nooit beloften deed. 'Ga je aankleden,' zei hij. 'We gaan in de stad eten.'

Het was de laatste uitspatting met de American Express Card. De laatste week van de maand, zei Sandor, zou zijn moeder de rekening krijgen en dan zou het afgelopen zijn. Hij had een tafeltje gereserveerd in het duurste restaurant in de omgeving. Het was een enorm huis, een landhuis, dat ook hotel was, met kamers die allemaal in een verschillende, historische stijl waren ingericht. Maar goed, we zouden niet blijven logeren in een van die kamers en dat was jammer.

Sandor schoor zich op zijn gebruikelijke, elegante manier met het scheermes, zei dat we mijn haar aan de wortels opnieuw moesten verven en verdween in de badkamer. Hij bleef eeuwen weg. Toen hij terugkwam herkende ik hem nauwelijks. Hij zag er prachtig uit. Ik had hem nog nooit eerder in een pak gezien, met een wit overhemd en een das. Zijn gezicht zag er heel glad en olijfkleurig uit, zijn haren waren schoon en nog vochtig van het bad. Hij verspreidde een soort dennegeur.

'Wat?' zei hij. 'Wat was dat woord dat ik je hoorde gebruiken? Parfum is al kwalijk genoeg. Waarmee ik mezelf heb besproeid, kleine Joe, is reukwater. Reukwater – oké?'

'Ik kan niet tegen je op,' zei ik. 'Ik heb niets om aan te trekken.'

'Je hoeft niet zo'n toon aan te slaan alsof je een huisvrouw bent die naar het damesavondje van de vrijmetselaars gaat,' zei hij. 'Neem een bad en trek een schoon overhemd aan. Je kunt een das in je zak doen, maar waarschijnlijk kan het ze geen moer schelen. Ik vind het trouwens prettiger als je er wat nonchalanter uitziet. Het is het beste om duidelijk te laten blijken wie de baas is.'

De gevel van het restaurant was hel verlicht. Je kon het van een kilometer afstand al zien. Het leek wel een filmdecor. Sandor reed. Hij zei tegen me dat ik moest kijken of er geen auto van Apsoland op de parkeerplaats stond. Dat, zei hij, zou een hele verrassing zijn, hoewel ik niet begreep waarom. Een man in een apenpak kwam het bordes af om het portier voor ons open te doen, net zoals Garnet dat deed voor de prinses.

Aan Sandor was het niet besteed, want hij eet zo weinig. We hadden vijf gangen, maar hij nipte er alleen maar aan. Hij zei dat het eten voor mij was en dat hij de drank nam. Ik kon het niet allebei nemen, want ik zou naar huis rijden en het laatste wat hij wilde was dat ik een boete zou krijgen wegens te hard rijden. Het was ook het laatste wat ik wilde, want ik had geen rijbewijs en dus ook geen verzekering. Ik had mijn lamsvlees opgegeten en hij zat zijn vis heen en weer te schuiven op zijn bord toen hij weer begon te praten over de prins en de prinses. Hij viel midden in het verhaal, alsof we de hele avond al over hen hadden zitten praten. Of alsof híj al de hele avond aan hen had zitten denken en misschien was dat ook wel zo.

'Toen het allemaal voorbij was kreeg de oude Piraneso een hartaanval. Hij maakte het niet lang meer, een paar maanden. Je hebt die foto van haar gezien bij zijn begrafenis.'
'Kwam dat door de schok van de hele geschiedenis?' vroeg ik.
'Niet precies de schok. Spanning zou je beter kunnen zeggen, denk ik. De ontvoerders hielden de prinses drie weken vast. Dat is niks in de annalen van de Italiaanse kidnapperij, maar ik denk niet dat Piraneso dat zo zag. Een paar van zijn buren hadden professionele onderhandelaars ingehuurd om met de kidnappers van hun familieleden te praten. Dat is heel gewoon. Maar hij deed dat niet. Ik denk dat hij wilde dat alles zo snel mogelijk voorbij zou zijn. Trouwens, weet je waar dat woord vandaan komt?'
'Welk woord?' vroeg ik.
'Het woord "kidnapper". Het is heel oud, niet modern, zoals veel mensen denken. Het werd het eerst gebruikt voor de mannen die kinderen stalen om ze te laten werken op de Amerikaanse katoenplantages.'
De kelner had onze borden weggenomen terwijl Sandor zat te praten en was weer teruggekomen om ons te vragen wat we toe wilden. Als dessert, bedoel ik. Sandor zegt dat alleen 'dessert' goed is en dat je geen pudding of zoetigheid of toetje moet zeggen. Ik bestelde iets wat gemaakt was van schuim en room en fruit en Sandor had een crème brûlée. Omdat ik dacht dat het niet erg was als hij het hoorde stelde ik, terwijl de kelner nog in de buurt was, een vraag.
'En het personeel? De mensen die werkten in hoe heet het ook al weer? Rufina? Wat heeft hij aan het personeel verteld?'
'Ik weet het niet,' zei Sandor en dat verbaasde me niet. Ik was alleen maar verbaasd over het feit dat hij zoveel wist als hij wist. 'Ik denk dat hij gezegd heeft dat ze bij haar vriendin in Rome was gaan logeren. Dat deed ze blijkbaar vaak. Ik zeg wel nadrukkelijk vriendin, maar ik denk dat ze wel een paar avontuurtjes had als ze weg was. Ze was pas zesentwintig en de oude Piraneso – nou, die was over de zeventig. Ze moet soms verlangd hebben naar liefde, naar een man van haar eigen leeftijd.'

Ik zei niets. Waarom zou ik sympathie verspillen aan een meisje dat met een oude miljonair trouwt? Ze wist wat ze deed. 'Wat is er met haar gebeurd toen ze aan die ketting vastzat in de tent?'
'Ze zag alleen de buitenlander. Hoewel, hij was Engels, net als zij. Hij bracht haar haar maaltijden. Hij zorgde voor haar alsof hij haar dienaar was, hij bracht haar warm water om zich te wassen en schone handdoeken. Hij verschoonde de lakens op haar bed. Het ontbrak haar aan niets. Maar hij liet haar nooit naar buiten gaan.'
'Wat deed ze de hele dag?'
'Niks. Ik weet het niet. Het doet er toch ook niet toe? Hij bracht haar boeken, maar ik denk niet dat ze ze las en ze luisterde ook niet naar de muziekbandjes die hij voor haar meenam. Ze spraken met elkaar. Ze vertelde hem over de truffelhond, haar lievelingsdier, en over het leven daar in de villa. Ze hadden het over Parijs, waar zij een appartement had. Ze sliep veel. Ze maakte zich zorgen over haar echtgenoot, ze zei althans dat ze dat deed, wilde de hele tijd weten of het goed ging met hem. Piraneso kreeg het bewijs dat ze nog leefde, hij kreeg het bandje dat ze insprak, en toen kreeg hij zijn instructies bij het standbeeld bij het Montemario Observatorio. Er was een brief in het handschrift van de prinses in een sigarettendoosje. Daarin werd alleen een beroep op hem gedaan om in te gaan op de eisen van de kidnappers. De brief was kennelijk gedicteerd. Hij was gedicteerd door de Engelsman. Er stond in dat Piraneso de volgende dag naar Florence moest gaan, waar in het Excelsior-hotel een kamer op zijn naam was gereserveerd. Hij moest in die kamer wachten en tussen zes en zeven uur 's avonds zou hij een telefoontje krijgen waarin hem verteld zou worden wat hij verder moest doen.
Piraneso deed wat hem gezegd was. Het telefoontje kwam. Het was een Italiaan. Het bedrag dat ze voor de prinses vroegen was een miljard lire. Piraneso protesteerde. Hij betwijfelde of hij zoveel geld bij elkaar kon krijgen. De stem vroeg hem of hij het leuk vond om een van de vingernagels van zijn vrouw te ontvangen, niet een paar afgeknipte stukjes. De prins zei dat ze hem tijd moesten geven om het geld bij elkaar te krijgen. Hem werd

gezegd dat de kamer vier nachten voor hem was gereserveerd en dat hij elke avond om die tijd zou worden gebeld.
Piraneso ging aan het werk om het geld, of een gedeelte daarvan, te pakken te krijgen. Het volgende telefoontje kwam en hij bood ze 500 miljoen lire. De volgende dag ontving hij een goud gelakte vingernagel met bloed aan de onderkant. Die kwam in feite niet van de hand van de prinses. Jij herinnert je dat de jongste Italiaan medisch student was, hij had toegang tot de snijkamer, maar Piraneso wist dat niet. Het volgende telefoontje kwam en hij bood de kidnappers 750 miljoen. Ze werden het ten slotte eens op 800 miljoen. Piraneso moest naar de Trinitabrug gaan en daar zou op het linker standbeeld op de hoek aan de andere kant van de Arno, in een plooi van de draperie achter de hiel, weer een sigarettendoosje liggen. Daarin zou hij instructies vinden voor het betalen van het losgeld.
En die instructies waren er inderdaad. Hij moest het geld in een klein koffertje doen. In een speciaal, precies omschreven koffertje. De Engelsman had de prinses gevraagd om te beschrijven wat voor tassen en koffers haar echtgenoot bezat. Hij moest dat 's ochtends vroeg mee naar een kerk nemen. Hij moest er om precies acht uur zijn. Op een zondag, niemand in de buurt, alleen een paar mensen die hun hond uitlieten. Florence staat vol kerken en de straten zijn bedekt met hondenpoep, walgelijk. De kerk die ze hadden gekozen was de Santo Spirito, heel groot, heel barok van binnen, maar ook heel sober. Hij moest de kerk binnengaan en daar zou hem gezegd worden wat hij moest doen.
De kerk gaat om half acht open. De zware buitendeur stond open en in het portaal zat een bedelaar. Piraneso dacht dat dat misschien de man was die hij zocht. Hij gaf hem een paar munten en de bedelaar begon hem te loven en te prijzen en zegen over zijn hoofd af te smeken en noem maar op. Piraneso wist niet wat hij moest doen. Hij moet gedacht hebben: Wat gebeurt er als ik hem het koffertje geef en hij blijkt de verkeerde man te zijn? Hij duwde de binnendeur open en ging de kerk binnen. Het was er leeg, koud, stil en, natuurlijk, nogal donker.

Hij stond in het schip van de kerk om zich heen te kijken en toen verscheen er een kleine man van middelbare leeftijd, hij nam aan de koster, door een zijdeur. Hij wandelde op Piraneso af en zei in het Italiaans tegen hem: "U mag geen flitsapparaat gebruiken in de kerk." Piraneso zei dat hij geen camera bij zich had. "U hebt een camera in dat koffertje," zei de man. "Mag ik even kijken?" Piraneso opende het koffertje dat vol zat met lires in gebruikte biljetten. De man zei: "Ik moet deze camera in beslag nemen." Hij pakte het koffertje en verdween langs dezelfde weg als waarlangs hij was gekomen.'

Sandor stak een sigaret op. Alle vier de mensen aan het tafeltje naast ons draaiden zich om en staarden hem aan. Alsof Sandor zich daar iets van aantrekt! 'Piraneso ging de kerk uit. De bedelaar was weg. Hij ging terug naar Rufina waar hij ongeveer drie uur later een telefoontje kreeg waarin hem gezegd werd om naar de trein te gaan die om half vier op het station in Rufina aankwam, komende uit de andere richting dan Florence.

De prinses zat in de trein. Ze was alleen, gekleed zoals hij haar nog nooit gezien had, in een veel te grote, heel armoedige, zwarte jas, een sjaal om haar hoofd gebonden. Ze was ongedeerd. Het knippen van haar nagels, dat was alles wat haar was overkomen.'

'En dat ze drie weken in een tent had moeten zitten,' zei ik, 'aan een ketting.'

Hij haalde zijn schouders op en de donkere, humeurige trek verscheen weer op zijn gezicht. Ik had het vreemde gevoel dat er maar een klein duwtje nodig was om hem zijn hart te laten uitstorten en een enorme bekentenis te doen. Maar de kelner kwam vragen of we onze koffie in de salon wilden gebruiken. Het was uitstekend als meneer daar rookte.

We gingen zitten in een zaal vol vergulde spiegels en boeketten van dode bloemen en met chintz beklede sofa's en stoelen. Ik verwachtte dat Sandor verder zou vertellen, maar dat deed hij niet. Onze koffie kwam en een schaaltje met bonbons.

'Vertel me eens hoe je dit allemaal weet,' vroeg ik. 'Ik bedoel, als het niet in de kranten heeft gestaan.'

Hij grijnsde scheef naar me. 'Ik was de Engelsman,' zei hij.
Ik had het kunnen raden. Er waren allerlei dingen die ik wilde vragen, bijvoorbeeld of hij de bedelaar was in het portaal van de kerk of dat hij de koster was geweest. Sandor houdt ervan om zich te verkleden en toneel te spelen. Ik wilde ook heel graag iets over het geld vragen, de 800 miljoen lire. In hoeveel porties was het verdeeld, in twee of in meer? Wat deed hij toen eigenlijk in Italië? Ik stelde hem geen van deze vragen vanwege de uitdrukking op zijn gezicht. Hij zag er woest uit, dat is het enig juiste woord. Hij leunde achterover in de fauteuil, een toonbeeld van gratie en elegantie in zijn nieuwe, donkere pak, de hand waarin hij zijn sigaret had tussen zijn lange, lange vingers nonchalant over de stoelleuning hangend, zijn benen gekruist, niet zoals vrouwen hun benen kruisen, maar met een slanke enkel over een knie – en zijn gezicht was een masker van woede. Zijn gezicht werd er donker door gekleurd, zoals het gezicht van een vent in het ziekenhuis geel was van de geelzucht.
En toen gebeurde er iets vreemds. Een nieuwe kelner, die we nog niet hadden gezien, kwam binnen. Op een klein, rond blaadje droeg hij Sandors cognac. Hij zei maar een paar woorden, zich verontschuldigend dat het zo lang geduurd had, maar je merkte zo dat hij geen Engelsman was. Sandor begon plotseling in een vreemde taal tegen hem te praten, op een manier alsof hij die taal z'n leven lang al gesproken had. De kelner zei één woord dat ik kon onderscheiden, *italiano* en daaruit maakte ik op welke taal ze spraken. Gek hè? Er gaat geen week voorbij, ook geen dag trouwens, zonder dat er iets gebeurt waardoor ik Sandor nog meer ga bewonderen. Hij lachte inmiddels en alle woestheid was verdwenen. Ik neem aan dat ik echt zoiets heb als heldenverering voor mensen die vreemde talen kunnen spreken, misschien omdat ik me niet kan voorstellen dat ik het zelf zou doen.
We gingen kort daarna naar huis. Het was niet ver, maar Sandor viel naast me in de auto in slaap. Hij had heel wat te drinken gehad. Ik bedacht dat ik eigenlijk wou dat hij door zou slapen, zodat ik hem kon optillen en teder het huis in dragen. Natuurlijk

zou dat onmogelijk geweest zijn. Om te beginnen betwijfel ik of ik hem had kunnen optillen en je moet niet denken aan de consternatie die dat gegeven zou hebben in het Lindsey Guest House! We kwamen Kevin tegen in de gang en die z'n ogen rolden bijna uit z'n hoofd.

Toen we eenmaal boven waren kwam Sandor weer tot leven. Hij rookte een sigaret. Er was één vraag die ik niet voor me kon houden. 'Komt het daardoor dat ze zo bang is?'

Er kwam een schaduw terug van de duistere blik. 'Wie zegt dat ze bang is?'

'Nou, dat gedoe met die infrarode cel en dat ze nooit alleen de deur uit gaat. Ik bedoel, is dat omdat ze gekidnapt is? Ik zou het me best kunnen voorstellen als dat zo was.'

'Apsoland is degene die bang is,' zei hij heel koeltjes, 'niet zij. Hoe kwam je op dat idee?'

Ik had het hem al verteld, maar was niet van plan om het nog eens te zeggen. We gingen al gauw daarna naar bed, maar ik kon uren niet slapen door Sandors dromen. Hij droomt soms zo luidruchtig, dan gaat hij tekeer en kreunt hij en zegt hij vaak dingen als 'Waar ben ik?' en een keer 'Wie ben ik?' Die nacht zei hij dat niet, maar 'Ik zal het teruggeven, ik zal het allemaal teruggeven,' steeds opnieuw.

9

De kersenbloesem besprenkelde de bomen met een wit waas, als een dun laagje sneeuw. Nog een dag of twee, als de bloemen helemaal uitgekomen waren, als hun knoppen waren opengegaan en nog niet waren gaan verschrompelen, dan was het een dikke laag, een witte deken. De anemonen onderaan hadden dezelfde delicate bloemen, dezelfde transparante bleekheid. Paul ging met Jessica wandelen in het bos en vertelde haar hoe alles heette. Ze hadden een boek over wilde bloemen bij zich en een boek over paddestoelen. Hij leerde haar dat ze 'anemonen' moest zeggen en geen 'amenomen' en dat ze niet moest lachen om namen van dingen omdat het zulke lange, Latijnse woorden waren.

Er zaten spechten in de bomen, je kon hun geratel al uit de verte horen. Er vloog een zwerm langstaartmeesjes over, rood en grijs, meer op vlinders dan op vogels lijkend in hun buitelende vlucht. De nieuwe blaadjes ontrolden zich, koperkleurig in de kersenbomen, zacht jadegroen in de beuken. Op een dag reden ze naar het dorp om Debbie op te halen, de dochter van Doreen die schoonmaakte op het grote huis, en Emma. Ze gingen picknicken op een plekje bij de rivier waar een strekdam was en waar houten tafels en banken waren neergezet. Emma had haar fototoestel bij zich en nam een foto van duikeenden met hun kastanjekleurige koppen.

Op de twee dagen dat hij Nina Apsoland had moeten rijden – een keer naar Bury en een keer naar Frinton – was Jessica met ze meegegaan. Die eerste keer, op paasmaandag, was ze alleen op de achterbank gaan zitten en Paul had het niet prettig gevonden dat ze daar zo geïsoleerd en stilletjes zat. Maar vanaf het moment dat ze wegreden had Nina zich omgedraaid en een gesprek met haar aangeknoopt. Jessica had een emmertje en een schep meegenomen en kon maar niet geloven dat er geen zand zou zijn, alleen kiezel. Nina vertelde haar dat er vroeger wel zand geweest was, maar dat de zee dat had weggespoeld, en ze vertelde haar over de verdronken stad van Dunwich, die ooit een grote stad geweest was, en over de kerkklokken waarvan haar eigen grootmoeder had gezworen dat je ze onder water kon horen luiden als het stormde.

'Ik wist niet dat je hier uit de buurt kwam,' had Paul gezegd.

'Mijn ouders verhuisden naar Cambridge toen ik ongeveer zo oud was als Jessica, maar ik ben hier geboren. Ik ben in Walberswick geboren.'

Daarna had ze, op de terugweg uit Aldeburgh en tijdens de twee volgende tochtjes achterin gezeten bij Jessica. Weer had hij het gevoel gekregen dat ze erg op elkaar leken. Ze hadden moeder en dochter kunnen zijn. Jessica leek niet op Katherine of op hemzelf, alleen een beetje op de broer met de boerderij bij wie ze op bezoek waren geweest, maar ze leek heel erg op Nina Apsoland. Ze hadden hetzelfde smalle, fijne, regelmatige gezicht, hetzelfde haar dat in kleur varieerde in alle soorten goud, dezelfde heldere, blauwe ogen. Paul vroeg zich af of zijn dochter dat zou behouden. Zal ze net zo mooi zijn als ze volwassen is?

Het was zaterdag en hij had haar, op hun aandringen, naar Stan en Doreen en hun dochtertje gebracht. Toen hij de auto parkeerde en zich afvroeg of van hem verwacht werd dat hij Tyr en Odin uit zou laten, ook als zijn meester thuis was, zag hij Apsoland op de stoep voor de voordeur.

'Er is iets wat ik je wil laten zien,' zei Apsoland.

Paul ging met hem mee het huis binnen, naar een kamer waar hij nooit eerder geweest was, de studeerkamer. Hij was op de juiste manier gemeubileerd en dat zie je maar zelden bij zulke kamers, met fauteuils die bekleed waren met zulk dik leer en met zoveel knopen dat het leek alsof ze van gepolijst hout gemaakt waren, en met boeken, zeker met dat doel in grote hoeveelheden gekocht, die in boekenkasten achter glazen deuren stonden. Het klopte allemaal, het karmozijnrode, Turkse tapijt en het geboende, eiken parket, het bureau met zo'n compacte computer, mobilofoon, een televisie met een schermpje ter

grootte van een briefkaart, iets wat op een faxapparaat leek – het klopte allemaal, behalve de wapenverzameling.
Die lag ook in een glazen kast, maar een heel eenvoudige, met aluminium lijsten. Apsoland haalde een sleutel tevoorschijn en deed de kast open.
Er lagen revolvers in, een Smith and Wesson .38, zoals die door de politie in de Verenigde Staten werd gebruikt, een halfautomatische Colt .45, een paar Lugers uit de Eerste Wereldoorlog, een Colt die nog veel ouder was, een originele, zei Apsoland, uit het midden van de negentiende eeuw. Hij vroeg Paul of hij een revolver wilde vasthouden die, naar hij zei, een Schmeisser uit 1918 was en legde het wapen in zijn hand.
'Jij doet niet aan schieten, hè?'
'Niet met deze dingen,' zei Paul.
'Een man,' zei Apsoland ongelovig, 'moet kunnen schieten.'
Hij begon te praten over het omgaan met wapens en vertelde hoe hij er al vanaf zijn jongensjaren door gefascineerd was. Had Paul ooit kleiduiven geschoten? Dat had Paul niet. 'Ik zou het eigenlijk leuk vinden als je dat eens probeerde. Er is een heel aardige vent hier, nog geen kilometer verderop, die je wel les wil geven als je een afspraak met hem maakt voor een middag. Misschien ga ik wel met je mee, even een beetje nascholen.'
Paul moest er wel in toestemmen. Elke dag was goed als Jessica eenmaal weer naar school was. Toen ze weer in de gang stonden bekende Apsoland dat hij overwoog om een gesloten tv-circuit aan te laten leggen. Dan zou hij alle bezoekers kunnen zien en aan iedereen kunnen vragen wat hij of zij kwam doen. 'Ondervragen' was de uitdrukking die hij gebruikte. Toen hij naar huis liep vroeg Paul zich weer af waarom Nina met hem getrouwd was. Misschien was hij heel aardig voor haar, misschien hield hij wel heel veel van haar en liefde die iemand krijgt, wist hij, roept soms een onweerstaanbare dankbaarheid op. Hij vond het een vreselijke gedachte dat het misschien alleen maar om Apsolands geld geweest was, zoals ongetwijfeld het geval was geweest met de Italiaanse prins.
In de namiddag ging hij boodschappen doen voor het eten en

Jessica ophalen bij Stan en Doreen. Thuis ging ze in bad en at ze samen met hem, in haar nachtjapon en haar ochtendjas, op schoot uit de kartonnen doosjes van de afhaalchinees terwijl ze televisie keken. Hij probeerde een beetje in de gaten te houden waar Jessica naar keek en zette het toestel af bij het nieuws en bij documentaires waarin geweld en wreedheid voorkwamen. Hij verafschuwde de spelletjes waar zij dol op was, maar die konden geen kwaad.

Ze lachte uitbundig bij de climax van de quiz waarbij een blond meisje met een plat accent, aan wie een 18-karaats ketting als prijs was beloofd, een verguld kettinkje won waaraan achttien worteltjes* hingen. Misschien was er iets in de quiz wat er haar aan herinnerde, want ze keek hem plotseling aan en zei: 'Papa, wie is die vriend van je, Richard?'

Hij zei: 'Wat?'

'Je vriend Richard. Dat zei hij. Hij belde toen ik bij Debbie was.'

'Ik heb geen vriend die Richard heet,' zei Paul. Hij vroeg zich onmiddellijk af of hij wel zo beslist had moeten zijn. Maar ze leek niet gealarmeerd.

'Nou, we zaten te eten. Ze eten tussen de middag, heel vroeg, al om twaalf uur, maar dat kon me niet schelen, want ik had best trek. De telefoon ging en Stan nam op en hij praatte even en toen zei hij: "Ik weet het niet, ik heb het hier wel ergens, maar zijn dochter is hier, u kunt het haar vragen."'

'Heb je met hem gepraat?'

'Ja, en hij zei dat hij jouw vriend Richard was en of hij je telefoonnummer kon krijgen.'

'En heb je het hem gegeven?'

'Ja, dat heb ik gedaan en Stan zei dat het knap van me was dat ik het uit m'n hoofd wist, maar ik dacht dat het heel stom van me zou zijn als ik het niet zou weten, omdat we hier al negen weken en drie dagen wonen.'

* De woorden carat (karaat) en carrot (worteltje) klinken in het Engels hetzelfde.

'Ik vraag me af hoe hij het nummer van Stan en Doreen wist.'
'Dat zei Doreen ook. Ze zei: Hoe kan hij nou weten dat hij ons moest bellen en we probeerden het allemaal te bedenken, maar we wisten het niet. Wie is Richard, papa?'
'Het zal wel iemand zijn die ik les gegeven heb toen ik nog in het onderwijs zat, denk ik,' zei Paul, hoewel hij dat niet echt dacht. Als het hem gevraagd was, zou hij gezegd hebben dat hij nooit leugens vertelde tegen Jessica, maar natuurlijk deed hij dat wel. Hij vertelde altijd leugens als het erom ging haar pijn of angst of ongenoegen te besparen. Richard was niet de naam van iemand die hij kende. Hij kon zich geen enkele Richard herinneren onder de mensen die hij kende. Het zou ongetwijfeld allemaal snel opgehelderd worden, want als de man zijn telefoonnummer wilde weten en het gekregen had, dan zou die hem zeker opbellen.
Jessica ging al gauw daarna naar bed. Hij liep met haar mee naar boven en wachtte tot ze haar tanden gepoetst en haar haar geborsteld had. Ze kon nu zo goed lezen dat hij opgehouden was met haar voor te lezen. De dagen van het verhaaltje voor het slapen gaan waren voorbij en Paul miste ze, maar Jessica niet. Als hij haar nu nog wel eens voorlas, merkte hij dat ze niet zo geconcentreerd luisterde als vroeger, maar met een vriendelijk, toegeeflijk geduld. Ze stapte in bed en zei, tot zijn schrik omdat het zo lang geleden was dat ze het gevraagd had: 'Denk je dat mijn moeder nog terugkomt en bij ons komt wonen?
Katherine was nooit meer 'mammie' geweest sinds ze weg was gegaan. Dat liefhebbende verkleinwoordje had Jessica stilzwijgend afgeschaft. Ze had niet uitgelegd waarom ze iets anders was gaan zeggen. Hij had geprobeerd haar te vertellen dat Katherine en hij nu gescheiden waren, maar zij, die zoveel begreep, had dat kennelijk iets gevonden wat haar begrip te boven ging. Hij wist niet wat hij moest zeggen. De waarheid was dat hij Katherine onder geen voorwaarden terug wilde. En hij voelde een diepe schaamte, dat gebeurde vaak, omdat zij niet meer hun best hadden gedaan ter wille van het kind. Het was net zo goed zijn fout als die van Katherine.

'Ik denk het niet, Jessica,' zei hij, 'maar je kunt naar haar toe. Je kunt in de zomervakantie bij haar gaan logeren.'
Kon dat? Katherine had niet meer geschreven sinds ze naar Suffolk verhuisd waren. Zijn brief om haar te vertellen dat Jessica nu al met de hand geschreven brieven kon lezen was nooit beantwoord. Het was hem langzamerhand wel duidelijk dat Katherine zichzelf volledig wilde afsluiten. Ze zag een totale breuk als onvermijdelijk en hij wilde de pijn om dat te bereiken niet langer laten duren dan nodig was. Hij gaf Jessica een nachtzoen en toen hij de slaapkamer uitging, de deur op een kiertje openlatend, vroeg hij zich af of het geen pure lafheid was geweest wat hij gezegd had. Vijftig jaar geleden zouden mensen als Katherine en hij bij elkaar gebleven zijn onder de sociale druk. Was het tegenwoordig beter? Hij vond eigenlijk van niet. Hij had alleen maar een niet bij elkaar passende kameraadschap en respect ingeruild voor vrijheid en schuldgevoelens.
En Jessica? Lagen kinderen van haar leeftijd wakker, verbijsterd, dat kon niet anders, over de situatie in het gezin, over de relatie tussen hun ouders, over verlies en eenzaamheid? Of vielen ze met duizend vragen maar hulpeloos onmiddellijk in slaap? Hij wist het niet, was bang om het te weten. Hij stond bij het raam op de overloop en keek over de binnenplaats waarop het licht viel door de andere ramen, van dit huis en van het andere huis.
In de keuken leek een soort discussie gaande tussen Colombo en Maria. In het oranje licht zag hij hun monden bewegen, hun handen gebaren maken. De andere ramen waren leeg, voor de meeste waren de gordijnen dichtgeschoven en werd het gouden licht gedempt door de stof, zag je het heldere licht alleen hier en daar in een verticale lijn. De Apsolands hadden gasten voor het diner. Terwijl Jessica en hij televisie hadden zitten kijken, was de kamer een paar keer overstroomd door blauwwit licht, het licht van de lampen van het veiligheidssysteem die aanfloepten. Maria maakte een laatste, geërgerde opmerking tegen haar echtgenoot, pakte driftig een blad op en verdween uit Pauls gezichtsveld.
Hij bedacht hoe het verder zou gaan met dat dienblad, de gang

door, naar de eetkamer – of met koffie naar de zitkamer? En hij stelde zich Nina voor, in de een of andere prachtige jurk, waarin hij haar nooit gezien had, bezig met de koffiekopjes, dunne, rode, Chinese kopjes, de suikerpot gevuld met kleine bruine kristalletjes, haar handen wit, haar lach vriendelijk en eens een keer niet bang, als ze stilstond voor een van de gasten.

Voor een raam op de eerste verdieping waren de gordijnen niet dicht. Het was de overloop, waar hij haar eens had gezien. Nu kon hij alleen maar een ovale spiegel zien in een vergulde lijst op de muur achterin. Hij had gehoord dat in sommige huishoudens de vrouwen nog altijd de eettafel verlieten voor de mannen opstonden. Stel je voor dat ze al die mannen daar, voor die vergulde spiegel langs, meenam naar haar slaapkamer? Een vreemd en irrationeel verlangen om haar te zien, al was het maar even, nam bezit van hem. Tegelijkertijd besefte hij dat dit een idiote gedachte was, waaraan hij niet mocht toegeven. Hij schoof de gordijnen dicht en liep naar beneden.

De kwestie van de man die zichzelf Richard noemde en die had gezegd dat hij een vriend was, was weggegleden. Maar hij kwam de volgende ochtend op toen Doreen opbelde om te vragen of Jessica en hij zin hadden om met hen mee te gaan naar de gezinsdienst om half elf in de St. Mary-kerk. Jessica wilde natuurlijk dolgraag gaan. Ze was op een leeftijd dat religieus besef zich voor het eerst vurig aandient en bovendien had Debbie Emma's plaats ingenomen, zij het tijdelijk, als haar beste vriendin. Het was Debbie voor en Debbie na en Debbie zegt dit en Debbie zegt dat, terwijl Emma en Harriet vergeten waren – en, gelukkig, de kleine hondjes ook. Paul vroeg Doreen wat voor soort stem die Richard had.

Ze moest het aan haar man vragen, want ze had niet met hem gepraat. 'Iets uit Londen, zegt Stan. Zo'n soort accent uit Londen.'

Ze bedoelde niet het platte Suffolks dat door hen drieën gesproken werd. Jessica zou het snel overnemen, dacht Paul en hij was kwaad op zichzelf omdat hij zo'n afschuwelijke snob was, hij, die geen enkel werkelijk of voorstelbaar recht had om dat te zijn.

Hij ging niet naar de kerk, heel erg bedankt, zei hij. Hij had niet het gevoel dat het nodig was om uit te leggen dat het geloof van zijn ouders hem al meer dan twintig jaar geleden voorgoed was ontvallen.

Hij reed Jessica naar het dorp in de Volvo. Terwijl hij terugreed probeerde hij zich voor te stellen dat het landgoed Jareds omringd was door een vijf meter hoge muur, berekende ruwweg de astronomische kosten en moest er zelf om lachen. Hij zag in de verte Apsoland naar het hek lopen, Odin en Tyr voor hem uit springend. De kersenbomen waren hun bloesems al aan het afschudden en de witte blaadjes lagen als rijp op het groene gras. Maar het was te warm voor vorst, een rustige dag met een onzeker zonnetje, de hemel bedekt met wolkenveertjes. Hij zette de auto op zijn plaats in de garage en liep door de wintertuin, kijkend naar wat de bouwers gedaan hadden. Over een week zou het klaar zijn en over een week zou zijn rol als immigratieofficier zijn afgelopen.

Toen hij thuiskwam, rinkelde de telefoon. Hij dacht niet dat het Stan of Doreen zou zijn met een vraag over Jessica, maar dat het Nina was die ergens heen gereden wilde worden. Hij nam hoopvol op. Er klonk een piepje. Stilte. Toen zei een mannenstem: 'Meneer Garnet?'

Door zijn teleurstelling klonk zijn bevestiging niet erg vriendelijk.

'U kent me niet, dus het heeft geen zin om u mijn naam te zeggen. Ik ben in de positie dat ik u een grote som geld kan bieden. Tweehonderdduizend pond is het bedrag.'

Op dit moment wist Paul dat hij op moest hangen. Hij deed het niet. De stem had een Londens accent, van ten zuiden van de rivier waarschijnlijk, niet erg ontwikkeld, maar zeker geen Cockney. Hij vroeg: 'Wat moet ik ervoor doen?'

'Niet veel. Het gaat meer om wat u niet moet doen. Uw rug toedraaien en vijf minuten niet kijken, daar komt het eigenlijk op neer.'

'Mijn rug toedraaien naar wat?'

De stem zei: 'Naar de prinses.'

Paul dacht dat hij het begreep, maar hij vroeg toch verder. 'Wat bedoelt u?'
'Mevrouw Apsoland.'
Weer zou hij de telefoon hebben moeten neerleggen. Hij dacht: Stel je eens voor dat ik aan een soort test wordt onderworpen door die privé-detectives die Apsoland gebruikt? Dit zou echt iets voor hem zijn. Toen herinnerde hij zich Richard. 'Heet u Richard?'
De vraag werd genegeerd. 'Donderdag, als u haar naar Cambridge rijdt, gaat u langs bij het benzinestation op Newmarket Heath, u gooit de tank vol en rijdt een paar honderd meter. Dan krijgt u moeilijkheden met de motor. U zet de auto op de parkeerstrook, legt uit dat u naar het benzinestation terug moet lopen en laat haar achter. Dat is alles. Tweehonderdduizend pond, meneer Garnet. Ik bel u over een kwartier op.'
De in-gesprektoon klonk als een elektrische boor in Pauls oor. Hij legde neer. Ik zou de politie moeten bellen, dacht hij, maar dat kan ik niet doen zonder met Apsoland te overleggen en Apsoland is uit met zijn honden. Ik ga zeker Nina niet alarmeren. Maar het kan niet echt zijn, dat kan niet. Dit is een mannetje van Apsoland dat me op de proef stelt.
Ik word op de proef gesteld. Voorzover ik Apsolands karakter nu ken, ben ik alleen maar verbaasd dat hij daar zo lang mee gewacht heeft. Maar zou een huurling van Apsoland naar Stan hebben moeten bellen om het telefoonnummer van het kleine huisje te vragen? Apsoland wist dat nummer net zo goed als hij zijn eigen nummer wist. Hij was niet zo subtiel dat hij het nog echter zou willen doen lijken door dat telefoontje naar Stan te laten plegen. Stel je voor dat Jessica daar niet geweest was, zou Stan het dan verteld hebben? Het was puur toeval dat Jessica daar was geweest en Apsoland kon daar geen rekening mee gehouden hebben. Het zou betekenen dat hij er ook op gerekend zou moeten hebben dat Jessica met de opbeller zou praten en het haar vader zou vertellen.
Terwijl Paul naar de keuken ging om de telefoon even niet te hoeven zien, herinnerde hij zich de grijze Fiat. De opbeller wist

dat hij Nina op donderdag eens in de veertien dagen naar Cambridge reed omdat hij, of iemand met wie hij contact had, de jongeman met de baard in de grijze Fiat was. Het was wel waar. De schok van het begrijpen maakte hem ijskoud. Al zijn redenaties van de laatste vijf minuten verdwenen. Hij voelde zich koud, bang, vol vragen.
Apsolands paranoia was terecht. Hij had een reden om die wapens te hebben, die honden, die lichten, een reden om te overwegen om een 15 meter hoge muur te bouwen, een reden om stalen deuren in het huis te hebben, een reden om een lijfwacht in dienst te nemen. En zij had heel waarschijnlijk niet zitten fantaseren toen ze hem verteld had dat ze ooit gekidnapt was. Het was gebeurd. De man aan de telefoon was van plan om het weer te laten gebeuren. Hij keerde terug naar de woonkamer en merkte dat hij aan het ijsberen was. De klok die tegenover het raam aan de muur hing vertelde hem dat er zeven minuten voorbij waren.
Zou hij moeten proberen om het gesprek op te nemen? Boven stond de radiocassetterecorder die hij Jessica voor de kerst had gegeven. Als hij er een bandje in deed en de microfoon dicht tegen de ontvanger aan hield, zou dat werken? Hij deed de voordeur open en ging naar buiten. Hij liep de binnenplaats over en keek of hij Apsoland zag in het park. Er was niemand. De zon was doorgebroken, het was warm en de stille lucht leek plakkerig.
Paul rende terug voor het geval de man te vroeg terug zou bellen. Er waren elf minuten voorbij. Hij ging naar boven, pakte Jessica's apparaat en stopte er een bandje in. Voor het eerst dacht hij aan de 200.000 pond. Voor hem was het een enorme som geld, maar niet onvoorstelbaar, dat zeker niet. Hij wist precies wat hij er in zijn eigen streek voor zou kunnen kopen. Een ruim, prentenboekachtig huis met land eromheen, een auto en dan zou hij nog genoeg over hebben om er een leuk stukje arbeidsloos inkomen bij te krijgen. En alles wat hij hoefde te doen was net doen alsof er iets mis was met de motor, haar beloven om snel terug te komen en dan weglopen.

Natuurlijk zou hij het niet doen. Hij zou nadien toch met zichzelf moeten leven. Bovendien, wat voor garantie was er dat hij het geld ooit zou krijgen? Niemand zou zoiets doen als niet eerst het geld overhandigd werd. Stel je voor dat hij het geld van tevoren kreeg, wat dan? Natuurlijk zouden ze hem het geld eerst moeten overhandigen. Pas dan zou niets hen ervan weerhouden om hun kwade plannen uit te voeren en zijn bestaan verder te vergeten. Met andere woorden, dacht hij, het spreekt vanzelf dat dat geld, 200.000 pond of ten minste de helft, je overhandigd wordt vóór je je rol gaat spelen.

De tijd verstreek. Er waren zestien minuten voorbijgegaan. Als de man weer belde zou hij praten over het overhandigen van het geld. Dat zou het eerste zijn wat hij zou zeggen. Een huis in het oostelijke deel van de streek, ten noorden van Woodbridge. In Saxmundham of daar in de buurt, misschien. Jessica zou naar een dure school kunnen en al die verschrikkingen kunnen ontlopen waarom hij het beroep van leraar had opgegeven. Hij verfoeide zichzelf dat hij haar op een particuliere school wilde doen, maar hij wist dat hij dat zou doen als hij het geld had. Het geld! Het was een enorm bedrag. Kennelijk waren ze van plan om losgeld te vragen aan Apsoland en dat zou Apsoland betalen. Wie zou eronder lijden? Hij stelde zich Nina's angst voor.

Twintig minuten. De man zou niet terugbellen. Het was een truc, een test. Hij dacht, ik laat het er niet bij zitten. Ik moet dit uitpraten met Apsoland, zelfs als ik daardoor mijn baantje kwijt zou raken. Ik mag dan wel bij hem in dienst zijn, maar niemand heeft het recht... De telefoon rinkelde. Paul nam op en hield het luistergedeelte van de hoorn vlak bij de recorder. Hij boog zijn hoofd naar de tafel zodat hij het kon horen.

'Meneer Garnet? Of mag ik u Ben noemen?'

Nog meer verrassingen. 'Wat?'

'U heet toch Ben?'

'Ik heet Paul.' Waarom had hij dat eigenlijk gezegd? 'Wat wilt u?'

'Je 200.000 pond aanbieden, Paul. Je hebt twintig minuten de tijd gehad om erover te denken; ik heb je vijf minuten extra gegeven. Nou, wat denk je ervan?'

Hij wachtte niet tot het aanbod gedaan zou worden om het geld of de helft daarvan aan hem te overhandigen. Achteraf vroeg hij zich af of dat was omdat hij dat niet durfde? 'Het antwoord is nee. Ik wil het niet eens in overweging nemen. Ik leg nu neer.'

En dat deed hij.

Pogingen om het bandje af te spelen mislukten. Er was alleen maar een zacht gekraak te horen, zoals wanneer je een station zoekt op een radio. Paul dacht, zullen ze het met Colombo en Maria proberen? Of met Doreen? Of met de werklieden? Geen van die mensen had de macht die hij had. Waarom had hij niet afgewacht tot de man zijn aanbod om te betalen zou doen, voordat hij deed wat hij gedaan had? Hij had het spelletje moeten meespelen. Was het echt omdat hij bang was dat hij misschien door de knieën gegaan zou zijn?

Het had geen zin om jezelf op die manier van al te dichtbij te bekijken. Dat soort introspectie – wat had hij daar binnen verder kunnen vinden? Verwaarlozing van Katherine omdat hij hun kind stelde boven zijn vrouw? Een kern van zwakheid, gebrek aan moed, een man van bijna 2 meter die geen zesentwintig tieners op hun stoelen kon houden en iets bijbrengen? De stomme zelfgenoegzaamheid van een man die zo opgeblazen trots was op de universitaire graad die hij had gehaald dat zijn ambitie op dat moment eindigde? Het was allemaal niet helemaal waar, alleen maar voor de helft. Datgene waaraan hij vast moest houden was dat hij nee had gezegd, dat hij er nooit echt over gedacht had om ja te zeggen.

Maar waarom eigenlijk niet? Stel je voor dat ze oud en lelijk en humeurig was geweest, wat dan? Dat deed er niet toe. Hij moest beslissen of hij het aan Apsoland zou vertellen. Wat zou de man doen? Wat kon hij nog meer doen. Ik zal wachten tot ze me weer benaderen, dacht Paul. Als ze me weer benaderen zal ik het hem vertellen. Misschien was het een val, een proef die de detectives van Apsoland hadden bedacht en dan zal hij van me verwachten dat ik hem dat eerlijk zal vertellen. De gedachte om

naar Apsoland te gaan en met een vroom gezicht zelfvoldaan te vertellen over zijn eigen deugdzaamheid, zijn onomkoopbaarheid, wekte een golf van woede bij hem op. Hij voelde zijn gezicht rood worden. Hij had het warm van woede. Nee, het falen van de privé-detectives zou het best bewezen worden door zijn weigering, door hoe hij zich vervolgens gedroeg. En als het een telefoontje van een echte kidnapper was geweest – nou, wat kon Apsoland doen wat hijzelf niet veel beter kon? Hij was aangesteld als Nina's beschermer en lijfwacht, niet haar echtgenoot.
De gezinsdienst zou nu wel voorbij zijn. Hij liep terug naar de Volvo en reed hem de garage uit. Apsoland was teruggekomen en stond op het kiezelpad voor de voordeur. Zijn handen rustten licht op de koppen van de honden. En zij was er. Ze was naar buiten gekomen, de stoep af en stond te huiveren, een vrouw die niet gewend was aan buitenlucht. Apsoland draaide zich om en hief een hand op. Paul vond hem net een hoge officier die het saluut van een mindere beantwoordde. Maar zij zwaaide en lachte, sloeg haar armen onmiddellijk weer om zichzelf heen, een hand op elke schouder, en rilde expres nog eens extra, nog steeds stralend lachend.
Op dat moment wist hij dat hij verliefd op haar geworden was. Hij wist het door de klap waarmee het hem trof. Het kon niet, maar het voelde als een samentrekking van zijn hart. Schuldgevoelens overweldigden hem in de vorm van een vraag, hoe had hij ook maar voor een fractie van een seconde kunnen overwegen om haar te verraden? Ze heeft me zelfs gevraagd of ik haar zou verraden. Hij zei twee keer: Ik houd van haar, ik houd van haar.
Toen zei hij, hardop in de auto, zo luid alsof er iemand naast hem zat die hem kon horen: 'Jij idioot, is dat nou niet net iets voor jou om in het bekende cliché te vervallen van de chauffeur die verliefd wordt op zijn werkgeefster? Je kent al die belachelijke verhalen en toch doe je het. Hou op, vergeet het, het is niet echt, het is gewoon eenzaamheid.'
Stan en Doreen en de meisjes waren net thuisgekomen. Ze wilden dat Jessica weer zou blijven voor de lunch, maar Paul zei

nee. Hij zei nee, nee, steeds weer, en iedereen protesteerde. Hij deed net alsof hij weigerde omdat hij vond dat Debbie eerst maar eens in het huisje op Jareds moest komen voor Jessica weer bij hen zou blijven eten, maar in werkelijkheid weigerde hij heel egoïstisch omdat hij Jessica's gezelschap wilde, hij wilde dat ze bij hem zou zijn, dat hij niet alleen zou zijn.
Stan vroeg: 'Heb je eigenlijk nog iets van je vriend Richard gehoord?'
Paul zei dat dat inderdaad het geval was, die ochtend zelfs. Niemand was erg geïnteresseerd. Waarom zouden ze ook? Hij reed terug door het dorp, Jessica zwijgend naast hem. Hij zou met geen mogelijkheid hebben kunnen zeggen welke schok groter was, moeilijker om onder ogen te zien en mee te leven, dat een kidnapper hem een fortuin had aangeboden om Nina te verraden of dat hij verliefd op haar geworden was. Apsoland en zij waren naar binnen gegaan toen hij bij het huis kwam. Er was geen spoor van hen te bekennen. Maar wat voor spoor zou er kunnen zijn? Haar geur? Een zakdoekje dat ze op de grond had laten vallen?
Hij reed de poort onderdoor, parkeerde de auto en ging het huis binnen. Half en half verwachtte hij dat de telefoon zou rinkelen. Hij zou niet rinkelen, het was allemaal voorbij. Hij was geslaagd voor het examen of had een poging tot ontvoering verijdeld. Jessica zei: 'Stan is loodgieter, papa, wist je dat?'
Wat zou er nu komen? 'We zongen een lied in de kerk,' zei ze, 'en Stan zei dat het het lied van de loodgieters was. Doreen vroeg waarom dat het lied van de loodgieters was en Stan zei dat dat was vanwege de regels 'Gij die het levenswater zijt, geef ons de leiding...' Ze keek hem weifelend aan, met een heel klein, aarzelend lachje. 'Dat is grappig, hè?'
Paul vond het zelfs heel grappig. Hij lachte. Ze keek opgelucht. 'Iedereen lachte,' zei ze.
'Weet je waarom het grappig is?'
Een aarzeling en een frons. 'Ik denk het wel.' Dat 'ik denk het wel' betekende dat ze het niet begreep. Hij nam haar mee naar de badkamer en liet haar de waterleiding zien. Nu begreep ze

het wel, maar ze lachte niet meer. Ze leek na te denken – over God misschien. Hij hoopte dat ze geen vragen zou stellen, niet vandaag.

‘Kom op,’ zei hij. ‘Eten. En dan gaan we een ritje maken naar de kust, we gaan naar Felixstowe.’ En weg uit het huis, weg van die plek waar de telefoon kan gaan, weg van de vraag of ik, als ik uit mijn raam kijk, haar bij haar raam zal zien staan.

10

De telefooncel staat op een winderige hoek bij het postkantoor. Ik was alleen toen ik voor het eerst belde, maar Sandor had me verteld wat ik moest zeggen. We hadden die avond daarvoor in onze kamer geoefend. Ik was mezelf en hij was Ben – nee, Paul – Garnet en Sandor had alle mogelijke antwoorden gegeven die de man zou hebben kunnen bedenken. Hij deed dat met dat zangerige Suffolk-accent en in het begin moest ik zo lachen dat hij opnieuw moest beginnen.

Ik moest het doen omdat ik een heel gewone, Londense stem heb. Er zijn niet veel mensen meer die net zo spreken als Sandor, zelfs geen televisienieuwslezers. Hij spreekt werkelijk heel opvallend. Dus ik moest bellen en praten zoals wanneer je in Croydon naar school bent geweest. Sandor had natuurlijk gelijk en Garnet gaf een paar antwoorden waaraan hij al had gedacht. Ik liet hem even nadenken over wat ik gezegd had en ging toen naar Sandor in de George. Hij nam een cognac en ik een biertje en toen gingen we samen weer naar de telefooncel. Er was iemand aan het bellen, dus we moesten wachten en ik belde Garnet niet na vijftien, maar na bijna vijfentwintig minuten.

We stonden tegen elkaar aan gedrukt in de telefooncel, Sandor en ik. Het was lang geleden dat ik zo dicht bij hem was geweest, de warmte van zijn adem had gevoeld en zijn geur had geroken. Hij rook naar sigarettenrook en het reukwater dat hij gebruikt en de zoetige lucht van zijn eigen zweet. Ik had het misschien wel beter gedaan met Garnet als Sandor niet zo dichtbij was geweest. Hij stond met zijn vlakke hand tegen de kaart op de muur waarop staat welke nummers je moet kiezen en ik werd gehypnotiseerd door die hand. Hij was zo lang, hij had zulke grote knokkels en waar de nicotinevlekken zaten leken zijn nagels op geroosterde amandelen. In elk geval lukte het niet met Garnet. Hij bracht me een beetje van de wijs door te zeggen dat

hij Paul heette. We hadden dat in onze repetities niet gedaan en tot op dat moment was ik helemaal vergeten dat Sandor het verzonnen had en gezegd had dat het een hondennaam was. Ik hing de hoorn op de haak en keek naar Sandor, ik keek naar zijn gezicht dat maar tien centimeter van het mijne af was. Hij duwde de deur van de telefooncel open en we liepen de straat weer op.
Ik verwachtte woede. Het zou me niet verbaasd hebben als hij me geslagen had. Hij deed niets, ging in de auto zitten en vroeg: 'Wat zei hij?'
'"Het antwoord is nee. Ik wil het niet eens in overweging nemen. Ik leg nu neer."'
'Dat laatste heb ik gehoord,' zei Sandor.
Ik zei heel voorzichtig, ik weet wanneer je voorzichtig moet zijn met Sandor: 'Het zou misschien anders gegaan zijn als ik had kunnen zeggen dat we hem de helft van het geld gelijk zouden geven.'
'Dat hebben we niet.'
Ik zei niets. Ik reed terug naar het Lindsey Guest House. Ik denk niet dat ik ooit eerder zo'n zware anticlimax heb gevoeld. Ik wilde Sandor die vraag weer stellen, maar ik was bang om hem iets te vragen. Je kunt van me zeggen wat je wilt, maar het kan mij niet schelen om het toe te geven als ik bang ben. Ik durfde hem niet te vragen wat er gebeurd was met de 800 miljoen lire die ze vijf jaar geleden als losgeld hadden gekregen voor de prinses.
Had Sandor er 120.000 pond door gejaagd in vijf jaar? Dat kon natuurlijk best, makkelijk zelfs, maar dat zou je toch aan iets moeten kunnen zien. Sandor had niets anders dan de oude auto van zijn moeder, een tas vol kentekenplaten en een American Express Card die hij niet lang meer zou hebben. Ik wist trouwens ook helemaal niet waar Sandor in die jaren geweest was. Het leek alsof hij na zijn terugkomst uit Italië in slaap was gevallen en pas toen hij naar de kamer in Shepherd's Bush verhuisd was en mij had gevonden op het perron in het Embankmentstation, was wakker geworden.
Hij zei die avond niets meer tegen me. Kevin en Les waren weg-

gegaan en er waren twee oude vrouwen voor hen in de plaats gekomen. Het waren vogelwachters met vakantie. Het grappige is dat ze allebei Joan heetten. Sandor zegt dat ze zussen zijn en dat hun ouders dol waren op de naam Joan en dat ze daarom ook de tweede Joan genoemd hebben voor het geval de eerste dood zou gaan. Dat was wat mensen vroeger deden, toen er vaker baby's dood gingen dan tegenwoordig. Hij zegt dat het bewijst dat ze honderd jaar oud zijn.

Dit klinkt alsof hij wat vrolijker was, maar dat was niet echt zo. Hij lag het grootste deel van de tijd op zijn bed te roken en de lucht in onze slaapkamer werd dik en blauw. Het was warm geworden, echt warm voor april en de vogels begonnen om vier uur 's ochtends al te zingen buiten. De twee Joans renden heel opgewonden rond, hun verrekijkers dansten rond op hun magere tietjes. En maar kwekken over pietjes, gek was dat. Soms is het zo vreemd met woorden, tietjes, pietjes, maar ik had dat nooit gemerkt voordat Sandor het me vertelde, maar nu merk ik zulke dingen op.

Toen het bijna donderdag was, de dag waarop Garnet de prinses naar Cambridge moest brengen, vroeg ik Sandor of hij wilde dat ik het nog eens probeerde.

'Heb jij 100.000 pond?'

'Zoveel hoeft het niet te zijn. We zouden hem 1000 pond kunnen geven. Dat kunnen we wel te pakken krijgen. Dat brengt de auto wel op. Of we zouden dingen kunnen kopen met de American Express Card en die verkopen.' Ik klonk als een kind, ik weet dat ik zo klonk.

'De enige manier is met geweld,' zei Sandor.

Ik had op mijn babytelevisietje naar een oude film zitten kijken over een struikrover. Het was *The Wicked Lady* met Margaret Lockwood en James Mason. Toen Sandor dat zei, kreeg ik een visioen van ons, op paarden galopperend naar het benzinestation bij Newmarket Heath, met ouderwetse geweren gericht op Garnet. We zouden de prinses misschien laten uitstappen en haar met ons laten dansen. Daar had ik ook een film over gezien.

'Hoe heb je dat de eerste keer gedaan?' vroeg ik, heel moedig.
'Dat heb ik je verteld. In die tijd reed ze altijd zelf. Cesare bestuurde de auto die dwars over de weg stond en Adelmo en ik zaten in de andere.'
Dat is alvast één ding, dacht ik, ik weet nu hoe ze heetten, ik weet nu hun namen. Vader en zoon, Adelmo de vader en Cesare de zoon, de student medicijnen. Cesare, dat is eigenlijk hetzelfde als Caesar, degene die de weg blokkeerde, en Adelmo, de vader, die de koster speelde in de kerk. Cesare, die de bedelaar was geweest in het voorportaal, de student medicijnen die de vingernagel van de hand van een dode vrouw had afgetrokken. Sandor, die bij haar had gezeten en met haar gepraat had terwijl ze vastgeketend was, die haar haar eten en drinken had gebracht en het water waarmee ze zich waste.
'Het punt is dat ze toen alleen was,' zei Sandor. 'Ze is nu nooit alleen.'
'Dus wat gaan we deze keer doen?' vroeg ik.
Hij antwoordde niet. Ik denk dat hij dacht dat hij al antwoord gegeven had door te zeggen dat we het met geweld zouden doen. Toen we terugliepen na ergens iets te eten te hebben gehaald, riep een van de Joans, de oudste en magerste, naar Sandor dat er een vrouw voor hem gebeld had. Ik weet niet waarom zij de telefoon had opgenomen, want die staat in het kantoor, maar die twee leken vriendinnen of kennissen te zijn van de leiding.
Hij moet gedacht hebben dat het zijn moeder was geweest, woedend over de American Express Card, want hij werd bleek en zijn oogkassen werden zo donker als die van een Indiaan. Hij vroeg: 'Heeft ze haar naam genoemd?' En zijn stem was dik en hijgend, zoals die van iemand met astma.
'Ze zei dat ze uw zus was.'
De trek op zijn gezicht maakte haar bang. Hij maakte ook mij bang en ik ben aan hem gewend. Ze zei: 'U heet toch Joe?'
Ik dacht dat hij haar zou gaan slaan. Ik denk altijd dat Sandor mensen zal gaan slaan. Hij draaide zich om en sprong met twee treden tegelijk naar boven.
'Ik ben Joe,' zei ik. 'Het spijt me, hij is een beetje overstuur.'

Ze zei niets, keek alleen maar naar me zoals een onderwijzer ooit naar me had gekeken toen iemand anders uit mijn klas met wie ik omging een mes door een plaat heen had gestoken. Verbijsterd en verontwaardigd en oud.

'Heeft ze een boodschap achtergelaten?' vroeg ik.

Haar stem klonk heel klein en nerveus. 'Alleen maar dat ze uw zus was en even gedag wilde zeggen.'

Tilly moet het telefoonnummer bij de inlichtingen gevraagd hebben. Joan de oudste kon me verder niets vertellen. Tilly had geen telefoonnummer opgegeven. Ik probeerde te bedenken wanneer ik haar voor het laatst gesproken had. Dat moest zo'n beetje een jaar geleden zijn, de laatste keer dat ze me in het ziekenhuis was komen bezoeken. Martin was vertrokken naar Nieuw-Zeeland en had haar zijn camper gegeven. Dat was niet altijd een camper geweest, maar een rijdende groentewinkel die hij zelf verbouwd had. Zijn broer en hij hadden een bedrijf dat groenten leverde aan een paar dorpen in Kent. Martin bouwde er een toilet en een douche, een keuken en een opklapbed in. De laatste keer dat Tilly naar het ziekenhuis kwam, bestuurde ze de camper zelf en had ze hem op de parkeerplaats gezet. Het was een mooie dag, ik denk dat het eind mei was of begin juni. We liepen naar de parkeerplaats omdat ze me de auto wilde laten zien.

C.W. AND M.H. FARTHING, VERSE GROENTEN, FRUIT EN SALADES stond nog steeds op de zijkant geschilderd. Tilly scheen te denken dat het leuk was dat opschrift te laten staan. Haar nieuwe man had de letters bijgewerkt. Ik kan me de naam van de nieuwe man niet herinneren, maar dat doet er niet toe. Ze zei dat ze met de camper naar België zouden gaan. Misschien was haar man Belg of had hij daar een baan of andere zakelijke connecties. Ik weet het niet. Ze liet geen adres achter – dat kon ze ook niet – maar ze beloofde dat ze contact zou houden. Tilly was altijd zwaar geweest, ze is een grote, sterke meid, maar ze was nog dikker geworden sinds Martin weg was gegaan. Ze vertelde me dat ze had gegeten om zichzelf te troosten, vooral Bounties en Marsen. Ze kon geen winkel voorbijlopen zonder zo'n ding te

kopen, maar deze man van haar had haar beloofd dat hij een heel nieuwe garderobe voor haar zou kopen als ze vijftien kilo zou afvallen. Er lagen twee Bounties op het tafeltje in de camper, dus ik dacht niet dat er veel hoop was.
Ik dacht dat Sandor me onmiddellijk zou vragen wat mijn zus wilde of dat hij in elk geval iets over dat telefoontje wilde weten, maar dat deed hij niet. Hij pakte zijn knipsels en foto's van de prinses weer, spreidde ze uit op zijn bed en hij keek niet eens op toen ik binnenkwam. Hij kon aan niets anders meer denken dan aan het ontvoeren van de prinses, daar ben ik zeker van, hij denkt over mij alleen maar zoals een baas denkt aan zijn lievelingshond. De hond is er en je moet hem voeden en onderdak geven en als je niks beters te doen hebt kun je hem aaien en tegen hem praten. Niet dat Sandor me ooit aaide, feitelijk of – wat is dat woord? – overdrachtelijk. Hij praat tegen me omdat hij niemand anders heeft die naar hem luistert en omdat hij me kan vertrouwen. Dat is ook iets waar honden goed voor zijn, om vertrouwd te worden.
Ik zou niet zo moeten denken en ik weet ook niet waarom ik dat doe. Ik moet bedenken dat Sandor mij heeft uitgekozen door mijn leven te redden. Ik ben zijn lijfeigene. Als ik ook zijn lievelingshond ben, wat dan nog? Die trek die op zijn gezicht kwam maakt me van streek omdat ik niet weet wat voor gevoelens daaruit blijken, woede of honger of plezier. Het is een soort hartstocht, ik weet het. Hij vertelde me eens dat hartstocht iets anders is dan wat je ervan op de televisie ziet, liefde en seks. Het betekent lijden.
Ineens was er iets wat ik hem wilde vragen. De prinses was vijf jaar geleden ontvoerd. Ze kregen het geld en zij werd teruggegeven. Als het zo goed gegaan was dat hij het zo dringend weer wilde proberen, waarom had hij dan zo lang gewacht? Ik wilde graag geloven dat het was omdat hij zocht naar de juiste persoon om met hem mee te doen en dat hij niemand had kunnen vinden, tot hij mij ontmoet had op het perron, maar ik denk niet echt dat het zo is. Natuurlijk stelde ik die vraag niet. In plaats daarvan vroeg ik hem wat hij toen eigenlijk in Italië deed.

Hij was reisleider, zei hij, en gids. Hij leidde toeristen rond in Rome en Florence en Pisa. Toen hij uit Cambridge was weggegaan had hij kunstgeschiedenis gestudeerd aan de universiteit van Bologna, maar hij kon geen werk krijgen dat paste bij iemand met zijn kwaliteiten. Sandor zei dat niet met zoveel woorden, maar ik begreep dat wel. Adelmo en Cesare had hij leren kennen doordat Adelmo's andere zoon, Gianni, een vriend van hem geweest was toen hij studeerde.

'Het was een fraai stelletje mafiosi,' zei hij.

Hij bedoelde toch niet echt mafia, hè? Nee, het was maar bij wijze van spreken, zei hij, maar het waren boeven. 'Ze hadden een slechte invloed op me,' zei hij, maar hij trok zo'n gek gezicht, met zijn ene mondhoek opgetrokken, dat ik niet zeker wist of hij het meende of niet. Ik vroeg of zij de kidnap hadden georganiseerd. 'Gianni niet,' zei hij. 'Hij had er niets mee te maken. Hij was keurig en fatsoenlijk in die tijd, daar zag het tenminste naar uit, hij was lid van de gemeenteraad. Maar toen we het geld kregen, wilde hij zijn deel. Omdat hij me aan zijn vader had voorgesteld, zoiets moet wel, want er was geen andere reden.'

'Heeft hij het gekregen?' vroeg ik.

'Het geld?' zei hij. 'Wat denk je wel van me?' Het klonk vreemd, de manier waarop hij het zei, net iemand die een buitenlander speelt op de televisie. 'Genoeg over hen,' zei hij. Hij deed de knipsels en de foto's weer terug in de doos en pakte een tube blondeermiddel voor mijn haar.

De kamer stonk al gauw naar ammonia. Sandor ging er een beetje zorgeloos mee om, vond ik, er vielen hier en daar klodders op het tapijt. Voorzichtig, zei ik, want ik zag al een plek op het tapijt waar het bleekmiddel terecht was gekomen op een rode roos die nu bleekroze was geworden. De volgende klodder kwam in mijn oog. Het prikte en brandde, ik had zoiets nog nooit meegemaakt. Op de tube stond dat je het onmiddellijk met koud water moest afspoelen als je het spul op je huid kreeg, laat staan als het in je oog kwam. Ik ging dus spoelen, maar het branden ging door. Het enige waar ik over in zat was of ik nog

kon zien met dat oog en dat kon ik. Ik denk niet dat Sandor het expres deed, maar het is wel waar dat hij het niet prettig vindt als hem gezegd wordt dat hij voorzichtig moet zijn.
'Maak je geen zorgen over het kleed,' zei hij terwijl mijn haar droogde. 'Het is toch maar troep. Rode rozen en blauwe vlinders op een gele achtergrond – Jezus Christus. We gaan hier weg. Het is hoog tijd dat we in een behoorlijk hotel gaan logeren.'
'Doen we dat?' vroeg ik. Een neutrale reactie leek het veiligst.
'In het weekend,' zei hij. 'Eerst gaan we even een bezoekje bij mijn moeder afleggen.'

11

Toen Paul met Ralph Apsoland naar de kleiduivenschietbaan ging, verbaasde het hem nogal dat Apsoland, die die dag vrij genomen had, bereid was om Nina alleen te laten en haar lijfwacht mee te nemen. Maar Apsoland was het hem al gaan uitleggen voor de Range Rover het terrein af was. Niet alleen waren Colombo en Maria thuis, maar het was ook Doreens dag en Stan was met haar meegekomen (op de fiets, vermoedde Paul) om de tuiniers te helpen bij het graven van een vijver en het bouwen van een fontein. Ook Tyr en Odin bleven thuis.

Apsoland gebruikte de korte rit om te vertellen hoe vervelend hij het vond dat het praktisch niet uitvoerbaar was om een muur te bouwen rond het park. Hij legde Paul in grote lijnen uit wat hij inzake het voetpad tegen de gemeenteraad had aangevoerd. Het verbaasde Paul dat hij zijn afkeer jegens Apsoland voelde groeien. Het was jaloezie, veronderstelde hij, wrok. Hij hield zich voor dat hij het niet zo erg gevonden zou hebben dat hij Nina's echtgenoot was als hij niet zo'n ongevoelige pummel was geweest.

Het was een grauwe dag en uit de lage wolken viel soms wat regen. De kleiduivenschietbaan was een guur weiland met een paar armetierige hokjes aan het ene eind, een uitkijktoren aan het andere eind en in het midden een paar lage heuveltjes die aan grafheuvels deden denken. Er was niemand te zien. Apsoland had twee geweren meegenomen, ze lagen naast elkaar op een deken op de achterbank van de Range Rover. Terwijl ze stonden te wachten praatte Apsoland tegen Paul over de dagen dat hij honden fokte en over het treurige overlijden van de een of andere wereldkampioen aan een leverziekte.

Net toen Paul begon te denken dat hij het niet meer uit kon houden en misschien een of andere ziekte en behoefte aan frisse lucht zou moeten voorwenden, kwam er een modderige, oude

terreinauto aansukkelen door een wijde opening in de heg. Een man in een Barbour-jack zoals Apsoland ook droeg stapte uit met een geknakt geweer over zijn linkerarm.
Hij stelde zichzelf voor als Vic en sprak hen aan met 'heren'. 'Wel, heren, heeft u ervaring met geweren?'
Dat vond Apsoland niet leuk. Hij was zo iemand, dacht Paul, die aan mensen die hem vervelen vraagt of ze wel weten wie hij is. Vic wist blijkbaar niet dat hij een landeigenaar uit de buurt was die regelmatig op zijn eigen terrein aan het schieten was. Apsoland zei hooghartig dat hij een ervaren schutter was. Paul was degene die onderricht nodig had in het hanteren van een 12 mm.
Op dat moment vond Paul dat hij iets moest zeggen over zijn ervaring met wapens. 'Ik heb voornamelijk met de karabijn geschoten en ik moet zeggen dat ik het niet slecht deed.' Het was niet nodig om te praten over de zilveren beker die hij gewonnen had op de schietclub en die nu op de schoorsteenmantel stond in het huisje op Jareds. 'Dit is de eerste keer in twintig jaar dat ik weer een geweer vasthoud.'
Apsoland luisterde niet. Hij beende rond, zijn geweer richtend op onzichtbare doelen in de lucht.
'Wel, heren, wie van u gaat het eerste aan de slag?'
'Laat Paul hier maar beginnen,' zei Apsoland. 'Als we tijd genoeg hebben kan hij twee keer.'
Vic liet Paul zien hoe hij het geweer moest knakken en laden en dat was allebei overbodig. Paul bedacht dat het niet zijn fout was, hij had het hun verteld. Als ze verkozen om niet te luisteren was hem dat ook goed. Vic blies op zijn fluitje, een teken voor een hulp achter het heuveltje. De eerste kleiduif kwam aanzeilen. Paul dacht, God, ik kan maar beter missen. Hij wachtte een fractie van een seconde te lang, vuurde en liet de kleiduif intact over zich heen gaan.
Zoals Paul al verwachtte zei Vic: 'Volgende keer beter.' Hij duwde wat aan Pauls geweer, zei dat hij zijn hoofd misschien niet helemaal in de juiste hoek hield.
De volgende kleiduif kwam eraan en deze keer raakte Paul hem,

hij schoot de schijf in twee nette stukken. Vic klapte. 'Heel goed, heel goed.' Paul dacht, waarom zou ik ook verdomme net doen alsof ik het niet kan, ik heb het hem toch verteld. Hij richtte en raakte de volgende kleiduif en nog een. Nu had hij er achtereenvolgens vier geraakt, allemaal voltreffers die de schijven in tweeen deelden. Het vijfde schot deed de klei uit elkaar spatten en de stukken kwamen in het gras terecht. Vanuit de bomen in de verte vloog een zwerm duiven de lucht in. Ergens kakelde een verschrikte fazant, hij vloog met veel geratel van zijn onhandelbare veren op.

Ze moesten allebei op dertig kleiduiven schieten. Paul raakte er achtentwintig. Apsoland, van wie hij terecht had aangenomen dat hij een goede schutter was, raakte er negenentwintig. Maar toen ze naar de andere baan gingen, waar de kleiduiven laag, in een scherpe hoek overkwamen, eerst naar links, dan naar rechts, was zijn schot minder accuraat en miste hij er net zoveel als hij er raakte. Paul daarentegen miste maar drie van de dertig kleiduiven. Vic schudde hen allebei de hand, maar tegen Paul zei hij: 'Gefeliciteerd met zo'n mooi ochtendje schieten.'

Paul moest denken aan die verhaaltjes waar Jessica zo dol op was, waarin de zwijnenhoeder of kikker een betoverde, blonde prins blijkt te zijn. Natuurlijk vond de transformatie meestal plaats in aanwezigheid en tot grote voldoening van de knappe heldin. Apsoland speelde niet de juiste rol. Hij werd wrevelig. Paul vroeg zich af of hij het aan Nina zou vertellen, hij hoopte dat Apsoland dat zou doen, zag de transformatie zoals die misschien in haar ogen zou zijn – want is het niet nog altijd waar dat vrouwen, ondanks zichzelf, bewondering hebben voor een dapper man die met wapens weet om te gaan? – en onmiddellijk maakte hij zichzelf uit voor een dwaas en, nog erger, iemand met een pathetische behoefte aan loftuitingen en vleierijen.

Van Apsoland zou hij die trouwens niet krijgen. Zijn werkgever zei helemaal niets tot ze bijna bij de ingang van Jareds waren. Toen zei hij met een korzelige gêne in zijn stem: 'Eerlijk, Paul, ik vind het niet helemaal zoals het hoort, dat je mij de indruk

gaf dat je nooit meer met wapens te maken hebt gehad dan als kind met een luchtbuks.'
Paul zei niets. De man moest beseffen dat hij dat zelf had bedacht. Apsoland wuifde met zijn 'sleutel' uit het raam om het hek te openen en ze reden Flint Avenue op. Alles was vredig. De bomen kwamen steeds dikker in hun blad te zitten en veranderden van gracieuze skeletten in ondoordringbare schermen. Na het stijgen van de weg en de bocht kwam het huis in zicht, parelgrijs in de vochtige, ietwat mistige lucht. Boven stond een raam open en de vrachtwagen van de tuiniers stond op het kiezelpad geparkeerd.
'Nou, heb je daar niets op te zeggen?' vroeg Apsoland als een bovenmeester.
Als hij me ontslaat, kan me dat geen donder schelen, dacht Paul. Ik ben niet gemaakt voor bediende, ik heb te lang gewacht voor ik het probeerde. 'U zou blij moeten zijn dat ik in staat ben om u en uw vrouw te beschermen. Daarvoor wilt u me hier toch hebben?'
Apsoland draaide de Range Rover met een snelle bocht voor het huis. Hij zette het contact af en sprong eruit. Paul stapte langzamer uit en liep om de auto heen om de wapens van de achterbank te pakken. Apsoland zei: 'Ik wil je wel even laten weten dat je toon me niet aanstaat, begrepen?' Toen Paul alleen maar knikte zei hij: 'Maak die geweren schoon, wil je? En zet die wagen weg.'
Eerst ging hij Jessica halen. Ze was erin geslaagd om één uur en tweeënvijftig minuten absoluut te zwijgen. Het was de eerste keer dat ze iets had gedaan wat haar vader oprecht verbaasde. Een mijlpaal, dacht hij. Dit is het eerste van de vele dingen die me zullen verbazen en die bij mij de vraag zullen oproepen hoe goed ik haar eigenlijk ken. Hij voelde zich trots vanwege haar zelfbeheersing, haar vastbeslotenheid.
'Nou, Jessica, gefeliciteerd. Dat is werkelijk prachtig. Je moet niet denken dat ik op de een of andere manier een aanmerking wil maken, helemaal niet, maar als je een uur en tweeënvijftig minuten kon zwijgen, hoe kwam het dan dat je het niet de hele twee uur volhield?'

'Emma praatte,' zei ze. 'Emma zei iets en toen Matthew en toen begonnen er een paar mensen te giechelen en toen had het eigenlijk geen zin meer. Vind je dat ik het goed gedaan heb?'
'Je hebt het heel goed gedaan.'
'Ik heb in mijn boek zitten lezen. Het was vreselijk voor de kinderen die nog niet zo goed kunnen lezen. Ik krijg 11,20 pond van jou, papa, en 33,60 pond van mevrouw Apsoland.'
'Drieëndértig?'
'Ze zei dat ze me 30 pence per minuut zou geven. Dat heeft ze beloofd toen we zaten te praten, onderweg naar Bury. Je zult het wel niet gehoord hebben, denk ik.'
Hij had het wel gehoord. Hij herinnerde het zich nu. En hij had gedacht, ze heeft geen idee van geld, van de waarde van geld, van wat je ervoor kunt kopen, ze heeft zo veel: 30 pence per uur, 30 pence per minuut, het was haar allemaal hetzelfde. Ze zou Jessica evengoed 30 pence per seconde hebben kunnen bieden.
'Kunnen we nu naar haar toe gaan om het te vragen?'
Zijn eerste reactie was om te weigeren. Maar hij zei niets, hij dacht na. Het was de beste tijd van de dag, nog geen vijf uur, en hij had Apsoland weer naar buiten zien gaan. Hij verlangde ernaar haar te zien. Het was meer dan vierentwintig uur geleden dat hij haar gezien had, toen hij haar teruggereden had uit Bury en zij de stoep op gelopen was waar Maria haar opwachtte en de deur voor haar openhield.
Hij haatte zichzelf om zijn verliefdheid, om deze groeiende hartstocht. De snelheid waarmee die groeide was gruwelijk, net een vlek op de huid die steeds erger wordt en in plaats van op te drogen en te verdwijnen verandert in een steenpuist, een karbonkel. Maar de puist zou heel pijnlijk zijn, terwijl wat hij voor Nina voelde ook heel aangenaam was, hem zelfs een dwaas soort vreugde gaf. Het was een dwaas geluk wat hij voelde als ze naast hem zat. Een stem in zijn hoofd zong geluidloos krachtig georkestreerde melodieën. Vaak voelde hij zich ademloos. Als ze het pad op liep naar het huis van haar vrienden en naar binnen ging en de deur achter haar werd dichtgedaan, hoe rustig ook, voelde hij dat als een klap in zijn gezicht.

Hij zat in de pub sandwiches te eten met een verschrikkelijk gevoel van teleurstelling en vernedering. Hij kon het niet laten om in gedachten met haar te praten, totaal uitgewerkte gesprekken te voeren waarin hij voor alle vragen en antwoorden, voor de hele dialoog moest zorgen. Wat hij ook probeerde, zijn pogingen om zich te bevrijden waren verzoeken aan haar. Zijn worstelingen om er niet over te fantaseren dat ze samen waren, waren smeekbeden aan haar om hem vrij te laten. Hij had nog geen seksuele gedachten. Die werden hem nog bespaard als hij, wegdromend in de hoogste romantiek, uit het raam over de binnenplaats naar haar huis en haar ramen stond te staren, dromen over romantiek die afgewisseld werden met gevoelens van haat jegens zichzelf.

Het was allemaal belachelijk, zo afgezaagd en bovenal zo ongepast. Hij leek wel de man in het oude liedje die bediende was, die niets betekende voor zijn meesteres en die haar nooit het hof zou kunnen maken. Dat was beter, dacht hij, dan de moderne bediende die een clandestiene relatie met een werkgeefster kan overwegen en die of bereikt, of ontslagen wordt.

Jessica wachtte op zijn antwoord en niet zwijgend, nu haar gesponsorde taak was uitgevoerd. Ze herhaalde haar verzoek twee keer en toen zei ze, geïrriteerd: 'Papa!'

Hij zei: 'Ja, goed,' en dacht: heb je mijn meesteres niet zingend door de tuin zien gaan? Hoe ze de zangvogels tot zwijgen brengt en de lanen laat zingen?

Op dat moment kwam ze onder de poort door. Dit was zo ongewoon dat de gedachte bij hem opkwam dat hij hallucineerde, dat zijn sterke behoefte om haar te zien een visioen van haar had opgeroepen. Onzin, grote onzin. Ze was natuurlijk gaan kijken naar de wintertuin waaraan de mannen ongeveer een uur geleden de laatste hand hadden gelegd. Hij had niet zelf met ze gesproken en de voorman of de baas of hoe die ook heette naar het huis gestuurd om met haar, gechaperonneerd door Maria, te praten?

De dubbele deuren die aan de andere kant van het glazen gebouw waren, die uitkwamen op het kiezelpad en uitkeken over het park, waren ongetwijfeld op slot, want ze kwam aanlopen door de kleine zij-ingang. Ze deed de deur open en stapte naar binnen. De wintertuin was opgezet in de modieuze Victoriaanse stijl van Crystal palace met gotisch smeedijzer. Sommige stukken glas waren geel, rood en lichtblauw gevlekt. De zon tekende een dansend patroon van roze en amberkleurige plekjes op haar armen en haar lichaam.

Ze zag hem en lachte. De afstand was tamelijk groot, 30 of 40 meter, maar ze had hem gezien en geglimlacht. Het was genoeg. Hij pakte Jessica bij de hand en liep met haar naar buiten. Nina kwam de wintertuin uit met een kleine, stenen vaas met verschillende cactussen.

'Wat zijn dat toch rare mensen, hè, die bouwers. We zijn deze pot vergeten toen we het daar leeghaalden. Je zou toch denken dat ze hem ergens anders gezet zouden hebben, maar nee, ze hebben hem elke dag toegewijd bedekt met zo'n stoflaken, dat moet wel. Ze doen het goed.'

'Ik heb mijn stilte gemaakt,' zei Jessica.

Nina leek buitengewoon verrukt. Paul voelde een kleine steek toen hij constateerde hoeveel enthousiaster haar felicitaties waren dan de zijne. 'Ik vind dat schitterend van je. Ik zou dat op jouw leeftijd net zo min gekund hebben als... Het Kanaal overzwemmen!'

'Zoudt u dat nu kunnen?'

'Wat, Het Kanaal overzwemmen? Ik denk het niet.'

'Stilte maken?'

'Ah,' zei ze, 'ik denk dat me dat wel lukt. Ik heb tegenwoordig niet zoveel om over te praten.' Hij vroeg zich af wat ze bedoelde. Hij voelde een sombere pijn om haar. 'Ik ben je wat geld schuldig,' zei ze. Ze praatte tegen Jessica alsof ze het tegen een volwassene had. 'Vind je het goed als ik je een cheque geef?'

'Is dat goed, papa?'

Hij hoorde zichzelf verontschuldigingen maken voor het bedrag. Nog terwijl hij daarmee bezig was, stuntelig zeggend dat het afpersing was en helemaal niet nodig en dat het zeker niet nodig was om het nu te betalen, bedacht hij met een diepe, in nerlijke woede hoe stompzinnig liefde ons maakt, hoe onaantrekkelijk, hoe dwaas!

'Kom even binnen,' zei ze.

In de zitkamer ging ze aan haar bureautje zitten om een cheque uit te schrijven. Jessica keek rond in de mooie kamer. Waar zou de stalen deur naar beneden komen? dacht Paul. Jessica duwde met een vingertop heel zachtjes op de ronde cactus en het wittige waasje eromheen.

'Vind je hem mooi?' vroeg Nina. 'Pak maar, je mag hem hebben.'

'Mag dat, papa?' Ze was plotseling begonnen met voor alles zijn toestemming te vragen. Het was een fase die God mocht weten waardoor begonnen was.

'Natuurlijk,' zei hij. 'Zeg eens dank je wel.'

Ze was ineens verontwaardigd. 'Dat hoef je me heus niet te vertellen. Dat weet ik wel, ik ben geen baby.' Ze pakte de vaas op, met enige moeite, hij was zwaar voor haar. 'Heel erg bedankt, mevrouw Apsoland. En ook bedankt voor mijn cheque.' Haar waardigheid was ontzagwekkend.

Paul zei: 'Vooruit, kom mee. Theetijd.'

Welke dwaasheid deed hem hopen dat Nina zou zeggen: Blijf bij mij theedrinken? Waarschijnlijk deed ze dat niet meer, echt uitgebreid theedrinken, dat deed bijna niemand meer, tenzij je kinderen had. Hij hoorde zichzelf zonder erbij na te denken zeggen: 'Wil je dat ik je morgenochtend ergens heen breng?'

'Het is zaterdag,' zei ze. 'Weet je wel?'

Toen ze weggingen viel hem iets op. Ze verwachtte dat hij de achterdeur uit zou gaan. Ze waren door de voordeur binnengekomen, Maria had hen binnengelaten. Nina gebruikte de achterdeur nooit, maar van hem en Jessica werd verwacht dat ze langs die kant zouden vertrekken. Colombo stond in de keuken zilver te poetsen. Hij keek niet op toen ze voorbijliepen.

Toen hij de ketel had opgezet, melk voor Jessica had ingeschonken en koekjes op een schaaltje legde, zei hij tegen haar dat ze de cactus boven in haar slaapkamer moest zetten. Als die beneden bleef staan liep hij het risico dat hij er een fetisj van zou maken.

Ik herinner me dat ik een peulenschil het hof maakte in plaats van haar, van wie ik twee peulen nam. Terwijl ik ze haar weer teruggaf zei ik met hete tranen: 'Draag deze voor mij.' Ware minnaars maken rare bokkensprongen. Hij droeg de cactus zelf naar boven omdat hij te zwaar was voor Jessica; de pot moest zeker tweeënhalve kilo gewogen hebben.

12

Ik werd 's nachts wakker en dacht aan die Italiaanse familie. Misschien was het geld allemaal naar hen gegaan, al die 800 miljoen lire, omdat zij het meeste werk gedaan hadden. Of misschien was Sandor bij hen gebleven nadat ze de prinses hadden teruggestuurd naar haar echtgenoot en hadden ze het geld gebruikt om samen een zaak op te zetten. Die zaak had misschien wel iets te maken gehad met toerisme, een reisbureau misschien, maar was failliet gegaan en zo waren ze al hun geld kwijtgeraakt. Daarna had Sandor terug gemoeten naar Engeland. Ik vond dat wel mooi klinken, het klonk als iets wat gebeurd zou kunnen zijn.

Er waren heel wat vragen waarop ik nog altijd graag antwoord wilde hebben. Natuurlijk de vraag wat er met Sandors deel van het geld gebeurd was en met dat van de anderen. En ook waarom hij niets hoorde van zijn moeder over de American Express Card? Het was nu mei en ze had de rekening van Sandor de vijfde of zesde moeten betalen. Ik wilde er niet aan denken hoe hoog die rekening was. Elke keer dat ik begon te rekenen stopte ik als ik bij de duizend pond in de buurt kwam.

We gingen op een ochtend naar Norwich, maar ze zou er niet zijn. Sandor wilde het leren jack dat hij daar had liggen ophalen en een zilveren aansteker die ze hem op een genereus moment had gegeven. Ze zou met vakantie gaan naar Griekenland en zou al heel vroeg naar Heathrow op weg gaan. Ik vond het jammer dat ik haar niet zou zien. Als je van iemand houdt wil je iedereen zien die bij hem hoort, vind je niet? Je wilt al hun familieleden en vrienden kennen omdat je daardoor meer van hen te weten komt. Ik vroeg me af wat voor gevoelens ik zou hebben bij een vrouw die streng en onverbiddelijk kon zijn ten opzichte van Sandor.

Sandor reed. Als zijn moeder wel thuis geweest was denk ik dat hij zijn pak aangetrokken zou hebben, maar omdat ze er toch niet was en omdat het koud geworden was, droeg hij zijn spijkerbroek en dat met schapenvacht gevoerde jack dat hij aan had gehad op de dag dat we elkaar ontmoetten. We waren al een tijdje onderweg toen ik hem vroeg hoeveel losgeld we deze keer voor de prinses zouden vragen.

'Een miljoen, twee miljoen,' zei hij. 'Doet dat er wat toe?'

'Ponden?' vroeg ik met een stem die heel hol klonk in mijn eigen oren.

'Natuurlijk ponden. Sterling. Wat wou je anders hebben? Yen?'

'Twee miljoen pond?' zei ik. Het was echt de eerste keer dat ik aan het geld dacht in verband met mezelf. Iets van het geld zou van mij zijn, net zoals een deel van het eerste bedrag naar Adelmo en Cesare gegaan was. Ik zei niets meer en Sandor was niet geïnteresseerd, maar ik dacht er wel over en het leek heel onecht. Het huis stond aan de buitenkant van Norwich en was een grote villa, rode baksteen en wit pleisterwerk met een heleboel hout aan de buitenkant, maar oud zoals de huizen in de buurt waar wij woonden. Het stond boven op een soort terrasvormige helling en het pad naar de voordeur bestond gedeeltelijk uit pad en gedeeltelijk uit kleine trapjes. Sandor had de sleutel. We begonnen het tredenpaadje te beklimmen.

Hij bleef staan en keek alsof hij iets kon zien wat er niet was. Het leek alsof hij een geest gezien had. De voordeur barstte open, dat is het enige goede woord en die vrouw kwam naar buiten rennen, de stoep af en sloeg haar armen om Sandor heen. Ik had echt nooit een vrouw iemand op zo'n manier zien omhelzen, behalve dan op de televisie. Ik ben traag, ik weet het, maar ik snapte de eerste paar seconden niet dat dit zijn moeder was. Zijn moeder was naar Griekenland gegaan.

Ze deed een stap achteruit en zei: 'Laat me je eens bekijken,' en toen: 'O, wat een verrassing! Wat heerlijk!'

'Ik dacht dat je weg was,' zei Sandor.

'Er is een luchthavenstaking in Athene,' zei ze. 'De vlucht is achtenveertig uur uitgesteld.' Het scheen haar niet te kunnen schelen dat hij zo duidelijk liet blijken dat hij niet gekomen zou

zijn als hij geweten had dat ze thuis was. Haar glimlach was aanbiddelijk. 'Wat ben ik blij dat er gestaakt wordt! Wat zou het me gespeten hebben als ik je gemist had, Alex.'
Hij zou wel kwaad worden dat hij Alex genoemd werd, dacht ik, maar Sandor zei niets, lachte alleen maar een beetje meesmuilend naar haar. Hij liep langs haar heen het huis in en pas toen hij al binnen was herinnerde hij zich mij.
'Dit is Joe Herbert,' zei hij. 'Kunnen we bij je lunchen, mama?'
Ze gaf me een hand, een en al glimlach. 'Hoe maakt u het, Meneer Herbert? Ik vind het altijd enig om een van Alex' vrienden te ontmoeten.'
'Zo zit het, Joe,' zei Sandor. 'Heb je daarvan terug? Jij telt niet, maar het feit dat je mijn vriend bent.'
Het kon me niet schelen. Hij had me nog nooit eerder zijn vriend genoemd en dat was het enige wat ertoe deed.
Het huis was van binnen heel mooi, heel comfortabel maar niet chic. De kamer waar we kwamen stond vol met dingen die het leven wel heel interessant moesten maken, makkelijke spullen, dingen die pa en ma nooit gehad hadden. Er stonden een cdspeler, een video, boekenkasten vol boeken, planten in iets wat ze een jardinière noemde en een stapel dozen met spelletjes. Ze liet me mijn naam in een gastenboek schrijven dat in wit leer was ingebonden. Ze leek helemaal niet op Sandor, behalve dat ze zijn diepliggende, heel donkere ogen had. Haar gezicht was zwaar opgemaakt met wit poeder en rode lipstick en haar haar was kastanjerood geverfd en gepermanent. Je kon haar corset of de gordel die ze droeg zien door haar jurk, een soort ribbels en een bult waar het ding ophield en haar dij begon. Ze zag er vreselijk uit, maar ze was echt aardig. Ik vroeg me af hoe het zou zijn om een moeder te hebben zoals zij, maar ik kon het me niet echt goed voorstellen.
Een van de eerste dingen die ze zei was: 'Heb je wat aan die American Express Card, Alex? Ik heb de rekening gekregen en gezien dat je er goed gebruik van maakt.'
Ik was verbijsterd. Het was alsof ik droomde, maar ik besefte al gauw dat dat niet zo was. Ze had dat echt gezegd. En ze lachte

op een warme manier. We hadden zeker duizend pond uitgegeven, misschien wel meer en ze lachte alsof ze gevraagd had wat je gekocht had met de cheque van vijf pond die je gepakt had.
Ik dacht dat Sandor gegeneerd zou zijn nu hij gesnapt was. Zijn gezicht was een beetje donker geworden en dat is zijn versie van blozen, maar hij had zichzelf snel weer in de hand, keek naar me en knipoogde. Ik zag het allemaal. Hij moet op mij de indruk hebben willen wekken van een soort uitdagende rebel die zijn eigen moeder beduvelt. En meer nog, hij moet de gedachte gehaat hebben dat ik zou denken dat hij het maar makkelijk had met zijn ouders, terwijl met mij het omgekeerde het geval was. Stel je voor, Sandor die zich bezorgd maakt over wat ik denk! Voor mij was het een teken dat hij een zwakke kant heeft en daardoor houd ik alleen maar meer van hem.
Zijn moeder kwam voor de lunch met ons naar buiten om de auto te bekijken. Ook die had Sandor niet gestolen, ze had de auto aan hem gegeven. Ik wist dat door wat ze zei, dat ze wou dat het een nieuwe had kunnen zijn. Ze leek verrukt, vond de nieuwe kleur prachtig. We kregen aspergesoep voor de lunch, fruits de mer in kaassaus en vers fruit en kaas en crackers en wijn. De soep en de garnalen kwamen uit de vriezer en ze warmde ze op in de magnetron. Het verliep allemaal heel soepel. Terwijl zij de tafel dekte dronken wij champagne. Ze kwam met de fles binnen en gaf hem aan Sandor om hem open te maken. Hij deed het, maar spoot daarbij de kamer onder, inclusief zijn moeder en de cd-speler, maar ze scheen het niet erg te vinden. Tijdens de lunch sprak ze de hele tijd over geld, om het mij uit te leggen neem ik aan, want Sandor wist het natuurlijk al.
Ze had vrij veel geld dat haar eerste man, Sandors vader, haar had nagelaten en ze had altijd veel daarvan aan Sandor gegeven. 'Hij kan het net zo goed nu hebben, hij hoeft niet te wachten tot ik dood ben,' zei ze met een liefhebbende glimlach.
Wat ze echt graag zou willen, zei ze, was dat Sandor weer thuis zou komen wonen, zodat zij voor hem zou kunnen zorgen. Maar ze begreep waarom hij dat niet wilde, omdat hij en zijn stiefvader niet goed met elkaar overweg konden. Sandor keek

peinzend toen ze dat zei. Ze zou een huis voor hem hebben willen kopen of een flat, maar haar middelen – dat was het woord dat ze gebruikte, middelen – waren daarvoor niet toereikend. Tegenwoordig niet meer, nu de prijzen zo astronomisch hoog zijn.

We dronken een heleboel wijn. Ik hoopte dat de uitwerking zou wegebben voor we terug moesten rijden. Sandor dronk een cognac na de lunch en toen nog eentje. Hij stond van tafel op en zei tegen zijn moeder dat hij moe was en een uiltje moest knappen en zij was helemaal niet kwaad of verontwaardigd of wat ook. Ze zei alleen maar dat hij uitgeput moest zijn na die lange rit, en ze zei dat het vreselijk was, dat er een grote weg zou moeten zijn naar Norwich en dat hij maar even lekker op haar bed moest gaan liggen. We bleven met z'n tweetjes achter en ik denk dat dat precies was wat ze wilde, want ze kwam met een pot verse koffie naast me zitten op de sofa en begon een paar verbazingwekkende dingen te vertellen.

Ten eerste nam ze eenvoudig aan dat Sandor en ik een homoseksuele verhouding hadden. Voorzover ik wist zouden de meeste moeders van haar leeftijd, van in de vijftig of de zestig, alles liever willen dan dat hun zoon een nicht is. Maar dat gold niet voor Diana, zoals ze zei dat ik haar moest noemen.

'Het maakt me zo gelukkig om hem samen te zien met een aardig, eerlijk mens zoals jij, Joe,' zei ze. 'Een hechte vriendschap – relatie, zoals ze tegenwoordig zeggen – is een hele steun, vind je niet? Alex heeft steun nodig, hij is zo gevoelig. Ik zal heel eerlijk tegen je zijn, dat vind je toch niet erg, hè?'

Ik zei dat ik het niet erg vond. Wat kon ik anders zeggen?

'Nou, je moet weten, ik ben een heel jaloerse vrouw. Een bezitterige vrouw kun je beter zeggen. Ik zou het niet hebben kunnen verdragen om Alex met een andere vrouw, echtgenote, vriendin, wat dan ook, te zien. Ik zou het niet hebben kunnen verdragen. Een man is wat anders, een man zie ik niet als concurrentie.'

Ik dronk mijn koffie en nam nog een cognac omdat die er stond, hoewel ik wist dat ik het niet zou moeten doen. Mijn

hoofd was een beetje zwaar, ik had het gevoel dat het vol zat met iets, maar niet met vies water waarop olie drijft, dat absoluut niet.
'Vertel me nu eens met wat voor zaak Alex en jij bezig zijn.'
Het was allemaal zo verbazingwekkend dat ik heel even dacht dat hij haar echt verteld had waar we in Suffolk mee bezig waren, dat we wilden proberen om de prinses te kidnappen. Maar mijn gezonde verstand kwam me te hulp, misschien zelfs alleen maar m'n voorzichtigheid, ondanks alle drank die ik achter de kiezen had, en ik zei dat ik vond dat ik het aan hem over moest laten om haar dat te vertellen. Ten slotte was zij zijn moeder.
En toen – je zult het niet geloven – begon ze me te vertellen hoe moeilijk ze het had gehad bij zijn geboorte, dat ze achtenveertig uur weeën had gehad, dat ze opengesneden en weer dichtgenaaid was en dat er natuurlijk geen sprake van kon zijn dat ze ooit nog meer kinderen zou krijgen. Maar het was allemaal de moeite waard geweest om hem te krijgen. Hij leek op zijn vader, zei ze, de knapste man in Bomber Command, wat dat dan ook mocht wezen, maar zijn karakter leek op dat van haar, gevoelig, kwetsbaar, te vaak verkeerd begrepen. Daardoor was hij ook in de gevangenis terechtgekomen, door een misverstand. Hij had niemand kwaad willen doen.
Nog een onthulling. Ze nam aan dat ik het wist en ik was niet van plan om haar te laten weten dat ik het niet wist, dat het een nieuwtje voor me was. Dat betekende dat ik niet kon vragen waarvoor Sandor de gevangenis in had gemoeten. Ze kwam steeds dichter naast me zitten en toen ze dat zei over verkeerd begrepen worden, pakte ze mijn hand. Ze hield hem vast. Er zat niets seksueels in, het was niet de situatie van een oude vrouw die zat te flirten met een jonge vent, het was gewoon aardig en warm, als een moeder. Of tenminste zoals ik dacht dat een moeder zou kunnen zijn in een ideale wereld, laten we zeggen, in een wereld waar de mensen zich gedragen zoals van ze verwacht wordt.
Natuurlijk was ik een beetje teut, laat ik eerlijk zijn. Ik drukte ook in haar hand. Ik vond het prettig dat ze mijn hand vast-

hield, het gaf me het gevoel dat ik wilde glimlachen, lachen en misschien wel zingen. Ik glimlachte ook, haar recht in haar ogen kijkend, en ze zei nog eens dat ze zo blij was dat Sandor me gevonden had. Alleen noemde ze hem Alex, dat deed ze de hele tijd.

'Alex had een aardige vriend toen hij in Italië studeerde, Joe,' zei ze. 'Dat was in Bologna. Hij heette Gianni, Gianni Viani. Dat klinkt gek, hè, net zoiets als Jantje Pedantje, zei ik altijd. Hij had nog een naam, maar die kan ik me niet herinneren. Waarom gebruikt hij die naam niet, zei ik tegen Alex, maar Alex vond gewoon dat ik idioot deed. Ik hoopte dat ze een team zouden worden, als je begrijpt wat ik bedoel, maar hij kwam uit een heel moeilijk gezin, heel streng. Ze zullen er wel tegen geweest zijn. Italianen zijn allemaal voor het huwelijk en voor het gezin, geloof je ook niet?'

Ze bleef me steeds meer dingen over Sandor vertellen, maar ze praatte niet meer over het feit dat hij in de gevangenis had gezeten. Ik ben bang dat ik op een gegeven moment een beetje wegsoesde, maar ze scheen het niet erg te vinden, ze vond het leuk, ze zei dat het heerlijk was om te merken dat ik zo ontspannen was in haar huis.

Sandor kwam om een uur of vijf weer tevoorschijn. 'Hoogste tijd,' zei hij. Hij had nauwelijks tijd aan zijn moeder besteed, maar het gekke was dat ze nu graag leek te willen dat we weggingen. Ze stond erop dat we van alles mee zouden nemen, een chocoladecake en pakjes met dingen die zij cocktailsnacks noemde en twee flessen wijn. Terwijl ik alles in de kofferbak legde, naast het leren jack en de nieuwe sweater die ze voor Sandor had gekocht, zag ik een man aankomen met een bolhoed en een aktetas. Natuurlijk was het Sandors stiefvader niet, het was gewoon een buurman, maar het deed me denken aan wat ik vergeten was, dat Diana's man nu gauw thuis zou komen. Diana wilde niet dat Sandor hem tegen het lijf zou lopen en Sandor wilde dat zelf ook helemaal niet.

Toen we weg zouden gaan, vouwde ze Sandor weer in zo'n enorme omhelzing. Ik zag hoe hij zijn nek strekte, weg van haar, en zijn rug achteroverboog, net als de man op een plaatje dat ik ooit gezien had, die vastzat tussen de poten van een beer. Of misschien zoals die arme man die de leeuw van Jareds te pakken had gekregen. Ze vroeg of ze me een zoen mocht geven en ik zei ja.

Weet je, ik geloof niet dat ik ooit eerder door een vrouw gekust was. Ik ben in elk geval nooit gekust door een man, maar je begrijpt wat ik bedoel. Ik neem aan dat mijn eigen moeder me gekust heeft, maar daar kan ik me niets van herinneren. Ma deed het nooit en Tilly en ik zoenden elkaar nooit, ik weet niet waarom. Diana kuste me niet op m'n mond maar op m'n wang en hield me bij m'n schouders vast. Ze rook zoet en poederig als een cake, een Victoriaanse taart.

'Dag, Diana,' zei ik. 'Bedankt voor het eten.'

Sandor moest erom lachen en hij lachte nog toen ik wegreed. Hij zei dat kinderen dat altijd zeiden, maar ik kon me niet herinneren dat ik het ooit gezegd had toen ik nog kind was. Ik wilde hem vragen waarom hij in de gevangenis gezeten had, maar ik was, zoals meestal, te bang om het te vragen.

Plotseling blafte hij tegen me: 'Wat heeft mijn moeder tegen je gezegd?'

'Ze was heel aardig tegen me, Sandor, ik vind haar een fantastische dame.'

'Jezus Christus,' zei hij, 'nou doe je het weer. Ik ben niet in de stemming om te vertalen en het kan me geen moer schelen wat je van haar vindt. Wat heeft ze gezegd?'

Ik was van plan om deze keer nu eens niet alles uit me te laten peuteren. 'Ze heeft me verteld over je geboorte en over je vader en ze denkt – ze denkt dat – nou ja, dat we minnaars zijn.'

Hij barstte in lachen uit. 'Ze weet het verschil nog niet tussen haar eigen kut en een kerstkrans!' zei hij.

Ik sprak niet over Gianni Viani, net zomin als over de gevangenis, maar ik dacht over hem. Ik kon hem niet uit m'n hoofd zetten. De waarheid was dat ik jaloers was. Het was niet bij me opgekomen om jaloers te zijn toen Sandor verteld had dat hij hem kende op de universiteit, ik kreeg dat jaloerse gevoel pas toen

Diana over hen praatte als over een team. Dat ze hem een achternaam had gegeven maakte hem ook veel werkelijker.

De stad was stil en verlaten toen we tegen acht uur terugkwamen. Het had ons een half uur gekost om uit Norwich te komen. De wind blies het afval over het marktplein en kwam in vlagen uit de steegjes. Het leek niet erg op mei, hoewel het 's avonds al veel langer licht bleef. De hemel was grijs en zag er stormachtig uit, maar het was nog zo licht als om drie uur 's middags. Sandor zei dat we Chinees zouden eten. Het was het goedkoopste restaurant in de verre omtrek en we hadden de laatste tijd in dure restaurants gegeten. Maar die avond niet. En hij zei niets meer over onze verhuizing naar een hotel. Het had allemaal een grap geleken, toen het leek alsof hij zijn moeder beduvelde, maar nu wist ik dat dat niet zo was, dat het geen grap meer was. Nou, als dat niet de verklaring was, wat dan wel?

Ik bleef denken over Rome waar die Gianni en zijn familie vandaan kwamen, de 'mafiosi', de slechte vader en de slechte broer en de brave, die helemaal niet zo braaf was gebleken toen hij geld begon te vragen waar hij niet voor gewerkt had. Ik ben heel onwetend, het kan me niet schelen om dat toe te geven, maar op een of andere manier dacht ik dat Bologna, waar de universiteit was, en Boulogne hetzelfde was. Ik wist dat Boulogne in Frankrijk was omdat ik daar een keer tijdens een dagtocht geweest was, een bus- en boottocht met pa en ma om goedkope drank in te slaan, een keer met Kerstmis.

Toen ik 's ochtends kranten ging kopen ging ik even langs bij de openbare bibliotheek. Ik was een beetje zenuwachtig, maar ik grabbelde al mijn moed bij elkaar en vroeg het meisje of ze kaarten van Italië hadden. Ze haalde een grote atlas voor me met een register achterin en daar – wat een verrassing – stond een Boulogne in Frankrijk en een Bologna in Italië. Daarna keek ik bij de reisgidsen. Ik vond een boek over Noord-Italië. In Bologna vond men de beste keuken van het land, stond er en een ander goed ding was dat je in een stortbui van het ene einde van de stad naar het andere kon lopen zonder nat te worden. Dat

kwam doordat overal arcades waren. Ik vond dat mooi klinken, zoiets zouden we hier ook wel kunnen gebruiken.
Er was nog veel meer, vooral over kerken voorzover ik kon zien, maar ik had geen tijd om meer te lezen. Ik wist dat Sandor zich zou afvragen waar ik bleef en achterdochtig zou worden. Op de terugweg dacht ik over Gianni Viani en ik stelde me voor hoe hij onder die arcades zou lopen, misschien wel terugdenkend aan Sandor.
Toen ik in de straat van het Lindsey Guest House kwam was het gaan regenen. Hier helaas geen arcades om ons droog te houden. Ik dook een portiek van een winkel in en stopte de kranten onder m'n jack. Toen ik het portiek weer uit liep en de straat in keek zag ik een busje geparkeerd staan voor het pension – geen busje, een camper. Het was groen en op de zijkant stond C.W. AND M.H. FARTHING, VERSE GROENTEN, FRUIT EN SALADES. Tilly was gekomen. Ik rende naar de camper toe.

13

Toen ik Tilly voor het eerst zag was ze twaalf en dik. Ik was zeven. Ze was toen al groot, bijna net zo groot als ma, en kwam te veel aan. Ma moedigde haar altijd aan om net de verkeerde dingen te eten, chocoladerepen en chips, koekjes en taart, ze kocht altijd bevroren taart. Bijna elke dag stond er op het aanrecht in de keuken een slagroomtaart of een zwarte-bessentaart te ontdooien. Ik denk dat ma Tilly aanmoedigde om te eten omdat ze wilde dat ze dik zou worden en onaantrekkelijk voor mannen. Vrouwen krijgen dat soms bij tienermeisjes, ze kunnen de concurrentie niet verdragen. Tegen de tijd dat Tilly een tiener was, was ze enorm en woog ze negentig kilo.

Ma weigerde om er iets verkeerds in te zien. Als ze tegen andere mensen praatte, noemde ze Tilly 'een fijn meisje', en zo kon je het natuurlijk zeggen, denk ik. Tilly was niet eens knap, haar gezicht was te groot en alle verhoudingen waren zoek. Ik weet het niet, ik kan het niet beschrijven. Ze had heel dik, muiskleurig haar en ze was zo bijziend dat ze een bril moest dragen, hoewel ze daar een gruwelijke hekel aan had, ma wilde natuurlijk per se dat ze een stalen bril zou nemen.

Er was een vrouw die een keer aan ma vroeg of Tilly misschien zwaar debiel was en of ze kon lezen en schrijven. Dat was niet mis, hè? Ze noemde het niet debiel, dat deden mensen in die tijd niet. Ze had het over een mongool. Sommige mensen zijn zo huiveringwekkend wreed. Nou zou je denken dat ma nooit meer een woord tegen die vrouw gezegd zou hebben, maar nee hoor, absoluut niet. Je zult niet geloven wat ze deed. Als Tilly iets deed wat een beetje dom was – dat doen we toch allemaal wel eens, laten we nou eerlijk zijn – of er op school een potje van maakte, kwam ma met die vrouw aanzetten en dan zei ze, je wilt toch niet dat de mensen denken dat je een mongool bent?

Tilly liep weg toen ze zestien was. Al die onzin over dat meisjes

slank en mooi moeten zijn om mannen te krijgen. Élk meisje kan een man krijgen, ik weet niet waarom; ik kan het niet verklaren, maar het is waar. Dat wil zeggen: als ze jong is. Élk meisje. Kijk maar naar de getrouwde vrouwen die je om je heen ziet, zelfs die zijn er ooit in geslaagd om mannen te krijgen. Brian had een goede invloed op haar, door hem ging ze een beetje make-up gebruiken, haar haar verven en een andere bril nemen, zo'n rozig, doorzichtig montuur met grote glazen. En ze viel ook af, al was het dan niet genoeg. Ze was niet lelijk meer en niemand zou nog gezegd hebben wat die wrede vrouw gezegd had.
Het gekke was dat ik haar niet herkende toen ik die ochtend het Lindsey Guest House binnenliep. Ik herkende de vrouw niet die in de gang met de jongste Joan stond te praten. Maar ze herkende mij wel. Ze herkende me, ondanks mijn oranje haar. Natuurlijk had ik de laatste keer dat ik haar gezien had geen baard en die heb ik nu ook niet.
Ze draaide zich om en zei: 'Joe,' en toen zei ze: 'Wat fijn om je te zien – wow, wat fijn,' en hoewel ze me niet zoende omdat we elkaar nooit zoenden, sloeg ze haar armen om me heen en omhelsde me net zo stevig als Diana Sandor omhelsd had.
Joan stond maar naar ons te staren. Ik deed een stap achteruit en keek naar Tilly. Natuurlijk wist ik toen dat het Tilly was. Maar het punt was, ze was – niet mooi, maar een stuk geworden, je zou zeggen knap als ze een man was geweest. Haar haar hing tot op haar schouders, was donker kastanjerood geverfd, het glansde prachtig en was goed geknipt. Ze had donkerrode lipstick op en bruine oogschaduw, waardoor haar ogen ook kastanjekleurig leken en ze droeg grote, bungelende oorringen. In plaats van de broek die ze vroeger altijd droeg en waarin ze er verschrikkelijk uitzag, had ze een lange, zwarte rok aan en glanzende, zwarte laarzen en een smaragdgroene blouse met een zwartleren riem om haar taille. En ze was slank! Nou ja, eigenlijk niet slank, maar normaal, met een slanke taille en een maag die niet naar voren bolde.
'Wat is er met je bril gebeurd?' vroeg ik.
'Ik heb lenzen nu. Die zijn fantastisch als je er eenmaal aan ge-

wend bent. Ik snap niet waarom ik ze niet al jaren geleden genomen heb.' Ze bekeek me van top tot teen. 'Je haar! Ik weet niet of ik het leuk vind. Wat bezielde je?' Ze wachtte niet op een antwoord. 'Joe, ik ben blij dat je daar weg bent, uit die tent, ik heb het nooit een goed idee gevonden. Je hebt helemaal geen depressie meer, hè? Dat kan ik wel zien.'
Er staan een paar stoelen in de hal met daartussen een rieten tafeltje met een glasplaat, waar ze oude kranten en tijdschriften op leggen. Het is net de wachtkamer van een tandarts, maar we gingen zitten en bleven maar naar elkaar kijken, we konden er niet genoeg van krijgen om naar elkaar te kijken, we leken wel een stel herenigde geliefden. Ik denk dat Joan dacht dat dat het geval was, want ze wierp nog een laatste blik op ons en liep op haar tenen weg. Tilly wilde weten of ik ooit nog iets van pa en ma gehoord had en ze lachte toen ik zei: 'Absoluut niets, maar dan ook niets.' Ze vroeg hoe het kwam dat ik uit het ziekenhuis was weggegaan en ze vroeg naar de vriend met wie ik in zaken was en voor het eerst sinds ik haar zag voelde ik mezelf een beetje – ik weet niet precies hoe ik het moet zeggen – een beetje gecontroleerd, een koude vinger die me vanbinnen aanraakte. Hoe moest ik dit met Sandor in orde maken?
Ik ging er niet op in en zei: 'Wat is er gebeurd met hoe-heet-ie-ook-weer? Ben je nog steeds met hem?'
'Rod? Die is teruggegaan naar zijn vrouw in Brussel. Dat was paarlen voor de zwijnen.'
Voor het eerst deed een breuk tussen Tilly en een man me niets. 'Hij heeft wel eerst alle spullen voor me gekocht die hij me beloofd had,' zei ze. 'Ik was dertig pond afgevallen en hij gaf driehonderd pond aan kleren voor me uit, dat was de afspraak, honderd voor elke tien pond.'
Ik wilde haar vragen wanneer ze teruggekomen was uit België en waar ze woonde en of de man uit Brussel al een opvolger had toen ik de trap hoorde kraken, de trede die altijd kraakt, in de bocht. Ik keek op en zag Sandor naar beneden komen. Ik had nog steeds de kranten in mijn hand, ik had ze niet naar boven gebracht en ze zelfs ook niet op het tafeltje gelegd. Hij had de

nieuwe sweater aan die zijn moeder hem had gegeven, een heel dure, zwarte, lange trui met een soort ribbels en een polohals en hij zag er heel mager en elegant uit. Als hij zich een dag niet scheert, krijgt hij die modieuze schaduw. Het past bij hem, het maakt hem zeer aantrekkelijk. Hij had een sigaret in zijn hand en je kunt duizend keer zeggen dat roken een fatale verslaving is, maar het staat wel elegant. Het staat sexy.

Je weet nooit hoe Sandor zich zal gedragen. Hij is tot afschuwelijke grofheden in staat. Het zou me niet verbaasd hebben, al zou het me wel van streek gemaakt hebben, als hij tegen Tilly gezegd zou hebben dat ze weg moest, dat we haar hier niet wilden hebben. Dat deed hij niet. Maar hij glimlachte niet en stak ook zijn hand niet uit.

'Ik neem aan dat jij Tilly bent?'

'Dat klopt,' zei ze. 'En wie ben jij?'

'Dit is Sandor Wincanton, de vriend met wie ik in zaken ben.'

'Dat is een hele mondvol,' zei Tilly. Ik weet niet waarom Sandor niet woedend tegen haar deed, de enige verklaring die ik daarvoor kan geven is het feit dat ze er aantrekkelijk uitzag, ze was mooi om te zien en lang en dramatisch ook. Toen ze opstond zwierde haar rok en haar haren waaierden uit als een grote, roodfluwelen kerstklok. Ze deed me denken aan iets wat ik op de televisie gezien had en dat *Carmen* heette, er waren een heleboel films die zo heetten een paar jaar geleden.

Maar wat hem misschien echt gunstig stemde ten opzichte van Tilly was de camper. We gingen allemaal naar buiten om hem te bekijken. Ik weet niet precies wat ik verwachtte, een grote troep, waarschijnlijk. Het was binnen niet wat je noemt luxueus, maar het was ook geen bende. Er lag een kleed op de grond, het bed was opgeklapt tegen de muur en het rook allemaal schoon en fris. Het was echt een reizend hotelkamertje, met een minidouche en een wc – Sandor zegt dat ik moet ophouden met dat zo te noemen en ik probeer het, ik bedoel dus toilet – en een koelkast in de keukenhoek en een gasstel en een elektrische ketel. Heel wat beter dan de meeste hotelkamers waar wij in woonden.

Ik heb Sandor tamelijk goed leren kennen, denk ik. Als je van iemand houdt, bestudeer je de uitdrukking op zijn of haar gezicht en ik kan tot op zekere hoogte zeggen wat hij denkt. Of in elk geval wanneer hij ernstig over iets nadenkt. Ik kon zien dat hij de mogelijkheden overwoog van de camper, of we er op de een of andere manier bij onze onderneming gebruik van zouden kunnen maken. Hij lachte naar Tilly en zei dat ze daar een heel leuk dingetje had. Zou hij voor haar informeren of er een kamer vrij was in het Lindsey Guest House? Hij veronderstelde dat ze een dag of twee zou blijven.

Ik had dat verstikkende gevoel dat ik krijg wanneer Sandor iets zegt of iets doet. Ik moet een kreet van vreugde onderdrukken en dat heeft dat verstikkende effect, neem ik aan. Als iemand me zou vragen wat geluk was, wat dat inhield voor mij in mijn leven, denk ik dat ik zou moeten zeggen dat het dat verstikkende gevoel is dat ik zo nu en dan krijg. Maar het had niet zo'n soort effect op Tilly, natuurlijk niet.

'Ik blijf misschien wel even,' zei ze, 'maar ik blijf in de camper, bedankt. Dat doe ik altijd. Ik zet hem hier op de parkeerplaats, als dat mag, of anders prop ik hem wel ergens in een parkeerhaven langs de weg.'

Het mocht niet. De directie van het Guest House was heel geïrriteerd. 'In dat geval gaan we weg,' zei Sandor, heel koeltjes.

'Dat moet u zelf weten.'

'We vertrekken maandag,' zei Sandor. Hij liet me naar de telefooncel gaan om de George te bellen en daar twee éénpersoonskamers te boeken. Ik had geluk, want ze hadden er geen twee. Het toeristenseizoen was al begonnen, zoiets zeiden ze tenminste, en alles wat ze te bieden hadden was één kamer met twee bedden, met bad. Sandor kon me niet langer meer misleiden met zijn verhaal dat hij het zich niet kon permitteren, Diana had me wel duidelijk gemaakt wat hij zich kon veroorloven, dus boekte ik de kamer en zei dat we maandag tegen lunchtijd zouden arriveren.

Toen ik mijn telefoontje gepleegd had ging ik naar boven en vond ik Sandor in onze kamer. Tilly was met de camper weggereden om een plekje te vinden waar ze hem neer kon zetten.

Hij lag op bed te roken en een van zijn vele brieven te schrijven.
'Dus dat is Tilly,' zei hij. Hij lachte.
Ik heb gezegd dat ik denk dat ik Sandor tamelijk goed begrijp, maar ik kon dat gelach niet goed plaatsen. Hij lachte op de manier van iemand die iets op de televisie ziet wat hem verbaast, maar die niet echt verbaasd is omdat hij weet dat de wereld vol is van dingen die je niet kunt verklaren. Hij lachte en keek toen plotseling treurig en bezorgd. Hij wendde zijn gezicht van me af en staarde uit het raam. Ik wist dat hij niet echt uit het raam kon staren omdat hier, in tegenstelling tot in Railway Arms, niets te zien is, behalve een stenen muur waarop in vage letters IND COOPE geschilderd staat.
Er was een vraag die ik hem moest stellen, maar echt bijna niet durfde stellen. Als Tilly hier kwam, bij ons zou zijn, zelfs al zou ze niet in het Guest House slapen, hoeveel gingen we haar dan vertellen? Over wat we van plan waren, bedoel ik. Als we een zaak gingen bedenken, dan moest het toch in elk geval dezelfde zaak zijn. We moesten dat samen bedenken en wel voor ze terugkwam. Maar als ik gelijk had en Sandor inderdaad een oogje op de camper had, zouden we dan eerlijker tegen haar moeten zijn en het haar misschien zelfs voor een deel vertellen?
Hij verbaasde me. Natuurlijk, dat doet hij vaak. 'Heeft ze iemand?' vroeg hij.
'Een vriend, bedoel je? Een man met wie ze is? Nee, ze is alleen.'
'Zou je kunnen zeggen dat ze een zwervend bestaan leidt?'
Ik wist niet helemaal precies wat hij bedoelde. Ik deed een intelligente veronderstelling, zoals hij zegt dat ik dat moet leren doen. 'Ja. Ze is nooit lang ergens. Ze is net een zigeunerin. Als je wilt weten of ze ergens definitieve banden heeft, die heeft ze niet.'
'Ze zal het wel leuk vinden om wat geld te krijgen, denk ik,' zei hij. 'Dat is met de meeste mensen zo. Ik denk dat ze het wel zal kunnen gebruiken.'
'Je bedoelt – bedoel je dat we het haar gaan vertéllen?'
'Wat betekent dat "wij"? Dit is mijn onderneming, weet je wel?'

'Ga je het haar vertellen, Sandor?'

'Ik denk erover om het haar te vertellen. Dat is alles voor het moment, erover denken. Als ik denk dat ze nuttig kan zijn vertel ik het haar en als ik niet denk dat ze nuttig kan zijn, verdwijnt ze.'

14

Ik was niet vergeten dat Diana me verteld had dat Sandor in de gevangenis gezeten had, helemaal niet. Ik dacht er zelfs het grootste deel van de tijd over. Het speelde altijd in mijn achterhoofd. Ik wilde twee dingen weten: hoe lang had hij daar gezeten en wat had hij gedaan? Het kon wel vier jaar geweest zijn, het kon korter geweest zijn. Ik meende te weten dat het zoveel was als je iemand kidnapte of zelfs vermoordde. Je krijgt niet altijd een lange straf wegens moord, het schijnt af te hangen van wat de een of andere oude rechter denkt, niet van de wet. Er was een keer een man die maar vier jaar kreeg nadat hij zijn vrouw gedood had, haar in stukken gesneden had en de stukken in een kast verstopt had.

Sandors verblijf in de gevangenis was de verklaring waarom hij zo lang gewacht had met een nieuwe poging om de prinses te kidnappen. Terwijl ik in het ziekenhuis had gelegen had hij in de gevangenis gezeten, we waren allebei opgesloten, beroofd van onze vrijheid. Het leek ons dichter bij elkaar te brengen. En nu Tilly was gekomen, zag ik ons als drie leden van de maatschappij die er op de een of andere manier buiten gezet waren of als mensen op een perron voor wie geen plaats was in de trein. De trein was vol en we probeerden erin te komen, maar de deuren gingen dicht en dreven ons achteruit. Geen van ons had een huis, hij was in de gevangenis geweest, ik had, laten we het onder ogen zien, op een psychiatrische afdeling gezeten en Tilly was een zigeunerin of een zwerfster die de wereld rondzwierf in haar huis op wielen.

Die avond zei Sandor dat hij ons allemaal uitnodigde om te gaan eten en hij zat een hele tijd te studeren in de een of andere restaurantgids die de mensen van het Lindsey Guest House hadden. Het restaurant waar hij heen wilde was er zo eentje waarvan de keuken beroemd is en de eigenaar erom bekend staat dat hij grof is tegen de klanten. Het had Tilly veel tijd gekost om een plek te vinden waar ze de camper kon parkeren, maar ze was inmiddels terug en wilde naar het Trusthouse Forte-restaurant waar ze onderweg langs was gekomen. Daar had Sandor geen zin in. Het paste helemaal niet bij hem en het was verder ook hoogst onwaarschijnlijk, maar ik zou bijna zeggen dat hij een toer maakte tegenover Tilly, dat hij probeerde om echt indruk op haar te maken.

Hoewel we er eigenlijk geen gebruik van mochten maken, struinde Sandor het kantoortje binnen, dat toevallig leeg was, pakte de telefoon en vertelde het vijf-sterrenrestaurant dat hij een tafeltje wilde voor drie personen om acht uur.

'Een dame en twee heren,' zei hij en, toen er kennelijk een bezwaar werd gemaakt, ik denk dat ze wilden nagaan of ze voor ons wilden reserveren op zo'n korte termijn op een zaterdagavond, 'Natuurlijk kunt u voor ons reserveren – daar bent u toch voor, is het niet?'

Ze gingen akkoord. Maar het feit dat hij erin geslaagd was om te bellen op de telefoon van het Lindsey Guest House zonder ervoor te betalen, leek Sandor het leukste te vinden. Hij rookte sigaretten uit een schildpadden sigarettendoos die hij de vorige dag meegenomen moest hebben toen hij bij Diana was. We moesten naar de pub, zei hij, het was onmogelijk om een beetje ontspannen te zitten in onze kamer. Het beste wat dit gebenedijde land overkomen was – dat was het woord dat hij gebruikte, 'gebenedijd', ik geloof niet dat ik het ooit eerder gehoord had – het beste in jaren was de wet waarbij de pubs de hele middag en avond open mochten zijn. Tilly lachte en zei dat ze het daar volkomen mee eens was.

Ze konden het goed vinden, dacht ik. Nu denk je zeker dat ik jaloers was, hè? Als ik jaloers kon zijn op Gianni Viani, iemand die ik nooit gezien had, waarom dan niet op Tilly? Nou, ik was het niet en het bleek dat ik terecht niet jaloers was. Ik heb een romantisch trekje, neem ik aan, en ik kreeg een soort fantasie dat Sandor en Tilly verliefd zouden worden, dat het voor deze keer iets blijvends zou zijn voor Tilly. Diana zou het niet leuk vinden, maar ze zou zich erbij neer moeten leggen, ze kon niet altijd alles hebben zoals zij het wilde. Ik stelde me voor hoe hartstochtelijk verliefd ze zouden worden en dat ze mij allebei in vertrouwen zouden nemen en me erover vertellen. Ik zou ze adviseren, een soort raadsman zijn, ik zou dat goed kunnen omdat ik ze allebei zo goed ken. Ze zouden in de camper wonen, alleen – nee, dat zouden ze niet doen, ze zouden een huis moeten hebben omdat ik bij ze zou wonen. Diana zou een huis voor ze moeten kopen, laten we zeggen een villaatje, dat kon ze wel betalen. Zij zouden me vragen om bij hen te komen wonen ('Als jij er niet was geweest, Joe, zouden we elkaar nooit ontmoet hebben, jij hebt ons bij elkaar gebracht...') en ik zou erin toestemmen als ze toestonden om – nou ja, een soort bediende voor hen te zijn zodat ze me nodig hadden, voor het schoonmaken en koken en de was naar de wasserette brengen. Ik kan niet koken, maar ik zou het kunnen leren.

Dit liep allemaal op niets uit en al vrij gauw. Tilly en ik liepen de trap af, op weg naar de pub in het gebouw naast ons, met Ind Coop op de muur. Sandor was teruggegaan om zijn sigaretten die hij vergeten was op te halen.

'Is hij echt?' fluisterde Tilly tegen me.

Dat irriteerde me. Ik vroeg haar wat ze bedoelde.

'Ik weet het niet, ik dacht dat hij acteerde – weet je, dat hij net doet alsof, of dat hij de draak steekt met me of ik weet niet wat. Je bedoelt dat hij echt zo is?'

Ik zei niets, ik was gekwetst.

'Ach, laat ook maar,' zei ze. 'God, ik kan er niet over uit hoe je veranderd bent, Joe. Je ziet er zo goed uit. Je bent een andere vent. Maar je bent oké, je bent nog altijd mijn Joe.'

Sandor haalde ons in en we gingen naar de pub. Niet veel mensen blijven de hele middag in een pub, in elk geval niet in deze pubs op het boerenland, wat ze ook dachten dat er zou gebeuren na het in werking treden van de nieuwe wet, en wij waren alleen. Sandor vroeg om een fles champagne. Toen de fles werd gebracht bleek het Spaanse champagne te zijn en hij was niet erg lekker.

Tilly vertelde hoe het was om in België te wonen. Ze waren op een camping geweest bij een stad die Mons heette en dat was de stad waar Sandors voorvaderen het Victoriaanse Kruis gekregen hadden tijdens de Eerste Wereldoorlog. Toen waren ze naar Brussel verhuisd. Sandor was op de een of andere manier familie van onze ambassadeur in België. Toen zij haar verhaal beëindigd had, vertelde hij ons over Cambridge en een beroemde schrijver die hij daar had gekend en toen over de universiteit van Bologna en een heleboel over de geschiedenis van de kunst. Ik had niets bij te dragen. Wat had ik tenslotte meer gedaan in mijn leven dan gescheiden te worden van mijn ouders, de pech te hebben om bij pa en ma terecht te komen en mezelf te laten opsluiten in, laten we eerlijk zijn, een gekkenhuis? En ik was natuurlijk Sandor tegengekomen. Dat was ook gebeurd, dat was het beste wat er gebeurd was. Terwijl ik zat te luisteren naar zijn verhaal, naar zijn heerlijke stem en naar de lange woorden die hij gebruikte en naar al die dingen waar hij van afweet, oude schilders en architectuur en vreemde talen, had ik het gevoel, wist ik dat het z'n uitwerking op Tilly moest hebben. De opmerking die ze op de trap tegen me gemaakt had was alleen maar omdat ze hem niet kende, ze moest nu langzamerhand van gedachten veranderd zijn.

Toen we aan onze tweede fles toe waren begon Sandor te praten over de mensen op Jareds. Hij vertelde het hele verhaal over het leven van de prinses en al haar huwelijken, net zoals hij mij dat de eerste keer vertelde. Alleen repte hij niet over de kidnap, maar hij vertelde wel wat extra dingetjes, bijvoorbeeld dat de prinses oorspronkelijk uit een plaats aan de kust van Suffolk kwam en dat haar ouders naar Cambridge verhuisd waren toen zij nog een kind was. Toen hij die eerste keer over haar praatte zei hij niet dat hij haar gekend had toen hij in Cambridge studeerde – nou ja, niet gekend, maar haar toch wel eens had zien lopen. Ze was twee jaar ouder en toen al een beroemd model, maar ze kwam in de weekeinden altijd naar huis om haar vader en moeder te bezoeken.

Tilly wist alles van haar, dat wil zeggen, ze wist alles wat het publiek zou kunnen weten. Ze had zo'n bevlieging gehad die meisjes die er heel gewoon uitzien wel vaker hebben voor mooie, beroemde vrouwen van wie er altijd foto's in de kranten staan. En de reden waarom ze die bevlieging voor de prinses had was echt gek. Ze waren precies even oud, op de dag af. Tilly las de horoscopen in een of ander blad en daarin stonden ook de geboortedata van beroemde mensen en Nina Abbot was daar ook bij. Ze is een Schorpioen, net als Tilly, en ze waren allebei op 25 oktober geboren.

Ze vond het heel opwindend dat de prinses, die een soort idool van haar was geweest, zo dichtbij woonde en ze leek de indruk te hebben dat Sandor haar persoonlijk kende. In zekere zin was dat natuurlijk ook zo, hij had zelfs een hele tijd met haar doorgebracht, twee of drie weken, van het moment waarop ze was gekidnapt tot aan het moment dat ze werd teruggestuurd in die trein. Maar hij had daar nooit iets over verteld en dat deed hij nu ook niet. Tilly bleef maar zeggen: 'O, wat zou ik het enig vinden om haar te ontmoeten.'

Ze moet dat wel drie of vier keer gezegd hebben terwijl Sandor zat te vertellen dat Apsoland Jareds twee jaar geleden had gekocht en dat hij zoveel veiligheidsmaatregelen en zo had genomen. Sandor kreeg er ineens genoeg van.

'Je stelt je aan als een idioot als je zo praat. Ik ga niet met ze om. Ik heb andere plannen.'

Tilly slikte het zonder een kik te geven, maar ik wist dat ze dat niet altijd zou doen. Ze is niet zo geduldig als ik ben. Ze vroeg hem wat hij bedoelde. Hij wilde niets zeggen en we gingen terug naar het Guest House. Hij stak zich voor ons avondje uit in het restaurant met de grove eigenaar weer prachtig in het pak en Tilly ging terug naar de camper om een groen met wit gestreepte jurk aan te trekken en glanzende, witte schoenen. Sandor reed, Tilly zat naast hem en ik achterin. Hij reed met ons langs Jareds. Natuurlijk zegt het niet zo veel om langs Jareds te rijden. Alles wat je kunt zien zijn die hekken en de tunnel van muren en bomen. De bladeren aan de bomen waren nu echt dik. Er galoppeerde een paard in de wei ertegenover, het zwaaide met z'n manen. Het was

nog steeds klaarlicht en de zon stond nog hoog aan de hemel.
'Ik zou het enig vinden om haar te ontmoeten,' zei Tilly weer, hoewel ze beter had moeten weten.
Sandor lachte alleen maar. Hij vertelde haar over Garnet, de lijfwacht, en over de honden en de wapencollectie.
'Maar waar zijn ze bang voor?'
'Om gekidnapt te worden,' zei hij.
Tilly wilde er onmiddellijk alles over weten. Zonder te vertellen op welke manier hij erbij betrokken was, had hij toch al ongeveer hetzelfde verhaal verteld als tegen mij, en toen gebeurde er iets vreemds. We waren langs het dorp gereden en bij een plek gekomen waar de weg was opgebroken. Er waren tijdelijke verkeerslichten opgesteld en er was maar één rijbaan, de rechter, open voor verkeer. Toen wij aankwamen sprong het licht op rood en Sandor vloekte, zoals hij altijd doet als een verkeerslicht op rood springt als hij achter het stuur zit.
De rij auto's die aan de andere kant had staan wachten trok op en de eerste was de koperkleurige Volvo van Jareds met Garnet aan het stuur. Naast hem zat het kleine meisje met lang, blond haar dat ik hem van school had zien halen.
'Kijk, Garnet en zijn dochter,' zei ik. 'Tilly, kijk.'
'Waar?' zei Sandor, 'Wijs eens aan,' en ik realiseerde me dat hij Garnet nooit gezien had.
'In de Volvo.'
Garnet kwam heel langzaam aanrijden. Hij keek naar onze auto en toen weer de andere kant uit. 'Een forse krachtpatser, vind je niet?' zei Sandor. 'Hij ziet eruit als een vuistvechter.' Hij keek om de een of andere reden enorm vergenoegd.
De grove man in het restaurant was niet grof tegen ons. Je kon zo zien wie het was, een kleine man met een grote buik, met een groen fluwelen jasje en een vlinderdasje. Er was een vrouw daar met een stel mensen en hij werd woedend op haar omdat ze om een ijssherry vroeg. Ik weet niet of ze sherry uit de koelkast wilde hebben of echt sherry met ijs erin, maar hij gaf het haar in elk geval niet. Hij vroeg haar of ze soms uit de tropen kwam of dat ze alleen maar van niks wist. Ze scheen het niet erg te vinden.

Als ik een van de mannen uit haar gezelschap was geweest, zou ik hebben willen opstaan om hem een dreun te geven. Ze leek een leuke vrouw, aardig, en alsof ze heel lief was voor kinderen. Toen werd een man die een sigaret zat te roken het mikpunt. Er hingen geen bordjes dat je niet mocht roken, maar kennelijk was er een gedeelte waar verwacht werd dat je het niet deed. We zouden daar niet lang blijven, dacht ik, ik was er heel filosofisch over en probeerde te bedenken waar we dan heen konden gaan. Ik had Sandor nog nooit langer dan tien minuten zonder een sigaret meegemaakt en ik wachtte op het moment dat hij er eentje aan zou steken en dat de vonken dan in meer dan in één richting zouden spatten. Het gekke was dat hij de hele tijd dat we daar binnen waren geen sigaret op heeft gestoken en dat is minstens twee uur geweest.

Ik ben helemaal niet zo dol op ingewikkelde schotels, dingen in een saus of in laagjes of zo, zelfs niet als het zogenaamd die geweldige Franse keuken is. Tilly ook niet. Ik denk dat het haar, net als mij, herinnert aan het eten dat we bij pa en ma kregen, tv-diners en diepvriesgourmet. Dat is saus, saus en nog eens saus, zodat je niet kunt zien wat je eigenlijk eet. Ik had wel een gewone biefstuk willen hebben, maar zoiets hadden ze hier niet. We hadden rode wijn. De grove man kwam naar ons toe en koos hem voor ons en, in plaats van te gaan discussiëren, zei Sandor alleen maar dat het prima was. Toen de wijn kwam klonk Tilly met haar glas tegen onze glazen, grijnsde en zei: 'Op de misdaad.'

'Ik begrijp niet goed wat je daarmee bedoelt,' zei Sandor.

'Jullie zijn toch van plan om Nina Abbot te ontvoeren?'

We zaten haar alleen maar aan te staren. Zelfs Sandor keek verbaasd. 'Hoe wist je dat?' vroeg hij.

En toen wist ik dat ze het niet wist. Ze maakte een grap. Het was het gekste, idiootste wat ze had kunnen bedenken om te zeggen. Sandor zei heel langzaam, zijn ogen geen moment van haar afhoudend: 'Stel je eens voor dat ik zei: Ja, dat zijn we van plan. Wat zou je reactie dan zijn, Tilly?'

Het was de eerste keer dat hij haar voornaam gebruikte en de enige keer dat hij me erbij betrok door 'we' te zeggen. Iets van het warme, verstikkende gevoel kwam weer terug. 'Ik zou zeggen dat je bezopen was,' zei ze.

We begonnen te eten. Sandor zei: 'Ik ben bloedernstig, weet je.' Ze keek naar hem. Ze had een hapje op haar vork. Het leek te balanceren, net in evenwicht te zijn. 'Dat kan niet.'

'Waarom niet? Laten we zeggen dat ik een terrorist ben. Terroristen zijn echt, ze bestaan. Waarom zou ik er niet net zo goed eentje kunnen zijn als iemand anders?'

Ze haalde haar schouders op. Er lag een sluwe trek op haar gezicht. 'Waarom niet wíj net zo goed als iemand anders?'

Hij vertelde haar toen over wat we gedaan hadden en wat ons doel was. Hij keek een paar keer even naar mij als teken dat ik het verhaal over moest nemen, dus vulde ik de stukjes in waar ik alleen van wist. Tilly nipte aan haar wijn alsof het cognac was en zij een hartversterking nodig had vanwege de schok. Sandor vertelde haar over de telefoongesprekken die ik had gevoerd. Toen verraste hij me weer op de manier zoals hij dat nou eenmaal doet. Hij zei haar dat hij haar geschreven had. Al die brieven die hij geschreven had waren brieven aan de prinses.

'Wat bedoel je met dat je haar geschreven hebt?' vroeg Tilly. Ze kan echt vernietigend zijn soms. Dat komt doordat het leven haar hard gemaakt heeft. 'Zeker om te vertellen wat jullie van plan zijn?'

'Niet precies. Laten we zeggen dat ze weet dat het ooit gebeurd is en dat haar gezegd is dat het weer zou gebeuren. Ik heb haar gewaarschuwd dat het weer zal gebeuren.'

'En dat is alles wat jullie hebben gedaan, door de wei lopen en naar het huis kijken? Uitvinden dat hij honden en geweren en een alarminstallatie heeft. Garnet en haar volgen in een auto en, wat erger is, je nog laten snappen ook. Garnet opgebeld, hem een aanbieding gedaan en toen hij nee zei die mogelijkheid laten vallen. Een paar brieven geschreven, verhuisd, de auto laten spuiten, vermommingen gekocht. En dat is alles?'

Als je het zo stelde, klonk het niet erg indrukwekkend. Het klonk zwak. Ik dacht direct dat dat aan mij te wijten moest zijn, dat ik zo weinig gedaan had en dat ik van wat ik gedaan had een rommeltje

gemaakt had. Misschien had Sandor er geen goed aan gedaan toen hij mij uitkoos. Ik weet niet wat ik gedaan zou hebben als hij zich gekwetst zou voelen door wat Tilly zei. Wat doe je als een van de twee enige mensen ter wereld van wie je houdt de ander kwetst?
'Wat dacht je eigenlijk?' vroeg ze. 'Dat ze de deur uit zou wandelen en zichzelf zou overgeven? Dat ze zou zeggen: "Hier is het geld, ik heb het voor jullie meegenomen?" Hoe lang waren jullie van plan om nog bij haar op de stoep te blijven liggen?'
Sandor beefde van woede. 'Sodemieter op,' zei hij. 'Rot op.'
Godzijdank stond de tafel tussen hen in zodat hij haar niet kon slaan, dacht ik. Ik zat dat te denken toen de koffie kwam en de grove man naar ons toe kwam om te vragen of we het eten lekker hadden gevonden. Sandor antwoordde niet eens. Tilly was degene die opkeek en zei dat het oké was geweest en dat hij het wel van ons gehoord had als dat niet het geval was geweest. Ik vroeg me af wat er zou gebeuren, maar er gebeurde niets. Dat wil zeggen, met ons niet. Hij liep regelrecht naar een paar gedwee uitziende mensen, waarschijnlijk een paartje dat net verkering had, en stortte zich op het meisje omdat ze wodka met mint zat te drinken.
'Het was zeer duidelijk een vergissing om het je te vertellen,' zei Sandor, zijn stem trilde nog steeds. 'Ik heb niets aan dat soort destructieve kritiek.' Hij haalde diep adem en zei koud: 'Ik kan alleen maar hopen dat we op je discretie kunnen rekenen.'
'Natuurlijk kunnen we dat,' zei ik.
Tilly had dezelfde trek op haar gezicht als toen ze me vroeg of Sandor echt was. Toen begon ze te lachen en haar hoofd te schudden, zoals mensen doen als ze wat ze horen echt absoluut ongelooflijk vinden. Sandor liet de American Express Card met een kille precisie vallen op het blad waarmee de kelner kwam. Hij staarde voor zich uit en ik zag wel dat hij heel erg beledigd was. Het bonnetje kwam terug en hij tekende het. Tilly leunde in zijn richting. Ik dacht dat ze haar hand op zijn arm ging leggen, maar ze bedacht zich.
'Bedankt, Sandor,' zei ze. 'Bedankt voor het eten. Het was heerlijk, ik heb ervan genoten.'

Hij antwoordde niet. Tilly ging naar het toilet en terwijl ze weg was, zei hij geen woord tegen me. Hij stond stil als een standbeeld, maar leek tegelijkertijd op iets wat op het punt stond om te ontploffen. Eén druk op de vitale knop en de hele zaak vliegt de lucht in. Als hij zo doet, voel ik me hulpeloos, voel ik me hopeloos onbeholpen.
Tilly kwam terug. Ze had haar lippen gestift en haar glanzende haren gekamd. Ze vormden een knap paar, alleen kun je mensen geen paar noemen als ze niet tegen elkaar praten. Sandor gooide de autosleuteltjes naar me toe. 'Jij rijdt.'
Ik probeerde te bedenken wanneer hij me voor het laatst kleine Joe had genoemd. Ik begreep waarom hij wilde dat ik reed. Op die manier zou hij niet naast Tilly hoeven zitten. Hij of zij zou achterin moeten en hij zorgde wel dat zij dat deed. Ze zei geen woord de eerste paar kilometer. Geen van ons trouwens. Er was een mist opgekomen terwijl we in het restaurant zaten, dat gebeurt vaak in dit deel van de wereld en ik kwam steeds in nieuwe mistbanken terecht. Toen we bij het stuk weg kwamen dat opgebroken was, reed ik bijna tegen de wegversperring op doordat ik het rode licht zo laat zag.
Tilly ging praten toen de auto weer reed. Haar stem klonk opgewonden.
'Ik kan jullie zeggen hoe je het moet doen,' zei ze, 'als je het wilt weten. Ik heb plotseling een idee gekregen. Ik denk dat het een absoluut veilige manier is.'
Sandor zei nog altijd niets. Het risico nemend dat ik een standje zou krijgen – wat trouwens niet gebeurde – vroeg ik: 'Om wat te doen?'
'Om Nina Abbott te ontvoeren.'
'Oké,' zei ik. 'Hoe?'
'Je hoeft niet in te zitten over al die honden en lichten en alarmsystemen. En ook niet over de wapens. Er is geen enkel gevaar bij. Als de eerste stap eenmaal is gezet, en die moeten we uitwerken, zie ik niet hoe het nog fout zou kunnen lopen.'
Sandor draaide zich langzaam om en keek haar aan.

15

De schietoefening was misschien wel expres door Apsoland op die speciale dag afgesproken, want het was een paar dagen voor hij weg moest. Er stond een korte zakenreis naar de Verenigde Staten op het programma, een retourtje per Concorde. Intussen verzamelde hij, zoals Paul het voor zichzelf uitdrukte, zijn privéleger. Paul vroeg zich zelfs af of hij er daarom zo makkelijk afgekomen was na zijn ongetwijfeld brutale optreden tegen zijn werkgever, want Apsoland kon op dat moment niet zonder hem. In elk geval werd hij kolonel van Apsolands regiment.

Zijn soldaten zouden Colombo en Maria, Tyr en Odin zijn. Overdag vormden de tuiniers zijn territoriale troepen terwijl 's nachts Stan en Doreen in het huis zouden komen logeren tijdens Apsolands afwezigheid. Paul vond deze voorzorgen overdreven, maar hij vond ze niet meer absurd.

De telefoontjes herhaalden zich niet. Hij verwachtte half en half dat er iets met de post zou komen, maar dat gebeurde niet. De toevallige ontmoeting van zaterdagavond, voorzover je het een ontmoeting kon noemen, had ongetwijfeld niets te betekenen gehad. Niet elke Fiat op de weg hield hem in de gaten. Bovendien had er achter het stuur van de rode Fiat die bij de tijdelijke verkeerslichten stond te wachten, een man gezeten die hij nooit eerder had gezien, met een meisje dat hij ook nooit gezien had naast zich. Misschien had er ook iemand achterin gezeten, maar dat kon hij niet met zekerheid zeggen.

Paul merkte dat paranoia besmettelijker is dan neusverkoudheid.

'Als Stan en Doreen komen,' zei Jessica, 'mag Debbie dan bij ons in huis logeren?'

'Dat lijkt me wel. Als je dat leuk vindt. Ze zal wel in jouw kamer moeten slapen.'

Zodra hij dat gezegd had realiseerde hij zich dat dat haar natuurlijk allerminst zou afschrikken. Jessica was verrukt, op haar gezichtje lag de uitdrukking van een jonge heilige die de hemelse heirscharen aanschouwt. Ze zei, zoals kinderen dat doen voor ze die lieftallige gewoonte verliezen: 'Ik hou zoveel van je, papa.' Ze kroop op zijn schoot en sloeg haar armen om zijn hals.

'Ik hou ook veel van jou, Jess,' zei hij, maar terwijl hij het zei dacht hij eraan dat hij deze woorden tegen een volwassen vrouw wilde zeggen en hij vroeg zich af of hij die woorden ooit nog eens zou zeggen. Soms dacht hij dat hij ze tegen Nina moest uitspreken, 'Ik hou van je', wat de gevolgen ook zouden zijn, wat voor afkeer of woede die woorden ook zouden oproepen.

Toen hij haar de vorige week naar Ipswich had gereden had ze naast hem gezeten, maar bijna niets gezegd. De intimiteit van de week daarvoor, het gesprek als tussen oude vrienden, was voorbij. Er was niets gezegd over het doel van haar tochtje. Alles wat ze tijdens de eerste 15 kilometer van de reis had gezegd was dat het zo prettig was om de zon weer te zien. Ze waren bij de afslag van Orwell Bridge toen hij haar haar adem in hoorde houden, als iemand die zeer verlangt naar het inhaleren van de rook van een sigaret. Hij wachtte op de uitademing. Die liet lang op zich wachten. Toen ze iets zei viel ze, leek het, midden in een gesprek, alsof ze al van alles en nog wat gezegd had.

'Ik was zo bang, Paul. Het ging jaren door. Ik wist dat het in zekere zin mijn eigen fout was, weet je, ik had het uitgelokt. Ik had voorzichtiger moeten zijn, meer op mijn hoede – het zou uiteindelijk geen verschil gemaakt hebben.'

'Dat je in je eentje uit rijden ging, bedoel je?' Hij geloofde haar nu. Hij had daar geen problemen meer mee sinds het tweede telefoontje.

Hij voelde hoe ze naast hem haar schouders ophaalde. 'Ik wou dat ik je alles kon vertellen, maar dat kan ik niet, ik kan de woorden niet over m'n lippen krijgen. Ik kan het zelfs Ralph niet allemaal vertellen. Hij zegt alleen maar: "Denk er maar niet aan. Ik zal voor je zorgen." Wat heeft het voor zin dat mensen tegen je zeggen dat je niet aan iets moet denken? Het is toch niet zo dat je dat wilt. Je zou er wel mee ophouden als je kon.'

Katherine zei dat altijd, 'Denk er maar niet aan,' als hij zat te tobben over nog dertig jaar leraar zijn, als hij piekerde over de buurt waarin ze woonden.
Nina kwam terug op wat ze het eerst gezegd had. 'Ik was zo bang en zo – nou, gek. Ik dacht dat ik m'n verstand kwijtraakte, ik zou alles beloofd, alles gedaan hebben. Ik geloof niet dat mijn angst zichtbaar was, toen niet. Je kunt een punt bereiken waarop je redding afhangt van het verbergen van je angst en dan verberg je je angst. En je doet dingen die je anders niet zou doen, dingen die je tegenstaan, omdat zelfbehoud het allersterkste instinct is. Seks, honger, dat komt allemaal helemaal niet aan de orde. En je zegt alles. O, de dingen die ik gezegd heb!' Ze zweeg. Hij reed door, maar hij leek niet te ademen. 'Ze hebben dingen met me gedaan. O, dat doet er niet toe, het had erger kunnen zijn. Toen ze me vrijlieten, hebben ze me op die trein gezet. Ik weet niet waar dat was, ergens tussen Rome en Florence, een boemeltje dat bij elk station stopte. Een van hen stapte ook op de trein en is bijna de hele weg met me meegereisd. Hij stapte uit op het station voor Rufina en voor hij bij me wegging zette hij de donkere bril af die ze op mijn hoofd hadden vastgeplakt en deed hij me de sjaal af die ze om mijn hoofd hadden gewonden – en hij kuste me en zei: "We zullen elkaar weerzien. Het zal niet lang duren."
Ik zat in een eersteklascoupé, alleen zijn die in Italiaanse treinen niet apart, gewoon een wat betere uitvoering van de tweede klas. Ik was alleen. Toen hij weg was werd ik misselijk. Ik moest braken, bedoel ik. Steeds weer, in de coupé. Het was vreselijk. En toen we in Rufina kwamen stond Barney daar, mijn man, bedoel ik, die ze altijd de prins noemden, hoewel hij niet echt een prins was, niet wat wij ermee bedoelen.'
Paul had de auto in een parkeergarage met verdiepingen gereden. Hij hield er niet van, het leken hem plaatsen die voor iemand die zo nerveus was als Nina angstaanjagend zouden kunnen zijn en daar kwam nu natuurlijk het verontrustende feit bij dat hij geloofde dat haar angst terecht was. Terwijl hij vroeger zulke angst als belachelijk zou hebben afgedaan, voelde hij zich

nu echt ongerust in het halfdonker, in die ruimten met de lage plafonds, de vierkante pilaren, de auto's in lange rijen, waar je je zo makkelijk kon verstoppen. Maar hij kon nergens anders heen, op straat was geen ruimte. Hij parkeerde de auto zo dicht mogelijk bij de lift naar de uitgang.

Ze keek naar hem. Hij dacht: Als ze begint te huilen, en ze ziet eruit alsof ze zal gaan huilen, neem ik haar in m'n armen – ik kan toch niet anders?

Hij weerhield zichzelf ervan om haar aan te raken en zei: 'Wat bedoelde hij daarmee, met elkaar weerzien en dat het niet lang zou duren?'

'Ik weet het niet,' zei ze, maar iets in haar gezicht vertelde hem dat ze het wel wist.

Ze deed het portier open en stapte uit. Ze had deze keer niet gewacht tot hij het portier voor haar opendeed. Hij liep met haar de lift in en terwijl ze samen daarin naar beneden gingen spraken ze niet. Ze wilde winkelen, in een warenhuis. Ze droeg een lichtgele rok en een zijden truitje in dezelfde tint, de kleur van de blondste lokken van haar haren. Het was een hele expeditie om alles te kopen wat ze wilde, een paar Dior-kousen en een speciaal soort handcrème. De prijs van de handcrème verbaasde hem. Ze moesten een drukke straat oversteken om bij de parkeergarage te komen. Hij zou haar zonder haar uitnodiging niet hebben aangeraakt, ondanks die dromen over door tranen geïnspireerde kussen, maar op de stoeprand haakte ze haar kleine, blanke hand om zijn arm.

'Nu,' zei ze, 'nu rennen!'

Het was het eerste contact. Om de een of andere reden hadden ze elkaar geen hand gegeven, de eerste keer dat ze elkaar ontmoet hadden. In de lift naar boven stonden ze heel dicht bij elkaar, haar arm nog altijd om de zijne gehaakt en zo liepen ze ook in het schemerdonker naar de auto. Toen ze instapte draaide ze zich om en glimlachte naar hem. 'Je bent heel aardig voor me, Paul.'

Deze keer zei hij niet zoiets als dat hij alleen maar de chauffeur was of dat het zijn werk was.

Pas toen ze de grote weg verlieten en een binnenweg op draaiden, zei ze weer iets. 'Hij heeft me drie jaar met rust gelaten, meer dan drie jaar. Voor die tijd kwamen er brieven. De wereld was niet groot genoeg om te kunnen ontsnappen, ik ben overal geweest, in Australië, in Amerika, in Europa. Soms dacht ik wel eens dat zelfs de maan niet ver genoeg zou zijn.'
'Waren dat dreigementen dat je weer ontvoerd zou worden?'
Hij dacht dat ze knikte, maar hij kon haar niet zien. Je moest je ogen voortdurend op de weg gericht houden op deze smalle wegen. 'Toen hield het op. Tot vijf maanden geleden. In december begon het opnieuw. De laatste brief kwam vorige week.'

Vanuit de situatie dat hij haar zag als buiten zijn bereik, als zijn onbereikbare dame, had hij voor elkaar gekregen om zichzelf en haar, als stukken op een schaakbord, te schuiven naar een positie waarin een confrontatie mogelijk was. Het was niet langer meer absurd om erover te denken om haar over zijn gevoelens te vertellen, haar nader te komen. Het was misschien wel roekeloos, maar het was mogelijk. Hij had nauwelijks gedacht over wat er daarna zou gebeuren. Hij vermeed te denken over een 'nadat', het moment waarop er maatregelen genomen moesten worden (zelfs al zouden die maatregelen alleen maar te maken hebben met zijn vertrek), als hij over geld zou moeten nadenken, plannen zou moeten verwerpen en andere plannen uitvoeren.
Apsoland was naar Heathrow vertrokken, zelf achter het stuur van de Jaguar. Omdat hij zo vroeg wegging 's ochtends hadden Stan en Doreen de avond ervoor moeten komen. Maria sprak niet veel Engels, maar was er toch in geslaagd om Paul duidelijk te maken dat ze voor hen de andere slaapkamer in orde had gemaakt in het bijgebouw waar Colombo en zij ook sliepen, de vleugel van het huis die bijna tegen de stallen en zijn eigen huisje aan stond. Maria's eigen initiatief, dacht Paul, of nog waarschijnlijker in opdracht van Apsoland. Stan en zijn vrouw verleenden hem een gunst, ze deden iets wat waarschijnlijk heel ongemakkelijk was voor hen, maar ze werden verwezen naar de

'bediendenvleugel', terwijl er toch zeker vier logeerkamers waren in het huis.

Dit en nog een paar dingen zaten hem niet lekker. Was dat omdat hij dacht dat ze, als ze Stan zag als een knecht, hemzelf ook zo zou zien? Ze had hem beter opgeleid genoemd, beter dan zijzelf of haar man. Het was waar, hij had een betere opleiding gehad – maar maakte dat enig verschil? Alleen geld, dacht hij tamelijk bitter, zou verschil maken.

Iedereen was vroeg opgestaan. Niets had Apsolands positie als heer en meester duidelijker kunnen maken dan deze gezamenlijke inspanning van de leden van zijn huishouding om op te staan en hem uitgeleide te doen. Niet dat er een soort bijeenkomst was op de binnenplaats of op het grind voor de voordeur, maar Paul had, zonder dat hem daarom gevraagd was, de auto naar voren gereden en Colombo stond te wachten met de twee koffers. Een van de koffers zat vol papieren, haastte Apsoland zich hen beiden te verzekeren. Ze mochten eens denken dat hij een ijdele man was om zoveel kleren mee te nemen voor een paar dagen.

Nina stond bij het raam van de zitkamer en wuifde toen de auto wegreed. Ze glimlachte naar Paul, ze leek wat aarzelend bij het raam te blijven staan, alsof ze wachtte tot hij naar het raam toe zou komen om tegen haar te praten. Hij weerstond de verleiding, hij zou haar later zien, als hij haar naar Bury zou brengen. In die tussentijd bracht hij Jessica naar school en nam hij Tyr en Odin mee door het park, de hei op. De zon scheen helder, de lucht was zacht en de grond in het bos had de kleur van een door de zon verlichte zee, terwijl vorige week alles nog de bleke kleur had van pas ontloken groen. De wilde hyacinten waren uitgekomen. Hun geur was zoeter dan die van hun gekweekte soortgenoten en minder bedwelmend. Op zo'n ochtend was het moeilijk te accepteren dat er harteloze, brute dingen gebeurden in de wereld, dat er onschuldige mensen leden en dat er mannen bestonden die Nina kwaad wilden doen en plannen smeedden om misbruik te maken van haar bestaan.

Hij belde haar, dat had hij zich aangewend, om haar te zeggen

dat hij over vijf minuten de auto voor zou rijden. Ze zei: 'Luister, ik heb een idee. Ik kan het beter niet door de telefoon zeggen, je kunt je wel voorstellen waarom niet. Ik zal het je over vijf minuten vertellen.'
Hij kon het zich helemaal niet voorstellen. Zijn hart klopte snel. Ze klonk... bijna gelukkig. Het bange meisje dat had gezegd dat er op aarde geen mogelijkheid was om te ontsnappen, was weg. Hij had haar nog nooit zo zorgeloos gehoord en ook die impulsieve klank in haar stem was nieuw. Het was moeilijk om geen verband te leggen tussen deze nieuwe, vrolijke stemming en Apsolands vertrek. De voordeur ging al open nog voor de auto stilstond. Ze droeg een lichtblauwe, katoenen jurk en sandalen. Ze zag er heel jong uit.
'Wat ik je wilde zeggen: zullen we samen ergens gaan lunchen? In een leuk restaurant? Ergens waar we buiten, aan het water kunnen eten? Ik weet een heel stel van dat soort gelegenheden. Zullen we dat doen, Paul?'
Hij knikte, niet in staat om te spreken.
'Ik hoef alleen maar mijn haar te laten knippen, dat zal niet lang duren. Je zult wel teleurgesteld zijn dat ik niet ergens in Londen ga, maar o, dat is zo'n gedoe!' Ze stapte net zo licht en snel in de auto als Jessica deed. Ze keek hem aan. 'Het is toch niet lastig voor je, hè? Ik dacht dat jij het misschien best een leuk plan zou vinden. Weer eens iets anders, weet je. Ik kon het niet door de telefoon zeggen. Ik wilde niet dat Colombo het zou horen.'
Op de terugweg veranderde haar stemming. Ze leek steeds melancholieker te worden. Tijdens de lunch, in een restaurant zoals ze bedacht had, met tafeltjes op een terras aan de oever van een rivier bij een stenen brug, was ze vrolijk, warm, ontspannen geweest. Ze had hem gevraagd om haar iets over zichzelf te vertellen, maar ook hij had het luchtig gehouden, aan dat zonnige tafeltje met schaduwvlekken van de wilgeblaadjes. Maar terwijl hij praatte had hij de hele tijd zitten denken over het afleggen van een soort verklaring. Hij wilde daarvoor gebruikmaken van een stilte die op een gegeven moment wel in het gesprek moest vallen. Maar er viel geen stilte.

Eén keer, toen hij een beetje spijtig had gepraat over zijn leven dat wel een mislukking moest lijken en over het geheel nieuwe begin dat hij gemaakt had, legde ze heel even haar hand zachtjes op die van hem. Het was een heel korte aanraking. Ze had over de tafel heen gereikt, alsof ze iets wilde pakken, de roos misschien, die uit de vaas was gevallen. Maar ze ging de roos voorbij en vond zijn hand en legde haar vingers op zijn huid die voor haar aanraking net zo gevoelig was als voor vuur of ijs. Maar hij had niets gezegd.

In de auto glimlachte ze niet meer. Ze sprak nauwelijks. Hij deed het portier voor haar open en ze stapte moe en stijf uit, als een oude vrouw die een helpende hand of een stok nodig heeft. Hij stak zijn hand uit, maar ze pakte hem niet. Op de stoep draaide ze zich om.

'Kom even binnen. Je hoeft Jessica toch nog niet te halen, hè?'

'Over tien minuten pas,' zei hij. Hij volgde haar naar binnen.

'Wacht even,' zei ze. 'Wacht hier.' Haar toon was niet zozeer gebiedend als wel dringend.

Hij stond in de zitkamer, midden op het ivoor- en blauwkleurige Chinese tapijt, en keek door de hoge ramen het park in. Dat uitzicht maakte hem moedeloos, om alles wat zij had en wat hij niet had. Ze had een klein, kartonnen doosje in haar hand toen ze terugkwam in de kamer. Ze haalde de deksel eraf en gaf het doosje aan hem.

Er zat een bleekgoud gelakte vingernagel in. De punt was ruw afgeknipt. Er lagen tien afgeknipte nagelpunten in dezelfde kleur in het doosje, allemaal even ruw afgeknipt, met een keukenschaar of misschien zelfs met een mes, leek het.

'Zijn dat jouw nagels?'

'De afgeknipte stukjes wel.' Ze huiverde, een oncontroleerbare reflex. 'Die andere – ik weet niet waar die vandaan kwam, maar ik kan het wel raden. Een van hen studeerde medicijnen. Ik neem aan dat hij nu langzamerhand dokter is. Wat een idee!'

Ze begon te huilen, met gebogen hoofd, ze huilde zonder haar ogen aan te raken. Een snik deed haar beven. Hij zette het doosje op een stoel en nam haar in zijn armen. De tijd was gekomen om te zeggen wat hij in gedachten had, maar hij zei niets. Hij hield haar vast tegen zich aan en ze voelde fijntjes en klein en warm aan. Omdat ze zo klein was boog hij als vanzelf zijn hoofd en raakte hij haar kruin met zijn lippen aan. Ze bleef maar een paar seconden in zijn armen, toen maakte ze zich los en zei, met grote zelfbeheersing: 'Het gaat nu wel weer.'

'Doe die dingen weg,' zei hij. 'Je moet ze weggooien. Dat is het beste.'

'Je hebt gelijk. Dat zal ik doen. Natuurlijk zal ik dat doen. Nagels zijn toch iets doods? Ze zijn dood zodra ze buiten het nagelbed groeien.'

Hij merkte dat hij knikte en zei het enige wat hij kon bedenken: 'Ik moet Jessica gaan halen.'

'Ja, natuurlijk.'

Op de een of andere manier kwam hij de kamer en het huis uit en in de auto. Hij zag Jessica nauwelijks toen ze samen met Harriet en Debbie de trap voor de school afkwam. Het waren gewoon drie kleine meisjes, van wie er eentje meer voor hem betekende dan de anderen. Hij was verdoofd, versuft, hij was bezig bij te komen van de schok. Toen hij Nina vasthield en haar zo dicht tegen zich aan voelde, had een machtige emotie hem en haar verlicht en de rest van de werkelijkheid in duister gehuld. Hij moest op de tast zijn weg vinden. Hij moest in elk geval onthouden dat hij niet alleen Jessica maar ook Debbie moest ophalen. Debbie logeerde bij hen. En hij bleek vergeten te zijn, zoals hij zoveel was vergeten vandaag, dat hij beloofd had om Harriet thuis te brengen.

Harriets huis leek vol te zijn met jonge hondjes. Het waren er in feite vijf. Natuurlijk moesten de meisjes tien minuutjes blijven om met de hondjes te spelen, terwijl Paul en Harriets moeder theedronken. Debbie moest gewaarschuwd worden om niet te ruw om te gaan met de kleine, mollige speelgoedhondjes, maar Paul merkte dat dat bij Jessica niet nodig was. Zij hield het hondje dat zij knuffelde met tedere voorzichtigheid vast. Ik moet haar niet verwaarlozen, dacht hij, ik moet mezelf niet laten afleiden van mijn zorg voor haar.

Wat had hij verwacht toen hij thuiskwam? Dat Nina zou staan wachten om hem te begroeten? Natuurlijk was ze nergens te zien. Hij herinnerde zich dat ze hem verteld had dat ze gasten verwachtte, die vrienden uit Aldeburgh, om haar die avond gezelschap te houden. De eerste echte steek van jaloezie kwam toen hij aan die vrienden dacht die uitgenodigd waren in plaats van hem. Ze had hem kunnen vragen. Eén seconde van nadenken deed hem inzien dat ze dat niet had kunnen doen, niet met Stan en Doreen in huis.

Hij moest natuurlijk met die twee, Debbie's ouders, de avond doorbrengen. Het waren aardige mensen, het was al het minste wat hij kon doen als je bedacht hoe vaak Jessica bij hen was geweest. Hij was toevallig buiten om het vertrek van de tuinlieden te controleren toen de auto met de mensen uit Aldeburgh arriveerde. Nina liep ze tegemoet, de stoep af en hij draaide zich snel om, zodat ze niet zag dat hij had staan kijken. Tien minuten nadat Stan en Doreen teruggegaan waren naar hun kamer in het bijgebouw, gingen de mensen uit Aldeburgh weg. Paul was binnen, maar het was toen donker en het hele huisje werd verlicht door het blauwwitte licht dat aanfloepte toen de auto langs de gevoelige cel reed.

Na het vertrek van de auto was alles weer donker en stil. De wolken die in de avond waren opgekomen bedekten de maan. Hij ging naar buiten en liep onder de poort door naar de voorkant van het huis. Er was nergens licht te zien. Nina moest direct naar bed gegaan zijn toen haar gasten vertrokken waren. Het was absurd dat hij absoluut niet wist wat de ramen van haar slaapkamer waren. Hadden ze aparte kamers, zij en Apsoland? Hij weerhield zich ervan om daarover te speculeren. Er brandde alleen nog licht in het bijgebouw. Dat was misschien in de kamer van Stan en Doreen, of in die van Colombo en Maria. Paul bleef even staan luisteren naar de rustige, kalme, fluwelige, vrij warme stilte. Toen die werd verbroken door de verre kreet van een uil ging hij naar binnen, naar bed.

16

Jessica mopperde dat ze haar haar moest borstelen, ze jammerde, er was geen ander woord voor, maakte de bewegingen mechanisch en, even later, min of meer in de lucht.
'Debbie hoeft het niet te doen. Waarom ik wel?'
Debbies uiterlijk sprak voor zichzelf. Haar gemberkleurige haar was bijna net zo kort als dat van Paul.
'Je zegt dat je het lang wilt,' zei Paul. 'Je moet er op de een of andere manier de klitten uit halen. Laat het afknippen als je het niet leuk vindt. Het kan mij niet schelen, laat het er maar af halen als je dat wilt.'
'Ik wil lang haar dat nooit klitten krijgt.'
Paul lachte. 'Dat kan ik me voorstellen ja. Jij wilt kersen zonder pitten en een roos zonder doornen.'
'Die kun je krijgen,' zei Debbie. 'Rozen zonder doornen, bedoel ik. Wij hebben ze in onze tuin.'
'Oké, ik geef het op. Vooruit, anders komen jullie te laat.'
Hij bracht ze in de Volvo naar school. Het was Cambridgedag. Door wat Nina gezegd had en door de telefoontjes, verwachtte hij half en half om de grijze Fiat achter zich aan te zullen zien rijden, maar tijdens de hele rit naar Bury was de weg achter hen leeg. Ze was mooi aangekleed vandaag, in een abrikooskleurig, linnen pakje met een zwart-witte blouse en heel glanzende, zwarte schoenen met hoge hakken. Het gaf haar iets gereserveerds. Ze maakte geen toespeling op wat er de vorige dag in de zitkamer gebeurd was. Hij wist ook nauwelijks in wat voor termen ze er een toespeling op had kunnen maken. Ze had een merkwaardig talent om een rustig zwijgen te bewaren zonder koel of afstandelijk te lijken. Ze reden kilometers zonder dat ze iets zeiden. Toen ze de A45 opreden zei ze luchtig dat haar echtgenoot de vorige avond had gebeld om haar te vertellen dat hij goed was aangekomen. Zij hield niet

van vliegen en was niet van plan om ooit nog in een vliegtuig te stappen.
Dit was ook de teneur van hun conversatie op de terugweg. Ze hadden het over koetjes en kalfjes en ze vertelde hem iets over het leven van de vrienden die de vorige avond bij haar op bezoek waren geweest. Saaie dingen, vond hij, die alleen maar interessant waren voor mensen die hen intiem kenden. Het was hem wel duidelijk dat hij de vorige middag te veel gezegd – en gedaan – had, nu vond ze dat vervelend. Ze sloot de poort in de muur tussen hen, de poort die gisteren zo genereus geopend was.
Alles wat ze zei toen ze bij de voordeur uit elkaar gingen was: 'Bedankt, Paul.' Maar de blik waarmee ze hem aankeek bracht hem in verwarring. Het was geen glimlach, maar er zat iets verlangends in, misschien zelfs iets als een smeekbede.
Doreen had de meisjes van school opgehaald en was met ze naar huis komen lopen. Paul voelde zich schuldig tegenover Jessica, die er moe uitzag na haar lange dag op school. Hij hield zichzelf streng voor dat hij niet aan Nina moest denken en niet zo als een bezetene moest blijven piekeren over de situatie waarin hij zat, maar dit was een te zware opgave. Misschien zou hij weg moeten gaan. Als zijn positie de positie zou zijn van een minnaar zonder hoop, iemand die om zo te zeggen op haar stoep moest blijven liggen, zonder iets om hem te troosten en niets om zijn obsessie te genezen, was weggaan het enige wat erop zat. En als Jessica dan ook weer moest verhuizen, weer naar een andere school gaan, haar nieuwe vriendinnen moest verlaten – nou, dat moest dan maar.
's Avonds, terwijl ze zaten te eten, ging de telefoon. Paul had een paar vuile borden naar de keuken gebracht en was bezig met een taak die hij nog steeds moeilijk vond en waarin hij niet handig was: een appeltaart uit de diepvries die hij gebakken had uit de oven halen en op een schaal laten glijden. Meestal brandde hij zijn vingers of stootte hij stukjes van de taart. Jessica nam de telefoon op, hij hoorde haar het nummer keurig zeggen, maar hij was er zeker van dat het voor hem was. Ze was nog zo jong dat

haar vriendinnetjes haar nog niet opbelden. Maar toen hij terugkwam in de kamer hing de hoorn weer op de haak en zat Jessica rustig met Debbie te praten over de voor- en nadelen van honden en katten als troeteldieren.
'Wie was dat, Jess?'
'Een mevrouw.'
Hij dacht onmiddellijk aan Nina, maar nee... 'Heeft ze je haar naam gezegd? Waarom riep je me niet?'
'Ze zei dat ze de vrouw was van jouw vriend Richard,' zei Jessica nu met het overdreven geduld van een kind dat geconfronteerd wordt met een onbegrijpelijke vasthoudendheid van een volwassene. De uitwerking die dat zinnetje op haar vader had negeerde ze. Misschien merkte ze het ook niet. 'Ze zei: "Met Jessica?" en ik zei: "Ja," en toen zei zij: "Ik heet Anne, ik ben de vrouw van Richard." Ik wist niet wat ik moest zeggen, dus ik zei niets en zij zei: "Roep je vader maar niet, hij zal wel druk bezig zijn." O, en ze noemde me "schat". Ik zei dat ik je niet zou roepen als ze dat niet wilde en ze zei: "Zeg alleen maar tegen hem dat ik hem nog wel eens zal bellen of anders Richard en doe hem de groeten."'
Omdat Jessica niets gemerkt scheen te hebben van de uitwerking die haar eerste mededeling op hem had, paste Paul angstvallig op om Jessica niet te laten blijken hoe ongerust dit telefoontje hem had gemaakt. Zijn lippen voelden stijf en hij zei nadrukkelijk: 'Anne, ja. O, ja.'
'Ze belt nog terug, papa.'
Was deze vrouw een van hen? Hij veronderstelde van wel. Ze moest iets te maken hebben met de man die hij achter het stuur van de grijze Fiat had zien zitten. Aan de andere kant had hij geen werkelijke reden om te geloven dat het telefoontje waarin hem geld was geboden iets van doen had met de man die zichzelf Richard noemde. En daarom ook niet met deze vrouw Anne. Was het niet mogelijk dat Richard en Anne eerlijke, fatsoenlijke, gewone mensen waren die hij in het verleden had ontmoet maar op de een of andere manier vergeten was?
Het verband tussen Richard en de opbeller had hij zelf bedacht.

Deze gedachte bracht een grote opluchting met zich mee. Trouwens, nu hij eraan dacht, had Katherine niet ooit een goede vriendin gehad die Anne heette?
Veel later ging de telefoon weer. Omdat het tien voor elf was en geen vriend zo laat zou bellen, dacht Paul onmiddellijk aan de opbeller die hem de 200.000 pond aangeboden had. Maar toen hij opnam werd er onmiddellijk neergelegd. De meest logische conclusie was dat iemand verkeerd gedraaid had.
Er was weer geen maan en de hemel leek zelfs nog donkerder dan de vorige nacht. Hij ging naar buiten, maar niet verder dan de binnenplaats. Aan de achterkant van het huis was geen licht te zien en ook niet in het bijgebouw. Misschien omdat hij zich schuldiger voelde tegenover Jessica dan normaal, omdat hij het gevoel had dat ze de laatste tijd voor hem niet op de eerste plaats was gekomen, keek hij even in de kamer waar de meisjes sliepen voor hij naar bed ging. De vorige avond waren ze giechelend en pratend tot na middernacht wakker gebleven, tot hoe laat precies wist hij niet omdat hij zelf in slaap gevallen was, maar nu raakten ze langzamerhand gewend aan elkaars gezelschap en waren ze moe.
De dekens waren van ze afgegleden en ze lagen allebei te slapen in een warboel van speelgoed en boeken en kledingstukken. Debbie lag op haar buik, Jessica in een absurde en ongepaste, nonchalante houding, haar benen gespreid, een arm boven haar hoofd, de andere bungelend naast het bed, haar zijige, gouden haar, al weer met klitten, uitgespreid. Paul rolde haar opzij en dekte ze allebei toe. De cassettespeler stond nog aan. Hij zette hem af, ging naar zijn eigen kamer en viel onmiddellijk in slaap.
Zijn kamer lag aan de achterkant, aan de kant van het huis die uitkeek over de wei aan de andere kant van de muur, dus hij werd wakker van de telefoon voordat hij het licht had gezien. Even was hij, traag wakker wordend, in de verleiding om hem te laten rinkelen. Maar hij ging naar beneden en bij de bocht in de trap zag hij het blauwwitte licht dat door de ramen naar binnen stroomde. Hij rende het laatste stukje naar de telefoon. Het was Stan.

'Paul? We hebben niks afgesproken, ik bedoel wat we moeten doen als er iets gebeurt. Het spijt me als ik je wakker heb gemaakt. Misschien is er wel niets gebeurd. Maar dat licht is aangegaan en ik denk dat ik iemand gezien heb. Of nee, dat is niet juist, ik weet dat ik iemand gezien heb.'
'Ik kom. Ik kleed me even aan.'
Hij dacht onmiddellijk aan de twee telefoontjes, het ene van de vrouw die zichzelf Anne noemde, het andere dat niet was doorgegaan. Het was waarschijnlijk toeval dat die telefoontjes een paar uur eerder waren gekomen dan deze indringer. Het licht bleef vijf minuten branden vanaf het moment dat het was aangefloept. Paul trok een spijkerbroek en een trui aan. Apsoland had erop gestaan dat Paul een revolver in het huisje zou hebben en dat lag achter in de kast. Hij aarzelde, maar pakte het toen en stopte een handvol kogels in zijn zak. Beneden aan de trap pakte hij een zaklantaarn van het gangtafeltje.
Stan stond met Colombo bij de achterdeur. Hij sprak fluisterend. 'Ik werd wakker doordat het licht aanging, onze kamer is dan ineens fel verlicht. Ik keek naar buiten en ik zag iemand rennen in het park, een man. Hij rende door de hekken in de zwerfkeimuur.'
Colombo keek naar de revolver onder Pauls arm. Paul vroeg: 'Is mevrouw Apsoland wakker?'
'Nee, voorzover ik weet niet.'
'Zij slaappil nemen,' zei Colombo.
O ja? Hoe kon hij dat weten? Van zijn vrouw, dacht Paul. Zijn vrouw maakte de slaapkamers schoon en had waarschijnlijk in de badkamerkastjes gekeken. Terwijl ze daar stonden ging het licht uit. Er moest een manier zijn om het met de hand aan te steken, maar Paul wist niet hoe. Hij liep door de poort met Stan en Colombo achter zich aan en kruiste de baan van de sensor. De lichten floepten weer aan.
Het park baadde in licht, als bij zeer heldere maan. Het maakte het gras zilverig, zodat het bevroren leek. Hoewel de lucht mild en zacht was, zag het hele landschap er zo koud uit alsof het hartje winter was. De schaduwen van de grote bomen vormden

dichte, zwarte patronen op dat zilverwit. Door de lampen was de lucht zelf weerschijnend, een massa mysterieuze, paarlemoeren wolken. Colombo was naar binnen gegaan. Paul en Stan stonden in de straal van de sensor, zodat het licht aan bleef.
'Welke kant zag je hem uit gaan?'
'Het bos in.' Stan wees naar rechts waar een stukje bos tot vlak bij de heg van het grondgebied van Jareds reikte. 'Ze noemen dat het Wolvenbos, is het niet?'
Paul wist het niet, hij had nooit gehoord dat het stukje bos een naam had. Het was een uitloper van het wilde-hyacintenbos waar hij de vorige dag met de honden geweest was, het ene deel van een hoefijzervorm. Toen hij zich omdraaide om naar het huis te kijken, zich afvragend of Nina wakker zou worden van het licht, kwamen de twee honden door de poort aanlopen, Colombo, die ze aan een dubbele lijn had, min of meer achter zich aan trekkend.
'Zal ik ze loslaten?'
'Ach ja, waarom niet,' zei Paul. 'Het is moeilijk te zeggen of ze nuttig zullen zijn, maar het kan geen kwaad.'
In plaats van richting Wolvenbos te gaan maakten Tyr en Odin dolle sprongen rond de drie mannen, Tyr bracht zelfs een stok aan Paul om te gooien. 'Misschien moet een van ons in het bos gaan kijken,' zei Paul. 'Ik ga wel, als jullie het daarmee eens zijn, ik heb de revolver.'
'Wij allemaal gaan,' zei Colombo.
'Niet zo verstandig. Als we alle drie weg zijn kunnen zijn vriendjes zo het huis in, denk je ook niet?'
Colombo haalde zijn schouders op, kennelijk teleurgesteld. Stan en hij liepen terug onder de poort door, de binnenplaats op. Paul riep de honden en liep het park door. De lichten bleven aan. Colombo moest de noodzakelijke handelingen verricht hebben. Zelfs nu zag het bos er van een afstandje heel donker en ondoordringbaar uit.
Er was geen hek in de heg, maar een opening die eruitzag alsof hij in het recente verleden dikwijls gebruikt was. Paul baande zich een weg, de honden volgden hem. De wilde hyacinten wa-

ren zilver als hij er met zijn zaklantaarn op scheen, hun geur was sterker dan overdag. Het was stil in het bos, er klonk geen gekraak, geen vogelgeluid. Hij zag de eerste strik voor hij meer dan twee stappen tussen de bomen gezet had. De strik zat aan het ene eind vast aan een wortel van een boom, aan het andere eind zat een lus, en er lag graan gestrooid in de cirkel waarbinnen de lus zou worden aangetrokken.

Paul trok de strik los en stopte hem in zijn zak. Bij het licht van zijn zaklantaarn vond hij er nog drie en hij maakte ze allemaal los. Hij wist niet van wie de fazanten waren, van Apsoland misschien, maar hij haatte deze illegale manier van vogels vangen buiten het seizoen door ze zichzelf te laten wurgen. Tyr en Odin snuffelden overal achterdochtig rond. Misschien roken ze de indringer – wie zou het zeggen? Paul riep ze en ging met ze terug door de heg het park in.

De lichten floepten uit, vlak voor hij op het grindpad stapte. Daardoor gingen ze weer aan. Tyr moest bang geworden zijn van de plotselinge duisternis, gevolgd door een nieuwe golf van licht, want hij begon zacht te grommen, gooide zijn kop achterover en begon te janken als een wolf. Paul probeerde hem te kalmeren, knipte de riem aan zijn halsband en streelde zijn kop terwijl hij zachtjes tegen het dier praatte. De hele tijd sprong Odin jaloers tegen Paul op en probeerde hem te likken. Ten slotte kreeg Paul ze allebei rustig. Hij had ze aangelijnd en bracht ze onder de poort door terug naar de achterdeur.

De deur zat niet op slot, maar er was niemand te zien. Stan en Colombo waren blijkbaar weer in bed gestapt. Nou, daar ging Apsolands uitgebreide veiligheidssysteem. Als de man van wie Paul nu wist dat hij een stroper was een afleidingsmanoeuvre van de kidnappers was geweest, zouden zijn partners in Pauls afwezigheid het huis hebben kunnen binnenwandelen en Nina mee hebben kunnen nemen zonder dat er een haan naar gekraaid had. Hoe wist Stan bijvoorbeeld, als hij dat al kon horen in het bijgebouw, dat de man die via de achterdeur naar binnen was gelopen en vandaar naar de keuken, Paul was en niet de een of andere indringer?

Tyr en Odin hadden een kamer voor zichzelf, een ruimte die vroeger een bijkeuken was geweest of een laarzenkamer, met twee houten kisten, net grote laden, en een bak water op de grond. Hij sloot ze in, liep naar de deur die toegang gaf tot de hal en luisterde. De deur was open, de gang daarachter en de grote hal aan het einde ervan leken een tunnel en een spelonk vol duisternis.

Geen geluid. Niemand had hem horen binnenkomen, of, als ze hem al gehoord hadden, namen ze doodleuk aan dat hij het was. Paul begreep dat de aanwezigheid van Stan en Doreen in het huis volslagen nutteloos was en hij begon kwaad te worden. Wat zou je moeten doen om ze hier te krijgen? Een geweer afschieten? Schreeuwen? Hij liep de gang door de hal in en zijn ogen raakten gewend aan het donker. Glas en zilver glansden een beetje, er was altijd wel een spoortje licht. Beneden aan de trap stond hij stil. Nu hoorde hij iets. Niet Colombo of Stan die in beweging kwam, maar een klaaglijk geluid, het zachte gejammer van een bang kind.

Ineens begreep hij het. Zij mochten dan wel geen verdenking koesteren dat er iemand anders dan hij binnengekomen was, áls ze het al hadden kunnen horen, maar zij wel. Ze had zijn expres voorzichtige stap gehoord, er de heimelijkheid in gevoeld, bang geworden door het niet aangestoken worden van het licht.

Hij rende de trap op en riep: 'Nina, Nina, ik ben het, ik ben het maar.'

De slaapkamer boven het voorportaal met de twee middenramen was de hare. Ze kwam naar buiten, op blote voeten, een witte badjas om zich heen geslagen. Er lagen tranen op haar wangen en haar ogen waren wijd van angst. Er stroomde licht uit de slaapkamer tot aan de hal boven.

'Paul,' zei ze, 'O, Paul.' Ze gooide zich in zijn armen en klampte zich aan hem vast.

'Het spijt me zo,' zei hij. 'Het spijt me.'

'Ik ben zo bang geweest, ik dacht dat ik dood zou gaan van angst. Ik dacht dat zij het waren en ik ga liever dood dan weer naar hen.'

'Colombo zei dat je een slaappil genomen had, we dachten dat je sliep.'
'Ik heb geen pil genomen. Ik voelde me zo gelukkig, daarom niet. Ik werd wakker van het geblaf van de honden en de lichten waren aan en toen ze weg waren hoorde ik jou binnenkomen, alleen wist ik niet...'
'Ik was het, alleen ik. Er is verder niemand, niets. Het is goed, alles is goed.'
Hij bracht haar terug in de slaapkamer. Hij kreeg een indruk van weelde, wit, roze, goud, nogal voorspelbaar. Voor de twee ramen hingen gordijnen van zware kant tot op de vloer. Ze hield hem vast, klampte zich met haar beide handen aan zijn arm vast.
'Zoiets is nog nooit eerder gebeurd, nog nooit. Die lichten zijn nog nooit aangegaan 's nachts.'
'Het was een stroper die strikken zette in het bos.'
'Hoe weet je dat? Hoe kun je dat weten?'
'Ik heb de strikken gezien, Nina, ik ben met de honden naar het bos gegaan en ik heb de strikken gezien en ze weggehaald.'
'Ze kunnen daar op elk willekeurig moment gezet zijn. Ze kunnen daar overdag gezet zijn.' Dat was waar, maar hij dacht van niet. 'Hij zei dat hij me zou komen halen, in zijn brief schreef hij dat hij dat zou doen. Ga niet bij me weg, Paul? Blijf je bij me?'
Wat vroeg ze hem? Ze hield zijn schouders vast en keek op naar zijn gezicht, bracht haar mond heel dicht bij de zijne. Hij was er zich zeer van bewust dat ze naakt was onder de badjas. 'Ik blijf hier in huis, als je dat wilt.' Het klonk stijf, koud, omdat het iets anders was dan wat hij wilde zeggen: Ik houd van je, ik blijf voor altijd bij je.
'Blijf híer, bij me.'
Nog even en hij zou gaan trillen. 'Doe wat kleren aan, dan gaan we naar beneden. Ik zal wat koffie voor je maken.'
Hij zag het begin van een glimlach in haar ogen komen.
Vijf minuten geleden leek het alsof ze nooit meer zou glimlachen. 'Doe niet zo gek, Paul. Je weet best wat ik zeg. Ik nodig je uit om hier bij mij te blijven – hier!'

Toen wist hij het. 'Ik ben verliefd op je geworden.' Hij had het eindelijk gezegd.

Ze leek niet verrast. Hij had gedacht dat ze verbaasd zou zijn, maar dat was niet het geval. 'Dat weet ik,' zei ze. 'Natuurlijk weet ik dat en ik ben zo blij!'

17

Het was even na vier uur. Hij had misschien twee uur geslapen. Hij was wakker geworden door het zingen van een merel of door het licht van de dageraad, zachter, vriendelijker maar toch sterker dan het kunstlicht. Het kroop door de dikke, regelmatige plooien van de kanten gordijnen, terwijl ze licht huiverden in een zuchtje wind dat door het open raam naar binnen kwam. Nina lag nog diep in slaap, haar gezicht rustig, bijna ernstig. Haar ene hand lag met de palm naar boven op het kussen, alsof hij een eindje weggeschoven was van de wang waaromheen hij had gelegen terwijl ze sliep. Paul zag een klein moedervlekje op een jukbeen dat hij niet eerder had opgemerkt, de roze inkeping in een oorlelletje waar de ring door ging, een enkele zilveren lok in de vele blonde kleurschakeringen van haar haar, stugger en meer krullend dan de rest. Hij kuste haar op haar wang en, heel licht, op een hoekje van haar mond. Toen stond hij op. Toen hij aangekleed was ging hij terug naar het bed en kuste haar nog eens. Deze keer zei ze heel slaperig: 'Paul?'

'Ik ga weg. Ik moet gaan. Het is al licht.'

Ze strekte haar vinger uit en raakte hem aan. Ze sloot haar ogen weer. Hij ging naar beneden, hoorde een van de honden janken maar negeerde het. Zijn revolver, zij het dan ongeladen, lag op de tafel. De achterdeur was nog steeds open, net zo als hij hem aangetroffen had en hij hem zelf had achtergelaten, ondanks al zijn kritiek op Stan en Colombo. Hij was net zo erg als zij of nog erger. Maar zelfverwijten waren belachelijk bij deze stand van zaken. Hij zou haar verdedigd hebben, met zijn blote handen, met zijn leven als dat nodig was geweest.

Vooruit, idioot, zei hij tegen zichzelf. Hij liep de koele, stille ochtend in. De zon rees als een rode bol, gehuld in een donkere wolk, op in een hemel die in de verte bleek en helder was. Hij was zich nooit zo bewust geweest van de vogelgeluiden, de verscheidenheid en het volume ervan, sinds hij een jongetje was geweest. De ramen van de twee kamers in het bijgebouw waren gesloten en de gordijnen waren potdicht getrokken. Het graniet van de muren, de stenen, alles zag er schoon uit, alsof het stiekem gewassen was 's nachts.

Hij maakte met zijn sleutel de deur van het huisje open. Hij had tenminste wel de voordeur achter zich op slot gedaan. Er klonk geen geluid. Hij keek in de kamer van de meisjes en zag dat ze nog net zo lagen te slapen als hij ze achtergelaten had. Maar als een van hen wakker geworden was, van een akelige droom, bijvoorbeeld, en hem was komen zoeken? Hij merkte dat hij niet in staat was om na te denken, dat wil zeggen, rationeel na te denken. Dat kwam niet doordat hij moe was. Hij voelde zich sterk en energiek en slaap leek iets dat tot in het oneindige uitgesteld moest worden. Het kwam veel meer doordat de gebeurtenissen van de laatste paar uur, behalve dan die twee uur slaap, één en al gevoel, één en al emotie en activiteit en verbazing en verwondering waren geweest. Er waren geen gedachten geweest, of liever, die waren verworpen. En nu was hij niet meer ingesteld op nadenken.

Maar hij was nog wel ingesteld op herinneringen. Ze had zich aan hem aangeboden, lief, teder, en zich met hartstocht aan hem gegeven. Terwijl ze de liefde bedreven – en hij had daarvoor nog niet gedacht aan de lijfelijke liefde, in al zijn ridderlijke dromen had hij dat punt niet bereikt – had ze helder en duidelijk, niet fluisterend of aarzelend, gezegd: 'Ik hou van je, Paul.' Vlak voor hij zich misschien zou zijn gaan afvragen of ze het ooit zou zeggen, had ze het gezegd. Wat nu? Hoe verder? Maar denken was niet mogelijk, niet nodig. Hij liet zich in een stoel ploffen en gaf zich over aan zijn herinneringen.

Toen hij de meisjes wakker ging maken voelde hij even de dreiging dat Jessica hem verwijten zou maken. Waar was je, papa? Ik heb naar je gezocht, maar je was er niet. Hij wist dat Jessica naar een tweede plaats in zijn leven was gedegradeerd en dat hij er niet heel zwaar of heel lang onder gebukt zou gaan, zelfs als ze hem een verwijt zou maken, zelfs als ze bang was geweest 's nachts. Hij merkte dat hij bedacht dat te veel aandacht niet goed was voor kinderen. Het was beter om ze aan de ruwe kanten van het leven te laten wennen, 'gezonde verwaarlozing' was daarvoor in zijn eigen jeugd de term geweest.

Maar hoe dan ook, ze zei niets. Debbie en zij hadden lang en lekker geslapen. Ze zouden die dag een dictee krijgen op school, twintig moeilijke woorden die ze moesten spellen en terwijl ze hun cornflakes zaten te eten aan de keukentafel, zaten ze zelfstandige naamwoorden te repeteren.

'Wie komt ons ophalen?' vroeg ze hem op weg naar school.

Het was geen verwijt, het zou overdreven zijn om dat een verwijt te noemen. Ze stelde een eenvoudige vraag. Hij was ervan overtuigd dat ze de lange wandeling van de vorige middag vergeten was, voor hem leek gistermiddag vele jaren geleden. Voor hij kon antwoorden, herinnerde Debbie haar eraan dat zij en haar moeder die dag weer naar huis gingen en dat alleen haar vader op Jareds zou blijven. Apsoland zou zaterdagavond terugkomen.

'Dus jij komt, hè, papa?'

Haar aandringen om het te weten gaf hem het gevoel dat zij flink zat te zeuren, zelfs dat ze hem strafte. 'Ik kom of Emma's moeder of iemand anders.' Hij kon zichzelf niet weerhouden om tamelijk scherp te zeggen: 'Je bent in het verleden toch niet bepaald in de steek gelaten? Gisteren was het voor het eerst dat je eens moest lopen.'

Haar waardigheid verbijsterde hem. In het verleden had ze een paar keer gehuild als ze een standje kreeg, zich in allerlei bochten gewrongen, zielige gezichten getrokken. Maar toen hij voor de school stopte en zich omdraaide om naar haar te kijken, zag hij haar heel ernstig in het hoekje van de achterbank zitten, met een berustende, treurige uitdrukking op haar gezicht. Hij kreeg een steek in zijn hart. Hij wilde haar knuffelen – maar hier? Met al die kinderen en ouders erbij?

'Uitstappen,' zei hij. 'Dag, Debbie. Tot gauw.'

Jessica was nog niet uitgestapt of hij was haar al vergeten. Hij reed sneller dan gewoonlijk terug naar Jareds en pas toen hij het park inreed trof hem de gedachte dat hij eigenlijk niet wist wat hij nu moest doen, dat zij geen plannen voor hen had gemaakt, dat ze niets beloofd had. Zijn denkvermogen was teruggekomen, dat functioneerde weer normaal. Vrijdag – in het verleden had hij nooit veel contact met haar gehad op vrijdag. Maar vandaag zou hij wel naar het huis kunnen gaan om haar te zien. Dat moest hij toch zeker doen? Langs de voordeur of de achterdeur? Even voelde hij zich wanhopig toen hij onder de poort door reed.

Hij ging het huisje binnen en probeerde alles op een rijtje te zetten. Na vijf minuten merkte hij dat hij rusteloos liep te ijsberen door het huis. Stel je voor dat ze zich net zo zou gedragen als gisterochtend, met zo'n afstandelijke vriendelijkheid? Maar toen was er alleen een kus aan voorafgegaan, nauwelijks een kus eigenlijk, nu was het anders, de wereld was sindsdien veranderd.

Hij stond in de keuken toen de deurbel ging.

Daar stond ze, glimlachend. Ze was nog nooit eerder bij hem langs geweest. Niets had duidelijker kunnen benadrukken dat alles veranderd was. Hij pakte haar bij de hand en trok haar naar binnen. Hij sloot de deur en nam haar in zijn armen.

Het leven moet z'n gewone loop hebben. De tuiniers moesten gecontroleerd worden, hun auto's en motor, en de honden moesten worden uitgelaten. Nina zei dat ze met hem mee wilde als hij met ze over de hei naar het Wolvenbos zou gaan.

'Maar je gaat nooit wandelen.'

'Vroeger wel. Het is al jaren geleden dat er iemand was met wie ik kon wandelen. Het zal allemaal heel anders worden nu ik jou heb. Mijn hele leven zal veranderen.

'O ja?' zei hij. 'Is dat zo? En het mijne, gaat dat veranderen?'

'Dat zul je wel zien.'

Hij ontmoette haar op de binnenplaats en zij had de honden al bij zich. Tot op dat moment, besefte hij, had hij haar bijna als een invalide beschouwd. Dat kwam doordat ze zoveel binnen was en zo beschermd werd. Ze droeg jeans, een jack met een ritssluiting en sportschoenen. Haar greep op de dubbele lijn van

de honden was efficiënter dan die van Colombo. Hij dacht dat hij zijn pas naar de hare zou moeten richten en dat hij veel langzamer zou moeten lopen dan normaal, maar ze stapte door als een fitte vrouw die elke dag wandelt.
'Je zult nooit meer mijn chauffeur zijn,' zei ze. 'We gaan gewoon samen weg in de auto. Misschien rijd ik ook wel eens zelf. Zou je dat erg vinden?'
'Ik denk niet dat ik ook maar iets erg vind.'
Ze keek hem van opzij aan. 'Laten we hopen dat je een dergelijke staat van ongevoeligheid bespaard blijft.'
'Dat zal heus wel.' Hij lachte. 'Jij zorgt dat me dat bespaard wordt.'
'Laten we een dagje uitgaan. Laten we naar zo'n groot huis gaan en hand in hand door de tuinen lopen. Zullen we dat doen?'
De honden verdwenen in het bos. Paul en Nina liepen voorzichtig langs het pad om niet op de hyacinten te trappen. Hij liet haar zien waar hij de strikken gevonden had. 'Ik zou die stroper wel tegen willen komen, ik zou hem de hand willen schudden en hem willen bedanken. Als hij er niet geweest was zou dat van vannacht niet gebeurd zijn.'
'Niet vannacht,' zei ze, 'maar het zou gebeurd zijn.'
'Ik zou je willen kussen. Er is niemand te zien, alleen Tyr en Odin.'
'En die spreken alleen Oudnoors,' zei ze.
Ze gingen naar Ickworth, bekeken de zilvercollectie en kregen een rondleiding door de kamers. Toen wandelden ze, zoals ze had voorgesteld, hand in hand door de tuinen. Hij was in een toestand gekomen waarin hij niet kon geloven wat hem overkwam. Hij merkte dat hij steeds opnieuw naar haar keek, alsof ze, sinds hij het laatst naar haar had gekeken, verdwenen kon zijn of misschien in heel iemand anders veranderd was. Het gevoel van opgesloten te zijn in een droom kwam wel vaker voor in dit soort situaties, wist hij, maar hij kon niet zeggen dat hij ooit eerder in een situatie als deze was geweest.
Toen ze zaten te lunchen in de schemerige eetzaal van een restaurant in Bury legde ze haar vork neer, hield haar hoofd een

beetje schuin en vroeg: 'Je wacht op een desillusie, hè?'
Dat was helemaal waar, maar toch vroeg hij: 'Waarom zeg je dat?'
'Je wacht tot ik bepaalde dingen zal zeggen. Ik weet het, ik kan het voelen.'
'Misschien is dat wel zo.'
'Moeten we praten?'
Hij lachte, maar niet erg op z'n gemak. 'Ik bedacht dat je man morgen terugkomt.'
'Ja, ik wou zeggen, waarom zouden we niet in het heden leven? En toen realiseerde ik me dat ik dat zelf ook niet doe, ik leef altijd in het verleden en in de toekomst. Ik leef nu in de toekomst. Maar misschien is dat nog niet zo slecht.'
Hij dwong zichzelf om met enige nadruk te zeggen: 'Dat klinkt alsof dat mij uitsluit.'
'Paul,' zei ze, 'luister naar me. Je verwacht echt dat ik je zal teleurstellen. Je denkt dat ik zal gaan zeggen dat we dit geheim moeten houden voor Ralph of dat ik zal zeggen dat het heerlijk was, maar dat het nu voorbij moet zijn.'
'Ga je dat zeggen?'
'Ik ga zeggen dat ik het Ralph bij de eerste de beste gelegenheid die zich voordoet zal vertellen. Of als jij zegt dat ik het moet doen, wanneer dan ook. Waarom zouden we geheimen hebben? Dat is nergens goed voor.' Haar gezicht werd harder. 'Mensen houden dit soort dingen geheim uit economische overwegingen. Ik hoef dat niet te doen.' Ze gaf geen specificatie maar ging door. 'Ik heb geen kinderen. Er is niets wat me aan hem bindt. We kunnen gaan wanneer je wilt.'
Het was allemaal een beetje te veel voor hem ineens. Het gevoel dat hij droomde, de gevoelens van ongeloof werden plotseling overweldigend. 'Nina, meen je dit allemaal?'
'Je wilt hem toch niet bedriegen. Je wilt toch niet iets clandestiens, stiekem overspel? Stel je voor hoe dat zou zijn! Het zou grotesk zijn, ik naar jouw huis rennen zodra Ralph naar zijn werk vertrokken is – of misschien zouden we 's middags een kamer kunnen nemen in het Post House?'

'Gedesillusioneerd worden in je desillusie,' zei hij, 'dat kan niet anders dan een langzaam proces zijn,' en toen kon hij zich niet weerhouden om, bijna in één adem, te vragen: 'Waarom ben je met hem getrouwd?'

Ze kon scherp en hard zijn als ze wilde. Hij had dat nooit verwacht. Hij begon haar te leren kennen. 'Ik ben met Barney, mijn eerste man, getrouwd om zijn geld. Hij was miljonair en hij was oud en zou waarschijnlijk niet lang meer leven. Niet erg aardig, hè? Ik trouwde met Powell omdat ik dacht dat hij voor me kon zorgen en ik was in die tijd erg bang. Hij had ook een heleboel geld, maar dat was voor mij de reden niet. Ik dacht dat hij sterk was en misschien was hij dat ook wel, maar niet sterk genoeg om het allemaal te overleven. Ik zal je wel eens vertellen hoe ik Ralph ontmoet heb, maar laat het nu genoeg zijn als ik je zeg dat ik tot hem werd aangetrokken door overwegingen van veiligheid en zelfbehoud. Hij wist waarschijnlijk beter dan wie dan ook hoe hij moest zorgen voor iemand wiens leven werd bedreigd. Hij was alleen maar paranoïde – paranoia was zijn leven. Dat is wat hij nu aan het doen is, de een of andere magnaat vertellen hoe die zijn appartement in een bankkluis moet veranderen.'

'Ik dacht dat hij makelaar was.'

'Ralph?' Ze barstte in lachen uit. 'O hemel, dat is grappig, want ik ben er heel zeker van dat hij het prettig vindt als mensen dat denken. Misschien koestert hij die illusie gewoon een beetje. Nee, hij staat aan het hoofd van een gigantisch welvarend en bloeiend bedrijf in – hoe noemt hij het ook alweer? – veiligheid in de woning.'

Somber zei hij: 'Was je zo bang?'

'Ik was alleen. Ik moest iemand hebben.'

Dat was alles wat ze erover zou zeggen. Ze moest iemand hebben. Hoeveel anderen waren er geweest, anderen, met wie ze niet was getrouwd. Hij stelde zich een hele processie voor van jonge mannen, arme mannen. Met de rijke, oude mannen trouwde ze. Het was niet de eerste keer dat zij de rekening betaalde voor een maaltijd die ze samen hadden genoten, maar wel de eerste keer sinds hij met haar naar bed was geweest. Dat maakte verschil. Hij vroeg zich af of ze betaalde met Apsolands geld. Op dit moment kon hij er absoluut niets aan doen. In de auto legde ze haar hand op zijn schouder en vlijde ze haar wang tegen zijn arm.

'Zou je me uitlachen als ik je zei dat ik nog nooit eerder verliefd geweest ben?'

'Niet als het waar was,' zei hij.

Hij bracht haar eerst naar huis en reed toen terug naar de school. Jessica was laat. Doreen stond met een paar andere vrouwen te wachten bij het hek en hij vroeg zich af, zoals mensen in zijn situatie doen, wat zij zou zeggen als ze het wist. Als Nina het allemaal meende, zou ze het waarschijnlijk spoedig weten. Dit wereldje was zo klein. Jessica kwam ten slotte met Debbie en Emma naar buiten en ondanks zijn beslissing zonk het hart hem in de schoenen. Op het ogenblik wilde hij alleen maar bij Nina zijn, alleen met haar. Het verzoek dat Doreen hem op dat moment deed was het antwoord, een toevallig en ontzagwekkend antwoord, op een onuitgesproken bede.

'Ik dacht, zou Jessica vannacht bij ons mogen logeren? Dat zou Debbie heel erg leuk vinden.'

Paul hield zichzelf voor dat hij het niet goed gevonden zou hebben als Jessica ook maar enige aarzeling had vertoond. Ze was nooit eerder een nachtje uit logeren gegaan zonder hem of Katherine. Maar ze sprong een gat in de lucht van enthousiasme.

'Ja, hè, papa, ja toch, het mag toch?'

Hij reed terug om haar nachtjapon en haar ochtendjas en schone kleren voor de volgende dag te halen, en de onmisbare haarborstel. In ruil voor de nacht van vrijheid die ze hem gaf had hij die afstand met liefde tien keer afgelegd. Toen hij terugkwam van Doreens huis werd hij ingehaald door een grijze Fiat en even later kwam hem een rode tegemoet rijden. In beide auto's zat een vrouw achter het stuur en hij zei tegen zichzelf dat hij te achterdochtig was, maar toch moest hij steeds denken aan dat telefoontje van die vrouw die Anne heette en die gezegd had dat ze de vrouw van Richard was.

Nina kwam de stoep voor de voordeur af toen hij aan kwam rijden. Hij vertelde haar waar Jessica was.
'Dan gaan we uit,' zei ze. 'We zullen de hele avond samen zijn en je kunt hier vannacht terugkomen.' Ineens bedacht ze: 'Zul je haar missen?'
'Natuurlijk niet. Ze is in goede handen, ze heeft het leuk. Het is maar voor één nacht.'
'Ik weet dat niet, snap je. Ik weet niet precies wat voor gevoelens mensen hebben als het om hun kinderen gaat.'
Hij wenkte haar en toen ze met haar gezicht vlak bij het autoraampje was fluisterde hij: 'Ik kan vannacht niet blijven. Niet als Stan er is.'
'Hij hoeft het toch niet te weten? En, wat dan nog? Dat maakt toch niets uit?'
Eerst gingen ze naar een klein, rustig restaurant. Hij stemde ermee in omdat hij dacht dat het goedkoop zou zijn, maar die gedachte was fout. Zij had een paleis voorgesteld, met een statige, verlichte voorgevel of anders een restaurant waar het eten heel goed was en de eigenaar, die ze kende, de reputatie had dat hij grof was tegen verlegen of naïeve klanten. Dat was Paul, die nog steeds aan het ontwaken was uit zijn droomtoestand, allemaal te veel.
Het mocht dan een klein, besloten restaurant zijn, zij had zich prachtig voor hem aangekleed in groenblauw gevlamde zijde, een japon met een korte rok en enorme pofmouwen. Hij had nooit eerder zulke juwelen gezien als zij droeg: een ketting van smaragden en parels in een gouden zetting en bijpassende oorbellen, maar haar trouwring was weg, haar handen waren kaal.
'Het is niet te vroeg om plannen te maken, hè?' zei ze. 'Ik zal het Ralph vertellen – alleen als jij zegt dat ik het mag doen, natuurlijk – en jij moet het Jessica vertellen.' Ze had een dwingende manier van spreken, al liet ze een en ander nadrukkelijk van zijn beslissing afhangen. Hij vond het schitterend. 'En dan gaan we – gewoon weg! Niets zal ons tegenhouden. We gaan weg en we rijden over de heuvels, naar heel ver weg. Ik kan je niet zeggen

hoe heerlijk ik het zal vinden om uit fort Jareds te vertrekken. Ik haat het hier. Alleen het feit dat jij hier was heeft de laatste maanden draaglijk gemaakt. Weet je, Paul, nu ik jou heb geloof ik niet dat ik nog bang zal zijn. Ik heb een soort vertrouwen dat je voor me zult zorgen...' zei ze met een kinderlijke naïviteit, '... zoals de anderen nooit gedaan hebben.'

Het was alsof hij door een koude vinger werd aangeraakt. Hij voelde zich wat uit zijn evenwicht en zei: 'Nina, als je zegt dat we weggaan, waar zullen we dan heen gaan? Ik heb geen huis, alleen het kleine huisje hier en Jessica gaat hier naar school...'

'O, maar ik heb een huis in Londen, een leuk huis in South Kensington, we gaan er alleen bijna nooit heen. Ralph wordt doodnerveus als ik in Londen ben. Daar gaan we heen. Paul, kijk niet zo, het is van mij, als je daar soms over inzit. Dacht je dat het van Ralph was, dacht je dat dit alles...' ze maakte een weids gebaar, raakte toen met haar handen aan haar schouders en haar hals, waar de smaragden hingen, '... door Ralph betaald wordt? Ik ben veel rijker dan hij is. Ik ben echt heel rijk. Ik weet niet precies wanneer je een miljonair bent, hoeveel je moet hebben, bedoel ik, maar ik ben ervan overtuigd dat ik er eentje ben.'

Hij bleef die nacht. De lichten in het bijgebouw waren uit, de honden waren opgesloten in hun kamer. Deze keer controleerde hij of alle deuren op slot en vergrendeld waren. Ze nam hem mee naar de zitkamer en liet hem zien hoe de deuren en ramen met ijzeren deuren konden worden afgesloten. Dat ging eenvoudig met twee knopjes die, net als het bedieningspaneel van een kluis, verborgen zaten achter een schilderij.

'Dit is een specialiteit van Ralph,' zei ze, 'alleen laten niet veel mensen het doen omdat het verschrikkelijk duur is.'

'Ik wist dat die deuren er waren,' zei hij, 'maar ik dacht dat het traliewerk zou zijn.'

'Zoals bij juweliers? Weet je waarom het geen traliewerk is? Omdat je daardoorheen een revolver kunt afvuren. Voor ons is alleen het ondoordringbare goed genoeg. In mijn slaapkamer is het precies zo.' Hij constateerde dat ze niet 'onze' slaapkamer zei. 'Dus, liefste, als Ralph zich mocht bedenken en al vanavond thuiskomt en jij ligt bij mij in bed, dan draaien we gewoon de knopjes om en sluiten we onszelf op achter ijzeren muren.'

Ralph kwam niet die avond terug, maar de volgende avond, zoals was afgesproken. Paul en Nina waren de hele dag naar Southwold geweest terwijl Jessica bij Doreen bleef. Het was te koud om in zee te zwemmen, maar niet te koud om over het strand te wandelen en buiten te eten.

'Ik vertel het Ralph maandag,' zei ze, 'als je dat goed vindt. Ik moet je waarschuwen dat hij je misschien wel in elkaar zou willen slaan. Vind je dat erg?'

Op weg naar huis haalden ze Jessica op. Nina kwam niet mee naar binnen, maar bleef in de auto zitten. Als Doreen haar al had zien zitten, voor in de auto, dan zei ze er in elk geval niets over. Jessica kroop op de achterbank, maar deze keer ging Nina niet bij haar zitten. Ze pakte Pauls schouder weer en legde haar wang weer tegen zijn bovenarm, ondanks de aanwezigheid van het kind. Toen ze thuis waren, verwachtte Paul een opmerking of een vraag en toen die niet kwam, voelde hij zich nog minder op zijn gemak dan wanneer ze wel iets gezegd zou hebben. Hij zag wel een paar keer dat ze ernstig peinzend naar hem keek.

Apsoland werd ergens na zes uur terug verwacht, maar Paul hoorde hem niet komen en het was nog zo licht dat de lichten niet in werking werden gesteld. Het nieuws dat Nina's echtgenoot thuis was, bereikte hem via een telefoontje dat Jessica aannam. Ze gaf hem de hoorn.

'Zet je de Jag even weg, wil je, m'n brave?'

Paul moest zichzelf twee dingen voorhouden: dat Nina niet eens bij Apsoland in de kamer was toen hij opbelde en dat hij tenslotte nog altijd bij de man in dienst was. Toch vroeg hij Jessica wat Apsoland had gezegd. In andere omstandigheden zou haar antwoord heel grappig geweest zijn. Ze deed Apsolands geaffecteerd blaffende stem na. Het was een voortreffelijke imitatie en Paul had nooit geweten dat ze dit talent had. 'Paul Garnet aanwezig?'

'En geen "hallo" of zo tegen jou?'
Met een barmhartigheid die je bij zo'n jong kind niet zou verwachten zei ze: 'Ach, hij kent me niet. We zijn eigenlijk nooit aan elkaar voorgesteld.'
De hele zondag wijdde hij aan Jessica. Hij miste Nina ondraaglijk. Het was voor hem nog steeds moeilijk om te geloven dat alles wat ze beloofd had zou gebeuren. Zulke dingen gebeuren niet tussen de Dame van het Grote Huis en de Dienstwillige Dienaar. En dit blijvende ongeloof werd gevoed door haar totale afwezigheid, doordat ze verdwenen was, verborgen in het bolwerk dat het grote huis in zijn ogen was. Hij zag Apsoland lopen met de honden, achter de muur van zwerfkeien, het bos in. Tyr en Odin renden achter de stokken aan die hij voor hen gooide. En natuurlijk had hij zijn jachtgeweer over zijn arm. De silhouetten van Maria en Colombo verschenen al vroeg in het keukenraam, ze leken uitgebreid te gaan koken. De thuiskomst van de meester, dacht Paul.
Van Nina zag hij niets, hoewel hij dikwijls naar een raam aan de voorkant liep, tot Jessica hem vroeg waarom hij steeds zo naar het grote huis staarde, wat er toch te zien was? Ze had bij Doreen kaartspelletjes geleerd en liet hem de halve dag met haar hartenjagen en eenentwintigen.
'We hebben al lang niets meer van mijn moeder gehoord,' zei ze voor ze in bed stapte.
Er was iets geheimzinnigs aan de manier waarop kinderen dingen aanvoelden. Hij voelde het soort ontzetting dat iemand die alleen in een oud, afgelegen huis is bevangt bij bovennatuurlijke verschijnselen. Ze had gezien hoe Nina hem aanraakte, zijn hand had gepakt toen ze afscheid namen. Jessica wist nog niets van seksuele liefde, maar een diep geworteld instinct vertelde haar dat zijn beheerste gedrag een dreiging vormde voor het gezin dat er niet meer was, maar waarnaar ze nog steeds verlangde, zoals kinderen er altijd naar verlangen dat hun ouders weer bij elkaar zullen komen.
'Kom jij me afhalen of iemand anders?' vroeg ze hem 's ochtends en hij hoorde een waarschuwende klank in haar stem. Ze bond

hem aan zich door zijn eigen schuldgevoelens en op de een of andere manier wist ze ook over die schuldgevoelens.

'Het is de dag van de moeder van Emma,' zei hij. 'Of van Harriet, niet de mijne. Je wordt door iemand opgehaald, Jess. Doet het er wat toe?'

Heel beslist en hem recht in de ogen kijkend zei ze: 'Ik vind het het prettigste als jij komt.'

Ze had haar haar in twee vlechten gedaan, maar wel een beetje ongelijk. Hij besloot dat het niet goed zou zijn om ze opnieuw te doen. Behalve hij zou waarschijnlijk niemand de kromme scheiding achter op haar hoofd opmerken. Toen hij naar Jareds terugreed had hij hetzelfde gevoel als hij vrijdagochtend had gehad, hij wachtte nog steeds op het moment van desillusie. Deze keer belde Nina hem.

'Kom naar het huis, Paul. Alsjeblieft, kom direct, zo gauw je kunt.'

Natuurlijk dacht hij dat er iets mis was. Zijn vrees ebde pas weg toen hij bij het huis kwam, zij voor het raam naar hem uit stond te kijken, hem door de voordeur binnenliet en in de hal haar armen om hem heen sloeg.

'Laten we naar boven gaan, nu. Alsjeblieft, Paul. Ik heb het negenendertig uur zonder je moeten doen, ik heb ze geteld, negenendertig uur. Ik heb tegen Colombo en Maria gezegd dat ik niet gestoord wil worden. Ze denken dat ik vanmorgen in bed blijf omdat ik me niet lekker voel. O, Paul, ik blijf inderdaad in bed vanmorgen, hè, maar ik voel me heel, heel lekker!'

Hij was niet zenuwachtig over de confrontatie die zij die avond met Apsoland zou hebben en waarvoor hij toestemming gegeven had toen ze daar, nogal absurd, om vroeg. Hij zou er liever zelf bij geweest zijn, maar dat wilde ze niet. Actief deelhebben aan zo'n botsing van wensen en met elkaar strijdige belangen was altijd beter, vond hij, dan elders wachten op nieuws over de afloop. Hij wist dat hij zich erop moest voorbereiden dat Apsoland naar het huis zou komen, om tegen hem los te barsten, en hoewel hij dat voor zichzelf rustig onder

ogen zag, was hij bang voor het effect dat het op Jessica zou hebben.
Ze zou even voor vieren thuisgebracht worden, door de moeder van Emma of van Harriet, maar hij ging niet meer naar de auto staan uitkijken bij het enige raam waardoor hij de weg kon zien. In deze crisis in zijn leven kon hij alleen maar denken aan Nina en hun toekomst, alleen maar proberen zich voor te stellen hoe het over een jaar zou zijn, als ze eraan gewend zouden zijn om met z'n drieën te wonen, als Nina en hij misschien zelfs al getrouwd zouden zijn. Dacht ze eigenlijk aan een huwelijk? Even kreeg hij een gevoel van onzekerheid toen hij dacht aan de belofte die hij zichzelf had gedaan, dat hij Jessica ergens buiten zou laten opgroeien. Maar misschien zou Nina er niet op staan om naar Londen te gaan. Dit soort gedachten brachten hem weer op het punt van haar geld.
Vroeg of laat zou hij zijn houding moeten bepalen ten aanzien van haar geld. Het had geen zin om dat maar te verdoezelen, net te doen alsof het er niet was. Zijn manier van leven – en die van Jessica – zou onvermijdelijk enorm veranderen. Elke baan die hij zou krijgen, bijvoorbeeld, zou voor zijn plezier zijn, als een hobby.
Zou het echt allemaal gaan gebeuren? Als hij bij haar was geloofde hij het, maar als ze niet bij elkaar waren, werd het recente verleden een fantasie, iets wat hij zich had verbeeld omdat hij het zo graag wilde. Maar als hij wakker moest worden, als hij na een lange, ongelooflijk levendige droom weer tot bewustzijn zou komen, zou de ontdekking van het werkelijke leven hem dan eigenlijk verrassen?
Het begon tot hem door te dringen dat Jessica laat was. Het was kwart over vier. Hij schudde zichzelf wakker uit dat andere leven. Zou ze met Debbie naar huis gegaan zijn zonder het hem te laten weten? Doreen zou het hem zeker hebben laten weten. Hij pakte de telefoon en draaide het nummer van Emma's moeder, in de veronderstelling dat er niet zou worden opgenomen. De telefoon was bij het raam vanwaaruit de weg zichtbaar was en hij stond klaar om de hoorn weer op de haak te hangen op het

moment dat hij de auto zag. Nadat de telefoon vier keer was overgegaan nam Sheila op.
'Het was mijn dag niet.' Er klonk onmiskenbaar een gekrenkte toon in haar stem. Hij had iets gedaan, of iets niet gedaan, maar wat wist hij niet en zij was het soort vrouw dat liever een onuitgesproken grief koestert dan ermee op de proppen te komen.
'Weet je of ze met Harriet mee is gegaan?'
'Het heeft geen zin om dat aan mij te vragen. Ik wist dat het vandaag niet mijn beurt was. Het was mijn verantwoordelijkheid niet.'
Harriets moeder nam niet op. Het was nog nooit eerder gebeurd, maar het was natuurlijk wel mogelijk dat Harriets moeder op weg naar huis boodschappen was gaan doen en de kinderen meegenomen had. Nog waarschijnlijker was, dacht Paul, dat het zijn dag was geweest, maar dat hij dat vergeten was en dat die arme Jessica nu in haar eentje naar huis stapte.
Het was volkomen veilig, er was niets om bezorgd over te zijn, het was klaarlicht, een mooie, warme dag, wel een tamelijk lange wandeling voor iemand van pas zeven jaar, maar langs een niet erg drukke weg met brede bermen. Maar zelfs als ze niet sneller liep dan drie kilometer per uur, zou ze nu toch zo'n beetje bij de ingang van de oprijlaan naar Jareds moeten zijn. Het was niet de moeite waard om de auto te pakken en haar tegemoet te rijden. Hij bedacht hoe verschrikkelijk bezorgd hij zou zijn als het Nina was geweest die ergens heen was gegaan en te laat terugkwam, hoe groot de angst zou zijn die hij dan zou voelen – maar Nina ging nooit alleen weg.
Hij moest de hekken opendoen. Dat kon van binnen het huis uit gebeuren of hij moest Flint Avenue aflopen. Niet van binnenuit, niet deze keer. Het park leek merkwaardig leeg. De laatste tijd waren er steeds meer konijntjes te zien geweest, alleen of met z'n tweeën en er waren bijna altijd vogels, duiven, een koppel patrijzen met hun rode poten, eksters – eentje voor de spijt, twee voor jolijt, hij herinnerde zich het oude gezegde – zwermen spreeuwen. Maar er was geen vogel te zien, geen konijn.

Geen windje ritselde door het nu dichte gebladerte, de stilte was absoluut.
Het groene kleed van het park koesterde zich in het zachte zonlicht dat nevelig genoeg was om de verre bossen violetblauw te kleuren. De lucht was heel lichtblauw, met overal kleine, transparante wolkjes. Als ze naar huis aan het lopen was, zou ze nu hier moeten zijn. Hij keek op zijn horloge: vijf over half vijf. De school was al bijna een uur geleden uitgegaan, zeker niet korter dan vijftig minuten geleden. Hij vroeg zich af hoe hij gezegd kon hebben dat ze volkomen veilig was, ze was pas zeven, en voor het eerst beving hem een kille angst.
Er was geen spoor van haar te zien. In beide richtingen – en je kon een heel eind weg kijken – was de weg leeg. In de wei aan de overkant stond het paard aan de sappige blaadjes van de hondspeterselie te knabbelen. Toen hij terugging om de auto te halen, vloog er een ekster op uit de bomen die om het huis heen stonden. Op en neer bewegend met zijn staart streek hij neer op het dak van de wintertuin. Hij was alleen en hij bleef alleen. Paul zei in zichzelf, laat er nog eentje komen, nog eentje, nog eentje maar, zodat er twee zouden zijn, voor jolijt. Hij ergerde zich aan zijn eigen bijgelovigheid. Wat hij nu moest doen was in de auto stappen en op zoek gaan naar Jessica en geen gezeur over vogels en voortekenen.
Toen hij door de voordeur binnenkwam, begon de telefoon te rinkelen. Harriets moeder, dacht hij. Godzijdank. Ze had autopech gehad. Natuurlijk. Hij pakte de hoorn van de haak.
Een stem die hij nooit eerder gehoord had, een stem met een duidelijk aristocratische verfijning, zei: 'Meneer Garnet? Wij hebben Jessica. U gaat geen politie bellen, hoop ik? We zullen haar onmiddellijk doden, mocht u dat wel doen. Geen van ons is erg dol op kinderen, dus we zullen daar geen moeite mee hebben.'
Pauls stem klonk hees, bijna onhoorbaar, alsof hij half gewurgd werd. 'Wie bent u?'
'Pardon? Ik heb u niet verstaan?'
'Wie bent u? Wat wilt u met Jessica? Ik heb geen geld, ik kan geen losgeld betalen.'

'O, het is nog een beetje vroeg om over losgeld te praten. In elk geval is dat onze zaak. Op het ogenblik zijn we alleen maar geïnteresseerd in onderhandelingen.'

'Wat bedoelt u?'

'U hoort nader van mij,' zei de stem, 'over dertig minuten.'

18

Wat zijn er toch veel anomalieën in het leven! Sandor heeft me dat woord net geleerd en ik vind het heel nuttig. Je zou bij voorbeeld verwachten dat mensen als ik dol zijn op kinderen. Ik heb het als kind niet erg prettig gehad, geen van de mensen die voor mijn ouders door moesten gaan hebben me liefde betoond. Dus je zou verwachten dat ik meegevoel zou hebben met kinderen die het moeilijk hebben, je zou verwachten dat ik me dat zou aantrekken, maar dat is niet zo. Wat ik voel, ligt dichter bij onverschilligheid, zoiets van: ik moest ermee leven, dus waarom zij niet? En het is waarschijnlijk dat ik, als ik ooit zelf kinderen zou hebben, wat best mogelijk is, de meeste mensen krijgen kinderen, ze net zo slecht zou behandelen als ik behandeld ben, want zo gaat het nou eenmaal in de wereld.

Tilly denkt er zo ongeveer hetzelfde over. Dat is ook logisch. Alleen zou je denken dat dat met een vrouw op de een of andere manier anders zou zijn. Nou, dat is ook een vergissing, dat vrouwen aardiger, vriendelijker, zachter, soort van teergevoeliger zouden zijn dan wij. Dat zijn ze niet. Mannen hebben dat bedacht om goed te maken dat zij de baas zijn. Je voelt je niet zo schuldig als je jezelf ervan kunt overtuigen dat je slaven moreel beter zijn dan jij, zegt Sandor.

Het rode licht scheen in de auto op Tilly's gezicht. Toen ik me omdraaide en naar haar keek dacht ik, Medusa. Sandor was op een dag een boek aan het lezen met allerlei oude Griekse verhalen en hij vertelde me er een paar, hij vertelde over die vrouw, Medusa, die een gezicht had waardoor mensen in steen veranderden als ze naar haar keken. En haar haar was gemaakt van slangen. Tilly's ogen schitterden en haar haar leek te kronkelen toen het licht op groen sprong. Ik moest doorrijden. Ze begon ons te vertellen over dat plan van haar, en met een soort plezier, alsof ze honger had en het soort eten beschreef waar ze het meeste trek in had.

'Weet je, Tilly,' zei Sandor, 'ik geloof echt dat je niet te houden bent.'
Ik geloof niet dat ik ooit eerder bewondering in zijn stem had gehoord voor iemand, maar toen hoorde ik het wel. Ik zou natuurlijk blij geweest moeten zijn dat ze hun ruzie hadden bijgelegd en aardiger tegen elkaar waren dan ooit en dat was ik ook wel, echt wel. Maar mensen zijn anomalieën en ik had het vervelende, angstige gevoel dat ik in de kou zou blijven staan. Ik heb in de kou gestaan, snap je, ik weet wat het is. Het is geen loos dreigement voor me, zoals voor zoveel andere mensen.
Daarom vond ik het helemaal niet erg dat we voor de nacht uit elkaar gingen, Tilly naar de camper en Sandor en ik naar onze kamer. De volgende dag verhuisden we naar het George-hotel, naar een grote kamer met een bad en kleurentelevisie en een klein ijskastje dat eruitzag als een houten kastje, maar waar miniatuurflesjes drank en blikjes bier in zaten en een flesje champagne waarvan Sandor zei dat het de duurste fles was die hij ooit gezien had, 15 pond per halve fles. Tilly kwam bij ons, in een knalrode jurk met een heel lage hals en gouden sieraden, smaragdgroene laksandalen en met zo'n soort ceintuur van zes centimeter breed met een gouden gesp waarop rode en groene stenen zaten.
De kleuren die ze draagt zijn zo fel dat ze bijna pijn doen aan je ogen. Ik weet niet of dat haar smaak is of de smaak van de man die kleren voor haar heeft gekocht omdat ze was afgevallen. Toen ze thuis was, bij pa en ma en mij, droeg ze altijd bruin en donkerblauw omdat ma zei dat je geen felle kleuren moet dragen als je zelf een grauwe muis bent, want dan zak je in het niet. Tilly's nagels waren vuurrood gelakt met die soort nagellak waar zilveren stukjes in zitten. We dronken niet de dure champagne, maar een fles wijn die we gekocht hadden, met een paar nootjes uit de koelkast.
Tilly zei dat ze een paar dagen nodig had om een idee te krijgen van wat Garnet en het kind deden. Haar plan was om de kidnap vrijdag uit te voeren als alles goed liep. Ze zou het zelf doen en dan had ze haar portie wel gedaan, vond ze. Toen ik haar vertel-

de dat ik mezelf bij Garnet voor ene Richard had uitgegeven door de telefoon, moest ze heel erg lachen – ze lacht altijd als we het over al ons voorbereidende werk hebben – maar ze zei dat zij Richards vrouw zou zijn, dat zij Anne zou zijn.

'Kinderen wordt tegenwoordig gezegd dat ze niet met vreemden mogen praten,' zei ze. 'En er wordt ze ook gezegd waarom niet. Had ik die mazzel maar gehad. Alles wat ma vertelde was dat het allerergste wat ik me maar kon voorstellen met me zou gebeuren. Ik had een vriendinnetje op school en dat had een grootmoeder bij wie een been was geamputeerd en dat was het ergste wat ik me kon voorstellen, dat mijn benen afgehakt zouden worden.'

'Ik dacht dat ze elektroden op me zouden zetten,' zei ik.

Sandor zei niets. Voor mij bevestigde dat dat hij gelukkig was geweest toen hij een kind was. Diana was een goede moeder voor hem geweest en hij had toen ook zijn vader nog. Het was gek, omdat ik daardoor moest denken: Ik vraag me af waardoor hij op het slechte pad is geraakt? We denken dat soort dingen onwillekeurig, zonder dat onze wil daar iets mee te maken heeft. Als iemand me, nog niet zo lang geleden, had verteld dat je kunt weten dat iemand slecht is en toch van hem kunt houden, zou ik dat niet geloofd hebben.

Tilly zei dat ze ervoor zou zorgen dat dat kind Jessica haar naam zou kennen, zodat ze met haar mee zou gaan als het zover was. Ik geloof niet dat Sandor het erg leuk vond dat Tilly dat allemaal op haar eigen houtje ging doen. Hij nam om zo te zeggen het commando daarna weer over. Tilly mocht één keer opbellen naar Garnet en zeggen dat ze Anne was. Ze kon het blijven proberen tot ze Jessica aan de lijn kreeg. Kinderen van die leeftijd vinden het heerlijk om de telefoon aan te nemen, zei hij, hoewel ik niet weet hoe hij dat wist. Als we Jessica eenmaal hadden, zou hij opbellen naar Garnet.

Waar zouden we Jessica verstoppen? Toch zeker niet in het George-hotel.

'In de camper natuurlijk,' zei Sandor.

Hij praatte alsof de camper van hem was en alsof hij het recht had om erover te beschikken, maar Tilly scheen het niet erg te vinden. Het zag ernaar uit dat waarop ik gehoopt had, maar wat ik al weer had afgeschreven omdat het zo ongelooflijk onwaarschijnlijk was, misschien toch zou gebeuren.

'Zal ik je eens iets zeggen, Joe?' zei Tilly tegen me toen we die avond alleen waren omdat Sandor weggegaan was om Diana te bellen. 'Ik val op hem. Hij heeft dat donkere, meedogenloze, broeierige. Ik viel altijd op dat soort, maar om de een of andere reden kwamen ze nooit mijn kant uit.'

Als ik me hen samen voorstelde, dacht ik aan liefde, dwaas die ik ben, niet aan wat er in Tilly's hoofd omging. Ik denk altijd aan liefde, net zoals arme mensen altijd aan geld denken.

'Sandor is niet geïnteresseerd in vrouwen,' zei ik.

'Waarin is hij dan geïnteresseerd, in mannen?'

'Hij is niet geïnteresseerd in seks,' zei ik.

Tilly ging de school in de gaten houden waar Jessica heen ging. Ze wist al gauw dat er een groepje moeders was, en Garnet natuurlijk, dat de kinderen naar school bracht en afhaalde, het leek alleen geen strak schema. Tilly ging een keer in de Fiat, toen in de camper, die ze aan de overkant parkeerde. Daarna ging ze nog eens in de camper. Ze liet hem in een zijstraat staan en wandelde op het cruciale tijdstip voor de school heen en weer. Ik moest rondkijken naar een plek om de camper te parkeren als Tilly het kind meenam en naar een plek om de camper te zetten als we het kind erin hadden. Donderdagavond belde ze het huis van Garnet en ze bofte, want ze had het kind de eerste keer dat ze belde te pakken. Hoe klonk ze, wilde ik weten, was het een aardig kind? Tilly zei dat ze niet begreep wat ik bedoelde. Een kind van zeven was een kind van zeven was een kind van zeven.

Het plan was om het kind de volgende dag te kidnappen. Tilly had gedacht dat de moeder van een ander kind Jessica zou komen halen, maar zo ging het niet. Garnet kwam en hij nam Jessica niet met zich mee naar huis. Ze ging mee met de vrouw die schoonmaakte voor de prinses en die naar haar werk gaat op een bromfiets. Tot maandag kon er verder niets gedaan worden. Ik vroeg Sandor hoeveel geld we zouden gaan vragen als het zover was. Ik zat op mijn bed met een blikje bier uit onze koelkast in mijn hand en hij stond zich in de badkamer te scheren.

'Laat dat nou maar aan mij over,' was alles wat hij zei, maar ik voelde me niet erg op mijn gemak. Niet voor mezelf, ik wist dat ik Sandor kon vertrouwen, maar meer vanwege Tilly, die al het werk opknapte.

'Een miljoen, denk je?' zei ik, ondanks m'n zenuwen over m'n vasthoudendheid.

'Ik zei dat je die dingen aan mij over moest laten.'

'Maar als hij het nou verdomt?' vroeg ik.

Hij deed net alsof hij niet begreep wat ik bedoelde, dat doet hij wel vaker als ik taal gebruik die hij niet beschaafd genoeg vindt.

'Ik kan je niet volgen,' zei hij.

Ik weet niet waarom ik moest denken aan wat Tilly me verteld had over de prinses. Ze had voor in de auto gezeten naast Garnet, maar goed, ik dacht eraan en hield rekening met alles wat mogelijk zou kunnen gebeuren.

'En als hij haar nou neukt?' vroeg ik.

Het is geen mooi woord, ik weet dat, maar er zijn geen woorden voor die wel mooi zijn. De manier waarop Sandor reageerde, stond in geen enkele verhouding met mijn vergrijp, vond ik. Ik keek op dat moment niet eens naar hem en dronk mijn biertje, mijn hoofd half afgewend van de deur van de badkamer. Het volgende dat ik wist was dat ik omver werd gerukt. Sandor had me in de houdgreep en zijn scheermes glinsterde een paar centimeter bij m'n gezicht vandaan.

'Ik snijd je je klotestrot af,' zei hij.

Ik kon nauwelijks spreken, hij drukte mijn luchtpijp bijna dicht. Ik wilde hem uitleggen dat ik alleen maar bedoelde dat de prinses het soort vrouw was dat met een heleboel mannen ging, al die echtgenoten en Sandor zelf hadden het gehad over 'avontuurtjes' in Rome. Wat betekenden avontuurtjes anders dan mannen en seks? Maar ik kon het niet zeggen, ik kon alleen maar steeds opnieuw hijgend zijn naam stamelen: 'Sandor, Sandor, Sandor...'

Hij sneed mijn strot niet door. Misschien zou hij me helemaal niet gesneden hebben als ik mijn handen niet had opgeheven om te proberen zijn arm weg te duwen. Ik moest dat wel doen, want ik stikte bijna. Hij trok het scheermes over de rug van mijn rechterhand, een lange, scherpe snede vanaf de onderkant van mijn pink naar het onderste kootje van mijn duim.

Net als die eerste keer deed het eerst geen pijn, bloedde het alleen maar vreselijk. Mijn blikje bier was op de grond leeggelopen en het bloed druppelde in de bierplas, goud bier met een kop van rood schuim. Het was surrealistisch – Sandors woord. Ik hield mijn hand onder de koude kraan en deed er verband omheen en pleisters. Toen begon mijn hand te kloppen, alsof er een hart inzat dat als een razende sloeg.

Sandor was weggegaan, ik weet niet waarheen, maar toen ik hem weer zag zei hij dat Tilly zou komen en dat we met z'n allen zouden gaan eten in het grote restaurant met de verlichte gevel. Toen ze kwam, was ze helemaal in het wit. Dat kun je niet direct een felle kleur noemen, maar toch is het op een bepaalde manier feller dan elke andere kleur. Ze had een wit pakje aan, strak en met een korte rok. Ze had haar haar nog roder gemaakt en haar lipstick had de kleur van de geraniums in de pot op de balie van de receptie.

'Wat heb je met je hand gedaan?' vroeg ze. Toen ik haar vertelde dat er een ongelukje was gebeurd met het scheermes van Sandor deinsde ze achteruit en zei ze dat ik moest zorgen dat er geen bloed op haar terechtkwam.

Het bloed was door al het verband en de pleisters heen gedrongen. Ik moest de wond opnieuw verbinden en scheurde een van de slopen van het hotel in repen om als zwachtels te gebruiken. Sandor reed en Tilly ging voorin naast hem zitten. Ik merkte onmiddellijk dat ze veranderd waren, ze deden heel anders tegen elkaar. Tilly nam het initiatief en Sandor accepteerde het alleen maar, hij duwde haar niet weg als ze hem aanraakte, maar hij beantwoordde haar sexy blikken niet.

Ik vind seks een probleem. Ten eerste vind ik het gênant. Ik heb gewoon het gevoel dat de wereld veel prettiger zou zijn zonder seks. Het geeft me een ongemakkelijk gevoel en als het echt heavy is – ik bedoel als je ernaar kijkt – raak ik van streek. Natuurlijk moet er een beetje seks zijn om het ras te laten voortbestaan. Ik denk dat we dat allemaal wel willen, maar ik weet niet waarom, want eigenlijk zijn wij en het feit dat we hier en nu bestaan het belangrijkste. Maar als we er dan al van uitgaan dat het ras moet doorgaan, zouden mensen het toch gewoon alleen daarom kunnen doen, net als dieren. Dieren hebben in dat opzicht echt gelijk. Seks is vies, hoe je het ook bekijkt, tenminste dat vind ik, met al die kleverige troep en viezigheid en stank. God of wie dan ook heeft bedoeld dat het net zo gebruikt zou worden als elke andere noodzakelijke, vieze functie, zoals slijm uitspugen bijvoorbeeld, dat maakt je luchtpijp schoon, of poepen, dat maakt je darmen schoon. Seks was natuurlijk net zo bedoeld: even iets doen en dan de viezigheid achter je laten. Seks is niet prettig, maar iemand vasthouden en knuffelen en dicht naast iemand zitten, met je armen om elkaar heen, dat is prettig. Dat moet prettig zijn.

Tilly is gewend aan seks. Voor haar is het de manier waarop ze met mensen omgaat. Ik bedoel, zelfs de paar keer dat ze mij omhelsd heeft sinds ze hier gekomen is, kon ze het niet laten om haar buik tegen me aan te drukken en langs mijn borst te wrijven met haar tieten. Ik zag wel dat ze bij Sandor hetzelfde wilde doen, en wel meer ook. We dronken niet heel veel, met z'n allen een fles wijn en wat cognac daarna. De Italiaanse kelner was er en hij wilde ons natuurlijk de hele tijd bedienen toen hij Sandor eenmaal gezien had. Sandor en hij praatten honderduit en ik zag wel dat Tilly dat leuk vond, ze vond het leuk als Sandor iets liet zien waar hij goed in was. Het maakte hem des te aantrekkelijker voor haar als er iets in hem te bewonderen viel. Sandor noemde hem Giovanni en hij noemde Sandor *signore*, maar voor de rest snapte ik er niets van.

Op de terugweg reden we langs de camper. Tilly had hem neergezet op een stukje grond waar ze een oud gebouw aan het afbreken waren. Er zouden flats gebouwd worden. Het was maar een paar honderd meter bij het George-hotel vandaan. Ze vroeg Sandor of hij iets zag aan de camper en hij vroeg haar

waar de letters waren gebleven over groenten, fruit en salades.
'Ik heb er twee blikjes verf overheen gespoten,' zei Tilly.
In de witte kwikdamp die deze steden 's nachts zo akelig en koud maakt, leek de camper een groenachtige, kakikleur te hebben, maar je kon het niet echt zeggen. Toen we op de parkeerplaats van het George-hotel waren, stapte ik eerst uit. Ik moest een tijdje wachten tot zij klaar waren met kussen, voorin. Ze kusten elkaar nog een tijdje toen ze uitgestapt waren, hun hoofden in rechte hoeken naar elkaar toe gebogen, graaiend en gulzig alsof ze elkaar zouden opeten.
Ik denk dat ik had moeten weten wat er zou gebeuren. Als ik tactvol was geweest, als ik het maar had kunnen vermoeden, zou ik beneden gebleven zijn, in de bar of zoiets. De waarheid is dat ik dacht dat dit soort dingen langer duurde, ik dacht dat het proces langzamer zou gaan. Alle lipstick en pancake en rouge was van Tilly's gezicht afgeslobberd, maar het zat niet op Sandors gezicht. Ik denk dat ze het allemaal opgelikt en doorgeslikt hebben. Snap je wat ik bedoel als ik zeg dat seks vies is? Ik liep achter hen aan naar boven en dacht echt dat Tilly alleen maar mee was gegaan om nog iets te drinken. Ik dacht dat Sandor me zou laten opbellen naar de room service om champagne te komen brengen.
Hij hield me tegen toen ik de deur dichtdeed. 'Vooruit, kleine Joe,' zei hij. 'Zo bot kun je niet zijn. Geef ons jouw ruimte, oké?'
Dat was een rare manier om het te zeggen, vind je niet? 'Ga weg,' zei hij toen ik het niet leek te begrijpen.
'Oké, maar waar moet ik heen?'
Tilly zei: 'Je kunt vannacht in de camper slapen. Ik zal je de sleutel geven.'
En zo liep ik even later over het marktplein, langs de klokkentoren, tussen de paar auto's die er nog geparkeerd stonden heen. Het ongezonde licht ontnam alles zijn kleur, zoals dat licht dat nu eenmaal doet. Het was alsof je naar beelden op een ouderwetse monotelevisie zat te kijken. En het was tamelijk koud. Het is in mei vaak kouder dan in maart. Alles was dicht, zelfs de

pubs. Er was de hele dag markt geweest en overal lagen vertrapte stukken fruit en schillen en rotte groenten. Niemand had een poging gedaan om het op te ruimen en ik vraag me af of dat zal gebeuren. Het zal gewoon verder vertrapt worden en op de zolen van schoenen blijven plakken en aan de autobanden, tenzij het gaat regenen en de regen alles wegspoelt. Het enige andere menselijke wezen behalve ik was een oude vrouw die in een deken gehuld op een stapeltje kranten zat in het kerkportaal.

Ik zei tegen mezelf dat ik de dienaar was die terugging naar het bediendeverblijf, maar ik begon me door alles toch een beetje somber te voelen. Ik zou kunnen zeggen dat ik een gevoel had alsof ik buitengesloten was, maar dat zou niet juist zijn. Ik wás buitengesloten. Het gekke was dat ik met geen van tweeën wilde doen wat zij met elkaar aan het doen waren en het maakte me niet jaloers. Ik wilde eigenlijk niet denken aan wat ze aan het doen waren, behalve dan hopen dat het nu voorbij zou zijn. Ik vond de camper, deed de deur open en begon me, toen ik eenmaal binnen was, veel beter te voelen. Het was gezellig binnen toen ik het licht en de kachel aangestoken had en het rook lekker, naar parfum en make-up. Tilly had het bed uitgeklapt laten staan en er lagen een donzen dekbed en kussen op, allemaal in rood met blauwe hoezen. Er lagen overal kleren, kleren waarvan ze had besloten dat ze ze niet aan zou trekken, en er stonden ook potten met crème en haarverf en spuitbussen. Ik zag wel dat de camper net Tilly's eigen schoonheidssalon was.

Het had een vreemde uitwerking op me. Maar wel een leuke. Ik vraag me af wat voor verre herinnering, uit die vroege kindertijd, waarvan ik denk dat ik me die helemaal niet kan herinneren, al dat vrouwenspul bij me opriep. Omdat ik Tilly en Sandor al weer als mijn vader en moeder zag, alleen sterker, was het maar een kleine stap om te denken dat alles wat zij deden goed was, omdat ouders het deden, moeders en vaders. Ze speelden vader-en-moedertje.

Eerst hing ik alle kleren op of legde ze in de kleine kast. Ik maakte de potten en pannen schoon en had dat vreemde gevoel dat je soms hebt van ik-ben-hier-eerder-geweest. Toen kleedde ik me uit, ging in Tilly's bed liggen, knipte het licht uit en trok het dekbed over me heen, heel voorzichtig vanwege mijn pijnlijke hand. Ik zonk op een heerlijke manier in slaap door me voor te stellen dat ik lag ingestopt in een kinderbedje in hun kamer en dat zij maar een paar meter bij me vandaan in het grote bed lagen te slapen. Ik dacht zelfs dat ik hun zachte, regelmatige ademhaling kon horen, maar ik denk dat ik dat misschien gedroomd heb.

Ik maakte me nogal zorgen over de vraag hoe ik die ochtend in onze kamer zou kunnen komen. Maar, zo gaat het altijd, de dingen waarover je je zorgen maakt gebeuren niet en de dingen die wel gebeuren zijn dingen waar je niet eens aan gedacht hebt. De sleutel van onze kamer hing op het haakje in de receptie, dus ik vroeg er op de gewone manier om en ging naar boven. Natuurlijk dacht ik dat ze met zijn tweeën ergens heen zouden zijn, maar toen ik binnenkwam, zag ik Tilly in bed liggen.
'Waar is Sandor?' vroeg ik.
Ze wist het niet, ze zei het in elk geval niet. Ik kon zien dat ze niets aan had, maar toen ze rechtop ging zitten trok ze het laken op tot aan haar nek. Dit was de oude Tilly. Ik bedoel niet de oude die dik was en somber en muiskleurig piekhaar had, maar meer de Tilly die bij me op bezoek kwam in het ziekenhuis.
'Ik ben erachter waarom hij in de gevangenis heeft gezeten,' zei ze.
'Wat bedoel je?' Het was het laatste wat ik verwachtte.
'Ik ben erachter waarom hij gezeten heeft. Hij heeft het me verteld.'
'Waarom dan?' vroeg ik.
Ze lachte, een cynisch soort lachje. 'Nou, niet vanwege verkrachting, dat kan ik je wel vertellen.'
Ik begreep niet wat ze bedoelde en ik weet niet zeker of ik het nu wel begrijp. Ze bleef lachen. Toen hield ze op. De lach werd zo snel van haar gezicht geveegd dat het leek alsof je de televisie afzette. 'Lichamelijk letsel toegebracht tijdens roof. Ik heb het misschien niet helemaal goed, maar zo ongeveer was het. Hij

heeft iemand gestoken met een scheermes, een oude man, om te proberen hem een kluis open te laten doen.' Ze keek naar mijn hand op zo'n manier dat ik hem achter mijn rug had willen houden.

'Omdat Sandor nou eenmaal Sandor is, heeft hij er natuurlijk een zootje van gemaakt. Ik bedoel, als je tussen de regels door leest, Joe. Ik heb mijn eigen conclusies getrokken, zoals iedereen die een beetje hersens in zijn hoofd heeft. Om te beginnen was er 200 pond in de kluis en geen 20.000 en verder was de oude man niet zo oud. Hij deed de kluis open, maar terwijl Sandor naar binnen keek sloeg die man alarm. Sandor kreeg vijf jaar maar hij heeft niet al die tijd uitgezeten.'

'Waarom heeft hij dat aan je verteld?' vroeg ik. Ik denk dat ik eigenlijk bedoelde, waarom heeft hij mij dat nooit verteld?

Ze draaide haar gezicht weg en keek me van opzij aan met een blik waarin dingen lagen die je deden huiveren, met akelige dingen in haar ogen. 'Als we hem nou eens te pakken namen als alles verder misloopt? Wat zou je daarvan vinden? Ik denk niet dat hij vies is van een spelletje sm, alleen niet met mij, dat is verdomd onwaarschijnlijk.' Ze trok de sprei van het bed en sloeg die om zich heen. 'Ik ga opstaan, Joe, en een bad nemen en dan zal ik eens naar die arme hand van je kijken om te zien of we dat een beetje prettiger voor je kunnen maken.'

Sandor was met de auto naar Diana gegaan, die terug was van haar Griekse vakantie. Hij ging niet helemaal naar Norwich, maar ontmoette haar in Diss om te lunchen. Toen hij terugkwam, reed hij in haar auto, een praktisch nieuwe, lichtblauwe Vauxhall Cavalier. Hij had haar overreed om hem te ruilen voor de Fiat. Ik denk niet dat hij er veel overredingskracht voor nodig heeft gehad. Ze deed alles voor hem, hij hoefde er alleen maar om te vragen.

Tilly en hij hadden hun seksdrang kennelijk uitgeleefd. Ik heb gehoord dat dat kan gebeuren als je heel erg geil bent op iemand. Doe het, doet het een paar keer, hang flink de beest uit, dan is het achter de rug en voel je je beter. Hoe je seks ook bekijkt, het is niet erg aantrekkelijk, vind je wel?

Het was maandagochtend en ik zette voor de veiligheid andere kentekenplaten op de Cavalier. Sandor en ik gingen 's middags naar de camper om daar de Cavalier aan Tilly te geven en haar vermomming te inspecteren.
Ze had een gebloemde, katoenen rok aan en een lichtblauw T-shirt en had haar haar bruin gespoten. Er is een soort mousse te koop die je op nat haar kunt spuiten om een andere kleur te krijgen. Het is daarna nogal plakkerig en het geeft overal op af, maar dat kon Tilly niet schelen. Het zou wel blijven zitten zolang het nodig was. Ze had geen make-up opgedaan, alleen een lichtroze lipstick gebruikt, en droeg geen kousen, maar sandalen aan haar blote voeten.
Tilly trok een vies gezicht toen ze zichzelf in de spiegel bekeek, maar ik vond dat ze er heel leuk uitzag. Ze zou niet opvallen tussen al die andere moeders. Zo zag ze eruit, als de warme, jonge moeder van iemand. Ik vond dat het een beetje verknoeid werd toen ze een zonnebril opzette en ik denk dat Sandor dat ook vond, want hij zei: 'Die hele uitgebreide verkleedpartij is echt niet nodig.'
'Voor jou misschien niet,' zei Tilly en ze begon een hele toespraak af te steken. 'Dat kind zal jou niet zien, want ik hoop dat Joe en jij kousen over jullie gezicht zullen trekken voor ik hier terugkom. Maar als we haar niet om zeep helpen zal ze zich de dame herinneren met het vuurrode haar en de kousen en de lange, rode nagels, denk je ook niet? Die kans moet ze niet krijgen en omdat ik niet voor de rest van mijn leven met muizenharen en op platte schoenen wil lopen, doe ik dat liever drie dagen of hoelang het ook mag duren. Want ik moet je eerlijk zeggen dat ik wel niet dol ben op kinderen, maar ik ben er ook niet dol op om ze te vermoorden. Jij zei dat ik niet te houden was, maar dat is het punt waarop ik stop. Dus je moet deze keer maar eens zorgen dat een project van je wel goed uitpakt. Gesnapt?'
Terwijl ze sprak had Sandor zich omgedraaid. Hij geeuwde nota bene. Ik denk niet dat hij veel gehoord had, want hij ging door alsof ze niets gezegd had. 'Garnet zal niets tegen de politie zeggen, daarom doet het er niet toe wie jou ziet of welke kant van je

kleurrijke persoonlijkheid ze zien. En als Garnet gedaan heeft wat hem gevraagd wordt, zijn hij en zijn dochter niet in een positie dat ze het aan de politie of zo kunnen vertellen. Ze zitten er dan net zo tot hun nek aan toe in als wij – meer nog.'

'Ik hoop dat je gelijk hebt,' was alles wat Tilly zei.

Het was tijd voor haar om te gaan. We spraken af waar we elkaar zouden ontmoeten over een uur. Sandor en ik gingen de camper in, op zoek naar het paar kousen dat Tilly voor ons had klaargelegd om over ons hoofd te trekken. We deden dat niet, op dat moment nog niet. Sandor zei: 'Ik had dat niet moeten doen, eergisteravond, kleine Joe. Dat was een vergissing.'

Ik geloof dat dat voor het eerst was dat hij tegenover mij erkende dat hij iets verkeerds had gedaan. Het gaf het begin aan van een nieuw, intiem stadium in onze relatie, althans zo zag ik het. Ik voelde me warm worden van binnen. Ik tilde mijn gekwetste hand op en drukte er zachtjes op met de toppen van m'n vingers. Ik keek naar Sandor op.

'Goede God,' zei hij, 'ik bedoel niet die verdomde hand van je. Daar heb je om gevraagd en je verdiende het. Ik bedoel dat ik je zus geneukt heb of wat ze dan ook van je is. Kijk niet zo naar me, je ziet eruit als een zielige hond die op zijn poot getrapt is en hem nu omhooghoudt.'

Ik ging achter het stuur zitten en hij ging naast me zitten. Ik reed naar de plek waar we hadden afgesproken, een pad dat beneden naar de rivier loopt, naar een voetgangersbrug en een doorwaadbare plaats. Er is daar nooit iemand. Het was stil. De rivier stroomt er rustig door een bedding van gele kiezel en het water is vol wier, dat er als lange groene haren in drijft en planten met blaadjes, misschien wel waterkers. Er bloeiden bloemen, lange stengels waaraan roze klokjes hingen en in het gras groeiden gele boterbloemen en witte madeliefjes. De bomen staan heel dicht op elkaar hier, maar er is een plek waar ze wat uit elkaar gaan en waar ze een soort laan vormen. Er groeit welig gras en er grazen koeien, allemaal heel stil en geordend en nogal mysterieus. 's Middags zingen er geen vogels, behalve koekoeken en die roepen de hele dag. Er was een koekoek die maar doorging met lawaai maken, alsof hij mij zat te pesten. Het werkte op mijn zenuwen.

Sandor zei: 'Ik zou die vogel niet veel kans geven als jij een geweer had, kleine Joe.'

Misschien niet, maar ik ben er niet zo zeker van. Ik denk niet dat ik iets zou kunnen doden. Want als je dat doet, neem je toch leven weg? En dat is het einde, ze hebben geen leven meer, dat is het einde van alles voor hen voor altijd. Als meer mensen daaraan dachten, aan wat het eigenlijk betekent, zouden ze niet zo vaak praten over doodmaken. Maar ik zei daarover niets tegen Sandor. De koekoek begon weer en moet recht over de camper heen gevlogen zijn. Sandor zegt dat ze doorgaan met roepen terwijl ze vliegen.

We trokken de kousen over ons hoofd. Ik weet niet hoe ik eruitzag, maar Sandor deed me denken aan een film die ik op de televisie had gezien over soldaten in de Eerste Wereldoorlog met gasmaskers op, hoewel een kous niet erg op een gasmasker lijkt. Ik denk dat het effect hetzelfde was, dat je gezicht verdwijnt, en een man zonder gezicht is toch niet menselijk?

Het was tien voor half vier toen we er kwamen en de tijd ging maar langzaam voorbij. Sandor zei nauwelijks meer iets na wat hij gezegd had over het doodschieten van de koekoek. Ik dacht over wat Tilly me had verteld, over de oude man die Sandor had gestoken terwijl hij probeerde om zijn kluis te plunderen. Was het een winkel geweest of een bank of wat? Of was het misschien een particulier huis geweest? Het maakte geen verschil in mijn gevoelens voor hem, net zo min als Diana's gevoelens veranderd waren. Voor liefde maakt dat soort dingen niets uit. Ik ben een expert in liefde, weet je, zoals een astronoom een expert kan zijn in een ster die zo ver weg is dat hij hem nooit gezien heeft.

Het was vijf voor vier toen de blauwe Cavalier verscheen. Hij kwam langzaam in onze richting rijden. Het kind dat Jessica heette zat op de voorbank naast Tilly. Je kon de rivier niet op een andere manier oversteken dan via de doorwaadbare plaats en Tilly kwam daar langzaam doorheen, over de betonnen laag die een paar centimeter onder het wateroppervlak lag. Het kind

lachte toen de wielen fonteinen van water lieten opspatten. Ze wist op dat moment nog niets, ze wist niet wat er gebeurd was, ze dacht dat 'Anne' haar naar huis bracht.
Ik vond het gevoel dat ik daarbij kreeg niet prettig, maar wat dan nog? Ze zou niet lang in onwetendheid blijven verkeren. De onzekere blik op haar gezicht verscheen waarschijnlijk op het moment dat Tilly haar tussen al die bomen uit de auto liet stappen en met haar naar de camper liep. Ze moet geweten hebben dat het allemaal niet klopte toen ze binnenkwam en Tilly de deur achter haar dichtdeed. En ze ons zag, met onze maskers op. Ze huilde niet, ze schreeuwde niet, niets. Ze keek naar Tilly en toen weer naar ons en tuitte haar lippen op een gekke manier. Haar ogen zijn heel groot en groenig blauw en haar haar zit – nou ja, zat – in twee vlechten die tot aan haar taille reiken. Ze zei tegen Tilly: 'Waarom hebben ze die dingen over hun gezicht?'
Tilly antwoordde niet, niemand antwoordde. Tilly zei: 'Ga zitten. Ga daar zitten, tegenover ze.'
Ik denk dat elk kind het gezegd zou hebben. Ik vraag me af hoeveel keer ik het kinderen heb horen zeggen in tv-series. 'Ik wil naar huis.'
Al die tijd dat we hadden zitten wachten – nou ja, zo nu en dan – had ik de schaar zien liggen op het aanrechtje tussen het gasstel en de koelkast, een grote schaar met een oranje handvat. Die schaar had daar zaterdagavond niet gelegen, anders zou ik het me herinnerd hebben. Het kind, Jessica dus, bleef staan toen ze gezegd had dat ze naar huis wou, ze stond daar maar, alsof ze verdoofd was. Tilly stond achter haar. Ze pakte de schaar en knipte in een snelle beweging Jessica's beide vlechten af.
Ik snakte naar adem, maar maakte geen geluid. Sandor draaide bruusk zijn hoofd weg, alsof hij iets dat hem pijn deed niet wilde zien. Verbijsterd voelde Jessica met haar beide handen aan de afgeknipte einden van haar haar, de stompjes van haar haar.

19

De gedachte aan Jessica's angst, aan haar onvermijdelijke, vreselijke verwarring, aan hoezeer ze hem zou missen, was zo erg dat hij kreunde, hardop, als iemand met een lichamelijke pijn die in stilte niet te verdragen is. Hij had al zijn wilskracht nodig om het denken daaraan stop te zetten.

In het begin was hij, ondanks wat ze gezegd hadden, vast van plan om de politie te bellen. Had hij in het verleden niet zonder meer mensen die gehoorzaamden aan de eisen van terroristen veroordeeld? Want die kidnappers waren terroristen, ook al opereerden ze misschien op kleine schaal en was hun doel eenvoudig geld. Maar in het halve uur voor het tweede telefoontje kwam had hij de politie niet gebeld, had hij alleen maar gewacht op dat telefoontje. Als hij heel eerlijk was, moest hij toegeven dat in het accent waarmee de stem gesproken had een zekere autoriteit geklonken had. Dit was de stem van de autoriteit, de regering, de wet, van iemand die van een beroemde school kwam, een vooraanstaande universiteit. Je geloofde wat deze stem je zei, hoe vaak die stem je in het verleden ook had bedrogen.

'Morgenochtend zullen je instructies in de brievenbus liggen. Wacht tot na acht uur. Jessica is veilig zolang je doet wat wij zeggen. We willen geen geld, we willen dat je iets voor ons doet. Onthoud dat we haar niet willen, we houden niet eens van kinderen.'

Deze opmerkingen kon je op twee manieren opvatten. De ene manier was geruststellend, de andere manier was iets waaraan hij nauwelijks durfde denken. Daarom dacht hij weer over de politie. Zou hij de politie op de hoogte kunnen stellen zonder dat de ontvoerders van Jessica erachter zouden komen? Zonder zelfs maar vanuit de verte ervaring te hebben met een situatie die leek op zijn huidige situatie, begreep hij dat hij in een toestand verkeerde die typerend was voor de ouders van een ontvoerd kind. In de ogen van zo iemand krijgen de kidnappers bovenmenselijke, bijna bovennatuurlijke eigenschappen, weten ze alles, kunnen ze alles horen, hebben ze hun spionnen om elke hoek, in elke boom. Ze hebben in het geheim en onzichtbaar elke kamer voorzien van afluisterapparatuur, elke telefoon afgetapt en de telescopische lenzen van hun videocamera's hebben een onmogelijk bereik.

Paul zocht het telefoonnummer op van het dichtstbijzijnde politiebureau en draaide de eerste drie cijfers van het nummer. De kamer was ineens vol ogen. Hij kon de adem bijna horen van degene die met zijn oor tegen de muur gedrukt stond te luisteren. Hij dacht dat hij, terwijl hij draaide, ongewone tikken hoorde. Hij hing weer op.

Het was nog geen zes uur. Hij moest veertien uur wachten voordat ze hem zouden laten weten wat hij moest doen. En er was niets wat hij kon doen, helemaal niets. Eten, een boek openslaan, uitgaan – het leek allemaal even grotesk. Hij zou kunnen gaan drinken, stomdronken worden, zodat hij van niets meer zou weten, maar ook dat was geen serieuze overweging. Ze hadden gezegd dat hij pas de volgende ochtend om acht uur van hen zou horen, maar hij weigerde om daarop te vertrouwen. Als hun plannen veranderden zouden ze opbellen, als er een nieuw idee bij hen opkwam zouden ze opbellen. In de keuken had hij twee blikjes bier en een nog ongeopende, halve fles whisky. Hij schonk zich een beetje whisky in en dronk het puur. Hij voelde er zich niet beter door, maar ook niet slechter. Zijn hoofd tolde. De whisky zorgde voor een zekere verandering in zijn bewustzijn, bracht hem in een toestand van ongeloof, een gevoel van: dit kan Jessica en mij niet overkomen.

Het zou een steun geweest zijn als hij het iemand had kunnen vertellen, als er iemand bij hem was, hier, in de andere leunstoel, die naar hem luisterde. Er was niemand. Hij had nog nooit zo scherp gevoeld dat hij alleen was. Pas toen hij haar stem hoorde dacht hij weer aan Nina, herinnerde hij zich haar bestaan. Toen de telefoon rinkelde dacht hij dat het de kidnapper was met de kalme, beleefde, autoritaire manier van spreken. De schok toen

hij hoorde dat zij het was verstomde hem, maakte het hem voor een moment onmogelijk om iets te zeggen.
'Paul, is alles goed met je?'
Dit was het moment om het haar te vertellen, maar eigenlijk dacht hij daar niet eens aan. Hij loog en zei: 'Ja, alles is goed.'
'Ralph belde net. Hij komt laat thuis. Hij vroeg me om jou te bellen en dat te vertellen. Zodat jij voor me zou zorgen. Ik vond het wel komisch, op een ironische manier.' Hij hoorde haar ietwat geringschattende lach. 'Arme Ralph,' zei ze, en toen: 'Paul? Wat is er? Als je soms bang bent dat iemand me kan horen, Colombo en Maria zijn allebei in de keuken.'
Hij kon hun silhouetten zien door het keukenraam. Ze hadden licht aan, hoewel het nog maar nauwelijks schemerde.
'Zal ik naar je toe komen? Ik weet dat Jessica er is, maar we zouden toch samen kunnen zijn, met z'n drieën.'
Hij raapte al zijn moed bij elkaar om haar te antwoorden. 'Vanavond niet, Nina.' Er ontsnapte hem iets waaruit ze zou kunnen opmaken dat niet alles in orde was, hij kon het niet inhouden. 'Heb geduld met me. Vraag me niets.'
Ze vroeg hem wel iets. Natuurlijk deed ze dat. 'Maar wat is er dan? Je bent niet in orde, hè? Of is er iets met Katherine? Is er iets met Katherine?'
'Nina, alsjeblieft, vraag me niets. Laten we nu niet praten. Alsjeblieft.'
'Paul, wat is er? Ben je ziek?'
Het kostte hem een bovenmenselijke inspanning. 'Ik ben oké. Echt. Jessica...' Wat had hij willen zeggen? Hij zei het weer, alleen de naam. 'Jessica.' Ze dacht dat hij probeerde haar te zeggen dat het ging om iets dat Jessica niet mocht horen.
'Goed,' zei ze. 'Ik zie je morgen. Ik wilde alleen maar zeggen dat ik het Ralph vanavond niet zal kunnen zeggen, als hij pas zo laat thuiskomt. Ik wil niet dat je denkt dat ik eronderuit probeer te komen.'
'Dat denk ik niet. Het kan me niet schelen. Het doet er niet toe.'
Het klonk alsof hij gek werd. Hij kon haar zelfs niet gedag zeg-

gen, hij kon de woorden niet vinden, het was alsof hij aan het einde van alle beschikbare reserves aan woorden gekomen was. De telefoon werd opgehangen en hij stond ernaar te kijken, ervan overtuigd dat ze terug zou bellen. Dat deed ze niet. Er heerste diepe stilte.

Hij ging naar de keuken en schonk zich nog een beetje whisky in. Hij was met geen mogelijkheid in staat om ver bij die telefoon vandaan te gaan. Zelfs de keuken was te ver. Hij zakte onderuit in de fauteuil, nam kleine slokjes van de whisky. Zolang de alcohol nog in zijn mond zat, de reis door zijn keel begon, bracht de warmte ervan hem een soort hoop. Maar daarna was er alleen verwardheid en verspreidde zich langzaam paniek door zijn lichaam. Dat kwam door de machteloosheid, zijn gedwongen nietsdoen. Hij kreeg de behoefte om heen en weer te lopen, maar hij bedwong zich. Hij bleef wanhopig achteroverliggen.

De lichten floepten even na tien uur aan. Apsoland kwam thuis. Paul dacht dat zo dadelijk de telefoon zou gaan en dat Apsoland hem zou vragen om de Jaguar weg te zetten. Hij deed dat niet altijd, soms stond de auto de hele nacht buiten. Na een half uur wist Paul dat hij niet zou bellen. Er ging boven in het huis een licht aan, achter het raam dat in de muur zat van de hal boven. Niemand had de gordijnen dichtgedaan. Hij zag Nina door de hal lopen, op weg naar haar slaapkamer. Ze bleef even staan en keek door het raam naar zijn huis. Voor ze hem had kunnen zien, draaide hij zich om en ging terug naar de keuken waar hij van een vers bruin brood een boterham afsneed die hij droog opat. Het was elf uur geleden dat hij iets had gegeten. Toen hij zich nog een centimeter whisky had ingeschonken, ging hij boven een deken halen om over zich heen te trekken terwijl hij probeerde te slapen op de sofa.

Het was tamelijk donker, zelfs met de gordijnen open, nu alle lichten in het grote huis uit waren. In de verte kraste een uil, een schrille, onaardse kreet.

De slaap kwam grillig, heel anders dan anders. Hij sliep maar tien minuten of minder achter elkaar, soms dromend, met heel heldere of heel donkere beelden. Maar het waren maar heel korte perioden van lichte slaap. Hij lag niet gemakkelijk, zijn lichaam deed pijn en hij transpireerde. Toen het, onmogelijk vroeg al, nog vóór vieren, licht werd, verloor hij alle hoop om nog in slaap te vallen.

Zijn hoofd bonkte dof. Hij waste zijn gezicht en zijn handen onder de koude kraan in de keuken. Hij was nog steeds bevangen door een bijna bijgelovige angst om ver bij de telefoon vandaan te gaan. Misschien waren ze nu op weg naar de brievenbus, of waren ze er al geweest of troffen ze nog steeds voorbereidselen om erheen te gaan. Sterke, zwarte oploskoffie was het enige wat hij kon verdragen. De gedachte eraan was zelfs al een kleine troost.

Als ze haar doden, dood ik mezelf, dacht hij. Het was zijn eerste echte gedachte die dag. Hij vond het vreselijk om eraan te denken, maar huiverend stelde hij zich voor waar ze nu zou zijn, opgesloten in een smerige, ongezellige kamer, met vast wel een bed, met dekens. Ze zou het tenminste niet koud hebben. Ze zou slapen. Kinderen sliepen ondanks alles wat met ze gebeurde, ondanks angst, verdriet, zelfs pijn. Slaap was voor hen een natuurlijke zaak, kinderen hadden nog geen last van afschuwelijke visioenen van alle ellende op de wereld of een woestijn zonder oases om drie uur 's nachts. Kinderen die honger lijden, treurige kinderen, kinderen die mishandeld worden, ze hebben allemaal de troost van de slaap. Ze zou slapen – en ze zou wakker worden.

Hij merkte dat hij huilde. Voorzover hij zich herinnerde was dat voor het eerst in zijn volwassen leven, voor het eerst sinds hij tien of elf jaar was geweest. Zijn traanklieren, zo lang ongebruikt, wisten nog hoe het moest. Hij stond te huilen met zijn hoofd achterover, alsof dat de tranen zou kunnen afremmen. Hij dronk zijn onaangenaam bittere koffie.

Er viel niets te doen, zijn enige tijdspassering was denken aan Jessica. Hij dacht aan haar en daardoor moest hij huilen. Hij ontdekte dat hij zichzelf net zo goed kon overgeven aan zijn verdriet, hij kon net zo goed aan haar denken, zich haar herinneren, pijn voelen om haar en naar haar verlangen, want iets anders doen zou een ontkenning zijn van haar, een verlies aan realiteit en menselijkheid.

Om vijf voor acht, de opgedroogde tranen op zijn wangen en nog steeds in de kleren die hij de hele nacht aan had gehad, ging hij naar buiten. Hij liep in de richting van het hek. Hij liep niet tussen de muren door, maar over het bedauwde gras. De ochtend was koel, nog nevelig, met een zwak zonnetje. Een haas sprong, geschrokken door zijn voetstappen, van achter een bosje hoog gras vandaan. Hij dacht: Laat ze vriendelijk zijn tegen haar, laat ze tenminste vriendelijk tegen haar praten. Voor het eerst herinnerde hij zich de vrouw die had gebeld en die Anne heette. Er was een vrouw bij. Laat Anne vriendelijk tegen haar zijn.

Op een gegeven moment moest hij Flint Avenue op, er was geen andere manier om uit het park te komen. Wat een oord! Wat een dwaasheid! Het elektrische hek stond evengoed de stroper als de fatsoenlijke bezoeker op te wachten. Hij liep door de smeedijzeren poort de weg op, maakte het hek open en liep door naar de brievenbus die bij de pilaar stond met de toekijkende leeuw.

De post was gekomen. Twee enveloppen met getypt adres voor Apsoland. Een pakje voor hem met een adres in Northampton dat niets met hem te maken had. Zijn instructies. Waarom zouden de instructies in een pakje zitten?

Terwijl hij het openmaakte, dacht hij aan wat erin zou kunnen zitten. Het was alsof alles in zijn lijf stilstond, zijn hart, zijn adem, zijn bloedsomloop. Alleen zijn vingers werkten, trokken aan het kleverige plakband waarmee de bruine, al eerder gebruikte envelop, waarvan het oorspronkelijke etiket was afgescheurd, was vastgeplakt, aan de krant die erin zat. De vlechten gleden in zijn handen. Zijn adem stokte. Hij kreeg kippenvel. Het haar rook naar haar, de zoete, poederige kleine-meisjesgeur, en in een van de vlechten zat, vlak bij waar hij was afgeknipt, een van die klitten die tussen hen praktisch de enige oorzaak van onenigheid waren geweest.

Hij draaide zijn hoofd opzij en kokhalsde. Er kwam alleen maar gal in zijn mond. Hij klemde het haar vast, in elke hand een vlecht, daarmee alles wat hij van haar had stijf vasthoudend. De leeuw die de man in zijn klauwen had, staarde naar hem met zijn opgeheven ongevoelige, stenen kop. Hij keek op omdat er een auto langs de oprijlaan aan kwam rijden. Het was Apsoland in de Jaguar. Paul vertrouwde het haar van zijn kind toe aan de zakken van zijn jack en raapte de verpakking op die op de grond was gevallen.

Apsoland draaide zijn raampje naar beneden en zei: 'Zeg even braaf tegen Colombo dat jij de post al hebt gehaald, wil je? Dat bespaart hem een onnodige tocht.'

Omdat hij niets te zeggen had, zei Paul niets. Hij keek naar hem en knikte.

Apsoland riep nog iets onduidelijks over het openlaten van het hek voor de mensen die de planten kwamen brengen en reed door. Er zaten geen instructies bij het haar. Hij begreep wat ze aan het doen waren. Ze wilden hem in onzekerheid laten zweten. Ze hadden succes. Om de een of andere reden herinnerde hij zich op dit moment wat Nina gezegd had over een vingernagel. Ze had ook gezegd dat het niet haar nagel was geweest. Waren dit dezelfde mensen die Nina hadden ontvoerd? En was het mogelijk dat ze zich vergist hadden en Jessica hadden meegenomen in plaats van Nina? Dat iemand het verkeerd begrepen had toen hem gezegd werd om het meisje met het blonde haar te ontvoeren?

Maar ze hadden haar haar afgeknipt. Als ze maar niet bang was geweest, dacht hij, als ze het maar gedaan hadden terwijl ze sliep. Er kwam geen einde aan zijn vreselijke denkbeelden. Hij zag voor zich hoe ze haar haar vasthield en de twee vlechten even later los in haar handen had.

Toen hij weer thuis was dacht hij: Moet ik het Katherine vertellen? Moet ik proberen om Katherine te pakken te krijgen en het haar vertellen? Zij is tenslotte Jessica's moeder, op haar eigen vreemde manier moet ze toch iets van liefde voor haar voelen. Nog niet, nog niet. Wacht bij de telefoon, ga niet bij de telefoon weg. Zo zul je instructies krijgen, via de telefoon. Als ze het gevoel hebben dat ze me murw genoeg gemaakt hebben.

Dat hebben ze al, dat hebben ze al gedaan. Ik wou dat ik ze dat kon zeggen.

De telefoon ging. Hij sprong op. Het was de stem van Colombo. De leveranciers waren gekomen met de planten voor de wintertuin. Had Paul de instructies om ze te controleren? Meneer Apsoland had gezegd dat hij ze had. Colombo weigerde om op eigen initiatief enige verantwoordelijkheid te nemen.

Paul wist het weer. Hij had ergens een envelop. Hij lag op de boekenkast. Als het fysiek mogelijk was geweest om te lachen, zou hij gelachen hebben. Er zaten in de envelop twee kleine fotootjes, paspoortformaat, en een velletje papier met namen en beschrijvingen erop getikt. De ironie daarvan, nu het gevaar al werkelijkheid was geworden! Het was te laat. Maar hij ging toch naar buiten, de voordeur openlatend zodat hij de telefoon zou kunnen horen. De vrachtwagen met de planten stond aan de andere kant van de poort geparkeerd. Maria stond te praten met de chauffeur die nog in zijn cabine zat.

Paul dacht: Stel je voor dat ze Jessica hebben ontvoerd om mijn aandacht af te leiden en dat dit ook een paar van de ontvoerders zijn, die nu voor Nina komen. Het zou een heel slimme manier geweest zijn om het te doen. Maar de gezichten kwamen overeen met de foto's en de beschrijvingen klopten ook. Paul knikte naar ze en zei dat ze konden uitladen. Hij ging terug naar huis, naar de telefoon.

De twee mannen kwamen met karretjes vol planten in potten de poort door. Ze brachten sinaasappel- en citroenboompjes, plumbago's en een hele serie planten die zo gewoon, zo universeel zijn, dat iedereen ze herkent maar niemand de naam weet. Hij haalde Jessica's haar uit zijn zakken. Er nu naar kijken was bijna nog erger dan de eerste blik die hij erop geworpen had bij de brievenbus. Hij sloot zijn ogen, dacht: Ik moet het bewaren, misschien is het alles wat ik van haar zal hebben.

Nina kwam de poort door. Ze droeg de lichtblauwe, katoenen jurk die hij zo leuk vond. De twee mannen zetten de potten met planten op planken in de wintertuin en Nina kwam staan kijken. Paul kon zien dat ze met de mannen praatte. Ze lachte ook een keer. Hij draaide zich om en keek naar de telefoon. Het geklikklak van haar hakken op de tegels vertelde hem dat ze naar het huisje kwam. Hij deed de deur open, liet haar binnen en deed snel de deur weer dicht. Zo gauw de deur dicht was had ze haar armen al om hem heen. Hij dacht: Stel je voor dat ze wil dat ik haar ergens naartoe breng? Ze had beloofd dat hij in die zin nooit meer haar chauffeur zou zijn.

Ze zei: 'Het spijt me van gisteren.'

'Waarom zou jij ergens spijt van hebben?'

'Ik was van plan om het Ralph te vertellen. Dat is nogal een anticlimax geworden. Ik weet dat je kwaad was op me, dat merkte ik wel.'

'Ik was niet kwaad,' zei hij.

'Ik zal het hem vanavond vertellen. Luister, wat ga je met Jessica doen? Wat school betreft, bedoel ik. Je zult ze moeten inlichten.'

Nu was de tijd gekomen om het haar te vertellen. Hij was niet alleen, hij had Nina, zijn partner, zijn natuurlijke vertrouwenspersoon. Hij zou het met haar kunnen delen. Hij zou het haar kunnen vertellen en ze zou hem kunnen helpen. Op de een of andere manier, zelfs nog voor hij erover begon na te denken, wist hij dat hij het haar niet zou vertellen. Ze zou ontzettend bang worden, maar dat was niet de reden. Ze had het over regelingen. Hij hoefde niet op te zeggen bij Apsoland omdat hij tenslotte vanwege haar in dienst genomen was. Ze scheen een soort grapje te maken over verloofd zijn. Hij kon niet lachen.

Ze zaten naast elkaar op zijn sofa. De mannen die de planten brachten zouden hen hebben kunnen zien, of Maria, als ze in de richting van het raam hadden gekeken. Het leek Nina niet te kunnen schelen wat ze dachten. Ze hield zijn hand vast.

'Ik had de hele dag bij je willen blijven, maar nu belden die mensen gisteravond. Familie van me, nou ja, heel ver, maar toch familie. Ze zijn hier met vakantie en ze willen langskomen, ik moest ze wel voor de lunch vragen. Paul, het spijt me ontzettend, maar het is maar één dag.'

'Het geeft niet,' zei hij.
Het was een opluchting. Hij vroeg zich af wat hij zou doen als hij nu werd gebeld. Alles wat hij kon doen was haar hand blijven vasthouden, heel stevig vasthouden.
Ze zei: 'Sinds jij hier bent ben ik langzamerhand steeds minder bang geworden. Mijn vertrouwen groeit, ik kan tegen mezelf zeggen dat ik mijn fantasie niet met me op de loop moet laten gaan en dingen niet buiten proporties moet zien. Wat kan het me schelen als de een of andere dwaas me schrijft en me zegt dat hij me komt ontvoeren? Dat kan hij niet, niet als jij hier bent. Al Ralphs hekken en deuren en lichten hebben niet voor me gedaan wat jij gedaan hebt.'
'Ik heb helemaal niets gedaan,' zei hij.
'Jij was hier. Jij bent groot en sterk en gezond en redelijk... En ik hou van je.'
Hij hield haar in het halfdonker van de hal in zijn armen. Het was een troost, een kleine, ontoereikende troost maar een troost, om iemand vast te houden, het kloppen van een ander hart, de druk van een ander lijf, de adem van een ander te voelen. Toen ze zich van hem losgemaakt had en de deur achter haar was dichtgegaan dacht hij: Waarom gaat de telefoon niet, waarom bellen ze niet?
De leveranciers van de planten waren weg, de vrachtwagen was weg. Hij zag dat Nina in plaats van onmiddellijk naar het huis terug te keren weer naar de wintertuin gelopen was en al haar nieuwe, saaie planten met tedere blik bekeek. Ze deden hem denken aan de plantenbakken in de foyer van een hotel of een conferentiecentrum. Ze leek heel ver van hem weg. Ik ken haar nauwelijks, dacht hij. Wie is ze?
Hij had de woorden onwillekeurig hardop uitgesproken. Het was alsof de telefoon hem antwoord gaf, of dat zijn woorden het telefoontje hadden uitgelokt. Hij pakte de hoorn op, zei zijn nummer en hoorde iemand ademen.
'Met wie spreek ik?'
'Je hoeft mijn naam niet te weten.' Het was de man die hem de 200.000 pond geboden had, de andere stem. 'Heb je het pakje gekregen?'

Hij had willen roepen dat het een grof schandaal was. 'Ja,' zei hij stilletjes.
'Ik neem aan dat je haar haar hebt herkend. We dachten niet dat het nodig was om er een briefje bij te doen. Ze is oké, een beetje ongelukkig, maar dat is logisch. Je herinnert je ongetwijfeld dat mijn vriend tegen je gezegd heeft dat we willen dat je iets voor ons doet?'
'Ik zou me schamen om zo iemand mijn vriend te noemen.'
'Dat is dom,' zei hij. 'Met beledigingen kom je nergens. Wil je niet horen hoe je Jessica terug kunt krijgen?'
'Natuurlijk wil ik dat.'
'Je kunt haar morgen terug hebben. Zou je dat willen?'
Zelfs ter wille van Jessica gunde hij deze man niet het plezier om hem te kwellen. 'Zeg me wat ik moet doen.' Zijn stem klonk scherp. Dat leek een snelle uitwerking te hebben.
'Geef ons de prinses. Dat is de ruil. Geef ons de prinses, dan krijg jij Jessica.'
'Wie?' vroeg hij. Paul zou hebben moeten nadenken om te begrijpen wie hij bedoelde en hij kon niet nadenken.
'Nina Abbott,' zei de man. 'Wij willen haar in ruil voor Jessica.'

20

Ma's oude vader die wij opa moesten noemen kwam soms bij ons op bezoek. Hij kwam zondagavond altijd eten. Pa ging hem met de auto ophalen in het bejaardenhuis. Opa had kromme benen, zoals een jockey, en een rug die krom was van de reuma. Hij was vroeger, ongeveer vijftig jaar geleden, boerenknecht geweest, zoals ze dat toen noemden. Landbouwer heet dat tegenwoordig. Opa vertelde altijd over de provincie. Hampshire was het, geloof ik. Eigenlijk was dat het enige waarover hij ooit praatte.

Hij zei dat je nergens heen kon op het boerenland. Dan was je in overtreding. Je werd neergeschoten door jachtopzieners als je al niet in een val trapte. Pa zei dat hij het zeker over honderdvijftig jaar geleden had, maar opa hield vol dat het zo was. Hij zei dat jagers op vossen en mensen die drijfjachten hielden op hazen de enige mensen waren die konden gaan en staan waar ze wilden. Nou, of het waar was of niet in opa's tijd weet ik niet, maar nu is het in elk geval niet meer zo. Er is om te beginnen nooit iemand te zien. Het boerenbedrijf is helemaal gemechaniseerd en de kans is groot dat je helemaal niemand ziet of anders misschien een eenzame man op een tractor of een andere landbouwmachine, maar die zit opgesloten in zijn cabine met z'n sigaretje en zijn broodjes en zijn bier en z'n koptelefoon op.

Als ze onkruid willen uitroeien, sturen ze een helikopter die vergif sproeit. Meestal zijn de velden en de bossen verlaten. Net als steden 's nachts, alleen is het op het land dag en nacht zo. Op het land zijn alleen de wegen vol, het land is helemaal voor de natuur of wat daarvan over is. Daarom was het voor ons zo makkelijk om met de camper van het ene verstopplekje naar het andere te rijden.

De eerste avond reden we ongeveer 30 kilometer naar het noorden en parkeerden we in een bos. Het was heel afgelegen. We reden door een dorp met alles wat daarbij hoort: kerk, paar pubs, stadhuis, een paar kitscherige grote huizen en de gebruikelijke silo's en graanopslagplaatsen aan de buitenkant. Daarna was er kilometers lang niets. Ons bos lag in een vallei en je kon er vanaf de weg komen via een paadje. In geen enkele richting was een huis of zelfs maar een kerktoren te zien.

Tilly had alles georganiseerd, zelfs eten. Ze grilde worstjes en we aten aardappelen uit blik en diepvrieserwtjes. Jessica sliep toen al en dat was maar goed ook, omdat we, als ze wakker was geweest, niet hadden kunnen eten met die kousen over ons hoofd. Ze weigerde om iets te eten, maar zei dat ze wel een kop chocola wilde. Tilly drong erg aan op die chocola en dat was niets voor haar. Ik begreep de reden toen Jessica in slaap viel. Tilly had er een slaappil in gedaan. Het waren eigenlijk capsules, daarom had Tilly er eentje uit elkaar gepeuterd en de poeder door de chocola, de suiker en de melk geroerd.

Ik heb gezegd dat ik niet van kinderen houd en dat is waar. Ze zijn vervelend, vind je niet? Het is vervelend als er kinderen zijn. Al die vragen die ze stellen en dat ze helemaal niets weten over allerlei dingen die jij al jaren weet, daar word je niet goed van. Maar toch had ik een gek gevoel, zo met Jessica daar. Ik voelde me – nou, ik geloof dat verlegen het beste woord is. Ik weet dat Sandor en Tilly dat gevoel niet hadden. Sandor besteedde helemaal geen aandacht aan haar, wat hem betreft had ze er net zo goed niet kunnen zijn, hoewel hij snel genoeg gereageerd zou hebben als ze geprobeerd had om ervandoor te gaan. Tilly was zoals ik me de directrice van een opvoedingsgesticht voorstel, kortaf en heel streng. Ik begreep wel waarom. We zaten tenslotte niet hier om haar in de watten te leggen en verhaaltjes te vertellen. Maar ik voelde me gegeneerd, ik voelde me verlegen. Als ze naar me keek was ik blij dat ze mijn gezicht niet kon zien en dat was niet alleen maar omdat ik me geneerde met die kous eroverheen.

Dus ik was blij toen ze ging slapen. Tilly zei dat ze waarschijnlijk een gat in de dag zou slapen als ze, wat waarschijnlijk leek, nooit eerder Seconal had gehad. Ik voelde me wat beter, doordat ze een hele tijd niet zou beseffen wat er met haar gebeurde. Het was een opluchting om die kous weg te kunnen doen. Als je drie uur of langer met zo'n ding over je hoofd zit, ga je je afvragen hoe vrouwen dat uithouden met die dingen om hun benen. Ik denk dat dat anders is omdat benen niet ademhalen.

Toen Jessica eenmaal sliep, begon Tilly te praten over het geld dat we zouden krijgen. Sandor vond dat we ons daar nog niet mee bezig moesten houden omdat we nog niet eens zover waren dat Garnet ermee instemde.

'Maar ik heb verdomd veel werk verzet,' zei Tilly. 'Er moest heel wat georganiseerd worden en ik ben degene die dat gedaan heeft. Het is mijn camper en ik heb de verantwoordelijkheid voor haar, in elk geval vannacht. Ik wil hier en nu afspreken wat mijn beloning zal zijn.'

'Sandor had het over twee miljoen,' zei ik.

'Oké, kleine Joe, houd jij maar twee miljoen in je hoofd als dat je gelukkig maakt, goed?'

'Maar gaan we dat ook vragen?'

'Misschien,' zei Sandor, 'maar we weten niet wat we gaan doen tot Garnet ja gezegd heeft. En we weten al helemaal niet wat we gaan doen als Garnet nee zegt.'

Daar moest Tilly het mee doen. Maar ze vroeg steeds opnieuw naar wat er de vorige keer gebeurd was, dus toen we onze worstjes zaten te eten vertelde Sandor het haar. Over de oude prins Piraneso en de familie Viani en over de ontmoeting van Adelmo Viani met de prins in de kerk en het in ontvangst nemen van het losgeld.

'Wat heb je met het geld gedaan?' Tilly's stem klonk scherp, als een zweepslag.

'Wat zeg je?' Als Sandor op zo'n langzame, slepende manier praat lopen de rillingen langs m'n rug.

'Over jouw deel van de poen, dat moet meer dan 100.000 pond geweest zijn, wat heb je daarmee gedaan?'

'Gaat jou dat verdomme iets aan?' Maar Sandor was in een goede bui en hij zei het niet kwaad. Hij lachte een beetje. 'Je moet wel een heel bescheiden stijl van leven gewend zijn, Tilly, als je denkt dat ik daar vijf jaar van zou kunnen leven en dan nu nog iets over zou hebben.'

Maar hij had toch vier jaar daarvan in de gevangenis gezeten? En zijn moeder onderhield hem, dat had ze altijd gedaan. Ik merkte wel dat Tilly dat ook dacht, maar ze zei niets meer. Het was inmiddels donker en heel stil. We schrokken toen er plotseling licht viel op het plafond van de camper. Het was zo onverwacht. Ik denk dat we allemaal een visioen hadden van politiemannen in uniform en een paar van hen in regenjas met slappe hoed, die tussen de bomen door renden en een soort aanval op de camper uitvoerden. Maar de lichten gleden weg en na een paar seconden ging ik naar buiten om poolshoogte te nemen.

Het kwam pas achteraf bij me op dat de politie zich met revolvers in de aanslag achter de bomen verborgen had kunnen houden om mij op te wachten. Ik ben blij dat ik daar niet eerder aan had gedacht, want dat zou alleen nog maar meer zinloze angst betekend hebben. Het bos was heel leeg en heel donker. Ik liep een eindje in de richting van het pad. Mijn ogen raakten langzamerhand gewend aan het donker. Toen ik aan de rand van het bos kwam, bij het open land, zag ik in de verte de achterlichten van een auto of een vrachtwagen, anderhalve kilometer verderop, waar het pad naar beneden slingerde. Die was natuurlijk door het bos gereden, op weg naar een boerderij daar ergens in de vallei.

Toen ik terugliep, hoorde ik iets in de verte. Ik ben niet bijgelovig, ik geloof niet in geesten of zo, maar ik hoorde vogels zingen, en vogels zingen niet 's nachts. Als ik me bewoog, kon ik het niet horen, alleen als ik stilstond en echt geconcentreerd luisterde. De klanken waren heel puur en koud en klonken als een soort toonladders op een speelgoedpiano of op een piano die niet genoeg noten had. Zo klonken de tonen, maar toch wist ik dat die geluiden door vogels gemaakt werden en ik raakte erdoor in de war op een manier die ik niet kon uitleggen en ook nu niet kan uitleggen. Ik kom het dichtst in de buurt als ik zeg dat ik erdoor ging verlangen naar iets wat ik niet nader kan omschrijven, iets waarvan ik niet zou weten wat ik ermee moest doen als ik het had.

Ik was bang dat ik zou gaan huilen als ik iets zei. Gelukkig hoefde ik niets te zeggen voor Sandor en ik weggingen. We hadden erop gerekend om in de camper te blijven die nacht, maar nu Jessica dat slaapmiddel had gehad leek dat niet nodig. Tilly zei dat ze het best alleen aankon, dat ze het prima vond zo en dat wij het haar op weg naar huis konden afleveren. We wikkelden het in de binnenpagina's van de *Daily Mirror* en stopten het in een envelop die Tilly had gevonden in een afvalcontainer met oud papier. Het adres erop was Northampton en dat vonden we wel gunstig, voor het geval Garnet toch de politie mocht bellen. De vogels zongen nog steeds. Ze kwamen dichterbij. Ik keek naar Sandor, maar het was te donker om zijn gezicht te kunnen zien. Ik kon merken dat hij ook luisterde. Zijn voeten gingen wat aarzelender en op een gegeven moment stond hij stil, zijn hoofd een beetje opzij. De koude tonen druppelden door het donker en leken niet in het hier en nu thuis te horen. Het was alsof ze in een andere wereld waren dan wij en alsof er soms een brug tussen die werelden ontstond, of dat er een barrière werd doorbroken.

'Wat is dat?' vroeg ik. 'Waar komt dat geluid vandaan?'

'Nachtegalen.'

Dat was dus alles. Ik dacht dat die allemaal verdwenen waren, doodgegaan, een uitgestorven diersoort, zoals Sandor zegt. Was dat het soort geluid dat die ene nachtegaal maakte die op Berkeley Square zong en die ma op een grammofoonplaat had? Op de een of andere manier had ik me altijd voorgesteld dat ze een wijsje zongen. We gingen terug naar de plek tussen de bomen waar we de auto hadden achtergelaten en ik reed naar huis. Toen we bij Jareds kwamen, wisten we dat Garnet de politie niet had gebeld en het daarom waarschijnlijk ook niet meer zou doen. Het zou er anders zwart gezien hebben van politie en politieauto's en er zouden overal lichten aan geweest zijn. Alles was donker en zo stil als in het nachtegalenbos. Ik stapte uit de auto en deed het pakje in de brievenbus.

Takken met grote, donkere bladeren hingen over de gesloten ingang en verborgen het verraderlijke, onder stroom staande hek.

Een blad raakte mijn gezicht en voelde aan als een koude, vochtige hand. De leeuwen waren zware, grijze schaduwen, maar op degene die de man in zijn klauwen had speelde het licht van de koplampen van de auto en het leek alsof hij een beetje bewoog, zijn greep verstevigde. Toen we wegreden keek Sandor achterom en zag hij nog net een speldenknopje licht glinsteren op de plek waar het huis moest zijn.

Voor het eerst in weken vertelde hij me een verhaal die avond. Ik lag in bed televisie te kijken. Sandor pakte de afstandsbediening – is het niet gek dat er niet een betere benaming is voor die dingen? – switchte naar een paar andere kanalen en zette hem toen af. Hij doet dat vaak zonder het mij te vragen en dat is ook logisch, denk ik, als hij wil gaan slapen. Maar hij ging niet slapen. Hij zag er gelukkiger en jonger uit. Iets van de donkerte was uit zijn gezicht weg.

'Er was eens,' zei hij, 'een godin van de zee die Thetis heette. Ze was getrouwd met een sterfelijke man, Peleus. Alle goden waren aanwezig op de trouwerij behalve Discordia, die niet uitgenodigd was en die wraak nam door een gouden appel tussen de goden te gooien waarop de woorden stonden: "Voor de mooiste".'

'Wie was de mooiste, Sandor?' vroeg ik.

Hij glimlachte. Even dacht ik dat hij niet zou antwoorden. Toen ging hij door met het verhaal over de drie godinnen die alle drie dachten dat ze de mooiste waren. Hij vertelde hoe ze een man vonden, Paris, om uitspraak te doen in de schoonheidswedstrijd. Ieder van hen beloofde hem een beloning als hij haar zou kiezen, maar de beloning die Afrodite, de godin van de liefde en de schoonheid, hem beloofde was dat de mooiste vrouw van de wereld zijn vrouw zou worden, dus koos Paris haar uit.

'Ik dacht dat de godin de mooiste vrouw was,' zei ik. 'Hoe konden er twee zijn?'

'De vrouw die Paris werd beloofd was de mooiste sterfelijke vrouw,' zei Sandor. 'Sterfelijk betekent dat ze kon sterven. Godinnen kunnen niet sterven. Dit is genoeg voor vanavond, morgen krijgen we nog een aflevering.'

Ik had twee kappen voor ons gekocht met gaten erin voor je ogen en je mond. Sandor zegt dat ze eruitzien als het soort kappen dat ze bij de Ku Klux Klan dragen, maar de onze zijn gemaakt van zwarte stof. Ik kocht ze in een feestwinkel in een van de twee steden waar we door kwamen toen we terugreden naar het nachtegalenbos. Die man had fantastische dingen, ik had wel uren in die winkel willen blijven kijken naar de honden- en kattenmaskers, pakken waarop een skelet was getekend, handen die zo gemaakt waren dat het leek alsof ze bij de pols waren afgehakt en purperen moedervlekken die je op je gezicht kon plakken en groene en rode contactlenzen om de kleur van je ogen te veranderen. Ik kocht er ook een speelgoedrevolver. De man noemde het een replica, het zag eruit als een echte Colt, maar dat kan het niet geweest zijn want hij kostte maar twee pond vijfentwintig.

Voor we uit het George-hotel weggingen en Sandor met de American Express Card had betaald, belde ik Garnet. Sandor schreef op wat ik moest zeggen. Garnet was heel grof, maar ik denk dat we dat ook eigenlijk wel hadden kunnen verwachten. Ik vond het leuk om tegen hem te zeggen dat we de prinses wilden. In de eerste plaats heb ik niets tegen de man, hij is een gewone, werkende man zoals ik, hij zwemt niet in het geld zoals die mensen voor wie hij werkt en ik vond het prettig om hem te kunnen vertellen dat zijn zorgen voorbij waren en dat hij zijn kind terug kon krijgen. De andere reden was dat het zo dramatisch was om het hem aan te kondigen en dan de telefoon neer te leggen. Het was net als op de televisie, de laatste woorden die gezegd worden voor de onderbreking van de reclame. Je zit dan de hele tijd op het puntje van je stoel te kijken naar de reclame voor Persil en Hofnarsigaren en je af te vragen wat de persoon tegen wie deze woorden werden gezegd nu zal gaan doen.

Ik zei tegen Garnet dat Jessica een beetje ongelukkig was omdat Sandor dat op het papier had geschreven, maar toen we terugkwamen in het nachtegalenbos sliep ze nog steeds. Ze sliep al vijftien uur. Ik wilde haar niet wakker maken. Ik bedoel niet dat ik wou dat ze doodging of zo, maar dat ze gewoon door zou

gaan met slapen, zodat ik niet tegen haar zou hoeven praten of haar in de ogen zou hoeven kijken.
Tilly zei dat ze het spuugzat was om kindermeisje te spelen en dat het nu de beurt van iemand anders was. Ze wilde een beetje frisse lucht en een paar uurtjes vrij. Dus ik reed de camper, Sandor zat binnen met Jessica en Tilly nam de Cavalier. We gingen naar het oosten, dichter naar de zee. We moesten gewoon een nieuwe, verlaten plek vinden met smalle weggetjes en hoge heggen en een ander stukje bos. Na een kilometer of twintig vond Tilly een geschikte plaats.
Het was een dennenbomenbos van kilometers omtrek. Ik reed een zandpad op en parkeerde de camper op een plek waar een paar bomen waren omgeblazen door de storm zodat er een open stuk was ontstaan. Jessica was intussen wakker geworden. Toen ik het trapje opliep en de deur opendeed, nadat ik natuurlijk eerst mijn kap op mijn hoofd had gezet, vroeg ze Sandor of ze iets mocht drinken. Ik vond een blikje Sprite in de koelkast en maakte het voor haar open.
Ze had lodderige ogen, alsof ze haar oogleden maar nauwelijks open kon houden. Ik wist niet wat ik tegen haar moest zeggen en ik voelde me weer ontzettend verlegen toen ze me bedankte voor het drinken. Tilly en Sandor gingen samen weg, zij om haar haar te laten doen en koffie te drinken en winkels te kijken, Sandor om een nieuw hotel voor ons te zoeken en nog eens naar Garnet te bellen. Ik was alleen met Jessica. Ik vond het niet prettig, maar het kon niet anders. Wat ik echt graag had willen doen was Tilly's schaar pakken en haar haar zo knippen dat het er een beetje leuk uitzag, niet zo ongelijk als Tilly het had gelaten. Maar ik dacht eraan wat ze misschien zou denken als ik met de schaar in mijn hand naar haar toe kwam – ik bedoel, het zou toch kunnen lijken op een gemaskerde man met een wapen? Het zou een gemaskerde man met een wapen *zíjn*.
Ze praatte niet tegen me en keek niet naar me. Als ze al had gehuild sinds Tilly haar in de camper had gebracht, dan had ik haar dat niet zien doen. Als het bed naar beneden stond, leek de camper één en al bed. Jessica was op de kant van het bed gaan

zitten die tegen de wand stond. Ze zat met haar rug tegen de wand met haar vuisten in haar ogen te wrijven. Doordat ze in haar kleren geslapen had, doordat ze zich niet had kunnen wassen en doordat haar haar afgeknipt was, zag ze er niet meer uit. Plotseling haalde ze haar handen uit haar gezicht en zei ze: 'Mag ik naar de wc?'

Ik knikte en wees haar waar die was. De kap moest ik absoluut ophouden, dat wist ik, en toch zou ik er alles voor gegeven hebben om hem af te kunnen zetten zodat ze me niet zo hoefde te zien. Terwijl zij in het benauwde toiletje was haalde ik de kleren van het bed en klapte ik het bed weer tegen de wand. Het zag er zo een beetje netter uit en er was nu plaats om te zitten. Er was een tafeltje zoals je dat in treincoupés hebt. Ik vond een paar boterhammen en een kuipje Becel en wat suikervrije jam, zeker van Tilly's dieet. Om het ijs te breken, zei ik tegen mezelf, moet je iets tegen haar zeggen, wat dan ook. Wat was er met me aan de hand dat ik bang was – ja, ángstig – om te praten tegen een kind van zeven.

Ze kwam weer tevoorschijn. Ik zei: 'Hier is iets voor je ontbijt, als je wilt.'

Ze keek even naar het brood en ik kreeg een knikje. Toen zag ik dat ze niet te dicht bij me in de buurt durfde te komen. Ik duwde een weggooibord in haar richting – Tilly had alleen maar weggooiborden. Ze pakte een snee brood, smeerde er Becel op, maar geen suikervrije jam. Misschien was dat wel verstandig van haar. Ze nam haar bord en ging zo ver mogelijk bij me vandaan zitten. Ik denk niet dat er ooit eerder iemand bang voor me geweest is, dus dat is al heel wat, lijkt me.

Ze zei geen woord tot ze haar brood had opgegeten en haar Sprite had opgedronken. Toen sprak ze op een manier die mij niet erg typerend leek voor een kind van zeven.

'Zijn jullie vrienden van mijn moeder?'

'Wat?' vroeg ik. 'Wat bedoel je?'

'Ik bedoel, hebben jullie me hier gebracht om me terug te geven aan mijn moeder?'

Ik begreep dat niet helemaal, maar ik dacht dat ze zich misschien meer op haar gemak zou voelen als ik haar bij haar naam noemde. 'Jessica,' zei ik, 'Het spijt me, maar ik begrijp niet waar je het over hebt. Ik ken je moeder niet. Je moeder is toch bij je vader, op Jareds?'

Ze schudde haar hoofd. 'Ze zijn gescheiden. Ik dacht dat jullie me hierheen hadden gebracht omdat mijn moeder me bij mijn vader vandaan wilde hebben. Isabels vader heeft dat gedaan, snap je. Hij liet iemand Isabel weghalen en haar naar Frankrijk brengen, want daar woonde hij en haar moeder moest haar terughalen en het kostte eeuwen tijd en een heleboel geld, maar ze haalden haar ten slotte terug.' Ze kon niet gezien hebben dat ik haar niet begreep, maar ze moet het gevoeld hebben. 'Isabel is een meisje dat ik ken, van school, van mijn andere school. Ik dacht dat mijn moeder jou liet doen wat Isabels vader die mensen had laten doen.'

'Nee,' zei ik. 'Zo zit het helemaal niet.'

Binnen een minuut, dacht ik, binnen een minuut gaat ze me vragen waarom we haar hier gebracht hebben, en als dat niet de reden is, wat de reden dan wel is. Maar ze vroeg het niet. Ze vroeg: 'Wat kan ik doen?'

'Wat zeg je?'

'Het is zo vervelend om niets te doen. Is er iets wat ik kan lezen?'

De restanten van de *Daily Mirror* van gisteren, waarin we haar hadden verpakt, lagen er nog. Tilly is net zo min een groot lezer als ik. Jessica zei: 'Mag ik dan een pen hebben en iets om op te tekenen?'

Ik ging op jacht en vond twee velletjes schrijfpapier met het briefhoofd van het George-hotel die Tilly van het bureau in onze kamer moest hebben gepikt. Er lag een rode balpen onder het raampje boven de gootsteen. Jessica ging weer met haar rug tegen de wand zitten, legde het papier op het tafeltje en begon te tekenen. Ze was er niet erg goed in, je kon wel zien dat ze nooit een kunstenares zou worden. Ze tekende mannetjes met een grote O en een kleine o, met spinnenpoten als armen en benen. Maar het leek me dat ik een manier gevonden had om haar te amuseren en haar rustig te houden, of tenminste dat zij die ma-

nier gevonden had. En toen, nadat ze beide kanten van de beide velletjes papier vol gekrabbeld had, legde ze de balpen neer. Ze liet haar hoofd een beetje hangen en zei: 'Nu wil ik naar huis.'
Ik wist niet hoe ik haar moest antwoorden. Ik schudde alleen maar mijn hoofd. Ik ging door met schudden, alsof de dingen daar op de een of andere manier beter door werden.
'Breng me nu alsjeblieft naar huis.'
'Je kunt morgen naar huis,' zei ik, hoewel ik absoluut niet wist of dat waar was.
Ze begon te huilen. Het was verschrikkelijk, het was zo vreselijk, alsof dit het einde van de wereld was en dat er geen redding was, helemaal geen redding. Alles wat me ooit overkomen was toen ik zo oud was als zij of jonger leek terug te komen, mijn eigen tranen, vergoten met liters, met emmers, tranen waarvan ik dacht dat ik ze al heel lang vergeten was, waren niet echt vergeten, helemaal niet. Ze snikte met haar hoofd op de tafel en toen ging ze met haar gezicht op het bankje verder liggen huilen. Ik begreep wat er gebeurd was, hoe dapper ze was geweest, hoe ze geprobeerd had om te tekenen en om sterk te zijn, maar ze was pas zeven.
Toen dacht ik: wat zijn we aan het doen? Waarom doen we dit? Maar wat kon ik doen? Ik kon haar niet naar huis, naar haar vader rijden. Ik wilde mijn deel van twee miljoen pond. Het zou trouwens allemaal goed komen met haar, dat wist ik. Als ze zich dit haar leven lang zou herinneren – nou, dat moest dan maar. Ik had mijn eigen dingen om me te herinneren, erger dan haar dingen als dit voor haar het ergste was, en ik was toch ook nog altijd goed en wel in leven?
Na een tijd – na een heel lange, vreselijke tijd – stak ze als een baby haar duim in haar mond en viel in slaap. Ze had zichzelf in slaap gehuild. Het was geen slaap zoals na een slaappil, dus ik moest heel voorzichtig zijn toen ik voor mezelf iets te eten ging maken. Ik durfde mijn kap niet af te zetten, maar duwde brood en wat opgedroogde kaas die ik vond door het gat voor m'n mond.
Tilly en Sandor kwamen tegen drie uur terug. De kapper had

eer van zijn werk. Hij had alle bruine mousse uit Tilly's haar gewassen, het in model geknipt en geföhnd zoals het haar van prinses Diana, achteruit, alsof het door de wind werd weggeblazen. Toen ze wegging, droeg ze een katoenen rok en een T-shirt en nu had ze een heel korte, hardroze jurk aan met witte kousen met roze roosjes erop. Ik vermoedde dat Sandor over de brug gekomen was met de American Express Card.

Toch zag ze er nors uit, helemaal niet blij met hoe ze eruitzag. En de donkerte was teruggekomen op Sandors gezicht. Hij leek zelfs magerder, met hollere ogen. Tilly keek even naar Jessica die op de bank lag te slapen, maar Sandor keek niet naar haar. Hij had een hotel gevonden, niet in de dichtstbijzijnde stad, maar op de weg tussen twee dorpen, een verbouwd landhuis dat Bollingbrook Hall heette. Hij had een tweepersoonskamer voor ons geboekt. Tilly en hij waren naar de kamer gegaan en hij had daar Garnet opgebeld.

'Hij zei nee.'

Ik wierp een snelle blik op Jessica. 'Bedoel je dat Garnet de prinses niet wil ruilen voor Jessica?'

'Dat zei ik, ja. Jezus Christus, waarom moet ik altijd alles vertalen? Ik nodigde hem toch niet uit om te komen eten?'

Op dat moment begon Jessica wakker te worden. Ze ging rechtop zitten en zag ons daar zitten met z'n drieën. Tilly zag er heel modieus en sexy uit, maar het was allemaal heel fel, haar gezicht en haar kleren en haar haar, en ik dacht dat een kind daar wel eens bang voor zou kunnen worden. Jessica gleed over het bankje naar het verste hoekje en bleef daar zitten met haar armen over haar borst gekruist. Het was alsof ze probeerde zichzelf weg te duwen in de wand en te verdwijnen.

21

Als ze gewacht hadden, had hij misschien ja gezegd.

De kans, het aanbod, net nadat hij tot het ellendige besef was gekomen dat zijn gevoelens voor Nina afzwakten, zouden misschien het effect hebben gehad dat hij zich wanhopig zou hebben vastgeklampt aan de laatste strohalm die hem werd geboden. Ze was rijk en kon worden vrijgekocht, voor de tweede keer, met geld. Waarschijnlijk zou hij niet eens aan deze dingen hebben gedacht, zou hij aan niets anders hebben gedacht dan aan de kans en het antwoord en ademloos gezegd hebben: 'Ja, alles, alles!'

Maar het ultimatum was gesteld en de telefoon was onmiddellijk neergelegd. Paul deed niets. Hij stond als verlamd met nietsziende ogen over de muren heen naar het park, naar de weg te kijken. Hij had de telefoon nog in zijn hand en de constante kiestoon klonk hard in de stille kamer. Hij hing op, met onhandige gebaren, als iemand van wie centrale zenuwstelsel beschadigd is.

Hij had direct naar de politie moeten gaan. Dat was nu bijna vierentwintig uur geleden. Als hij dat had gedaan zouden ze haar nu misschien gevonden hebben. Maar alleen al de gedachte daaraan bracht het gevoel terug dat hij door onzichtbare ogen bespioneerd werd, dat de muren oren hadden, dat de telefoon was afgetapt. Hij was niet naar de politie gegaan, hij was te bang geweest voor Jessica's veiligheid om erheen te gaan en nu was het te laat. Het lag in zijn eigen macht om Jessica terug te krijgen, door in haar plaats de vrouw uit te leveren op wie hij verliefd was – maar een vrouw met een echtgenoot die een losgeld zou kunnen betalen zonder dat hij het verlies daarvan al te zeer zou voelen. Het was een kwestie van een eenvoudige, duidelijke beslissing.

De stem had niets gezegd over nog een telefoontje, maar hij nam aan dat hij in de loop van de middag nog wel een van hen aan de lijn zou krijgen. Hij liep naar het grote huis, haalde Tyr en Odin op en nam ze mee het park door. Het was een mooie, warme dag, een beetje mistig en vochtig, de velden waren smaragdgroen, de bossen blauwig en mysterieus in het bewolkte licht. Het leek allemaal op een afstand van hem te zijn, alsof hij de realiteit meedroeg in zijn hoofd en dit alles een droom of een hallucinatie was. Het lied van de merel klonk alsof het vanachter glas vandaan kwam. Hij stelde zich Jessica voor. Ze was in een smerige kamer met een deken, maar geen lakens op het bed, eten in papieren zakken, water in een gebarsten kopje. Hij had zoiets in een televisieserie gezien.

Een auto die de oprijlaan kwam oprijden deed hem zijn adem inhouden. Het waren Nina's vrienden maar, die al vroeg kwamen voor de lunch. Hij riep de honden, riep ze geduldig nog eens, pakte ze bij hun halsband en klikte de riemen eraan vast. De auto parkeerde voor de voordeur. Er stapte een vrouw uit met een grote, witte hoed, gevolgd door een man in een donker pak. Heel formeel, niet zijn wereld. Colombo kwam de stoep af, toen Nina zelf.

Deze keer sprong zijn hart niet op, voelde hij geen siddering langs zijn ruggengraat. Hij zag hoe ze haar armen om de hals van de vrouw sloeg, zich in de omhelzing van de man liet trekken, hem op beide wangen kuste. En dat waren mensen die ze nauwelijks kende, die ze in geen jaren had gezien, die ze niet had kunnen afwimpelen. Hij besefte wat hij aan het doen was. Hij was bezig zichzelf ervan te overtuigen dat ze waardeloos was. Hij walgde van zichzelf en wendde zich af, door de honden in de richting van de deur in de muur getrokken, de binnenplaats over, naar de keukendeur. Maria deed open en liet ze ongeduldig binnen. Ze had een schort voor, haar mouwen opgerold en bloem op haar handen. Haar kleine, bleke gezicht zag er mager en afgemat uit. Voor Paul het zichzelf kon beletten bedacht hij hoe oneerlijk het was, hoe hard deze vrouw werkte als kokkin en werkster voor iemand die met absolute zekerheid een rijke nietsnut genoemd kon worden.

Hij zou haar zonder enige aarzeling in ruil geven voor Jessica.

Hij zou iedereen in de wereld voor Jessica geven, maar hem werd maar om één persoon gevraagd en die ene was makkelijk. Het was bijna voorbij. Tegen de avond zou het voorbij zijn en zou hij Jessica terug hebben.

De verandering in hem voltrok zich in de vroege middag. Hij had in zijn hoofd scenario's gemaakt, eenakters waarin hij Nina naar een of ander landweggetje zou brengen en daar de Bentley over een boomstronk zou rijden of in een sloot, of net doen alsof er iets kapot was. Misschien kon hij zelfs iets doen om ervoor te zórgen dat er iets kapot ging. Hij zou haar zeggen dat hij hulp moest gaan halen, dat ze maar rustig moest blijven zitten en op hem wachten, dat ze volkomen veilig zou zijn.

Dat streek hem tegen de haren in. Hij dacht niet dat hij dat doen kon, hij dacht niet dat hij haar zou kunnen zeggen dat ze veilig zou zijn en dan weggaan om onmiddellijk een seintje te geven aan degenen die op haar stonden te wachten. Hoe kon hij zichzelf daarna nog onder ogen komen? Wat voor excuus zou hij ooit kunnen vinden om zijn zelfrespect te herstellen?

Maar wat moest hij anders doen? Als hij haar in ruil voor Jessica wilde geven moest hij het op die of op een dergelijke manier doen. Hij kon haar naar Bury of Ipswich rijden en haar daar ergens kwijtraken in de menigte. Waarom zou dat anders zijn dan zijn oorspronkelijke idee? Als hij haar bijvoorbeeld op de parkeerplaats in Bury in de auto zou laten blijven zitten, zeggend dat hij terug moest, de stad in, omdat hij nog iets vergeten had, zou dat iets anders zijn? Hij zou nog altijd weten wat er zou volgen, hij zou het van tevoren afgesproken hebben. Als hij bij haar ging zitten en bij haar zou wachten tot ze zouden komen, als hij ze een revolver onder zijn neus liet houden terwijl ze haar meenamen – waarom zou dat iets anders zijn?

De waarheid was dat hij of zij op geen manier iets zou kunnen bedenken dat geen vuil, eerloos verraad zou zijn. Dat hij van haar hield of niet van haar hield of haar manier van leven verachtte, maakte geen verschil. Dat hij het misschien zou doen om zijn enige kind, zijn dochtertje terug te krijgen, maakte geen

verschil. Hij betwijfelde nu of hij het fysiek op zou kunnen brengen, of hij in staat was tot een dergelijk grof verraad, en dat niet omdat hij zo puur en onomkoopbaar was, maar omdat hij een lafaard was die niet een vrouw in de ogen durfde te kijken en te liegen, zo smerig te liegen.
De telefoon ging. Hij pakte de hoorn op en zei: 'Garnet' met een stem die hij zelf nauwelijks als zijn eigen stem herkende.
Het was degene met de fluwelen stem, de stem van een acteur in een tragedie van Shakespeare. 'Ik neem aan dat je hebt nagedacht over het voorstel dat we je vanmorgen gedaan hebben.'
'Ja.'
Hij nam als vanzelfsprekend aan dat Paul akkoord zou gaan. 'Het beste is dat we een ontmoetingsplaats afspreken waar je ons de prinses kunt uitleveren en waar wij Jessica aan jou terug zullen geven. Geen hoofdweg, natuurlijk. Een rustig weggetje. Ik sta open voor elke suggestie die jij misschien hebt, je kent waarschijnlijk niet alleen de omgeving beter dan wij, maar je weet ook beter waar je de prinses mee naar toe zou kunnen nemen zonder achterdocht te wekken.'
Zoals hij het zei, klonk het als een zakelijke overeenkomst, het vaststellen van de locatie van een vergadering. 'Ik kan het niet doen,' zei Paul. Zijn stem was een hees gefluister, de stem van iemand die herstelt van een operatie aan zijn keel. Hij kuchte. 'Het is me niet mogelijk om te doen wat jullie vragen.'
'Wat zeg je?'
'U vroeg me of ik had nagedacht over het voorstel dat u me vanmorgen gedaan hebt. Ik heb over niets anders gedacht. U hebt me niet gevraagd wat mijn antwoord was. U hebt als vanzelfsprekend aangenomen dat het ja zou zijn.'
'Luister eens, Garnet, ik denk dat je wel begrijpt wat het alternatief is. Je hebt Jessica's haar al gekregen. Ik weet zeker dat ik je daar niet aan hoef te herinneren. Als dat je niet overtuigd heeft zullen we de volgende stap moeten doen.'
'Jullie moeten iets anders bedenken.'
'We willen niets anders. Begrijp je dat Garnet? Begrijp je dat? Ik

geef je je laatste kans. Je wordt vanavond om negen uur voor de laatste keer gebeld.'

Paul ging naar boven en pakte alles wat hij bezat, al zijn kleren en die van Jessica, in koffers. Het was niet zo veel. Wat er ook zou gebeuren, na morgen zou hij hier nooit meer terugkeren. Hij wist dat. Hij had zich nooit moeten inlaten met deze mensen, nooit hun andere wereld moeten betreden. Hij was een leraar, geen lijfwacht. Dit landelijke oord, ogenschijnlijk lieflijk en vredig, verborg meer gewelddadigheid dan de straten van North Islington en de scholen van Holloway. Toen hij eenmaal wist van het gevaar had hij Jessica niet hier mogen houden.

Een gevoel van onmacht en nutteloosheid nam bezit van hem. Hij had niets te doen en er was ook niets wat hij kon doen. De paniek was weg en hij was merkwaardig kalm. Hij vroeg zich op een bijna afstandelijke manier af hoe lang hij tegen hun dreigementen bestand zou zijn, hoe lang hij bij zijn weigering zou kunnen blijven.

Om vier uur ging de telefoon weer. Een nieuw dreigement of een nieuw voorstel? Geen van beide, het was Emma's moeder Sheila die vroeg hoe het met Jessica was. Natuurlijk, ze dachten allemaal dat ze ziek was. Hij vertelde haar dat het niets ernstigs was, maar dat ze die week niet meer naar school zou gaan en zei gedag voor ze verdere vragen kon stellen. De voorkant van het grote huis kon hij niet zien vanwaar hij stond, maar als hij toevallig op het juiste moment keek was het mogelijk om een auto voorbij te zien rijden aan de andere kant van de poort.

Dat gebeurde nu. Nina's vrienden vertrokken. Paul dacht: Ik moet het haar vertellen, dat is alles. Als ik haar eenmaal verteld heb dat me gevraagd is om haar uit te leveren, zal het te laat zijn, dan zal ik de schepen achter me verbrand hebben. Als ik het haar eenmaal verteld heb, zal ik nooit meer haar op kunnen geven en Jessica terugkrijgen. Wees moedig, hield hij zichzelf voor. Ga nu naar het huis en vertel het haar.

En Jessica? Had hij het recht tot al deze zelfzuchtige moed en integriteit als Jessica's leven op het spel stond? Ze zouden haar niet vermoorden. Het zou geen zin hebben om haar te vermoorden. En als ze haar zouden verminken? Hij durfde het woord niet eens in gedachten uit te spreken. Dat woord in verband brengen met Jessica betekende de dood van iets in hem, alsof hij misschien nooit meer dezelfde man zou zijn.

Hij kon het niet beredeneren, maar op de een of andere manier was hij ervan overtuigd dat de uitwisseling plaats zou kunnen hebben. Ze meenden wat ze zeiden. Ze wilden Nina en ze wilden niet Jessica. Ze wilden Jessica niet vermoorden. Dat was allemaal goed en wel, maar waarom zouden ze dat niet doen? Waarom niet? Er sterft elke dag wel ergens nodeloos een kind.

Deze gedachten draaiden als in een vicieuze cirkel in zijn hoofd rond. De bravoure waarmee hij nee had gezegd werd kleiner. Hij twijfelde er niet aan dat hij het niet zou kunnen herhalen als er om negen uur weer gebeld werd. Alleen als de hele zaak hem uit handen genomen werd, als Apsoland ermee te maken zou krijgen en misschien de politie, als zij het zou weten, alleen als hij enige steun kreeg, of ten minste een ander gezichtspunt, zou hij weer 'nee' kunnen zeggen als om negen uur het telefoontje kwam.

Het was hem duidelijk dat hij zo niet door kon gaan. Om Jessica veilig te stellen en Nina er niet in te betrekken kon hij alleen maar uitvluchten zoeken en dat betekende alleen maar uitstel. Hij ging het huis uit en liep de binnenplaats over naar de achterdeur. Colombo deed de deur open nog voor hij de kruk had aangeraakt. Hij volgde de man door de gang, de hal door. Ik zal het haar pas vertellen als Apsoland thuis is, dacht hij. Er zal geschreeuwd en gehuild worden en ze zal doodsbang zijn en ik kan dat niet alleen aan. Ze zat op het bankje bij het raam in een blad te lezen, maar toen hij binnenkwam sprong ze op en rende ze hem tegemoet alsof Colombo er niet was.

Nina sloeg haar armen om hem heen en kuste hem. Hij hield haar vast en de gedachte kwam bij hem op dat hij dit altijd zou willen blijven doen, haar op deze manier vasthouden en niet praten, niet veranderen, alleen maar gaan liggen en haar vasthouden, misschien wel tot ze oud waren. Gisteren was hij dege-

ne die zich losgemaakt had, vandaag deed zij het. Ze keek naar hem en hij bedacht hoe knap ze was, hoe mooi, tot in het kleinste detail, smetteloos. Haar handen waren als de uit ivoor gesneden handen van een godin...
Ernstig zei ze: 'Je ziet er heel slecht uit, Paul.'
'Ik ben niet ziek.'
'Er is iets met je gebeurd.'
Dit was zijn kans. Hij greep hem niet. Ze gingen dicht naast elkaar zitten op het bankje bij het raam. Het park buiten leek op een landschap van Gainsborough, zo stil, zo tijdloos. Op het grasveld, een eindje verder, pikte een bruine vogel met een lange, kromme snavel naar iets in het gras.
'Wat is dat voor een vogel?'
'Een houtsnip,' zei ze. 'Hij en zijn partner of zij en haar partner wonen in het bos. Hij is enig, vind je niet? Moet je die bek zien.'
'Nina, hoe laat verwacht je...' hij aarzelde, niet wetend hoe hij hem moest noemen, '... je echtgenoot thuis?'
'Ongeveer half zeven, denk ik. Hij komt meestal om die tijd.' Ze wierp hem half lachend een zijdelingse blik toe. 'Het wordt je toch niet te heet onder de voeten?'
Hij begreep absoluut niet wat ze bedoelde.
'Ik plaag je,' zei ze. 'Kijk niet zo. Ik weet wel dat dat niet zo is. Maar je hoeft je er niet nerveus over te maken, er zal niets gebeuren. Ik zal hem niet eens vertellen dat het om jou gaat als je dat liever niet wilt. Ik zou kunnen zeggen "iemand anders" als je wilt, dat is toch de klassieke manier?'
Toen herinnerde hij het zich, natuurlijk. Deze avond zou ze Apsoland over hen gaan vertellen. De afspraak leek honderd jaar geleden gemaakt, of nooit ernstig bedoeld geweest te zijn.
'Paul, er ís iets gebeurd. Ik zie het aan je gezicht. Ik ben heel serieus nu, ik plaag je niet. Wat is er met je? Ik moet het weten. Wil je dat ik niets zeg tegen Ralph? Wil je misschien dat we wachten?'
Wat er toen gebeurde had hij niet voorzien, had hij zich nooit kunnen voorstellen. Hij merkte dat hij haar beide handen vasthield en toen haar schouders greep. Angst sprong als een vlam op in haar ogen.

'Paul, je moet het me vertellen, vertel me wat er gebeurd is. Heb je iets van hen gehoord? Hebben ze je gevraagd om... om mij aan hen uit te leveren?'

Nog één moment en ze zou gaan schreeuwen. Ze zou op haar knieën vallen en hem smeken, ze zou hem zeggen dat ze liever zou sterven dan naar hen toe gaan. Hij keek naar haar en sloot zijn ogen omdat hij die aanblik niet kon verdragen.

22

Bollingbrook Hall is het beste hotel waarin ik ooit gelogeerd heb. Niet dat dat veel zegt, want ik had voor ik Sandor ontmoette nog helemaal nooit in een hotel gelogeerd. Er was net zoveel verschil tussen dit hotel en het George-hotel als tussen het George-hotel en de Railway Arms. Bij de ingang stond een enorm bloemstuk en ik was ervan overtuigd dat het kunstbloemen waren, zo groot was het en zo fris zag het eruit, maar toen ik een rozenblaadje aanraakte, viel het in mijn hand. Het was vochtig en koel en geurde.
Sandor vroeg om de sleutel van onze kamer en toen gebeurde er iets geks. Het meisje gaf hem een sleutel met 23 erop en Sandor zei: 'Nee, niet deze. Dat is de sleutel van mijn andere kamer, ik wil nummer 24.'
Omdat ik nou eenmaal een dwaas ben, dacht ik natuurlijk dat hij twee éénpersoonskamers voor ons had geboekt en dat ik alleen zou zijn. Ik durfde het niet te vragen, hij was in een heel slecht humeur. Maar het meisje nam de sleutel van kamer 23 terug en gaf hem die van kamer 24 en we gingen naar boven.
Het enige wat aan dit hotel mankeert is dat er geen lift is. Zelfs het George-hotel had een lift. Maar je kon wel zien dat het moeilijk geweest zou zijn om er hier eentje te maken, met al die balken en dat houtsnijwerk en die lage plafonds en trapjes naar boven en naar beneden. Overal lag jadegroen tapijt, heel dik en zacht, en er hingen gordijnen van gebloemde stoffen waar meisjes rokken van dragen en overal stonden vazen met bloemen en er hingen platen met rode en gouden vogels en draken erop aan de muren. Elke slaapkamer heet naar een beroemdheid uit Suffolk volgens Sandor – ik had nooit van ze gehoord – en hun naam staat op de deur op een bordje met een gouden randje.
Onze kamer heet Thomas Gainsborough en de mysterieuze ka-

mer 23 heet Millicent Fawcett. Ik weet niet hoe die er van binnen uitziet, maar de onze is – nou ja, prachtig is het enige juiste woord. We hebben twee hemelbedden met een soort baldakijn erboven en gordijnen die je dicht kunt doen en kussens met stroken. Er hangen ongeveer twintig verschillende lampen en lampjes, er staan een salontafel en blauwsatijnen fauteuils, een schaal chocolaatjes en een schaal ingepakte snoepjes en – niet te geloven – een karaf van geslepen glas met sherry. Natuurlijk hebben we onze eigen koelkast en televisie en radio en in de badkamer ligt een haardroger.

'Ik zou hier altijd kunnen blijven,' zei ik.

Dat was later, toen Sandor weer in een goed humeur was, toen hij, zoals hij het noemt, juichend was. 'Je zou nummer 23 eens moeten zien,' zei hij. 'Het bed daar heeft satijnen lakens.'

Maar toen we aankwamen was het pas zeven uur en hij moest nog naar Garnet bellen. Tilly was alleen in de camper met Jessica en zij verhuisde ermee naar een plek op nog geen halve kilometer van Bollingbrook Hall. Vanuit het raam in onze kamer kon je het stukje bos zien waar de camper tussen de bomen verborgen stond. Ik bracht ze fish and chips en toen Jessica haar portie kreeg – ze had langzamerhand honger gekregen – kreeg ze ook weer poeder uit een capsule in haar cola, dus die was weer uitgeschakeld voor die nacht. Tilly hoefde echt niets anders te doen dan daar te zijn.

Sandor ging naar de badkamer en begon zich te scheren. De plek waar hij met het mes over mijn hand gegaan was werd beter, maar het was wel duidelijk dat ik daar altijd een litteken zou houden. Het kon me niet veel schelen. Als Sandor en ik op een dag niet meer samen zouden zijn, wat God verhoede, zou ik altijd nog mijn littekens hebben om me aan hem te herinneren. Maar ik wilde daar niet aan denken. Ik pakte onze spullen uit en hing ze op in de kast waarin de hangertjes bekleed waren met blauw satijn. Er stond ook een elektrische broekenpers. Ik zette Sandors boeken op het antieke bureau, *The Golden Bough* en *Nightmare Abbey* en het medische boek en het boek dat hij aan het lezen was, *Hadrian the Seventh* en een nieuw boek dat ik nog

niet eerder gezien had, een gids voor 'de beste hotels' in East Anglia.
Bollingbrook Hall stond erin, met vijf sterren erbij. Sandor had het niet toevallig gevonden, hij wist waar hij naar op zoek was. Hij kwam de badkamer uit in de witte badjas die het hotel voor de gasten ophangt. Mij lijkt dat er wel een heleboel van die dingen gepikt zullen worden. Hij stond Sandor prachtig. Hij deed me denken aan een playboy in een Franse film, dat soort dat ze in de jaren zestig maakten en dat ze nu op de televisie laten zien. Zelfs wat hij zei klonk zoals in een film.
'Ik dood haar hiermee als dat nodig is.'
Het was het scheermes. Ik was er niet zeker van of hij het meende, ik weet dat ik niet iemand zou kunnen doden, maar het laatste wat ik wilde was hem tegenspreken in zijn gevaarlijke stemming.
'Het zou geen zin hebben,' zei hij. 'Dat is vast wat je denkt, dat het zinloos zou zijn. Dat kan me niet verdommen. Het zou wraak zijn en daarna zou ik mijn eigen strot doorsnijden.'
Er viel niets te zeggen. 'Ik ga mijn moeder opbellen,' zei Sandor. 'Om haar zoet te houden.'
Ik dacht vaak, en nu ook weer, dat hij Diana niet zoet hoefde te houden. Ze zou van Sandor blijven houden, ook al zou hij nooit meer tegen haar praten, ook al zou hij haar in haar gezicht spugen. Zij en ik, wij houden van hem op dezelfde manier. Maar soms vraag ik me af – en ik hoop dat het geen verraad is om dat te denken – of het Sandor sterker zou maken, meer echt, als je wilt, als hij zou kunnen geloven dat ze een relatie hebben zoals een normale moeder die zou hebben met een zoon die – nou, in mijn diepste gedachten kan ik het zeggen – een mislukkeling was, een zwart schaap. Er zouden dreigementen zijn in zo'n soort relatie, en uitspraken als je-komt-er-hier-nooit-meer-in, en de zoon zou het weer goedmaken met de rijke moeder; met andere woorden, het zou dan echt zo zijn en Sandor zou niet hoeven doen alsof.
Maar hebben we niet allemaal onze zwakke kanten? God is mijn getuige, ik ben zwak en ik doe niet net alsof het niet zo is. San-

dor belde Diana en hoewel ik alleen maar in de verte iets van haar stem opving, kon ik me de liefhebbende dingen die ze zei voorstellen. Toen gingen we naar beneden, Sandor heel knorrig en gemelijk, om te gaan eten in de eetzaal. Er stond een kandelaar op het tafeltje en een vaas van roze, geslepen glas.

Alles wat hij zei – tenminste alles wat hij in het Engels zei – onder het eten was dat Diana een verzekeringspolis uitgekeerd zou krijgen. Ze was zestig of zo. Ze had Sandor gezegd dat hij het geld mocht hebben, het was voor hem, ze had zich hier al jaren op verheugd omdat het betekende dat ze hem een groot bedrag ineens kon geven. Het ging om 20.000 pond. Ik had verwacht dat dat hem op zou vrolijken, maar dat was niet zo.

De kelner die ons voorgerecht en ons hoofdgerecht – ik moet zeggen mijn hoofdgerecht, want Sandor wilde niets – kwam brengen was een Engelse jongen met het accent van Suffolk. Maar zijn dienst was zeker afgelopen of hij had het druk aan een ander tafeltje, want toen we aan ons toetje – sorry, dessert – toe waren kwam de Italiaan uit het restaurant met de verlichte voorgevel.

Natuurlijk waren ze al gauw weer in druk gesprek gewikkeld. Ik verstond er geen woord van en op de een of andere manier wist ik dat Sandor niet de moeite zou nemen om het uit te leggen, maar ik vermoedde dat hij weggegaan was of ontslagen en dat hij nu hier werkte. Wat een toeval. In elk geval had Sandor nu iemand om mee te praten en zijn aandacht af te leiden van Garnet en Jessica en de moeilijkheden waarin we ons kennelijk hadden gewerkt.

Hij was net zo stil als altijd toen we terugliepen naar onze kamer. Nog vijftien minuten, dan zouden we Garnet weer bellen. De tijd ging heel langzaam. Dat is altijd zo als je zit te wachten om iets belangrijks te doen. Om twee minuten voor negen keek Sandor in de instructies hoe je de telefoon moest bedienen, hoe je een buitenlijn kon krijgen en dat soort dingen. Het was een kopie van het soort telefoon dat ze honderd jaar geleden gebruikten, met gouden versiersels erop.

Sandor draaide het nummer. Plotseling begon ik te denken aan het doden van Jessica. Het zou niet zo erg zijn als hij het zou doen terwijl ze sliep – maar, ik weet niet, het zou toch erg zijn, ik dacht niet dat ik het op zou kunnen brengen om erbij te blijven staan als dat gebeurde, het zou heel erg zijn. Ik hoorde de telefoon rinkelen in Garnets huis en toen hoorde ik dat rinkelen ophouden en het geluid van zijn stem.

Sandor zei: 'Ik herinner je aan wat er met Jessica zal gebeuren als je niet akkoord gaat met de uitwisseling, meneer Garnet. Een bewijs van het eerste stadium zal morgenochtend om acht uur in de brievenbus liggen.'

Hij kwam alleen niet aan 'in de brievenbus liggen' toe, omdat Garnet hem in de rede viel. Ik kon niet horen wat hij zei, alleen dat het ja moest zijn, ja op alles, omdat Sandor begon te praten over hoe het teruggeven van Jessica en het uitleveren van de prinses aan ons geregeld moest worden en hij was zo tevreden dat hij de opwinding maar nauwelijks uit zijn stem kon weren.

We liepen naar Tilly om haar het nieuws te vertellen. De zon was net onder en de hemel was nog blauw boven een soort paarsroze horizon. Het was nog warm en alles voelde zacht en aangenaam, het kleine windje leek een vriendelijke hand die langs je gezicht streek. Alle vogels waren gaan slapen, alleen de woudduiven gingen door met het zachte, fluisterend koerende geluid. De boomtoppen leken vol te zitten met ze. We verrasten een fazant die, zijn klepperende kreet slakend, als een vuist die door papier slaat, vlak voor ons opvloog, op vleugels die niet sterk genoeg leken om dat grote, glanzende, koperkleurige lijf te dragen.

Duizenden muggen dansten in de lucht en hielden daarmee op om mij te kunnen steken. Sandor stak een sigaret op en dat hielp om ze weg te houden. Het was schemerig toen we in het bos kwamen en de hemel was helemaal violet geworden.

Het licht in de camper leek een ster tussen de donkere boomstammen. Ik trapte op een stok, dat klonk als een schot – nou ja, laten we zeggen van een luchtbuks – en Tilly deed de deur van de camper open om te kijken wat er aan de hand was.

Ze droeg nog steeds de knalroze jurk en de bloemenkousen. Ze deed me denken aan die bloemen die je soms bij dure bloemisten ziet, die rode en roze, vlezige bloemen die sterk geurden en die altijd leken te glanzen tegen een achtergrond van zwarte aarde en leerachtige bladeren. Sandor verraste me. Hij ging naar haar toe en omhelsde haar. Hij kuste haar niet, maar hield haar stevig in zijn armen. Ik wist dat dat niet was omdat hij weer met haar wilde slapen of zij met hem, maar omdat hij blij was.
Jessica lag op het bed te slapen, bedwelmd. Haar gezicht was rood en er stonden zweetdruppeltjes op haar voorhoofd. Sandor stak een sigaret op en gaf er eentje aan Tilly. Ik zag dat ze haar nagels gelakt had en op de helderroze lak zilveren hartjes geplakt had.
'Hij heeft gehapt, hè?' zei Tilly. Ze klonk als het vriendinnetje van de gangster in een kidnapdrama op de televisie.
'Natuurlijk,' zei Sandor. 'Hij moest wel. Ik had er even geen vertrouwen in en nu kan ik me niet voorstellen waarom niet. Maar luister, we gaan het zo doen. Hij rijdt de prinses morgenochtend naar Stowmarket. Er is daar midden in het bos een kerk. Vroeger was het een kapel op een particulier landgoed. Hij gaat daar linksaf, een klein weggetje op dat naar de kerk gaat. Hij zegt dat er iets mis is met de auto en dat dat de weg is naar een garage. De weg loopt dood bij de hekken van de kerk. Daar gaat de auto kapot.'
'Ging hij akkoord?' vroeg Tilly op dezelfde toon.
'Hij zou met alles akkoord gegaan zijn.'
'Het zou een val kunnen zijn.'
'Dat was de hele tijd al mogelijk, maar er waren geen vallen. Ik denk dat ik weet waarom niet en ook waarom het nu geen valstrik zal zijn. We zullen zien of ik gelijk heb.' Ik denk dat Sandor wilde dat Tilly hem zou vragen hoe hij dat wist, maar dat vroeg ze niet. Ze gaat niet zo in op zijn provocaties als ik doe, maar onze gevoelens voor hem zijn ook heel verschillend. Wat ze zei was: 'Het is hoog tijd om eens serieus over het geld te praten, over het losgeld.'
'Dat kunnen we doen als we de prinses hebben,' zei Sandor losjes.

'Nee, dat kunnen we niet, vind ik. Als we haar eenmaal hebben, bijna direct als we haar hebben, moeten we haar man benaderen. Dat doet me trouwens denken aan... hebben we het telefoonnummer op zijn werk, waar dat dan ook mag zijn?'
Sandor schudde zijn hoofd, niet echt ongeduldig, maar op de manier van iemand die vindt dat een vraag niet terzake doet of vervelend is.
'Enfin, ik denk dat we dat wel in het telefoonboek kunnen vinden. De kwestie is, Sandor, dat ze hier geen telefoonboeken van Londen hebben. Je moet naar een bibliotheek of zo. Ik bedoel, we moeten dat doen op weg naar die kerk van je, morgenochtend. Ik zal het wel doen. Vertel me maar hoe dat bedrijf heet, dan zal ik het doen.'
'Ik weet de naam van het bedrijf niet,' zei Sandor. 'Ik weet hem wel, maar ik ben hem vergeten. Hij staat wel ergens op een papiertje.'
'Jij zoekt dat papiertje op, zodat we dat morgenochtend hebben, oké?'
'Tilly,' zei hij, 'ik heb de leiding van deze operatie, ben je het daarmee eens?' Hij klonk niet kwaad, alleen lichtelijk geamuseerd. 'We doen het op mijn manier. Ik weet de naam van Apsolands bedrijf niet omdat we die niet hoeven weten. De prinses zal haar eigen losgeld betalen – dat wil zeggen, als de tijd daar is zal zij anderen instructies geven om het voor haar te betalen.'
'Ah, speel je het zo?' Tilly klonk nog meer als het vriendinnetje in een film. Met een nieuwe sigaret van Sandor in haar mondhoek zag ze er ook uit alsof ze die rol speelde. Ze moet die gewoonte hebben overgenomen van ma, in het algemeen zie je dat jonge vrouwen niet doen. Ma plakte altijd een sigaret op haar onderlip terwijl ze praatte, zodat die op en neer wipte. 'Twee miljoen wordt het toch?'
Ik merkte wel dat Tilly zich echt zorgen maakte over het geld. Zij had ervoor gewerkt, risico's gelopen, de zwaarste verantwoordelijkheid voor Jessica genomen en haar camper ter beschikking gesteld.
Sandor zei: 'Dat hangt van de prinses af. Het zal zoveel worden

als zij zichzelf waard vindt.' Er lag een dromerige uitdrukking op Sandors gezicht. Zijn ogen waren op Tilly gericht, maar ik dacht dat de dromerige blik de manier was waarop hij keek als hij echt verliefd was op een vrouw. 'Misschien wel alles wat ze heeft, haar hele fortuin – wat zou je daarvan vinden?'

'Dat lijkt me wel wat,' zei Tilly. Ze leek tevreden, want ze zei niets meer. We bleven nog maar vijf minuten.

We zouden de volgende ochtend om negen uur terugkomen, vertelde Sandor haar toen we weggingen. Het was donker geworden en ik luisterde of ik de nachtegalen hoorde, maar er waren geen nachtegalen in dat bos, alleen stilte en een dicht, drukkend gevoel. Ik hoorde niets, maar ik zag ogen, twee glimmende puntjes, twee paar, tussen de bosjes onder aan de boomstammen. We liepen terug langs het pad door de velden terwijl de maan opkwam, een ronde bal en zo rood als de zon was geweest. In onze prachtige slaapkamer dronken we sherry uit de geslepen karaf. Sandor trok de badjas aan, ging achterover in een van de blauwsatijnen fauteuils zitten en vertelde me verder over de man die scheidsrechter was in de schoonheidswedstrijd en hoe de godin Afrodite hem naar de stad Sparta stuurde, waar de mooiste vrouw van de wereld leefde, de vrouw van de koning. Toen hij haar ontvoerd had zeilden ze terug naar zijn woonplaats Troje, maar de echtgenoot van de mooie vrouw was woedend en riep al zijn vrienden bij elkaar. Ze maakten een afspraak, zoiets als de Monroe-doctrine, zei Sandor, wat dat dan ook mag zijn. Hij lachte toen hij het uitlegde, een aanval op een van hen zou een aanval op allemaal zijn. Dus vormden ze een leger, en begonnen een oorlog tegen Troje die tien jaar duurde.

De dromerige uitdrukking kwam terug op Sandors gezicht en hij zei een stukje op van een gedicht dat ik hem liet opschrijven.

Wat betekende alle alarm ter wereld
Voor de machtige Paris toen slapend hem
Die eerste dageraad vond op een gouden bed
In de armen van Helena

Toen wij beiden op onze gouden bedden gingen slapen, of op onze blauw-roze-wit gebloemde bedden moet ik eigenlijk zeggen, trok Sandor de gordijnen rond zijn bed dicht en sloot zichzelf op. Het was alsof hij in een andere kamer was en het gaf me het gevoel dat ik buitengesloten was, maar er was niets aan te doen. Ik lag daar te denken aan de fatalistische manier waarop Sandor had gesproken en op dat moment bedacht ik voor het eerst dat het de bedoeling van Sandor was om de prinses te doden, zodra hij haar had.
Een serveerster kwam ons ontbijt brengen. Ze klopte op de deur en daar werd ik wakker van. Ik wist niet dat Sandor ontbijt had besteld, dat had hij nog nooit eerder gedaan. De vrouw trok de gordijnen open en ik verwachtte dat er zonlicht naar binnen zou stromen, maar het regende. Het zag eruit alsof het al heel lang aan het regenen was. Er stond een stevige wind die de toppen van de bomen op de plek waar de camper stond heen en weer deed zwiepen.
Ik zette mijn kleine tv aan – wat mij betreft zou zelfs een toestel met een reuzenscherm het er niet bij kunnen halen – en het weerbericht was dat er na langdurige regen harde wind en stormachtige buien zouden volgen. Sandor stond op en ik merkte dat hij verschrikkelijk opgewonden was. Hij trilde van opwinding, maar hij dronk twee koppen koffie en nadat hij een bad genomen had en zich vakkundig geschoren had met zijn scheermes leek hij kalmer, hoewel hij op een manier met zijn scheermes door de kamer liep te zwaaien waar ik een beetje zenuwachtig van werd. We hadden nog meer dan een half uur voor we naar de camper moesten. Hij zei dat hij nog voor iets moest zorgen en ging weg.
De kamermeisjes moesten in de aangrenzende kamer 23 al vroeg begonnen zijn, want ik hoorde daar binnen iemand bewegen. Je kon niet veel horen, begrijp je, want de geluidsisolatie was echt goed, maar je kon horen als er lichtknopjes aan- en uitgedraaid werden of als er meubilair werd verschoven. Dat was die ochtend allemaal hoorbaar. Sandor kwam terug met de sleutel van kamer 23 in zijn hand. Dus misschien was híj het wel ge-

weest daar binnen, hoewel ik me niet kon voorstellen waarom. Er lag een vreemde uitdrukking op zijn gezicht. Het was de uitdrukking die hij heeft als hij iets vreselijks gaat zeggen – nou ja, iets wat vreselijk is voor hém, iets gewaagds, het toegeven van iets choquerends. Toen we in de Cavalier naar het bos reden zei hij zachtjes: 'Je weet hoe Tilly blijft drammen over dat geld?'
Ik knikte.
'Je weet toch dat ze wilde weten wat er gebeurde met het geld dat ik de eerste keer kreeg, het Italiaanse geld?'
'Ja, wat is daarmee gebeurd?' vroeg ik.
'Ik heb het teruggegeven.'
'Je hebt het wát, Sandor?'
'Ik heb het teruggegeven. Aan die oude man en aan haar, alles. Dat wil zeggen, heel mijn deel. Ik wilde dat Adelmo en Cesare hetzelfde zouden doen, maar ik had net zo goed tegen een stenen muur kunnen praten. Dat wil zeggen, een stenen muur die weet hoe hij met een mes om moet gaan, als je snapt wat ik bedoel. Gianni was er inmiddels bij gekomen en hij zei dat ik mijn deel maar aan hem moest geven als ik het niet wilde hebben. We vochten, ik bedoel echt vechten, niet met woorden, en ik ging terug naar Engeland. Daarom ben ik weer teruggevallen in de misdaad, zoals ze dat noemen. Ik moest iets hebben om van te leven.'
Ik dacht aan Diana, maar ik ken Sandor zo langzamerhand. En misschien was er wel een heleboel waarvan het niet gewenst was dat zij ervan afwist. Hij zei: 'Ik zocht een oude man uit, in een winkel. Ik wist dat hij geen tegenstand zou bieden. Ik ging er naar binnen met een kous over mijn hoofd, net zoals wij dat hadden, die eerste dag. Ik was absoluut niet van plan om hem kwaad te doen. Hij praatte zo aardig tegen me, heel leuk, hij zei: "Oké, neem maar mee; hij wist dat hij geen keus had, het was trouwens toch verzekerd en het was niet zijn zaak, hij werkte er alleen maar." Hij maakte zelfs een grapje toen hij me de kluis liet zien, zoiets van: "Als je ze niet kunt verslaan, doe dan maar mee." En het volgende dat ik wist was dat hij zijn voet op de alarmknop zette. Het werd rood voor mijn ogen, het maakte me

zo razend, het was een soort verraad, dat hij zo aardig tegen me was en me dan gewoon bedroog, het was zo gemeen, en toen heb ik hem een jaap gegeven met het scheermes.'

'Sandor,' zei ik, 'waarom heb je het teruggegeven? Ik heb het niet over de oude man, ik heb het over de prinses. Waarom gaf je het geld terug?'

'De operatie was toch mislukt? Ik vond niet dat ik er recht op had in die omstandigheden.'

Mislukt? Als ze het hele bedrag, al het losgeld waarom ze gevraagd hadden, gekregen hadden? Het was toen tijd om naar de camper te gaan en ik wist trouwens toch wel dat het geen zin zou hebben om door te vragen. Tilly had Jessica wakker gemaakt, haar gezicht en handen gewassen en haar haar geknipt. Het zag er wel leuk uit, alsof het zo bedoeld was, Jessica's gezicht was niet rood meer, ze was erg bleek en ze zag er zo lusteloos en onverschillig voor alles uit als een kind maar zijn kan zonder echt ziek te zijn. Natuurlijk sliep ze nog half, haar hoofd tolde een beetje. Ze duimde niet, maar kauwde wat op haar knokkels, weggekropen in het verste hoekje van de bank.

Ik verwachtte dat Tilly haar slonzige kleren weer aan zou hebben, maar ze was tot en met opgedirkt. Zo zei ma het altijd, als iemand een beetje overdreven gekleed was. Tilly had het witte pakje aan en een bloedrode, zijden bloes met een heleboel goudkleurige kettinkjes erop en bloedrode schoenen en een heleboel gouden sieraden. Wat ik dacht, maar niet echt geloofde, bevestigde ze door toen Sandor naar de auto gelopen was tegen me te fluisteren: 'Vandaag moet ik toch in de concurrentieslag?'

23

Heel vroeg in de ochtend had hij al hun eigendommen, die van hemzelf en van Jessica, in de kofferbak van de Volvo geladen. Wat er vandaag ook zou gebeuren, of hij haar terug zou krijgen, of dat er nog iets verschrikkelijks zou gebeuren, of dat hij nog een paar dagen door zou moeten maken die hij nauwelijks zou kunnen verdragen – hij zou hier nooit terugkeren. Hij haatte de plek al. Die stemmen die tot hem hadden gesproken door de telefoon, déze telefoon, hadden alles verknoeid. Die hadden de dingen vernietigd die misschien mooie herinneringen hadden kunnen worden.

Hij maakte het huis schoon. Hij moest het achterlaten zoals hij het gevonden had. Apsolands geweer, de 12 mm, legde hij geopend, schuin op de keukentafel. Voor hij wegging zou hij misschien nog van gedachten veranderen en het meenemen, maar hij dacht van niet.

De zon kwam op, een donkerrode vuurbal uit een bed van dikke, grijze wolken. Hij keek hoe de zon hoger kwam, in sterkte toenam. Als hij de zon onder zou zien gaan, zou Jessica dan bij hem terug zijn? Het licht in de keuken van het grote huis werd uitgedaan en Tyr en Odin werden op de binnenplaats gelaten. Paul zag Maria in de deuropening staan met een kop koffie in haar hand.

Hij ging naar buiten om de garagedeuren dicht te doen. Maria tilde haar kopje op en maakte een gebaar waarmee ze hem ook een kopje aanbood en hij knikte. Ze bracht hem de koffie buiten, huiverde overdreven en sloeg haar armen over haar borst. In haar krakkemikkige Engels maakte ze hem duidelijk dat waar zij vandaan kwamen de ochtenden 's zomers warm waren.

Paul dronk zijn koffie, volgde haar de keuken in en lijnde de honden aan. Hij had de honden nog nooit zo vroeg uitgelaten,

maar ze zouden er waarschijnlijk geen bezwaar tegen hebben. De dauw lag als een paarlemoeren tooi op het gras. In het bos begon een koekoek te roepen. Hij liep naar het hek en klom erover naar de hei. De honden sprongen stoeiend en over elkaar heen buitelend voor hem uit. Tyr maakte op een gegeven moment een salto mortale in een schijngevecht. In het donkere bos waren de wilde hyacinten uitgebloeid, hun bloemetjes waren verschrompeld en ze geurden als iets zoets dat gegist was. Hij dacht aan de dag dat hij hier met Nina was geweest en dat ze zo gelukkig waren geweest. Vanuit het westen waren wolken aan komen drijven die de heldere, groenachtige hemel bedekten en de zon verborgen. Ze voerden een wind met zich mee, het soort wind dat met fluitende vlagen komt. Het bos ingaan was altijd riskant vanwege de kans dat er een hond zou verdwijnen. Deze keer was het Odin die ervandoor ging. Paul riep en floot hem en probeerde Tyr aan te sporen om hem te gaan zoeken. Hij liep door het bos, tot het smalle stuk waar hij die wonderlijke nacht de valstrikken had ontdekt.
Het kostte hem zoveel tijd om Odin te vinden, de twee honden bij zich te roepen en weer aan te lijnen dat hij, toen hij weer terug was, Apsoland in de Jaguar zag stappen, op het punt om naar het station te vertrekken.
Het deed Apsoland ongetwijfeld genoegen om te zien dat zijn honden zo vroeg werden uitgelaten. Vanuit de auto grijnsde hij naar Paul. Hij stak zijn duim op. Paul dacht: nog anderhalf uur voor we weggaan. Er vielen een paar druppels regen. Hij gaf de honden aan Colombo en vroeg hem of mevrouw Apsoland al op was. Colombo knikte en zei met een grijns: 'Heeft iemand Jessica soms ontvoerd? Ik heb haar al ik weet niet hoe lang niet gezien.'
De vraag verbijsterde hem door de onbedoelde juistheid. Paul draaide zich om en slaagde erin te glimlachen door zijn lippen strak te trekken. Het begon steeds harder te regenen en dat was een goed excuus om snel het huisje in te duiken. Bovendien ging de telefoon. Hij graaide de hoorn van de haak in de verwachting dat hij een van de mannenstemmen zou horen zeggen

dat er een verandering in de plannen was, uitstel, een nieuwe voorwaarde. Het was Nina.
'Kom naar het huis, Paul.'

Ze gingen een uur vroeger weg dan ze gepland hadden. Hij reed naar het weggetje waar ze van afwist, een onverhard pad, en parkeerde de auto.
'Kom achterin zitten,' zei ze.
Hij keek naar haar met zoveel twijfel en bezorgdheid, bijna met ontzetting, dat ze in lachen uitbarstte.
'Wat dacht je dat ik bedoelde?' Haar lach was vrolijk, alsof ze niets had om zich zorgen over te maken, geen vreselijke toekomst. 'O, Paul, het is comfortabeler op de achterbank. Laten we eerlijk zijn, ik ben niet gewend aan kleine auto's.'
Achterin pakte ze zijn handen. 'Luister, het is niet zo erg als je denkt. Ik was bang, ja, natuurlijk was ik bang, maar ik was niet meer zó bang. Ralph is degene die paranoïde is, hij stak me aan. O, ik ben hem dankbaar, natuurlijk ben ik hem dankbaar, maar ik denk dat zelfs jij niet kunt begrijpen hoe bezeten hij is van gevaar en dreigingen. Het is zijn leven, alsof hij denkt dat het leven alleen maar geleefd kan worden als je elke voorzorg om het te beveiligen genomen hebt. Ik was alleen maar een excuus. En je moet bedenken hoe kostbaar ik was voor zo'n man, een nerveuze vrouw die gauw een heel bange vrouw zou zijn, die zichzelf volkomen aan hem zou overgeven en akkoord zou gaan met al die absurde dingen. Stalen deuren in mijn zitkamer, die lichten, de honden, een lijfwacht.' Ze drukte zijn hand, maakte toen haar greep losser en bracht zijn hand aan haar lippen. 'Paul, Paul, bedenk eens hoeveel mannen gelukkig gemaakt zouden kunnen worden als ze een doornroosje in een ondoordringbaar woud zouden kunnen hebben.'
Hij zei: 'Wat zal er met jou gebeuren?'
'Niet veel waarschijnlijk. Ik zou dit al jaren geleden hebben moeten aanpakken, ik had dit al jaren geleden kunnen doen. Ik was zo opgelucht dat ik ontsnapt was, leek het. Er werden geen eisen meer gesteld, er was rust en vrede. Toen ik Ralph eenmaal

ontmoet had was het te laat en toen ik vorig jaar een brief kreeg en toen nog een, begon de angst terug te komen. Maar het is misschien een ongegronde angst. Je zei dat ze haar haar hebben afgeknipt?'
Hij knikte.
'Ik beschouw dat als mijn fout. Daarom doe ik dit, net zo goed als ik het voor Jessica doe. Ik doe het om de zaak voor eens en voor altijd op te lossen. Dat is wat ik al lang geleden had moeten doen.'
'Hoe dichterbij het komt,' zei hij, 'hoe minder zeker ik ervan ben dat ik het je kan laten doen.'
'Je kunt me niet tegenhouden!'
'Ik zou nu met je naar de politie kunnen rijden. Als ik jou bij me heb denk ik dat ik het zou kunnen doen. Nina, alles is zo anders als je een bondgenoot hebt, als je iemand hebt om je te steunen.'
Ze wendde haar gezicht af. 'Dat moet je niet doen.'
'Maar je zegt dat je angst misschien ongegrond is en dat er niet veel met je zal gebeuren. Betekent dat niet dat Jessica eigenlijk veilig is?'
'Jij praat nu over dat je hen in de wielen wilt rijden. Misschien deugt hij eigenlijk wel, die Alexander. Heb ik je ooit verteld dat hij zo heet, degene die zo kwaad werd toen ze mijn nagels afknipten? Hij zal me geen kwaad doen. Dat waren de anderen, de Italianen, hun namen heb ik nooit gehoord, maar ik moet er niet aan denken dat Jessica in hun handen is. Niet als je ze niet gehoorzaamt – kijk niet zo. Ze is heus wel veilig als je doet wat ze vragen. Ze willen mij hebben, dat weet je.'
Zij klom terug over de leuning, hij liep om. Ze had een spijkerbroek aan en een geruit overhemd. Hij merkte nu pas op dat ze geen make-up op had en geen sieraden droeg. Hij vroeg haar waarom ze niets mee had genomen, zelfs geen handtas.
'Ik kon niets bedenken dat ik mee zou willen nemen, behalve een paraplu. Ik heb een paraplu meegenomen.'
Regen blindeerde alle ramen van de auto. Ze zaten tussen muren van water. Hij nam Nina in zijn armen en kuste haar. Toen startte hij de auto, zette de ruitenwissers aan en volgde de bor-

den naar Stowmarket. Een tijdlang zei Nina niets. De regen was zo hevig dat je bijna niets kon zien en de weg hier en daar wel een vijver leek. Hij reed ten noorden van Kettlebaston de B 1115 op, een recht stuk weg zonder zijwegen dat zo lang doorging dat hij zich begon af te vragen of hij Great Finborough voorbijgereden was zonder het te zien. Toen merkte hij dat hij er was, een klein plaatsje, niet meer dan een dorpje, ondanks de weidse naam. Hij moest draaien en terugrijden langs de weg waarlangs hij gekomen was.

De bocht, waar borden stonden met namen van dorpen waarvan hij nog nooit gehoord had, was van deze kant duidelijk zichtbaar. De regen was wat minder geworden. Hij reed een smalle weg op tussen hoge heggen door die er in zomerse glorie bij stonden, glanzend en druipend van het water. Hondsrozen met hun platte, lichtroze gezichtjes glommen tegen het doorweekte gebladerte. Geen huizen, geen boerderijen. Een heuvelige weg die steeg en daalde en weer steeg tussen die muren van planten, een dubbele haag van donkergroen, velden aan beide zijden van schitterend smaragd, bossen die opdoemden achter een blauwige nevel.

Hij dacht aan de avond daarvoor. In de verwachting dat ze hysterisch en wanhopig zou worden, had hij haar verteld wat hem gevraagd was en haar reactie was welwillend geweest, spontaan, direct, zonder één seconde aarzeling. 'Jij hoeft me niet uit te leveren. Ik lever mezelf uit.'

Hij dacht dat hij het niet goed gehoord had, net zoals nu ze tegen hem fluisterde: 'Hierheen.' Maar ze had het echt gezegd, net zoals ze die andere dingen gezegd had, gisteren. Een bordje met een pijl wees: NAAR DE KERK en hij begon zich misselijk te voelen. Hij reed langzamer en keek naar Nina. Ze was heel bleek, maar ze glimlachte naar hem. Ze waren vier minuten te vroeg. Ze hadden tegelijkertijd naar de klok op het dashboard gekeken.

'Jij moet de auto houden. Als je Jessica terug hebt moet je de auto nemen en direct weggaan. Je zei dat je niet naar Jareds zult teruggaan. Waar ga je wel heen?'

'Naar mijn broer. Ik kan niets anders bedenken.'

'Vertel me waar hij woont.'
Hij zei haar het adres en ze schreef het op. Hij merkte dat haar hand trilde terwijl ze schreef. De weg werd smal. Eerst kwamen er bomen langs de ene kant, toen ook aan de andere kant. Het water drupte van de overhangende takken op het dak van de auto.
'Als ik het je niet had verteld, maar je gewoon hierheen had gebracht, als ik je gezegd had dat er iets mis was met de auto en dat ik op zoek was naar een garage, zou je dan nu langzamerhand achterdochtig geworden zijn?'
Ze zei eenvoudig: 'Ik vertrouw je, snap je.'
'Maar dat kunnen zij niet weten.'
'Ik denk niet dat zij veel weten over gevoelens van mensen,' zei ze. 'Zij hebben geen emoties zoals wij, ze zijn anders, dus kunnen ze dat niet begrijpen.'
Was dat waar? 'Het gaat om wat psychiaters affect noemen,' zei hij.
Het weggetje liep langs een oud, overwoekerd kerkhof. Tussen het hoge gras zag hij grafstenen, nog rechtop of omgevallen. Een bordje wees verder: NAAR HET DORP. De deuren van de kerk waren dicht. Nergens een auto, geen grijze of rode Fiats. Het was opgehouden met regenen en er heerste nu een mistige, zwijgende stilte.
Ze zei: 'De vorige keer was het ook een kerk... waar Barney heen moest. Maar niet zo'n kerk als deze, het verschil zou niet groter kunnen zijn.'
De kerk was klein, gebouwd van zwerfkeien en met een ronde toren. Een gedeelte van het dak, dat boven het koor, was met riet bedekt. Paul wist maar weinig van architectuur en nog minder over kerkhistorie, maar hij zag wel dat deze kerk heel speciaal was, uniek zelfs. Via het portaal van grijze steen, ooit rijk bewerkt, nu verweerd en vervallen, waren banken en een grote zwarte kist te zien, een zwarte, eiken deur die op een kier stond.
Ze keek hem niet aan toen ze, starend naar de voorruit waarlangs het water druppelde nu de ruitenwissers af stonden, met zachte stem zei: 'Zullen we elkaar ooit weer ontmoeten?'

'Dat zul je niet willen. Niet na wat ik je vraag om voor mij te doen. Misschien ga je me zelfs haten.' Wat een laflhartige manier van doen, dacht hij. Hier zitten we, op het cruciale moment, en ik heb nog steeds de moed niet om ronduit te zeggen wat ik voel. 'Misschien wil ik het niet.' Hij stelde zich de bedroefde trek op haar gezicht voor, maar keek niet. 'Omdat je te veel voor me gedaan hebt. Dat gebeurt en het is... het is dood. En,' zei hij, 'en... terwijl Jessica weg was, toen ze Jessica meegenomen hadden, vergat ik jou, Nina. Ik dacht niet meer aan jou. Het was verschrikkelijk, maar het is waar.'
'Maar je bent weer aan me gaan denken. Je denkt nu aan me, het is teruggekomen.' Ze hield zijn handen vast. 'Luister, toen ik bij hen was, bij Alexander en de Italianen, toen ik bij hen was, was mijn eigen huid het enige waar ik om gaf. Ik zou alles gegeven hebben, alles beloofd hebben, alles gezegd hebben om weg te komen. Ik héb inderdaad dingen beloofd, Paul, vreselijke dingen. Maar het betekende achteraf niets. We kunnen onszelf niet beoordelen naar de manier waarop we handelen als we doodsbang zijn.'
'Waar zijn ze?' vroeg hij. 'Waarom zijn ze te laat? Ze zijn vijf minuten te laat.'
Hij zag plotseling in dat zelfs hier en nu hun verlangens verschillend waren: hij verlangde ernaar dat ze zouden komen, zij vreesde hun komst. Daar achterin heb ik haar voor het laatst gekust, dacht hij, maar het was niet de laatste keer, dit zal de laatste keer zijn, misschien voor altijd. Ze voelde klein en koud aan in zijn armen, angstig gespannen. Hij kuste haar lippen, langzaam en heel teder.
'We zullen elkaar weerzien,' zei hij. 'We zullen het nog eens proberen.'
'Ik hoor een auto.'
Een eindje verderop was een kleine, blauwe sedan verschenen. Hij dook plotseling op in de motregen. Hij ging langzamer rijden toen hij dichterbij kwam en hij kon zien dat er maar één persoon in zat, de man achter het stuur. Zijn hart zonk in zijn schoenen. Ze hadden gezegd dat er een blauwe Vauxhall Cava-

lier achter zijn auto het weggetje op zou draaien. De chauffeur was een man, jong, met een bleek gezicht en geel, kroezig haar. De auto reed hen voorbij, hij had niets te maken met hen of met Alexander en de Italianen. De auto verdween achter hen uit het zicht over de weg waarlangs zij waren gekomen.
'Dat is toeval,' zei hij. 'Ik heb een gevoel, ik heb het voorgevoel dat ze niet komen.'
'Komen je voorgevoelens altijd uit?'
'Nee,' zei hij.
'Nou dan.' Ze keek in het achteruitkijkspiegeltje aan haar kant. 'Die auto komt terug.'
Hij reed hen voorbij en draaide een eindje verder de modderige open plek op die als parkeerplaats diende voor de kerk. Daar bleef hij staan, blauw als een stukje hemel, maar vandaag was de hemel grijs van wolken. Dit was het teken. Paul voelde een misselijk makende spanning in zich opkomen. Jessica had niet in de blauwe auto gezeten, er had niemand anders in gezeten behalve de blonde man die hij niet kon identificeren.
'Dag,' zei ze. 'Dit is geen afscheid. Ik hou van je. Tot spoedig.'
Als hij de auto zag, moest hij de motorkap openmaken en eronder gaan kijken. Dan moest hij het haar uitleggen, tegen haar praten, alles zeggen wat hij wou om haar te overtuigen, en vervolgens weglopen en niet omkijken. Als hij eenmaal uit Nina's gezichtsveld verdwenen was, moest hij omlopen over de parkeerplaats en de kerk ingaan door de enige van de drie ingangen die niet op slot zou zitten, de westelijke deur.
Het zou allemaal niet precies lopen zoals ze gepland hadden, maar hij stapte uit de auto en tilde de motorkap op. Jessica had niet in de blauwe auto gezeten. Hij zei dat twee keer tegen zichzelf toen hij met nietsziende ogen naar de motor keek. Er spetterden kleine druppels regen in zijn nek en op de rug van zijn handen. Hij stak zijn hoofd door het autoraampje.
'Ik ga niet bij je weglopen. Dat kan ik niet.'
'Dat was een voorwaarde,' zei ze.
'Ik kan er niets aan doen. Jessica zit niet eens in de auto.'
'Nee, kijk...'

Langs de weg kwam een busje aanrijden, over de top van de heuvel. Paul stapte weer in de auto. De chauffeur van de blauwe Cavalier had er waarschijnlijk geen idee van of hij er was of niet. Het busje, vlekkerig groen, draaide dc parkeerplaats op en verdween uit het zicht, achter de kerk, tot hij aan de achterkant weer tevoorschijn kwam en hij de chauffeur kon zien. De chauffeur keek in hun richting en Paul zag dat hij of zij een kap droeg. Het zicht was slecht en het leek hem onwaarschijnlijk dat de chauffeur iets door hun voorruit heen zou kunnen zien. De hemel was heel donker geworden en de groene bladeren en het gras leken van lood.

Het was niet de bedoeling geweest dat hij er nog was. Hij had nu op weg moeten zijn langs het laantje en dan terug naar de kerk. Ze hadden niets gezegd over wat zij zouden doen. Naar de auto komen en Nina meenemen? Hij keek naar het busje. Hij pakte haar hand en hield hem vast. De chauffeur van het busje zat daar maar te kijken, maar zag waarschijnlijk niet veel meer dan de regen en de contouren van de wachtende auto.

Nina trok haar hand weg, duwde het portier open en sprong naar buiten. Paul slaakte een wanhopige kreet. De deur sloeg dicht toen hij naar haar reikte. Ze deed een paar stappen en stond toen stil om haar paraplu op te zetten. Hij kon niet geloven dat ze haar paraplu opzette. Ze hield hem heel rechtop en liep met kalme stappen naar het busje. Ze keek niet één keer om.

De man met de kap stapte uit de cabine. Hij had zijn kap opgehad terwijl hij in de cabine zat, maar zette hem af toen hij uitstapte. Paul zag een lange, donkere, magere man die een hand omhooghield om zijn gezicht te beschermen. Nina keek pas naar hem toen ze bij het busje was gekomen. Dat moest een camper zijn, want het had een deur opzij. Toen wendde ze haar gezicht naar de man en vouwde ze langzaam haar paraplu op. De man deed de deur open en hielp haar naar binnen.

Het was de hele tijd al stil geweest, maar de stilte leek nu nog intenser te worden. De voorkant van de camper leek op een gezicht, de lichten waren ogen, de radiator een snor, de bumper de

mond. Hij stond naast de kerk naar Paul te kijken. De grijze motregen die net te veel was om mist te zijn, viel zachtjes tussen hem en de camper. De blauwe auto was weggereden en uit het zicht verdwenen.
Doe de deur open, zei hij, en stuur haar naar buiten. Toen zei hij het hardop. Er gebeurde niets. Achter hem ging een portier dicht, met meer dan een klik, het werd bijna dichtgegooid. Hij hoorde het geluid van voetstappen op nat zand. Hij deed het portier open en stapte uit de auto. Hoewel al hun levens ervan afhingen, had hij geen minuut langer kunnen blijven zitten.
Een man met een kap. Niet de man die Nina de camper had binnengelaten, maar de chauffeur van de blauwe auto. Zijn adem stokte toen hij Paul zag, maar hij had een revolver in zijn hand, dus hij was er half en half op voorbereid geweest.
'Jij had hier al weg moeten zijn,' zei hij.
'Ik ben niet weg, zoals je ziet.'
'Wij willen de auto.' Hij wees met de revolver naar de Volvo. 'Jij kunt de Cavalier nemen.'
'Waar is mijn dochter?'
'Weet ik niet,' zei hij. 'Daar binnen. Dat is hun zaak, niet de mijne. Ik ben hier alleen maar om de auto te halen.'
Paul sloeg hem. Hij dacht niet aan de revolver, in elk geval kon die hem niet schelen. Hij raakte hem met zijn vuist en alle kracht van zijn vijfentachtig kilo spieren erachter. De revolver ging niet af. De man slaakte een kreet, wankelde en viel op de grond. Paul had de neiging om hem te schoppen, maar hij beheerste zich. Hij pakte de revolver op. Die was niet geladen en was waarschijnlijk een speelgoedding.
Iemand had de deur van de camper opengedaan. Hij ging naar buiten open. Niet Jessica, maar een vrouw kwam naar buiten. Ze had een kap over haar hoofd waardoor haar uiterlijk nog grotesker werd dan het al was, de grote boezem, brede heupen en dikke dijen in een strak wit pakje geperst, de gebloemde kousen en de bloedrode, hooggehakte schoenen. Ze had niet gezien wat er gebeurd was, daar was hij zeker van. De man op de grond begon overeind te krabbelen toen hij haar zag. Hij hield zijn kaak vast.

Ze vroeg hem: 'Alles goed met je? Heeft hij dat gedaan?'
De man zei niets. 'Beest,' zei ze tegen Paul. Ze stapte in de Volvo, startte de motor en stak toen haar hoofd uit het raampje. 'Ga daar naar binnen. Ik zou maar vast een gebedje gaan zeggen.' Even begreep hij absoluut niet wat ze bedoelde. De Volvo keerde en schoot met gierende banden naar voren. Hij moest opzij springen voor het brullende ding.
Hij liep naar de kerk. De deur in het grijsstenen portaal zat op slot. Hij rammelde aan de roestige deurknop. Hij was vergeten wat ze hem verteld hadden, hij was alles vergeten. Hij liep strompelend om de kerk heen en stond op een gegeven moment oog in oog met het grijnzende gezicht van de camper. Hij merkte dat die bewoog en langzaam draaide. Een klein gotisch deurtje onder een dak van klimop zat onverbiddelijk op slot, zat misschien al een eeuw op slot. Zijn broekspijpen waren doorweekt door het natte, hoge gras. Hij hield zich vast aan de ronde bovenkant van een grafsteen om even bij te komen. De westelijke deur bleek open. Hij kraakte een beetje terwijl hij heel zachtjes heen en weer bewoog in de oude scharnieren.
Ze zat aan het eind van een kerkbank, weggedoken in een hoek, haar armen om het uiteinde van de bank, een uit hout gesneden kat. Ze hield de kat vast zoals 's nachts een knuffeldier in bed, het donkere, glimmende eiken van het kattenlijf tegen haar wang gedrukt. Met een stem die zo hees was dat ze hem misschien niet als zijn stem zou herkennen zei hij: 'Jessica!'
De blik die ze hem toewierp was verschrikkelijk, wit, geschrokken, en nog iets anders, iets wat een afschuwelijk verwijt kon zijn of gewoon onbegrip. Maar ze was zeven, ze had bepaalde sociale vaardigheden aangeleerd en hij zag dat ze, terwijl ze langzaam opstond, een glimlach tevoorschijn probeerde te brengen. Het was alleen maar een klein trekje om haar doodsbleke lippen. Hij hield haar heel dicht tegen zich aan. Ze ademde licht, heel rustig. Zijn hand voelde de afgeknipte einden van haar korte haar. O God, bad hij, laat haar niets vreselijks overkomen zijn dat blijvend is, laat haar alsjeblieft niet geestelijk beschadigd zijn, laat ze alsjeblieft nog kunnen praten.

Hij tilde haar op zoals hij dat gedaan had toen ze nog een klein meisje was. Haar wang voelde vochtig aan tegen de zijne. Het interieur van de kerk danste voor zijn ogen in blauw en karmozijn, donker hout en zwevende, vergulde engelen. Er stonden verwelkte bloemen in een vaas, uitgebloeid. Hij duwde de zware deur met zijn voet open en liep naar buiten, de mist in.

De man die hij geslagen had was weg, de camper was weg. Hij zag hem in de verte de helling op rijden. Jessica en hij waren alleen in de wildernis, zonder bezittingen, zonder iets.

Maar de blauwe auto stond er wel. Hij droeg er Jessica heen, over het kerkhof, tussen de grafstenen door, door het kletsnatte gras. Op een van de stenen stond in diep ingekerfde, zwarte letters, MARY ANNE FROST, GEBOREN 1888, GESTORVEN 1894. LAAT DE KINDERKENS TOT MIJ KOMEN. Hij hoorde zichzelf snikken. Jessica keek nu op naar zijn gezicht, met wijdopen ogen. Haar stem was niet veranderd, haar spraak was niet brabbelend. 'Ik ben moe,' zei ze. 'Mag ik gaan slapen in de auto?'

24

Het is waar dat je sterretjes ziet als iemand je op zo'n manier slaat. Ik zag massa's sterren en lichtflitsen, zigzaggende flitsen, niet die vertakte. Als in televisiewesterns mensen geslagen worden, wankelen ze alleen maar een beetje en komen ze terug met alles wat ze hebben. Ze worden misschien nog eens geslagen en dan komen ze nog terug. Zo gaat het niet in het werkelijke leven. Als je door een grote, zware kerel als Garnet op je kaak geslagen wordt, giert dat door je hele lijf en het doet ongekend veel pijn. Ik wilde niet opstaan, ik wilde gewoon daar blijven liggen en doodgaan. Ik was er trouwens van overtuigd dat het fout was gelopen. De prinses was ervandoor en hij was gebleven, dat dacht ik. Omdat Tilly naar buiten kwam vatte ik wat moed en spande ik me reusachtig in. Ik wankelde naar de camper en daar zat de prinses, naast Sandor.

Toen ik ze daar zo naar elkaar zag zitten kijken, Sandor zonder zijn kap, bleef ik staan en staarde naar ze. Ik had mijn eigen kap in mijn hand en met mijn andere hand hield ik mijn kaak vast.

'Wat is er met je gezicht gebeurd?' vroeg Sandor.

'Garnet heeft me geslagen.'

Wat er toen gebeurde was afschuwelijk. Ze begonnen allebei te lachen. Allebéí, dat was wat zo krankzinnig en gek en verkéérd was. Als Sandor in zijn eentje had gelachen – nou ja, hij heeft een wreed gevoel voor humor, ik weet dat, dat kan ik accepteren. En wat de prinses betreft, die had recht om te lachen, zou je kunnen zeggen. Maar allebei... Ik zei niets meer. Ik ging zitten en koesterde mijn kaak.

'Je zult wel niet kunnen rijden,' zei Sandor.

'Het zou niet veilig zijn als ik reed.'

Hij haalde zijn schouders op, maar kwam verder niet in beweging. Hij kon zijn ogen niet van de prinses afhouden. Het was alsof we alle tijd van de wereld hadden. Van dichtbij was ze eigenlijk helemaal niet zo fraai om naar te kijken, geen make-up, haar dat gewassen moest worden, een spijkerbroek en gymschoenen en een overhemd waarin Tilly nog niet begraven had willen worden. Maar Sandor keek niet naar haar vanwege haar schoonheid of het gebrek daaraan, dat wist ik. Hij keek naar haar omdat we haar hadden, omdat we het klaargespeeld hadden en omdat hij tevreden was. Ik hoopte alleen maar dat ik er niet bij zou hoeven zijn als hij haar doodde.

Na een paar minuten stond hij op en hij liep om het busje heen naar de cabine. De prinses vroeg me: 'Is het mogelijk om hier wat te drinken te krijgen? Ik bedoel water. Zou ik een glas water kunnen krijgen?'

Tilly had alleen maar wijnglazen. Ik was net bezig water in te schenken toen de camper met een plotselinge slingering startte. Ik morste het grootste deel van het water op de grond. De prinses bekeek me nieuwsgierig. Ze bedankte me voor het water en vroeg toen: 'Waar zijn de Italianen?'

Ik wist wat ze bedoelde, maar dat liet ik haar niet merken. Het leek me trouwens helemaal geen goed idee om te babbelen met je gevangene. Het was geen koffievisite.

'Er zijn hier geen Italianen,' zei ik kortaf, om haar te laten merken dat ik verder geen kletskoek meer van haar wilde horen. En ik ging helemaal achter in de camper staan. Tilly had een spiegel boven de gootsteen hangen en ik kon zien dat mijn gezicht al begon op te zwellen.

Er zitten ramen boven de achterwielen en ik posteerde mezelf bij een van die ramen. Tilly was verdwenen. Ik denk dat Sandor haar gezegd had waar ze heen moest. Gingen we nu met z'n allen in de camper wonen? Ik kreeg de indruk dat we op weg naar de kust waren, waar we vandaan gekomen waren. De eindeloze, groene velden en de grijze dorpen gleden voorbij en er waren genoeg handige plekjes om te stoppen en te parkeren, maar Sandor stopte niet. Ik besefte dat hij ergens met Tilly afgesproken moest hebben.

Ik stond uit het raam te kijken en probeerde te raden waarheen we op weg waren toen de prinses me liet schrikken.

Ze klopte me op m'n schouder. Ik maakte zo ongeveer een luchtsprong. 'Ik zou graag voorin willen gaan zitten.'
'Wat?' vroeg ik.
'Voorin. In de cabine.'
'Je kunt helemaal nergens heen,' zei ik. 'Je had eigenlijk niet eens hierheen moeten komen. Als je weer gaat rondwandelen, moet ik je vastbinden.'
Even had ik het gevoel dat ze zou gaan lachen, maar dat deed ze niet. Ze haalde haar schouders op en liep terug naar het bankje waarop ze had gezeten. Het was weer gaan regenen en je kon niet veel zien. We leken vele kilometers door de druppelende mist te rijden. Al dat boerenland vind ik heel erg op elkaar lijken, die velden en bossen en heggen en lanen. Soms zie je een paar bungalows en soms een boerderij. Ik snap niet hoe de mensen weten waar ze wonen, hoe ze die dorpen uit elkaar kunnen houden, behalve dan dat ze bordjes hebben waar de namen op staan. Maar ondanks dat kon ik wel zien dat we het dorp naderden dat het laatste dorp was voor Bollingbrook Hall.
De prinses zat in hetzelfde hoekje als waar Jessica had gezeten. Ze had een van Tilly's geïllustreerde bladen gepakt. Ik denk dat ze me wilde laten zien hoe koel en onverschillig ze was, maar mij kon ze niet bedotten. Ze zat het blad niet te lezen. Ze had er haar ogen op gericht, dat wel, maar het waren nietsziende ogen.
Even later draaide Sandor de ingang van Bollingbrook Hall in. Toen ze met z'n tweeën in de camper hadden gezeten, hadden ze zeker afgesproken dat zij zich rustig zou houden, dat ze niet zou schreeuwen of moeilijkheden maken. Dat was wat ik op dat moment dacht. Maar ik begreep niet wat zij daar voor voordeel bij kon hebben. Sandor had geen revolver en Garnet had mijn replica genomen. Er was niets dat haar ervan zou kunnen weerhouden, voorzover ik kon zien tenminste, om het meisje of de man in de receptie te vertellen dat deze mensen haar tegen haar wil gevangen hielden. Misschien wilde ze dat wel gaan doen, misschien ging ze hem bedriegen.
De Volvo stond niet op de parkeerplaats van het hotel. Tilly was niet gekomen. Sandor stapte uit de cabine en liep om het busje

heen om de deur voor de prinses open te doen. Voor het korte wandelingetje naar de deur zette ze haar paraplu weer op. Het was een golfparaplu met allemaal verschillende kleuren, rood en blauw en geel. Sandor vroeg om allebei de sleutels, 23 en 24. De prinses zette haar paraplu in een grote pot die daar speciaal voor was, er stonden allemaal natte paraplu's in en ik dacht: Nu gaat ze iets zeggen, nu gaat ze het die vent, die assistent-manager of wat hij ook was, vertellen. Natuurlijk ging ze dat doen. Wat had ze te verliezen?

Ze zei geen woord. We gingen naar boven alsof we drie vrienden waren op vakantie, een knul met zijn vriendin, bijvoorbeeld, en de broer van die knul. Zoiets. Sandor hield de arm van de prinses vast. Nou ja, hij hield eigenlijk haar elleboog vast, hij hield zijn hand onder haar elleboog en ze liet hem begaan tot we boven waren. Toen trok ze haar arm weg en sloeg hem over haar borst.

Bij kamer 23, die Millicent Fawcett heette, zei Sandor tegen haar: 'Dit is jouw kamer. Ik denk dat je hem wel prettig zult vinden.' Ik had hem nog nooit zo nederig horen spreken. Hij was nooit zo voorkomend. 'Ik heb wat kleren voor je gekocht – dat wil zeggen, voor de nacht. Ik heb een nachtjapon en een ochtendjas voor je. En er liggen een tandenborstel en tandpasta en dat soort dingen. Ik heb ook wat parfum voor je. Ik wist nog welk parfum je gebruikte.'

Ze keek hem aan. Het moest minstens tien minuten geleden zijn dat ze iets gezegd had. 'Dat gebruik ik niet meer, Alexander.'

'Als je me vertelt wat je wel gebruikt,' zei hij, 'stuur ik iemand om het te halen.'

Dat zou ik dus wel zijn, dacht ik. Maar ze schudde haar hoofd en hield haar hand op voor de sleutel. Sandor ging er niet op in. Hij deed de deur zelf open en liet haar binnen. Hij liep achter haar aan en sloot snel de deur achter zich. Ik ging naar de kamer ernaast, naar Thomas Gainsborough, en ging in een van de blauwsatijnen fauteuils zitten. Ik vroeg me af wat ik nu moest doen. Mijn kaak was stijf, ik zou niet in staat zijn om iets te eten, dacht ik. Maar ik kon wel drinken. Ik schonk mezelf een flinke slok sherry in uit de karaf. Ik gebruikte het glas van de wastafel, omdat de sherryglazen zo klein waren. Ik denk dat ik best verslaafd zou kunnen worden aan dat spul, echt waar. De kwestie is dat ik het nooit gedronken had voor we in Bollingbrook Hall kwamen.

Je kon niets horen door de muren heen. Ik stelde me voor dat ze aan het onderhandelen waren over het losgeld dat ze zou gaan betalen om zichzelf te bevrijden. Of zelfs dat hij haar gedood had en wel zo vakkundig dat zij geen kik had gegeven. Maar ze doen iets met de muren in dit soort hotels om ze geluiddicht te maken. Even later zette ik de televisie aan, maar er waren alleen maar kindertekenfilmpjes. Midden in een Yogi Bear-verhaaltje werd er op de deur geklopt. Ik wist niet wat ik moest doen, ik dacht zelfs even dat het de politie was, dat Garnet de politie op ons af had gestuurd. Ik sloop met gespitste oren naar de deur. Toen zei Tilly's stem: 'Ik ben het, Joe. Laat me erin.'

'Heeft hij al om het geld gevraagd?'

Hoe moest ik dat weten?

'Heeft hij haar haar bank laten bellen of iemand die het geld voor haar kan gaan halen? Het kost tijd om zoveel geld bij elkaar te krijgen, Joe. Waar is ze eigenlijk?'

Ik wees met mijn duim naar de muur. 'Daar.'

Langzaam zei Tilly: 'Dit is niet te geloven.' Ze keek naar de hemelbedden tegen de muur, naar de nachtkastjes, de één met de telefoon erop, de ander met de radio. 'Ze is hier gewoon naar binnen gewandeld en ze is nu daar?' Tilly's gezicht was heel rood geworden. 'Jezus Christus,' zei ze, 'ik heb verdomme uren en uren in de rondte gereden. Ik ben overal geweest waar we ook geweest zijn toen we Jessica hadden, ook naar het bos hier. En al die tijd zaten jullie hier! En zij is hier binnengewandeld alsof ze jullie vriendín was?'

De muur gaf antwoord. Er werd met vuisten op gebonkt. Toen ging de telefoon. Je weet nooit wat je moet doen als de telefoon gaat in een hotelkamer. Je vrienden weten niet dat je daar bent, dus het moet de directie zijn die vragen gaat stellen die je niet kunt beantwoorden. Tilly nam op. Ik weet niet waarom het toen, als een lichtflits, ineens bij me opkwam dat Tilly en ik de ene partij waren en die twee daar in die andere kamer, de andere partij. Misschien kwam het gewoon door de twee kamers en de muur ertussen, misschien was dat alles. Ik kon horen wat Sandor zei. Hij sprak tegen Tilly alsof ze de telefoniste van het hotel was – nee, nog erger dan dat, hij zou beleefder geweest zijn tegen een telefoniste.

'Ik wil Joe spreken.'

'Heel charmant,' zei ze, terwijl ze me de telefoon gaf.

'Kom hierheen,' zei Sandor, 'en zij ook, als ze wil. Laat iedereen komen.' Hij klonk heel vreemd, een beetje hysterisch, leek het.

We gingen alle twee naar kamer 23. Hij zag er net zo uit als die van Sandor en mij, maar vrouwelijker, met roze satijn en roze fluweel. Het bed was geen hemelbed maar een ovale divan met een roze-en-witte, zijden sprei en een heleboel roze-en-witte kussens met stroken. Op die kussens lagen een nachtjapon van wit satijn en kant en een witsatijnen ochtendjas, neergevleid met een soort tederheid die je eerder van een minnaar dan van een kamermeisje verwacht. Er stonden drie vazen met bloemen – dat wil zeggen, eentje was een mand en die was vol rozen, hij liep over van de rozen en er drongen rozenknoppen op lange stengels door een kussen van rozen. Het geurde er naar rozen en dat is net zo'n unieke geur als die van aardbeien. Die stonden er trouwens ook, in schaaltjes van geslepen glas op het karretje dat iemand van het hotel moest hebben gebracht. Er stonden ook schalen met gerookte zalm en plakken lichtoranje meloen en een fles champagne in een zilveren emmer.

Ze hadden geen van beiden iets gegeten of gedronken. De prinses zat in de ene rozesatijnen fauteuil en Sandor in de andere. Hij sprong op toen we binnenkwamen. De prinses zei: 'Ik zeg niets meer als ik met hem alleen ben. Dat heeft geen zin. Ik heb een getuige nodig.'

'Je hebt er nu twee,' zei Tilly, terwijl ze haar sigaretten pakte uit haar bloedrode handtas en er eentje tussen haar lippen stak. Ik

denk dat toen pas tot me doordrong dat het in de kamer rook naar rozen en aardbeien en niet naar rook. Voor ze de sigaret kon aansteken graaide Sandor hem uit haar mond.
'Hé, wie denk jij wel dat je bent, verdomme?'
'Er wordt hier niet gerookt,' zei hij. Ik kon m'n oren niet geloven. Ik kon niet geloven dat dit Sandor was. 'Dit is Nina's kamer en zij wil niet dat hier gerookt wordt.'
'Wie denkt zij verdomme wel dat ze is, dat ze een beetje de baas over ons kan spelen?'
De prinses keek naar Tilly met een nieuwsgierige uitdrukking op haar gezicht. Ik heb wel eerder vrouwen in spijkerbroek, vrouwen die net zo goed mannen konden zijn als je op hun kleding afging, zien kijken naar chic geklede, goed verzorgde meisjes, alsof ze op de een of andere manier dachten dat ze door hun nonchalante uiterlijk superieur waren aan goed en mooi geklede meisjes. De prinses keek naar Tilly, niet precies met een glimlach, maar met een sprankje geamuseerdheid in haar ogen. Toen werd haar gezicht weer strak. Ze zuchtte.
'Ik moet jullie iets zeggen,' zei ze. 'Luister naar me. Alexander en ik...' Ik merkte wel dat het moeilijk voor haar was om het te zeggen. 'We waren heel veel samen toen hij en zijn vrienden me ontvoerd hadden. Het was zijn taak om voor me te zorgen. We waren heel vaak alleen.'
Sandor zat haar maar aan te staren. Hij hield de sigaret die hij van Tilly had afgenomen tussen zijn vingers en plukte hem, onbewust denk ik, in stukjes. Hij hield zijn ogen op de prinses gericht en op zijn knieën zaten zijn vingers het papier te verscheuren en aan de tabak te plukken. Zijn huid is donker, hij heeft een donker gezicht, maar alle kleur was uit zijn gezicht weggetrokken en hij was heel bleek.
'Hij werd verliefd op me,' zei ze.
Het leek plotseling heel stil te worden in die kamer. Je kon een speld horen vallen, zoals ze dat uitdrukken, alleen zie je tegenwoordig bijna geen spelden meer, ik heb er sinds ik kind was niet eentje meer gezien. Het was stil, alsof iedereen zijn adem inhield. Toen sprak Sandor, met een heel vreemde, opgewonden stem.

'We werden verliefd op elkaar.'
Ik kon Tilly's gespannenheid over de anderhalve meter die we van elkaar zaten voelen. Ik kon de rozen en de aardbeien ruiken.
'Nee, Alexander,' zei de prinses. Ze klonk vriendelijk maar beslist, als een kleuteronderwijzeres. 'Nee, dat is niet waar.'
Zoals een kind het zou zeggen zei hij: 'Je hebt het beloofd.'
'Dat weet ik. Ik weet dat ik het beloofd heb. Het was verkeerd wat ik gedaan heb, ik weet dat nu. Je doet alles om vrij te zijn, je zegt alles om niet gekwetst te worden. Ik ben een lafaard en ik was bang voor mijn... hoe ik eruit zou zien als ik mishandeld zou zijn.'
'Je hield van me.'
'Ik zéi dat ik van je hield,' verbeterde ze hem en het leek alsof ze hem sloeg. Hij deinsde achteruit. 'Je zei dat je verliefd op me was en je vroeg me of ik verliefd was op jou en ik zei ja.'
'Je hebt 'ja' laten zien,' zei hij.
'Dat weet ik, Alexander, dat weet ik. Ik weet wat ik gedaan heb. Ik praat mezelf niet schoon. Ik heb je beloofd om je weer te zien, om samen met jou te zijn, om samen met je te leven, wat dan ook. Ik zei dat ik naar je terug zou komen als je me liet gaan. Ik heb het beloofd... en ik heb mijn belofte gebroken.'
De prinses leek ouder te worden terwijl we naar haar keken, er waren lijnen op haar gezicht gekomen. Tilly en zij hadden dezelfde leeftijd, maar ze zag er ouder uit, voor het eerst zag ze er ouder uit.
'Alexander heeft me met de trein naar huis gebracht,' zei ze tegen ons. 'We maakten een afspraak. We zouden elkaar ontmoeten in Florence, aan een tafeltje, een speciaal tafeltje, in de Piazza della Signoria in Rivoire, om negen uur 's avonds, tien dagen daarna. Hij zei: Ik geef je mijn deel terug van het geld dat je betaald hebt. Dat kon me niet schelen, helemaal niets kon me schelen, alleen maar dat ik weg zou kunnen en vrij zou zijn. Ik zei, ik zie je om negen uur op de elfde bij Rivoire. Je ziet hoe ik me alle details herinner?'
'Je bent niet gekomen,' zei hij. 'Ik had je het geld teruggegeven. Ik wachtte. Ik wachtte tot na middernacht. Ik wachtte en

wachtte en ze gingen dicht en ze zetten de tafeltjes binnen en iedereen ging naar huis.'
'Wist je het toen langzamerhand niet? Begreep je het niet?'
'Ik heb je geschreven. Ik heb je honderden brieven geschreven. Je man ging dood, hij stierf en ik dacht: Als dat achter de rug is komt ze naar mij. Je trouwde met een andere oude man en ik bleef toch van je houden. Ik verwachtte van je dat je je belofte zou houden. Wat betekende een huwelijk voor je? Trouw betekende nooit iets voor je. Hoe vaak hebben we elkaar bemind in die vier dagen dat we samen waren, Nina? Hoe vaak?'
Ze bloosde. 'Je gaat zeker zeggen dat ik heel goed deed alsof ik het prettig vond? Ik deed niet net alsof, ik vond het prettig met je, Alexander. Waarom niet? Je bent jong. Je ziet er goed uit.'
Hij stond op. 'Is dat alles?'
'Dat is nogal wat. Om daar weg te komen, om vrij te zijn, zou ik naar bed gegaan zijn met de *Elephant Man*.'
Hij liep naar het raam alsof hij dat open wilde gaan doen, er waren openslaande deuren naar een balkon, maar hij maakte de deuren niet open, hij kwam terug en bleef staan achter de stoel van de prinses. Ze keek naar hem op en toen de andere kant uit. Ze deden me denken aan een oude foto die ma's vader had van een jong paar dat poseerde voor de trouwfoto, zij zat, hij stond beschermend achter haar, alleen de kleren waren fout.
'Dacht je werkelijk dat ik zou komen na al die jaren?' vroeg ze. 'Bleef je denken dat ik jou wilde, ook toen ik je brieven niet beantwoordde? Ik heb al je brieven verbrand, Alexander. Een paar, de laatste die kwamen, heb ik niet eens opengemaakt. Ik heb ze ongeopend verbrand. Dacht je werkelijk dat ik naar je toe zou willen komen?'
'Apsoland bewaakte je,' zei hij. 'Als een fanatieke kruisvaarder, als een eunuch een harem.'
'Als een vrouw weg wil, kan ze weg, overal vandaan,' zei ze en ik herinnerde me dat Sandor me daar ooit een verhaal over had verteld, alleen denk ik dat hij het nooit op zijn eigen leven, zijn eigen verlangens, had betrokken.
Tilly had al heel lang niets gezegd. Haar stem klonk heel kortaf

en kwaad toen ze sprak. 'Wat hebben wij hier allemaal mee te maken? Wat doet het ertoe wat ze deed of wat ze beloofde? Dat is allemaal verleden tijd, allemaal ouwe koek. Jij wilde dat we hier kwamen, waarom?'

'Omdat in mijn eentje tegen hem praten geen zin had, omdat hij niets anders zei dan dat hij van me houdt en weet dat ik van hem moet houden, dat ik diep in mijn hart echt van hem houd. Maar dat is niet waar, ik hou niet van hem, ik kan niet van hem houden, en ik wilde iemand hier hebben om me dat te horen zeggen en te zorgen dat hij mijn nee als antwoord zou accepteren.' Ze haalde diep adem. 'Dan kunnen we zien wat er verder gebeurt.'

'Wij kunnen hem geen dingen laten doen,' zei ik.

Ze sprak tegen Sandor. 'Wie zijn deze mensen? Zijn dit vrienden van je?'

'Ze zijn niets. Niets voor jou. Niets voor mij.'

Ik voelde paniek toen Sandor dat zei. Het was alsof hij me alles afnam, zoals de eb zich terugtrekt van het strand met koud gebrul en geratel van stenen.

'Toen je hier kwam en die vent je in dat fort bewaakte, toen je mijn brieven niet beantwoordde, wist ik dat je gered moest worden. Ik wist dat jij op mij wachtte om je te redden en ik heb hen erbij gehaald om me te helpen. Dat is alles. Meer hebben ze niet te betekenen.'

Tilly was wit geworden onder alles wat ze op haar gezicht gesmeerd had. Ik zag de kleur uit haar gezicht wegtrekken toen Sandor dat zei over ons, dat we niets voor hem te betekenen hadden. Ze houdt van kleren, maar ze kon zich nooit mooie kleren veroorloven. Ze stond op, pakte de nachtjapon en de ochtendjas van het bed en smeet ze door de kamer. Ze kwamen met een zachte plof tegen het raam terecht en glibberden als in een glanzende, melkwitte plas op de vloer. Ze pakte een van de vazen, trok de bloemen eruit en goot het water over het tapijt.

'Houd daarmee op!' zei Sandor terwijl hij een stap in haar richting deed.

'Raak me niet aan, jij schoft! Jij zei, wat er verder gebeurt, jij,

Nina Abbott of hoe je ook mag heten. Nou ik zal je vertellen wat er verder gebeurt. Jij zorgt dat wij een miljoen pond sterling krijgen.' Ik merkte, helaas, dat ze het losgeld al tot de helft had teruggebracht, dat ze zwak werd. Tilly lijkt alleen maar sterk in hoe ze eruitziet en hoe ze klinkt. Maar is iemand sterk als puntje bij paaltje komt? 'Jij haalt het voor ons of je laat het door iemand halen. In gebruikte biljetten van twintig en vijftig en als we het gecontroleerd hebben zullen we erover denken om je naar huis te laten gaan, naar die open gevangenis van je.'

Zo ging het nooit in de Via Condotti. Ik voelde me een beetje gegeneerd door haar, ze klonk zo amateuristisch.

'Ik heb Alexander al geld aangeboden,' zei de prinses. 'Geen miljoen, dat moet ik zeggen, maar wel geld. Hij was beledigd.'

Tilly begreep het niet. 'Alles minder dan een miljoen ís een belediging. Het heeft geen zin om op deze manier onze tijd te verdoen. Jij gaat nu onmiddellijk opbellen en regelen dat iemand het geld voor je haalt.'

'Hoe zou ik dat moeten doen? Ik zal alles doen wat in redelijkheid mogelijk is.' Ik geloof echt dat ze het meende, het speet haar oprecht. 'Ik zou alles graag in orde willen maken,' zei ze.

Toen gebeurde er iets vreselijks. Sandor kwam achter de stoel van de prinses vandaan en viel voor haar op zijn knieën. Het was een verschrikkelijk gezicht om hem, die altijd zo trots en arrogant was, zo vernederd te zien. Hij knielde aan haar voeten en zei tegen haar dat hij van haar hield en hij smeekte haar om bij hem te blijven, zei dat ze samen weg zouden gaan en samen gelukkig zouden zijn.

'O, Nina, ik hou al zo lang van je. Ik heb mijn leven aan je gegeven, ik aanbid je, ik kan je niet opgeven. Ik heb hier jaren voor gewerkt, ik heb aan niets anders gedacht. Als ik de moed verloor dacht ik aan wat jij beloofd had en ik wist dat je dat meende. Ik wist dat je misschien wel zwak zou worden en dat andere mensen op je in zouden praten, maar dat je, als je me eenmaal weer zou zien en ik je daaruit zou halen, dan weer van me zou houden. Wat is er met je gebeurd, Nina? Je kunt niet veranderd zijn, dat kan niet. Ik herinner me hoe we waren, hoe

we van elkaar hielden. Er is niets wat dat kan veranderen.'
'Vooruit, Alexander,' zei ze, 'sta op. Sta op. Je stelt je aan. Je wíst niet dat ik van je hield. Hoe zou je zoiets kunnen weten? Dat zat in jouw hoofd. Het was jouw wens.'
Hij sprong op en schreeuwde tegen ons: 'Ga weg hier, jullie tweeën! Laat me alleen met haar.'
'Jij hebt ons gevraagd om hierheen te komen,' zei Tilly, 'en nu we hier zijn blijven we. Ik laat jou hier niet alleen om haar te laten gaan, zonder dat wij ooit een cent van dat geld te zien krijgen.'
Sandor negeerde haar, hij voelde naar iets in zijn jaszak.
'Je hebt ons gebruikt,' zei Tilly. 'Je hebt ons erin gehaald om jou te helpen en nou probeer je ons dit te flikken. Je hebt van het begin af aan zitten liegen. Dit zou een ontvoering zijn en jij hebt er verdomme een soort weerzien van een liefdespaar van gemaakt.'
Voordat de prinses een woord kon uitbrengen, misschien om dat over dat liefdespaar te ontkennen, stond Sandor al weer achter haar stoel. Ze snakte naar adem want hij had plotseling zijn linkerarm om haar nek geslagen. Hij drukte haar tegen de stoelleuning en het ding dat hij in zijn rechterhand hield, het ding dat flitsend het licht ving op het zilveren lemmet, was zijn scheermes.
'Alexander,' zei ze. 'Alexander, wat doe je?' En toen kon ze niet meer praten omdat hij haar zo stijf vastklemde in de holte van zijn elleboog.
'Wij gaan sterven,' zei hij. 'Wij alle twee. Jij eerst, dan ik. Meer is er niet voor ons, dat is het beste.'

25

Ze kon dat gemene lemmet niet zien, maar ze kon het in zijn stem horen. Misschien dacht ze dat hij een revolver had. Haar gezicht verstijfde en werd wit van angst. Ze was niet mooi meer. Ze zeggen dat schoonheid oppervlakkig is, maar in werkelijkheid wortelt schoonheid net zo diep als angst. Bang zijn maakt iemand lelijk. Ze hief haar handen en probeerde zijn arm weg te duwen, maar dat kon ze niet. Ze was klein en zwak en met haar kleine, witte handen kon ze Sandors arm voor geen millimeter in beweging krijgen. Met een zwaai bracht hij het scheermes tot voor haar ogen. Ze begon te jammeren.

Tilly zei: 'Ze gaat niet dood voor ze het geld voor ons geregeld heeft. Als jij zorgt dat ze dat doet mag jij haar doden. Het beste wat je kunt doen met mensen die je ontvoert is ze eerst doden en dan verder praten.'

'Tilly,' zei ik, dwaze ik, 'Tilly, dat kan je niet doen, dat moet je niet doen.'

Niemand nam enige notitie van me. Wanneer doen ze dat trouwens wel? Tilly liep naar de prinses toe en hield haar gezicht vlak bij het hare, net alsof het scheermes er niet was, alsof het scheermes niet tussen hen in zweefde. 'Zeg me wie ik moet bellen.'

De prinses sprak niet. Misschien kon ze niet praten. Ze sloot haar ogen.

Tilly schreeuwde tegen haar: 'Zeg me wie ik moet bellen. Ik draai het nummer en breng jou de telefoon, goed?'

'Ga zitten,' zei Sandor. 'Ga zitten, of ik dood haar nu.'

Als hij niet geweest was wie hij was, Sandor, mijn Sandor, zou ik gezegd hebben dat er waanzin in zijn ogen blonk. Dat heb ik vaak genoeg gezien, ik kan dat weten, waanzin in de ogen van patiënten in het ziekenhuis, de mensen die in hoekjes zitten te praten tegen demonen, de mensen die denken dat ze ayatollah zijn of dat Gorbatsjov verliefd op ze is. Maar je kunt je vergissen, zelfs psychiaters kunnen zich vergissen, en Sandor was niet gek, alleen soms over zijn toeren door pijn, en wie van ons is dat niet?

Ik zag dat Tilly zich terugtrok. Het scheermes flitste voor haar gezicht. Ze was als een dier dat ik een keer op een markt heb gezien, achteruitgedreven door zo'n elektrische batterij. Sandor boog zijn hoofd en sprak tegen de prinses. Ze slaakte een kreet. Haar hoofd werd door zijn arm helemaal naar achter gehouden, maar ze slaagde er toch in om geluid uit te brengen. En op dat moment begon de telefoon te rinkelen. Ik wist wat het moest zijn, wij allemaal denk ik, het management van het hotel om te horen of het goed was met ons, wat al dat kabaal en geschreeuw en geluid van brekende dingen te betekenen had. Niemand nam op, maar het leidde Sandors aandacht af. Zijn greep werd iets losser, dat kan niet anders, hij keek even een andere kant op en de prinses begon te schreeuwen.

Tilly stond achter hen met de grote vaas die ze leeggegooid had in haar hand en liet die met alle kracht waarover ze beschikte op zijn hoofd neerkomen. Hij wankelde en viel tegen het wagentje. Hij greep ernaar, het kleedje gleed eraf en al het glas- en zilverwerk en al het eten viel op de grond. Sandor viel voorover en het karretje rolde over hem heen. Het was vreselijk, al dat lawaai, al dat geschreeuw.

Ik vloog naar hem toe en trok het karretje weg. De vaas was van dun porselein geweest en lag in honderd scherven. Sandor lag op de grond. Hij had zijn pols opengehaald aan het scheermes toen hij viel en hij bloedde. Tilly stond trillend naar hem te kijken met de restanten van de vaas, de bodem en een scherf die de vorm had van een dolk, in haar handen.

Het was maar goed dat er net op dat moment iemand op de deur klopte, anders weet ik niet of ik mezelf had kunnen beheersen en of ik haar niet gestraft zou hebben voor wat ze gedaan had. Nu moest ik wel open gaan doen. Het was de assistent-manager. Ik probeerde te zeggen dat het allemaal goed was, dat er een misverstand was geweest, toen een stem achter me zei: 'Neemt u me niet kwalijk.'

De prinses had de sleuteltjes van de Volvo in haar hand. De assistent-manager deed een stap achteruit en keek naar haar. Sandor was rechtop gaan zitten. Ze draaide zich om en keek naar hem.
'Je hebt nooit de ketting losgemaakt, Alexander. Dat had misschien alle verschil gemaakt.'
Ze zei het treurig. Ik weet niet wat ze bedoelde. Ze liep langs me heen en ik moest een stap achteruit doen, ik kan niet zeggen dat ze me wegduwde. Ze hield haar hoofd heel rechtop, maar er lagen tranen op haar wangen en ik kon horen hoe snel haar ademhaling ging. Ze liep de gang door en verdween in de bocht, boven aan de trap.
'Er is een ongeluk gebeurd,' zei ik tegen de assistent-manager.
'Dat zie ik, ja.' Hij keek naar zijn gebroken serviesgoed, de vaas en de meloen met Sandors bloed, naar de mayonaise op het tapijt en naar het scheermes dat rechtop in een schaal met bruin brood en boter stond. 'Ik zal iemand sturen,' zei hij, 'om op te ruimen.' Hotelmanagers sturen je niet weg, wat je ook gedaan hebt. Dat was ook iets wat ik, naast allerlei andere dingen, die dag leerde. 'Hebt u een dokter nodig, meneer?' vroeg hij aan Sandor.
Sandor was inmiddels opgestaan. Hij gaf geen antwoord. Hij wikkelde een van de witte, damasten servetten van het hotel om zijn pols, maar het bloed drong erdoorheen. De assistent-manager wierp nog een laatste blik vol afschuw op zijn vernielde kamer en ging weg, de deur achter zich openlatend alsof hij vond dat mensen als wij geen recht hadden op privacy. Of misschien dacht hij alleen maar dat ze ons beter zouden kunnen horen als de deur openstond, mochten we verder nog ruzie maken. Dat deden we niet. Daar was geen reden voor. Sandor deed de deuren naar het balkon open en stapte naar buiten, de scherven van de vaas en de gebroken bloemen uit de weg schoppend. Ik liep achter hem aan. Meer dan ooit wilde ik hem op dat moment in mijn armen nemen en troosten.
De zon scheen. Het was warm en vochtig. We keken hoe de koperkleurige Volvo de parkeerplaats afreed en langs de oprijlaan

langzaam naar de weg reed. Bij het hek wachtte hij tot er een tractor en nog een paar auto's gepasseerd waren, draaide toen naar links en verdween uit het zicht. Voor altijd uit het zicht. Sandor leunde over de balustrade en nam het allemaal in zich op, het groen, het smaragdgroen, en de donkergroene heggen, de bossen die blauw leken en de grote hemelboog die blauw is. Ik kwam naast hem staan, heel voorzichtig, omdat ik bang was voor hem, maar hij sprak heel vriendelijk. Hij sprak heel treurig. 'O, kleine Joe. O, kleine Joe...'

Terwijl we daar op het balkon stonden te kijken moet Tilly ook weggegaan zijn. De kamer was in elk geval leeg. Ik pakte snel het scheermes en veegde er de boter af. In Sandors huidige stemming, die nu wel eens permanent zou kunnen worden, dacht ik, wilde ik hem niet met dat mes alleen laten. Ik zou het bij de eerste de beste gelegenheid weggooien.

Je moet weten dat het pas één uur was. Er was zoveel gebeurd, de wereld was veranderd en het was toch pas één uur. Het gekke was dat ik me niet kan herinneren dat het ooit eerder één uur geweest is zonder dat ik uitgehongerd was. Nu had ik geen hap door mijn keel kunnen krijgen. De geur van het eten in die kamer gaf me een beetje misselijk gevoel.

Na een tijdje kwam Sandor terug en er kwam een kamermeisje om de rommel op te ruimen. Hij pakte de mand met rozen, gaf die aan haar en zei dat ze die moest houden. 'Omdat je mijn troep opruimt,' zei hij.

We gingen terug in onze kamer, maar ik denk dat we alle twee wisten dat we daar niet veel langer zouden blijven. Al onze spullen lagen in de kasten, ook Sandors nieuwe pak, maar onze wijnvoorraad en de tas met kentekenplaten en alle foto's van de prinses die Sandor zijn portfolio noemde, lagen in de kofferbak van de Cavalier. Sandor had dat vergeten en ik wilde dat dat zo bleef, dat hij het zich niet herinnerde, in elk geval niet nu. Ik dacht er wel aan om mijn mini-tv mee te nemen en het scheermes.

Sandor betaalde de hotelrekening niet. 'Komen we hier dan terug?' vroeg ik.

'Misschien. Wie weet?'
Maar hij was vergeten dat we geen auto hadden. Hij vroeg bij de receptie hoe we naar het dichtstbijzijnde station konden komen. Ging er een bus? Natuurlijk hadden we ze genoeg last bezorgd, zo kun je het bekijken, en misschien was dat een excuus voor hun laatdunkende blik, alsof een bus iets was waarvan ze nooit gehoord hadden of alleen maar een mogelijke vorm van transport voor een van hun schoonmakers. Ze suggereerden dat we een taxi zouden nemen, maar je kunt taxichauffeurs niet betalen met een American Express Card, in elk geval niet daar in de rimboe.
De prinses had haar paraplu in de standaard laten staan. Ik herkende hem aan alle vrolijke kleuren, maar ik geloof niet dat Sandor hem zag. Hij was in een toestand dat hij staarde naar dingen, maar ze niet zag. We gingen naar buiten en begonnen te lopen. Mijn kaak was behoorlijk gezwollen en Sandor had zijn pols nog steeds in het servet. Het bloed sijpelde door het linnen.
'Daar lopen we nu, gewond, kleine Joe,' zei hij.
'Je zou daarmee naar een dokter moeten gaan. Het moet gehecht worden.'
'Het doet er niet toe,' zei hij en toen: 'Ik zal niet dood blóéden.'
Ik vroeg hem waar we met de trein naartoe gingen, maar voor ik uitgesproken was kon ik het eigenlijk wel raden. 'We gaan zeker naar Diana, hè? Ja, natuurlijk.' Ik vond dat een prettige gedachte, ik had vertrouwen in Diana. Zij zou het allemaal weer een beetje gladstrijken.
'Waar zouden we anders heen gaan?' zei hij. Er kwam een auto langs die ons een lift aanbood. Dat gebeurt veel vaker op de buitenwegen dan in de stad of op de grote weg. Sandor zei dat dat komt doordat mensen die in het boerenland rondrijden en iemand zien lopen, denken dat de kans groot is dat zo iemand uit een naburig dorp komt, dat het eigenlijk zoiets als een buurman is. De bestuurders zijn niet bang voor hen.
Ik wou dat ik niet hoefde te denken aan wat er daarna gebeurde, maar dat kan niet anders. Ik kan maar niet ophouden met het steeds opnieuw voor me te zien en misschien is het wel goed

voor me om dat te doen, om eraan te denken en het voor me te zien, zodat ik het kan geloven, zodat het werkelijkheid is.

Sandor kocht twee kaartjes voor ons naar Norwich. Het was bijna kwart over twee en de stoptrein zou om twintig over komen. We liepen het perron op. Hij zei: 'Herinner je je de eerste keer dat we hier kwamen en de sneltrein voorbij zagen komen?'

'Dat was niet hier, Sandor,' zei ik. 'Dat was meer naar het zuiden, dichter bij Londen.'

'Dat maakt geen verschil,' zei hij. 'Het is dezelfde trein. Ik vraag me af hoe snel hij gaat. Denk je dat hij 150 kilometer per uur haalt?'

Voor ik kon antwoorden: ik weet niet, hoe zou ik het weten, klonk de stem uit de luidspreker: *'Willen de passagiers op perron twee een eindje achteruitgaan, alstublieft. Wilt u een eindje achteruitgaan, alstublieft.'*

Je kunt hem van ver horen aankomen. Hij brult als een levend dier. We waren nog niet achteruitgegaan op dat moment, je hebt maar een seconde nodig om dat te doen. Als je je een kruising kunt voorstellen tussen een geleide raket en een draak, dan is het dat, die trein, die intercity. Hij verscheurt de lucht, doet de perrons trillen, maakt dat de mensen hijgen en lachen.

Sandor keek me aan. Hij glimlachte vaag. Hij zei: 'Het is een fantastische trein.' En toen sprong hij.

26

De treinbestuurder moet al zijn gaan remmen op het moment dat hij Sandor zag, maar het duurde heel lang voor de trein stilstond. Ik werd achteruitgedreven door de sterke luchtstroom en ik schreeuwde. Als ik geweten had wat hij zou gaan doen, zou ik met hem meegegaan zijn, ik zweer dat ik dat gedaan zou hebben. Maar ik wist het niet. Ik, idioot, dacht dat we naar Diana gingen en toen de trein hem had gegrepen, hem verpletterde tot iets wat niets menselijks meer had, dat wat van hem over was fijnmalend tussen de wielen en de zilverglanzende rails, toen was het te laat om te springen.

Ik weet niet wat er daarna gebeurde, wat ze gedaan hebben, omdat ze me naar het ziekenhuis brachten. Om behandeld te worden voor shock, zeiden ze. Het was jammer, echt waar, maar daar bestaat geen behandeling voor. Er is geen injectie waardoor je de tranen die uit je ogen vallen kunt opdrogen. Er is geen tablet die je drie keer per dag bij de maaltijd kunt nemen die de hoge druk van je verdriet verlaagt.

Daar vond Tilly me. Ze had erover gelezen in de krant, dat de vriend van Alexander Wincanton na het 'ongeluk' naar het ziekenhuis was gebracht. Zij kwam naar me toe en nam me mee in haar camper. Ik zonk weg in een nieuwe depressie, ik had altijd geweten dat dat zou gebeuren als Sandor en ik ooit gescheiden zouden worden. Ik voelde hoe het zich in me opsloot, of liever gezegd, uit me wegtrok, want het was meer als een verlies dan iets wat gebeurde. En toen begon ik het olieachtige water weer in mijn hoofd te voelen, dan de ene kant, dan de andere kant uit klotsend. Het is gek, weet je wat me gered heeft? De kleine televisie die Sandor voor me kocht toen hij de American Express Card nog maar pas had en net deed alsof hij een slimme truc met Diana had moeten uithalen om hem te krijgen. De rest van onze spullen was ergens achtergelaten, in het hotel, verloren onderweg, in de kofferbak van de blauwe Cavalier, maar Tilly had mijn tv gered en haar voor me bewaard. Ik dacht, nou, dan zal ik die altijd hebben als aandenken aan hem, om me eraan te herinneren dat hij me aardig vond en dat hij me nodig had. Ik was van hem, snap je, omdat hij mijn leven had gered. Als ik erin geslaagd zou zijn om hem niet onder die trein te laten springen, zou hij dan van mij geworden zijn?

Ik heb mijn televisie en ik heb zijn scheermes. Ik heb dat nooit weggegooid, zoals ik van plan was, maar wat voor nut het ooit voor mij zal hebben weet ik niet. Ik zou me er nooit mee durven scheren en ik laat trouwens mijn baard weer staan. Dat helpt me ook, dat geeft me weer iets om me achter te verbergen.

'Ik hoop dat je het niet erg vindt dat ik het vraag,' zei Tilly, 'maar hadden Sandor en jij een homorelatie?'

'Hoe kom je daar nou bij?' vroeg ik. 'Sandor was niet zo, dat weet je. Ik bedoel, dat zóú je moeten weten.'

'Eerlijk gezegd, Joe, vraag ik het juist vanwege de manier waarop hij met mij was. Maar ik denk dat hij alleen maar van Nina Abbott hield en dat hij in niemand anders geïnteresseerd was. Denk je dat hij gek was? Ik bedoel maf, getikt, gestoord?'

Is je ooit opgevallen hoeveel woorden er zijn voor gek? Meer dan voor seks, of voor het ding van een man of van een vrouw. 'Zeg dat nooit meer,' zei ik. 'Zeg dat nooit meer.'

Dat heeft ze ook niet gedaan en dat was een maand geleden. Er is in die maand een heleboel gebeurd. We reden een heel eind weg met de camper, naar Essex en door de Dartford-tunnel naar Kent. Daar vonden we een plek voor de camper en daar wonen we nu. Het is een leuk terrein, met langs de zijkanten allemaal aanplant van jonge boompjes, dicht genoeg bij de pub en de winkel van het dorp. Tilly heeft er werk gekregen in de bar. Ze zegt dat ik ook naar een baantje moet uitkijken en ik weet dat ze gelijk heeft, maar op de een of andere manier kan ik het me niet voorstellen, het zou te vreemd zijn. Ik ga elke avond naar de pub om wat te praten en ik heb gehoord dat de plaatselijke bevolking het caravanterrein eigenlijk niet wil, maar dat de gemeenteraad heeft gezegd dat dat er moest komen om het toerisme aan te moedigen. Dat komt mij goed uit. Als ik nu in een huis zou wonen, in één kamer in een huis, zouden de herinneringen aan Sandor te pijnlijk voor me zijn. Wij woonden altijd in één kamer, armoedige kamers en prachtige kamers, maar altijd in één kamer.

Er is maar één bed natuurlijk. In het begin bleef ik angstvallig op het uiterste randje aan mijn kant liggen om Tilly niet aan te raken. Ik herinnerde me wat er gebeurd was toen ik Sandor had aangeraakt. Maar Tilly is Sandor niet. Ik wou wel dat ze dat was, maar een mens kan wel zo veel willen. Ze is ook mijn zus niet. Ze lag een tijdje naast me en rolde toen naar me toe, sloeg haar armen om me heen en, nou, nu hebben we een volledige, seksuele relatie. Zo zegt zij het tenminste en dan zal het wel waar zijn. Ik zou het niet precies weten, want ik had er geen eerdere ervaring mee. Is dit wat pa en ma ook deden, en mijn ouders en die van Tilly?

Het is wel gek dat je je zo druk maakt, werelden vernietigt en jezelf doodt – dáárvoor? Het is niet beter dan een goede maaltijd en niet eens altijd zo goed. Je kunt je niet voorstellen dat iemand zou dreigen om mensen te doden en te ontvoeren en zelfmoord zou plegen omdat hij geen roergebakken kip kan krijgen voor het diner. Tilly zegt dat het zo niet zit en dat ik het bij het verkeerde eind heb. Wat zij niet begrijpt, wat niemand schijnt te begrijpen, is dat wat voor anderen het verkeerde eind is, voor mij misschien wel het goede eind is.

Als Tilly 's morgens naar haar werk is en 's avonds voor ik naar de pub ga, zit ik alleen in de camper en denk aan Sandor. Soms denk ik zo sterk aan hem dat ik hem kan oproepen. Ik doe mijn ogen dicht en doe ze dan voorzichtig weer open en dan zie ik hem zitten, in de schaduw, aan het eind van het bankje waar Jessica zat en waar de prinses zat op de dag dat we haar naar Bollingbrook Hall brachten. Maar als ik mijn hand uitstrek om hem aan te raken – ik voel dat hij het niet erg zou vinden om aangeraakt te worden nu hij een geest is – verdwijnt hij en zit ik alleen in het bleke zonlicht of de zomerse schemering.

Ik weet dat ik te veel fantasie heb, ik herinner me dat Sandor zei dat hij wou dat hij net zo veel fantasie had als ik, maar ik vraag me toch af of hij de prinses gevonden heeft waar hij nu is, nu ze allebei geesten zijn. Ik vraag me af of ze van hem houdt waar ze nu zijn en of zij hem heeft vergeven voor de ketting en of hij haar vergeeft dat ze ooit zijn hart gestolen heeft op St. Gallowglass's Eve.

Wat er met haar gebeurd is weet ik van de televisie, alleen de blote feiten, en toen bracht Tilly de krant mee van haar werk. Het was een van die zogenaamde kwaliteitskranten die elk feit en elk detail geven en meer gore bijzonderheden dan wat ze de sensatiepers noemen.

Ze hadden Apsoland geïnterviewd en hij had ze het hele verhaal gedaan. Hij wist natuurlijk niets over het verleden. Je stond te kijken van wat die man allemaal niet wist, en vooral van wat er allemaal over hemzelf aan het licht kwam, dat hij een heel detectivebureau in dienst had bij voorbeeld, en dat hij de belangrijkste deskundige was in het land op het gebied van veiligheid. Dat stond in elk geval in de krant. Het was duidelijk dat hij nooit van Sandor gehoord had en dat hij niet wist waar zijn vrouw geweest was op de dag dat we haar ontvoerd hadden, of liever gezegd, op de dag dat ze zichzelf aan ons uitleverde. De dag daarna was de laatste keer dat hij haar zag.

Hij reed 's morgens in zijn Jaguar naar het station, zoals hij altijd deed. Nina had hem gezegd dat ze iets wat iemand in de auto had laten liggen ging terugbrengen en dat ze daarom naar de kust ging. Er stond niet bij wie die iemand was, maar ik denk dat het Garnet was. We hadden tenslotte toch van auto gewisseld? Hij had, in opdracht van Sandor, de Cavalier genomen, zodat de Volvo voor de prinses beschikbaar zou blijven. Mijn theorie is dat Garnet al zijn spullen in de auto had omdat hij van plan was om er als de sodemieter vandoor te gaan als hij Jessica terug had. Het verliep alleen allemaal niet zo makkelijk.

Apsoland vond het niet prettig dat Nina alleen ging, maar ze zei dat Colombo met haar mee zou gaan. Hun chauffeur – en daar bedoelde hij Garnet mee – was de dag daarvoor zonder dat aan-

gekondigd te hebben, weggegaan, zei hij. Toen Apsoland die avond thuiskwam was het huis leeg, alles was leeg. Stel je voor, dat huis, dat hele landgoed leeg, en het alarmsysteem was buiten werking gesteld.
Het was natuurlijk nog niet donker toen hij daar om negen uur kwam. Er heerste een spookachtig soort schemering. De hemel was bedekt met zwarte wolken en het was overal nat. Het had de hele dag geregend. De leeuwen zaten op hun pilaren terwijl het water over hun koppen stroomde en van hun bekken afdroop. De arme man die opgegeten zou worden had een plas water tussen zijn kraag en zijn nek.
'Kom nou, dat kun je niet weten,' zei Tilly, maar ik kan het wel weten.
Hij opende het hek met zijn magische sleutel. Hij reed de oprijlaan met de muren van zwerfstenen op en hij wist dat er iets mis was toen hij halverwege de weg de gevoelige cel passeerde en het licht niet aanging. En daar, op die plek, een voorbeeld van veiligheid – maar er bestaat niet zoiets als veiligheid, geloof je ook niet, er bestaat geen veiligheid in deze wereld – stond de voordeur open, de ramen, de achterdeur, alles stond wijd open. Zijn honden kwamen naar hem toe rennen toen hij de auto uitstapte. De telefoon rinkelde. Het geluid stroomde het huis uit, de open deur uit, alsof die telefoon al uren had staan rinkelen en niemand had opgenomen.
'Je fantasie maakt weer eens overuren,' zei Tilly.
'Hoe zou het anders gegaan zijn?' vroeg ik. 'Ik kan het zo uittekenen, ik weet dat ik gelijk heb. Die honden sprongen om hem heen, die wilden eten, terwijl hij ze probeerde weg te duwen en tegen hen schreeuwde dat ze koest moesten zijn, omdat hij als een wanhopige naar die telefoon wilde.'
'Oké, zoals je wilt,' zei ze. 'En toen hoorde hij een stem die hij kende, een stem die hij al maanden elke dag gehoord had en die hij nooit verdacht had, nooit had gewantrouwd.'
'Ik weet niet of hij nooit wantrouwen had gehad. Ze zeggen dat hij iedereen controleerde, hij liet die privé-detectives ieders evenementen nagaan.'

'Antecedenten,' zei ze en ze heeft gelijk. Nu ik Sandor niet meer heb om me dingen te leren en me te corrigeren, vergeet ik wat hij me bijbracht en de woorden die hij me leerde.

'Mensen hebben die niet echt,' zei ik, doelend op antecedenten, 'niet als ze nooit eerder gepakt zijn vanwege iets misdadigs. Die twee hadden geen strafblad. Ik denk niet dat iedereen weet wat wij over ze weten.'

'Ze waren zo vlakbij en toch zo ver. Stel je voor dat Sandor ze gezien had? Wat dan?'

'Hij heeft ze niet gezien,' zei ik. 'Ik heb ze een paar keer gezien, maar hoe had ik het kunnen weten?'

Apsoland vertelde dat niet aan de kranten, dat hij de stem herkende, dat kwam later pas. Hij vertelde niet dat de stem twee miljoen pond wilde hebben, dat anders zijn vrouw zou sterven. Op dat moment vertelde hij hun zelfs niet hoe de stem zijn vrouw had genoemd, niet Nina Abbott of mevrouw Apsoland, maar de prinses.

Hij wachtte twee dagen voor hij het aan de politie vertelde. Hij had toen al de helft van het geld overhandigd. Hem was gezegd dat hij het naar een kerk moest brengen in een dorpje, niet waar wij Jessica achtergelaten hadden, maar een dorp dat begon met een 'H', zoals zoveel daar in de buurt, Hinxton of Hintlesham of Heveningham, een van die dorpen. De stem zei: Geef ons de helft, dan zal de prinses tegen je praten door de telefoon.

'Altijd kerken,' zei Tilly. 'Ik vraag me af waarom.'

'Gewoon omdat ze het zo doen. Ze hebben het ook zo gedaan toen Sandor en Adelmo en Cesare het deden. Je zou het hun handelsmerk kunnen noemen.'

Apsoland had zijn miljoen daar in een koffertje achtergelaten. Hij moest het op de vloer leggen van de preekstoel, een gek, klein, achthoekig, eikenhouten kamertje boven aan een wenteltrap. Maar hij kreeg Nina nooit te spreken, er werd niet opgebeld. De prinses was toen al dood, ze was al de hele tijd dood, door haar hoofd geschoten met een wapen uit zijn kostbare collectie en begraven in het Wolvenbos. Een ondiep graf, zei de

krant. Het moet wel ondiep geweest zijn, want Apsolands honden vonden haar en groeven haar op.
Colombo en Maria noemden ze zichzelf. Enfin, zo wérden ze genoemd. Toen de politie op de hoogte werd gesteld waren ze al in Italië. Ze moesten uitgeleverd worden, zo heet dat geloof ik, en naar Engeland gebracht worden. Het kost maanden en maanden voor mensen eindelijk voor de rechter komen, maar ze zijn al wel verhoord, in verband met moord en nog een heleboel andere dingen.
Ik bedacht hoe verbaasd Sandor geweest zou zijn. Ik bedoel als hij, terwijl hij aan het uitwerken was hoe hij de prinses kon ontvoeren, geweten had dat zijn oude maatje nota bene woonde in haar huis en zijn eigen plannen maakte.
'Wat was zijn volledige naam ook weer?'
Ik deed mijn best om het Italiaans uit te spreken. 'Giovanni Colombo Viani. Sandors moeder zei dat hij het niet leuk vond om Gianni Viani genoemd te worden en dat hij erover dacht om zijn andere naam te gebruiken. Nou, en dat heeft hij gedaan, toch? Natuurlijk was hij niet getrouwd toen Sandor hem kende. Hij was alleen maar Gianni Viani, de man die niet in het complot zat, maar toch een deel van het geld wilde. Dat is tenminste wat Sandor zei.'
'Je praat altijd maar over Sandor,' zei ze. 'Heb je geen gedachten van jezelf? Heb je geen eigen gevoelens?'
Mijn zus, mijn vrouw. Ik weet niet waar ik dat vandaan heb. Niet van Sandor, van iets uit mijn verre verleden, waarvan ik niets meer weet, misschien. Wie weet waaruit alle onzin gedregd is waarmee je hersens vol zitten? Ronddrijvend als lege sigarettenpakjes en vruchtensapkartonnetjes in een vijver van olieachtig water.

Gisteren kreeg ik een brief van Diana. Ze wil dat ik bij haar op bezoek kom.
'En je als inwonende minnaar nemen,' zei Tilly.
Ze denkt dat ik Diana zover kan krijgen dat ze me als zoon adopteert, nu Sandor weg is. En misschien lukt dat ook wel,

misschien is dat wel de bedoeling, is het onvermijdelijk. Tilly denkt aan het geld, al dat verzekeringsgeld dat eraan komt.
Maar wat ik denk is dat het een manier zou zijn om de rest van mijn leven dicht bij Sandor te zijn.
Het zou een manier zijn om hem te worden.

Lees ook van A.W. Bruna Uitgevers B.V.

Ruth Rendell

Ongewenst weerzien

In de lange, hete zomer van 1976 brengen vijf studenten hun dagen zorgeloos luierend door op een Engels landgoed. Aan de zes weken vakantie komt echter een dramatisch einde, en de vrienden besluiten uiteen te gaan met de belofte elkaar nooit meer te zien.

Tien jaar later verschijnt in de krant een berichtje: op het landgoed zijn de stoffelijke resten gevonden van een jonge vrouw en een baby.

Wat is er precies gebeurd in die zomer van 1976? Wat hebben de vrienden van toen te verbergen? Een allesoverheersende angst gaat hun levens beheersen.

ISBN 90 229 8633 0

Lees ook van A.W. Bruna Uitgevers B.V.

Ruth Rendell

Het dertiende jaar

Jenny is de persoonlijke verzorgster van Stella Newton, een oude elegante dame, die in het verzorgingstehuis Middleton Hall woont. Stella heeft niet lang meer te leven, maar de tijd die haar nog rest brengt ze graag door met Jenny. Samen halen ze herinneringen op en vertrouwen ze elkaar geheimen toe. Zo blijkt Stella een huis te bezitten en een oldtimer. Niemand anders is hiervan op de hoogte.
Maar dan overlijdt Stella. Nieuwsgierig geworden door de gesprekken die ze met Stella heeft gehad, gaat Jenny op onderzoek uit. Waarom heeft Stella het huis nooit verkocht en de spullen die er staan nooit opgeruimd? En welke herinneringen waren er aan het huis verbonden?
Langzaam maar zeker komt het duistere verleden van Stella boven water, een verleden dat maar beter verborgen had kunnen blijven.

ISBN 90 229 8604 7

Lees ook van A.W. Bruna Uitgevers B.V.

Ruth Rendell

Simisola

De dochter van Wexfords huisarts, Melanie Akande, is al enkele dagen niet thuis geweest. Haar vader vertrouwt erop dat ze niet in zeven sloten tegelijk loopt, maar neemt toch voor de zekerheid contact op met Wexford. Als kort na elkaar drie jonge vrouwen worden vermoord, en Melanie nog steeds niet gevonden is, raakt Akande in paniek. Helemaal wanneer duidelijk wordt dat twee van de vrouwen een grote gelijkenis met Melanie vertonen.
Voor inspecteur Wexford is het een gecompliceerde en delicate zaak waarbij zijn principes en denkbeelden over racisme aan het wankelen gebracht worden.

ISBN 90 229 8783 3